NINA OHLANDT
JAN F. WIELPÜTZ
Friesische Inselmorde

AF214708

Weitere Titel der Reihe:

Über die Autoren:

Nina Ohlandt wurde in Wuppertal geboren, wuchs in Karlsruhe auf und machte in Paris eine Ausbildung zur Sprachlehrerin, daneben schrieb sie ihr erstes Kinderbuch. Später war sie als Übersetzerin, Sprachlehrerin und Marktforscherin tätig, bis sie zu ihrer wahren Berufung zurückfand: dem Krimischreiben im Land zwischen den Meeren, dem Land ihrer Vorfahren. Nina Ohlandt starb im Dezember 2020.

Jan F. Wielpütz studierte Anglistik, Germanistik und Geschichte und arbeitete als Journalist, bevor er als Verlagslektor Krimi- und Thrillerautoren betreute. Er leitete das E-Book-Lektorat und die verlagseigene Schreibschule eines großen Publikumsverlags, bis er sich dem Schreiben widmete. Unter Pseudonym hat er zahlreiche Sachbücher geschrieben, die auf der SPIEGEL-Bestsellerliste standen, und mehrere Kriminalromane veröffentlicht.

NINA OHLANDT

JAN F. WIELPÜTZ

FRIESISCHE INSELMORDE

Zwei Fälle für John Benthien in einem Band

NORDSEE-KRIMI

Lübbe

Copyright der digitalen Originalausgaben:
»Nun schweigst auch du« © 2017 by Bastei Lübbe AG
Dieses Werk wurde vermittelt durch die agentur literatur Gudrun Hebel.
»Stürmisch die Nacht« © 2024 by Bastei Lübbe AG
Dieses Werk wurde vermittelt durch die
Literarische Agentur Thomas Schlück GmbH, 30161 Hannover.
Dieses Werk wurde vermittelt durch die agentur literatur Gudrun Hebel.

Für diese Ausgabe:
Copyright © 2025 by
Bastei Lübbe AG, Schanzenstraße 6–20, 51063 Köln, Deutschland

Bei Fragen zur Produktsicherheit wenden Sie sich bitte an:
produktsicherheit@bastei-luebbe.de

Vervielfältigungen dieses Werkes für das
Text- und Data-Mining bleiben vorbehalten.

Umschlaggestaltung: Christin Wilhelm, www.grafic4u.de
unter Verwendung von Motiven von © shutterstock: ELansin | Oscity |
Annabell Gsoedl | Shaiith
Satz: hanseatenSatz-bremen, Bremen
Gesetzt aus der Sabon
Druck und Verarbeitung: GGP Media GmbH, Pößneck

Printed in Germany
ISBN 978-3-404-19467-4

5   4   3   2

Sie finden uns im Internet unter luebbe.de
Bitte beachten Sie auch: lesejury.de

NINA OHLANDT

NUN SCHWEIGST AUCH DU

NORDSEE-KRIMI

Hinweis für die Leser:
Dieser Kurzroman um John Benthien und sein Team
ist zeitlich *vor* den Romanen angesiedelt.

Anfang Oktober

Möwen am Baggersee

Er war tief, dieser Baggersee, doch in seinem klaren Wasser spiegelten sich der Himmel, weiße Wolken, herbstmilde Bläue, Sonnenglitzern. Die kreisenden Möwen, die neugierig das Ding tief unten im See beäugten, waren sich nicht schlüssig, ob es eine Bedrohung war oder etwas Leckeres zu fressen. So schrien sie zur Vorsicht und hielten Abstand.

Das Ding war erschreckend groß, wie es da im Wasser schwebte. Haare umwaberten es wie lange, dünne Fäden, Laichkraut und Wasserpest hielten es an dem alten, abgebrochenen Baumstamm gefangen, der seit Jahren in dem renaturierten See lag, besiedelt von wirbellosen Tieren, ein wunderbares Versteck für kleine Fische.

Offenbar auch für seinen Gefangenen, der mit Handschellen an einen Ast fixiert war. Doch inzwischen hatte er Auftrieb bekommen, und nur die Fesseln verhinderten ein Aufsteigen aus dieser tiefen Zone, die kaum jemals das Sonnenlicht sah. Ein Hecht schien sich einen Spaß daraus zu machen, mit den Beinen des Toten Fangen zu spielen. Ab und zu schnappte er auch nach einem der ausgestreckten Finger.

Eine Sektflasche platschte ins Wasser und erschreckte die Möwen. Sie kreischten noch lauter und flohen gen Himmel. Das Ding bewegte sich heftig mit den entstehenden Wasserwirbeln, als ein junger Mann von einem nahegelegenen Steinquader, der am Steilufer ein Stück aus dem See herausragte, ins Wasser sprang, um für seine Freundin den kostbaren Sekt zu retten. Er streifte verschrumpelte weiße Haut, die dabei war, sich abzulösen, und einen Fuß, der seinen Schuh verloren hatte. Er wollte schreien, schluckte Wasser, geriet in Panik, würgte und schaffte es endlich mit letzter Kraft an die Oberfläche.

Der Schrei, der aus ihm herausbrach, war wild und archaisch und erschreckte die wenigen Badegäste, die an diesem schönen Oktobertag an den See gekommen waren, um einen der letzten Sommertage zu genießen. »Ruft die Polizei«, keuchte er mit letzter Kraft, als er das Ufer erreichte, dann brach er zusammen, hustete krampfhaft und spuckte Wasser.

Zehn Tage zuvor

Wattwürmer

Nele Tammen freute sich. Kaum hatte die Schule begonnen, war sie auch schon wieder zu Ende, jedenfalls für diese Woche. Mumps hatte ihre Klasse und die Parallelklasse lahmgelegt, sogar der Hausmeister und einige Lehrer hatten Mumps. Wie schön war das denn? Nele war sofort nach Hause gerannt und hatte sich in ein spannendes Buch vertieft, das sie am Vortag angefangen hatte zu lesen. Niemand störte sie, ihre Mutter war, wie erwartet, nicht da; sie putzte mal wieder Ferienwohnungen bei Frau Hansen.

Doch am späten Vormittag, als die Sonne herauskam, hielt Nele nichts mehr im Haus.

»Mumps, Mumps, Mumps … Mumps hat einen Bums!«, sang Nele vor sich hin, während sie die Holztreppe hinunterhüpfte und sofort auf dem Strand landete, denn ihr Haus stand auf einer Düne direkt am Meer. Der Tag war warm und sonnig, der Strand hier an dieser Stelle, ein Stück entfernt vom Wyker Hauptstrand, menschenleer bis auf ein paar wenige Wanderer und Sandbuddler. Es war Ebbe, vor Nele lag eine riesige, glänzende, verheißungsvolle Wattfläche voller Muscheln, Wattwurmsandhäufchen und Vogelspuren, die aussah, als reichten sie geradewegs bis nach Langeneß hinüber, sodass man trockenen Fußes – jedenfalls, ohne im Meer zu ersaufen – zur Hallig gelangen könnte.

Nele wusste natürlich, dass dies eine optische Illusion war. Zwischen der Insel Föhr und der Hallig befand sich die Fahrrinne, auf der gerade majestätisch die *Rungholt* entlangglitt, auf dem Weg nach Amrum. Aber man konnte weit ins – zur Zeit nicht vorhandene – Meer hineinlaufen, und das tat Nele jetzt. Sie beobachtete zwei Möwen auf einem Priel, die sich gegenseitig mit den Flügeln verdroschen. Fast wie das Gezänk von nebenan, dachte Nele. Wenn Frau Bense, die Nachbarin, wieder einmal auf Hardy oder ihre Mutter losging, ähnelte sie einer gehässigen Möwe. Vor dem Priel staksten zwei aufgeregt schreiende Austernfischer durch den Sand.

Ist ordentlich was los heute im Watt, dachte Nele.

Sie sammelte Muscheln für ein neues Schmuckkästchen, bis ihre Hosentaschen zum Bersten gefüllt waren, und grub nach einigen vergeblichen Versuchen mit bloßen Händen einen Wattwurm aus. Unglaublich, was der alles konnte! Alle Wattwürmer im Wattenmeer zusammen fraßen einmal im Jahr das Watt komplett bis zu zwanzig Zentimeter Tiefe, schickten den Sand durch ihren Darm und schieden ihn wieder aus, was, laut ihrem Lehrer, eine Wohltat für das Watt war, da es dadurch mit Sauerstoff angereichert wurde.

Neles Wattwurm war ungefähr zwanzig Zentimeter lang und potthässlich. Nach hinten wurde er immer dünner. Sein Darm, wusste Nele, besaß bis zu neunzig Segmente. Steckte er sein hinteres Ende alle dreißig bis vierzig Minuten zur Darmentleerung aus dem Wattboden, bestand die Gefahr, dass er von einem Seevogel herausgezogen und gefressen wurde. Deshalb konnte er einzelne Teile des Darms abwerfen, sodass der arme Vogel nur ein oder zwei Zentimeter erwischte und der Wurm sich in seine Röhre retten konnte. Allerdings wuchs der Darm nicht nach, allzu oft konnte der Wattwurm das also nicht machen.

Gerade als Nele darüber nachdachte, den Wattwurm mit nach Hause zu nehmen und ihm ein Legohaus mit viel Sand drin zu bauen, ertönten schrille Schreie – der Möwen? Oder waren es die Austernfischer? –, so durchdringend, dass sie den Wurm vor Schreck beinahe hätte fallen lassen.

Sie guckte hinüber zum Priel, doch die Vögel waren verschwunden. Aber wer hatte dann geschrien? Und wenn sie darüber nachdachte, hatte es sonderbar menschlich geklungen. Vielleicht der Jogger am Strand, der jetzt gerade aus den Dünen gelaufen kam? Oder Frau Laukat, die Mieterin der Benses, in deren nestähnlicher Frisur sich wieder eine Libelle verfangen hatte, wie neulich abends? Sie hatte draußen auf der Terrasse ein solches Theater gemacht, dass sämtliche Bewohner der beiden Häuser, sogar Neles Mutter und ihre Feriengäste, zusammengelaufen waren, um das Vieh aus Frau Laukats Haaren zu befreien.

Die alte Bense im Nachbarhaus konnte es nicht gewesen sein, denn ihre tiefe Altfrauenstimme klang eher wie wütendes Hundegebell, wenn sie Hardy anblaffte.

Als Nächstes jedoch schrie Nele. Eine Möwe war auf ihre ausgestreckte Hand niedergestoßen und hatte sich den Wurm geschnappt! Wie blöd war das denn? Und sie selbst war schuld daran, hatte sie den Wurm doch wie auf dem Präsentierteller angeboten!

Nele rannte zurück zum Dünenrand. An diesem Küstenabschnitt standen nur zwei Häuser, das von ihrer Mutter und das von Frau Bense, die ihre Vermieterin war. Nele registrierte verwundert, dass die Terrassentür des Nachbarhauses offen stand. Sie schlich sich leise heran. Was tat die alte Bense? Ihr Sohn war jetzt im Laden in Wyk, aber Frau Bense, obwohl schon über achtzig, wie sie fast täglich erzählte, war noch quietschfidel und äußerst penibel, was ihre Hausarbeit betraf. Täglich wischte sie Staub, kehrte »die Stuben« und putzte die Delfter Kacheln in der Essecke, die irgendein Kapitän von einer Fahrt mitgebracht hatte. Außerdem war sie ziemlich schwerhörig und hatte die Angewohnheit, laut vor sich hin zu reden. Nele hatte sie bereits des Öfteren dabei belauscht. Sie wusste, dass die alte Frau ihre Mutter nicht besonders mochte – warum, war ihr allerdings ein Rätsel – und ihr das Leben schwermachte. Zuletzt hatte sie damit gedroht, Nele und ihrer Mama das Haus »unterm Hintern weg« zu verkaufen. Deshalb versuchte Nele, wann immer sie konnte, ihre Selbstgespräche mitzuhören. So konnte sie vielleicht rauskriegen, was die alte Bense »im Schilde führte«, wie ihre Mutter es ausdrückte.

Leise schlich Nele durch die Terrassentür, doch im Haus war alles still. Sie hörte Frau Bense weder herumschlurfen noch sprechen. Auch aus der Küche kam kein Laut, obwohl die Tür halb offen stand.

Vorsichtig stupste Nele mit dem Fuß dagegen, um sie ganz zu öffnen, und hätte beinahe laut aufgeschrien. Sie sah zwei Füße in alten Hauspantoffeln und dazwischen eine Bratkartoffel. Das Kind stieß die Tür vollends auf, starrte auf die vor ihr liegende alte Frau, registrierte die Bratpfanne, die Kartoffeln, die Wurststückchen, die überall hingerollt waren, dazwischen das viele Blut … und wollte schreien, aber es kam kein Laut aus ihrer Kehle.

An der offen stehenden Tür zum Küchengarten huschte eine Gestalt vorbei. Nele, deren Herz wild klopfte, machte, dass sie wegkam, hinaus auf die Terrasse und hinüber ins Haus ihrer Mutter.

Die alte Bense

Die alte Frau hatte keine Chance gehabt. Sie hatte in der Küche am Herd gestanden, als jemand hereingekommen war, die gusseiserne Bratpfanne ergriffen und sie damit niedergeschlagen hatte. Nun lag die alte Frau in ihrem Blut auf dem Küchenboden inmitten von Rührei, Würstchen und Bratkartoffeln, die sie offenbar in ebenjener Pfanne gebraten hatte, als das Schicksal zuschlug. Jemand hatte beschlossen, dass die alte Frau in der geblümten Kittelschürze und der alten, verfilzten grünen Strickjacke sterben müsse, jetzt, in dieser Küche, an diesem schönen Altweibersommertag auf der Urlaubsinsel Föhr. Einundachtzig Jahre war sie alt geworden.

John Benthien, Erster Hauptkommissar bei der Kripo Flensburg, hatte schon einige blutige Tatorte gesehen, aber dieser hier kam ihm besonders bizarr vor, weil das Grauen so schrecklich banal schien, fast spießig. Da war eine Frau gestorben, während sie in ihrer ordentlichen, blitzsauberen Küche ein einfaches, solides Mittagessen zubereitet hatte. Und vorher hatte sie offenbar Brot gebacken. Ein duftender, angeschnittener Laib Brot lag auf einem Brett, in einer überdimensionierten Größe, wie Benthien es nur als Kind einmal bei Bauern gesehen hatte, daneben lagen ein Klumpen Butter und eine Salami.

Um ihn herum bewegten sich Claudia Matthis und ihre

Leute von der Spurensicherung in den weißen Tyvek-Anzügen, sein Freund und Kollege Tommy Fitzen stand vor dem Haus und hielt offenbar einen Klönschnack mit dem Inselpolizisten, und Lilly Velasco hörte er durch die oberen Räume laufen. Es galt, nachzusehen, ob sich noch jemand im Haus aufhielt, aber offenbar war es leer. Selbst die Laukats, ein Ehepaar aus Hamburg, das die Dachgeschosswohnung den Sommer über gemietet hatte, waren an diesem schönen Spätsommertag unterwegs.

Kurz darauf trafen der Doc aus Niebüll und der Leichenwagen ein.

Benthien begrüßte den Arzt, den er flüchtig kannte, weil er öfter für die Polizei arbeitete, überließ ihn seiner Tätigkeit und ging hinaus zu Fitzen und dem Inselpolizisten Holm Ingwersen.

»So muss man nun auch nicht gerade sterben, mit der Bratpfanne im Gesicht«, sagte Ingwersen, ein junger Mann mit Glatze und langen Koteletten, die in einen rötlichen Bart übergingen, tiefsinnig zu Benthien und trat seine Zigarette aus. »Obwohl sie ja'n büschen schwierig war, die alte Bense.«

»Inwiefern schwierig?«, erkundigte sich Benthien.

»Haare auf den Zähnen und ein lockeres Mundwerk. Die hat sich von niemandem was sagen lassen. Hardy hatte es nicht leicht mit ihr.«

»Hardy?«

»Hartmut Bense, ihr Sohn«, antwortete Tommy Fitzen, der sich offenbar schon bei dem ihm bisher unbekannten Kollegen kundig gemacht hatte. Fitzen brauchte höchstens fünf Minuten, dann behandelten ihn selbst Fremde wie einen, mit dem sie nach dem Pferdestehlen schon so manchen Köm geschluckt hatten.

»Er hat ein Ladengeschäft in Wyk«, erklärte Ingwersen, »Haus- und Tischwäsche, Bettwäsche und Frottierware. Mein Kollege bringt ihn gerade her. Armer Kerl. Er wird außer sich sein, wenn er hört, dass Gertrud tot ist. Er stand total unter ihrer Fuchtel. Außer ihr hatte er praktisch keinen anderen Menschen.«

»Was genau muss ich mir darunter vorstellen?«, fragte Benthien.

»Na ja, die alte Bense bestimmte, wo's langging. Hardy hatte da nicht viel zu sagen. Sie hat seine Freundinnen begutachtet – ich meine, die wenigen, die sich mit ihm abgegeben haben –, und die meisten von ihnen vergrault. Deshalb hat er wohl auch nie geheiratet. Hardy gehört nicht mal seine Seele ganz allein.«

Lilly trat aus dem Haus, und Benthien betrachtete sie mit Wohlgefallen. Sie war noch leicht gebräunt vom Urlaub, und ihre Bernsteinaugen leuchteten fast so golden wie ihr Haar, in das die Sonne kleine Leuchtkringel malte. Ihr Gesichtsausdruck wirkte jedoch leicht verstört.

»Sie haben im selben Zimmer, im selben Bett geschlafen, Frau Bense und ihr Sohn«, verkündete sie irritiert.

»Sag' ich doch«, meinte Ingwersen gleichmütig und fuhr sich über den glänzenden Schädel, »dem armen Kerl gehört nicht mal seine Seele. So couragiert sie tagsüber auch war, nachts hatte die alte Dame Angst vor Einbrechern. Deshalb musste Hardy bei ihr im Bett schlafen.«

»Gibt's irgendwas, was du von deinen Wyker Schäfchen nicht weißt?«, fragte Fitzen amüsiert.

Ingwersen schmunzelte. »Nur wenig.«

»Die Zimmer oben sind in Ordnung«, fuhr Lilly fort. »Schränke und Schubladen stehen nicht offen, und nichts scheint durchwühlt zu sein. Alles sehr ordentlich und sauber.

Aber die Techniker werden sich das natürlich noch genauer ansehen.«

»Vielleicht kam ihm die alte Frau bereits in der Küche in die Quere, er hat sie erschlagen und dann schnell das Weite gesucht«, überlegte Fitzen.

»Wer hat sie gefunden?«, fragte Benthien.

»Die Nachbarin, Gabi Tammen.« Ingwersen nickte zu dem sonnengelb gestrichenen Haus hinüber, das wie das Haus der Benses in den 1930er Jahren im Fachwerkstil erbaut worden war. »Hat sie ziemlich mitgenommen. Ah, da kommt sie ja.«

Benthien beobachtete, wie eine Frau Anfang vierzig, in Jeans und T-Shirt, zu ihnen rüberkam. Ihr blondes Haar hatte sie zu einem Pferdeschwanz gebunden. Ihr Gang war schwungvoll, offenbar hatte sie sich von dem Schreck bereits erholt.

»Sie wollen mich sicher sprechen«, sagte sie zu Lilly, als sie bei dem Vierergrüppchen angelangt war. »Ich muss gleich zur Fähre, Gäste abholen, deshalb machen wir das am besten jetzt sofort …«

Die drei Flensburger stellten sich vor, dann wanderten sie mit Gabi Tammen um das Haus herum zur Strandterrasse, während Ingwersen weiter auf die Ankunft seines Kollegen wartete, der Frau Benses Sohn herfahren wollte.

Sie setzten sich auf Holzbänke an einen urigen Tisch, von dem aus man einen Blick aufs Meer hatte. Gabi schielte ängstlich zur Terrassentür, aber die war zu und spiegelte, sodass man Gertrud Bense in der Küche nicht ausmachen konnte.

»Mir fiel auf, als ich gegen halb eins zurückkam, dass bei Gertrud alle Türen offen standen, die Tür zur Terrasse und die, die von der Küche in den Garten führt«, begann die junge Frau ihren Bericht, wobei sie nervös die Hände wrang.

»Dadurch gab es einen Durchzug, die Gardinen blähten sich, und der Wind fegte Sand und Blätter ins Zimmer. Das fand ich komisch, besonders, weil Gertrud immer so penibel sauber war und nie die Türen offen stehen ließ, sogar die Fenster öffnete sie nur selten. Es könnte ja Staub hereinkommen! Ich habe nach ihr gerufen, aber keine Antwort erhalten. Das war erst recht seltsam, weil Gertrud eigentlich immer zu Hause ist, deshalb bin ich reingegangen und habe sie ... es war schrecklich, wie sie so dalag in ihrem Blut ...«

Sie begann zu zittern und legte die Arme um ihren Oberkörper.

»Haben Sie jemanden gesehen?«, fragte Fitzen. »Fremde, Nachbarn, Gäste?«

»Nein, es war ganz ruhig, fast totenstill, bis auf den Wind. Ich habe Angst gekriegt und bin zu mir nach Hause gelaufen und habe Holm Ingwersen angerufen, der dann auch gleich kam.« Sie fröstelte. »Ich wusste ja nicht, ob der Mörder nicht noch im Haus war. Ich habe sofort alle Türen bei mir abgeschlossen.«

»Waren Sie allein zu Hause?«, fragte Lilly.

»Nur Nele war noch da, meine Tochter. Unsere Gäste, die Meisners, ein junges Paar aus Düsseldorf, das für zehn Tage die obere Wohnung gemietet hat, war schon früh nach Niebüll gefahren, sie wollten einen Ausflug nach Sylt machen. Die werden wohl erst gegen Abend zurück sein. Mein Hauptverdienst sind die Feriengäste, nebenbei putze ich Ferienwohnungen. Aber jetzt muss ich gleich zum Anleger, um zwei ältere Damen abzuholen.«

»Wo waren Sie heute Vormittag?«, fragte Benthien.

»Wie gesagt, ich putze Ferienwohnungen. Ich bin kurz vor neun aus dem Haus gegangen und gegen halb eins zurückgekehrt. Da habe ich sie dann gefunden.«

Benthien fand, dass Gabi Tammen nervös wirkte. Sie öffnete ihren eigentlich perfekt sitzenden Pferdeschwanz, fuhr sich mit den Fingern durch die Haare und band ihn wieder neu. Offenbar hatte sie es eilig, wegzukommen.

Benthiens scharfe blaue Augen entdeckten in einem Sanddorngebüsch, das die Grenze zwischen den beiden Grundstücken bildete, ein Kind von etwa elf Jahren, das zu ihnen herüberspähte.

»Ist das Ihre Tochter?«

Gabi Tammen folgte seinem Blick und nickte. »Ja, das ist Nele. Sie hat frei, weil in der Schule Mumps ausgebrochen ist. Aber ich will nicht, dass sie Frau Bense …«

»Natürlich nicht«, beruhigte sie Lilly. »Weiß sie Bescheid?«

Frau Tammen nickte, und Benthien nahm sich vor, bei nächster Gelegenheit mit Nele zu sprechen. Sie wirkte aufgeweckt und neugierig und konnte gut etwas gesehen haben, dessen Bedeutung ihr vielleicht gar nicht klar war.

»Sie kannten Frau Bense wahrscheinlich sehr gut?«, fragte Fitzen, auf die enge Nachbarschaft anspielend.

Die junge Frau lächelte. »Seit ich ein Kind war. Gertruds Schwiegereltern wohnten hier, und als der Sohn heiratete, ist er ins Nachbarhaus gezogen, in dem seine Großmutter gewohnt hatte. Er ist früh gestorben und seine Eltern auch. Gertrud hat erst meinen Eltern das Haus vermietet und später mir, für meine Familie. Aber …«

Vor dem Haus, auf der anderen Seite, ertönte Geschrei, das schnell laut und bedrohlich wurde. Ein Mann schoss um die Ecke und stürzte auf die Terrasse. Er ging sofort auf Gabi Tammen los, zerrte sie, mit der Faust im Nacken, an ihrem T-Shirt aus der Bank, noch ehe jemand eingreifen konnte, und schüttelte sie wie einen jungen Hund.

»Was hast du mit ihr gemacht? Was hast du meiner Mutter angetan?«

Fitzen sprang hinzu und nahm den Mann in den Schwitzkasten.

»Loslassen!«, donnerte er. »Sind Sie wahnsinnig geworden?«

Benthien, der anders als Fitzen zunächst immer erst auf Deeskalation als auf Gewalt setzte, sagte ruhig: »Setzen Sie sich. Sie sind Hartmut Bense? Mein herzliches Beileid!«

Benthiens Worte besänftigten den Mann, denn er ließ sich kraftlos, als wäre plötzlich jedes Leben aus ihm gewichen, auf die Bank fallen. Auch Gabi Tammen setzte sich wieder. Sie wirkte nicht einmal verärgert.

»Hardy«, sagte sie leise und ergriff seine Hand, die auf dem Tisch lag, »es tut mir sehr, sehr leid um deine Mutter. Und glaube mir, ich habe ihr nichts angetan. Ich mochte sie, trotz allem. Wir kannten uns doch schon so lange. Wenn ich …«

Sie unterbrach sich, als Hardy Bense abrupt seine Hand wegzog. Benthien beobachtete, wie sich seine Züge verhärteten, und machte sich bereit, erneut einzugreifen, doch da kam zum Glück Holm Ingwersen und fragte, ob Hardy seine Mutter im Sarg noch einmal sehen wollte. Der Mann nickte und verschwand ohne ein weiteres Wort.

Die junge Frau sah die drei Beamten bittend an. »Ich habe Gertrud nichts angetan, glauben Sie mir«, sagte sie feierlich. »Hardy ist von dem Gedanken besessen, dass ich seine Mutter hasse und ihr Übles will, aber dem ist nicht so. Ich habe …«

»Warum glaubt er das?«, fragte Fitzen.

Gabi fuhr sich müde übers Gesicht. »Das ist eine lange Geschichte. Aber können wir nicht später darüber sprechen? Ich muss nun wirklich zur Fähre!«

Benthien nickte. »Wir kommen nachher noch einmal zu Ihnen.«

Ihre Tochter Nele war verschwunden, aber nun wollte er sich auch erst einmal Hardy Bense vorknöpfen. Was war nur in den Mann gefahren? War es der Schock? Jeder reagierte anders auf den Tod eines geliebten Menschen, und John hatte in dieser Hinsicht schon allerlei erlebt. Oder steckte etwas anderes dahinter? Gab es einen Grund für seine Beschuldigung?

Ingwersen erschien und fragte, ob Hardy Bense mitfahren dürfe, er wolle den Leichnam seiner Mutter bis zum Flugplatz begleiten, von wo er dann in die Gerichtsmedizin geflogen werden sollte. Doch Benthien war dagegen. Er wollte Bense so schnell wie möglich sprechen.

Die Nachbarin

Lilly zog ihre Sandalen aus und grub die Füße in den warmen, feinen Nordseesand. Erinnerungen an Sardinien kamen in ihr hoch, wo sie vor sechs Wochen noch entspannt am Strand gelegen hatte. Sie wandte das Gesicht der Sonne zu und genoss die spätsommerlichen Strahlen, den Blick auf das weiße Schiff, das still am Horizont vorüberzog, den sanften Wind, der in ihren Haaren spielte. Die Benses hatten sich schon ein hübsches Fleckchen der Insel Föhr ausgesucht, das musste sie zugeben. Ob man da mal eine Wohnung mieten könnte? Sie hörte, wie John ihren Namen rief, und streifte die Sandalen über, um dann über die Terrasse das Haus zu betreten und nach vorne durchzugehen. Lange hatte Hardy Bense weinend am offenen Sarg seiner Mutter gekniet. Erst als der Bestatter sanft zum Aufbruch drängte, war er aufgesprungen, um für die Beerdigung – die allerdings noch in weiter Ferne lag, zunächst stand die Obduktion an – ihr Festtagskleid zu holen, das er dann feierlich überreicht hatte.

Nun sah er regungslos dem Leichenwagen hinterher, der hinter immer noch grünem Laub verschwand.

Fitzen und Benthien nahmen vier Terrassenstühle mit nach unten an den Strand und stellten sie an den Fuß der alten Holztreppe – vielleicht, dachte Lilly, um Bense den Anblick des Hauses zu ersparen, in dem immer noch die Leute von der Spurensicherung in einer Art elegischem Tanz zugange waren. Ab und zu konnte man verwischte weiße Farbtupfer in den Scheiben spiegeln sehen.

Bense saß auf dem Stuhl wie ein nasser Sack, als hätte er jeden Halt verloren. Er war ein gutmütig wirkender Mann mit rundem Gesicht, ein wenig übergewichtig, mit einem schlaffen Händedruck. Ein Kranz von dunklen Locken umgab den Kopf, der oben, wie eine Tonsur, völlig kahl war und unterhalb des Lockenrunds geschoren; irgendwie erinnerte er sie ein bisschen an Martin Luther in seinen mittleren Jahren.

Sein Schmerz schien echt zu sein. Er starrte zu Boden und malte mit der Schuhspitze Kreise in den Sand. Lilly versuchte, sich vorzustellen, wie sie sich fühlen würde, wenn ihr Lebensmittelpunkt immer nur ihre Mutter gewesen wäre und sie sie eines Tages in der heimischen Küche erschlagen vorgefunden hätte. Offenbar hatten die beiden ja in einer engen Symbiose gelebt, ob vonseiten des Sohnes freiwillig, blieb dahingestellt. Dass Hartmut Bense von dem Schock noch ganz benommen war, konnte sie sich gut vorstellen.

»Haben Sie irgendeine Erklärung für das, was hier passiert ist?«, fragte Benthien, wobei er Lilly einen Blick zuwarf. »Wer könnte das Ihrer Mutter angetan haben?«

»Sie natürlich!«, sagte Bense kraftlos, wobei er mit dem Kopf zum Nachbarhaus wies. »Gabi. Sie hat ihr keine Ruhe gelassen. Immer wieder hat sie meine Mutter beschimpft und ihr gedroht.«

»Warum? Womit?«, fragte Fitzen, doch Bense antwortete nicht.

»Herr Bense«, sagte Benthien und legte dem Mann eine Hand auf den Arm, »irgendeine Begründung müssen Sie uns schon geben, warum Sie das glauben.«

»Mutter hat ihr gekündigt«, sagte Hardy Bense. »Vor

über sechs Monaten. Aber sie ignoriert es einfach. Tut so, als wäre Mutter nicht ganz zurechnungsfähig. Aber nur, weil sie schon seit Ewigkeiten da wohnt, muss das doch nicht heißen, dass sie ein Recht auf dieses Haus hat!«

»Warum hat Ihre Mutter Frau Tammen gekündigt? Nach so langer Zeit?«, fragte Lilly geduldig.

»Sie hat Mietschulden. Und sie vermietet zwei Wohnungen an Feriengäste, das ist laut Mietvertrag nicht erlaubt. Aber was sie darf oder nicht, darum hat sie sich nie gekümmert.« Benses Stimme wurde immer leiser, als verließe ihn jetzt die letzte Kraft.

»Was ist mit *Herrn* Tammen?«, erkundigte sich Benthien. »Irgendwie klingt das, als wäre er gar nicht daran beteiligt?«

»Den gibt's nicht mehr, der ist weg«, sagte Bense. »Sie ist geschieden.«

Irgendwie, fand Lilly, klang es gehässig. Als habe Gabi Tammen ihren Mann im Vorbeifahren auf einer Müllhalde entsorgt.

»Wie ist sie denn gestorben? Meine Mutter?«, fragte Bense leise, während Fitzen gemütlich sein Gesicht mit geschlossenen Augen in die Sonne hielt.

Lilly hatte sich schon gewundert. Als Hartmut von dem zweiten Polizisten aus seinem Wyker Ladengeschäft hierhergebracht worden war, hatte er sich um den Tatort in der Küche überhaupt nicht gekümmert, sondern war sofort auf die Terrasse gestürzt, um sich Gabi Tammen zu schnappen. Aber später, als die Tote im Sarg lag, hatte er sie nicht gehen lassen wollen.

»Jemand hat sie mit der gusseisernen Pfanne auf den Kopf geschlagen«, sagte Fitzen. »Sie war gerade dabei, Essen zu kochen: Bratkartoffeln, Ei, Würstchen.«

Bense holte ein Taschentuch aus seinen Jeans und hielt es

sich an die tränenden Augen. »Das hat sie mir oft zu Mittag gemacht. Aber das sieht ihr ähnlich!«

Überraschend für alle sprang er in einem plötzlichen Anfall von Energie aus dem Stuhl und blickte zum Haus der Tammens. »Das sieht Gabi ähnlich! Meine Mutter mit einer Pfanne zu erschlagen!« Er blickte wild um sich. »Wann war das? Wann ist meine Mutter gestorben?«

Lilly wusste, dass der genaue Todeszeitpunkt noch immer unklar war. Vermutlich um die Mittagszeit herum, doch der Arzt hatte dazu nicht allzu viel sagen können. Im Haus war es durch den ständigen Luftzug, der durch die beiden geöffneten Türen kam, gerade in Bodennähe so ausgekühlt, dass die Berechnung der Körpertemperatur wenig zu den Erkenntnissen beitragen konnte. Sie hofften, durch die Obduktion Genaueres zu erfahren. Aber darauf mussten sie noch eine Weile warten.

»Wann haben Sie Ihre Mutter zuletzt gesehen?«

»Heute Morgen vor dem Frühstück. Mutter legt großen Wert auf ein gutes Frühstück, jedenfalls für mich. Sie selbst isst nur wenig: Toastbrot mit Honig. Aber für mich stellt sie sich an den Herd, brät Speck und Eier, manchmal macht sie sogar ein Bauernfrühstück mit allem Drum und Dran.« Er schlug sich auf seinen keineswegs flachen Bauch. »Was meinen Sie, wo der herkommt? Sie mästet mich wie die Hexe den Hänsel.« Er wirkte erschrocken über seinen Vergleich mit der Hexe, gleichzeitig aber auch traurig. Vielleicht, weil ihm gerade eingefallen war, dass er ab jetzt ganz allein für sein leibliches Wohl sorgen musste. Schnell fuhr er fort: »Heute Morgen hatte ich es allerdings eilig, ich hatte einen Termin bei einem Kunden. Da bin ich gar nicht zum Frühstücken gekommen. Ich habe mir unterwegs ein Brötchen gekauft.«

Lilly fand, dass er leicht desorientiert wirkte. Es war wohl besser, das Verhör am nächsten Tag fortzusetzen, wenn der Schock etwas abgeklungen war.

Benthien schien ähnlich zu denken. Er fragte Bense noch kurz, wo er den Vormittag über gewesen war. Doch der Mann hatte offenbar ein Alibi. Er war im Laden gewesen und bei zwei Kunden, war seine Antwort, die sich anhörte, als käme sie von einem Automaten. Immer noch stand Bense völlig neben sich.

Benthien erhob sich, nahm zwei der Stühle und sagte Hartmut Bense, dass sie die Befragung am nächsten Tag fortsetzen würden. Fitzen erwachte aus seinem Nickerchen und ging ebenfalls nach oben, während Bense reglos sitzen blieb, den Blick stumm zu Boden gerichtet.

Lilly nahm ihn sanft beim Arm. Er erzählte ihr, dass ihn ein Freund aus Nieblum abholen wollte. Dort könnte er für einige Tage bleiben.

Oben auf der Terrasse trafen sie ein älteres, sehr distinguiert wirkendes Ehepaar, das mit betroffener Miene auf Hartmut Bense zusteuerte. Offenbar hatten sie gerade gehört, was geschehen war. Die Frau nahm ihn kurz in den Arm, was Bense sehr steif über sich ergehen ließ. Waren das die langjährigen Sommergäste, die die Dachgeschosswohnung gemietet hatten?

»Gestatten, Laukat«, sagte der Mann höflich in die Runde. »Und das ist meine Gattin.« Er war groß und schlaksig, mit grauem Haar und einer randlosen Brille. Lilly dachte unwillkürlich, dass er wie ein kreativ arbeitender Mensch aussah, und das war er auch, nämlich Architekt, wie sie inzwischen von den Kollegen aus Flensburg wusste, allerdings seit langem arbeitslos. Seine Frau trug einen langen, unförmigen Rock und hatte die graubraunen Haare oben auf dem Kopf zu einem Dutt gesteckt. Ihre braunen Augen unter den geraden, ungezupften Brauen betrachteten Hardy Bense besorgt, als sei er ein kleines Kind, das ihr anvertraut worden war. Lilly konnte sie sich gut bei der Ausgabe der *Tafel* oder in der Küche beim Marmelade-Kochen vorstellen. Oder als Frau eines Pfarrers.

Als vor dem Haus eine Hupe ertönte, machte sich Bense ohne ein weiteres Wort los und ging nach vorne. Die Laukats sahen ihm verblüfft hinterher.

Überhaupt schienen sie eher überrascht zu sein als in tiefer Trauer.

»Können wir denn heute Nacht überhaupt hier schlafen?«, erkundigte sich Frau Laukat. »Weiß man schon, wer es war?«

Holm Ingwersen hatte sie offenbar über den Mord an ihrer Gastgeberin informiert.

Benthien ignorierte die Frage. »Darf ich fragen, wo Sie gerade herkommen? Wo waren Sie heute Vormittag?«

»Wir haben nichts zu verbergen«, antwortete Oskar Laukat steif. »Wir sind früh aus dem Haus, kurz nach acht, und haben in einem Café am Sandwall ausgiebig gefrühstückt. Danach haben wir eine Fahrradtour über die Insel gemacht, nach Utersum, Dunsum und Oevenum, wo wir zu Mittag gegessen haben. Von dort kommen wir gerade zurück. Aber eine andere Frage. Können wir überhaupt weiter hier im Haus wohnen?«

Benthien riet ihnen, sich für ein, zwei Tage ein Zimmer im Hotel zu nehmen, da die KTU noch im Haus zu tun hatte. Außerdem – aber das sagte er nicht – war es ihm lieber, das Haus leer zu wissen, da die Räume der Benses nicht alle abgeschlossen werden konnten.

Fitzen begleitete das Paar nach oben, weil er sich dort noch ein wenig umsehen wollte.

»Wir werden die ganze Nachbarschaft befragen müssen«, sagte Benthien düster zu Lilly und fuhr sich durch seine dichten braunen Haare, wie es seine Gewohnheit war. Lilly musste lächeln. Johns Haare sahen nie lange Zeit ordentlich aus, sondern lagen auch ohne Gel kreuz und quer am Kopf, umso unordentlicher, je weiter der Tag voranschritt. Manchmal musste sie sich sehr zügeln, um sie nicht zu ordnen.

Auch Fitzen war eine auffällige Erscheinung: Haare bis zum Kragen, Dreitagebart, auf jedem Finger ein kleines Tattoo, Freundschaftsbänder am Handgelenk. Er war der Typ, vor dem Eltern ihre Teenager-Töchter immer warnten. War wohl noch ein Überbleibsel aus der Zeit, als er in Hamburg undercover ermittelte. Dabei war Fitzen nicht halb so wild, wie er aussah.

»Aber wir bekommen Hilfe aus Niebüll«, sagte Benthien in ihre Gedanken hinein, und Lilly fiel ein, dass von der Nachbarschaftsbefragung die Rede gewesen war. Sie sah sich um. In der ersten Reihe der Strandhäuser stand sonst kein weiteres Haus, und die anderen Häuser entlang der Straße, die zum Strand führte, lagen so, dass man das Bense-Haus von dort aus nicht sehen konnte, zudem waren sie umgeben von dicht bewachsenen Gärten. Ob sie da überhaupt jemanden fanden, der etwas beobachtet hatte?

Im Haus polterte es, und Fitzen sprang die Treppe hinunter.

Lilly sah ihm an, dass er gleich mit einer wichtigen Nachricht herausplatzen würde.

»Frau Laukat hat gerade festgestellt, dass Teile ihres Schmucks gestohlen wurden!«, verkündete er.

Alte Geschichten

Fitzen hatte einen Block vor sich liegen und schrieb in seiner unleserlichen Krakelschrift Hieroglyphen auf die Seite: Die Laukats, konnte Lilly noch so gerade entziffern, Tammen, Verwandte?, wo war Hardy, Alibis, Putzhilfe, andere Gäste?, Todeszeitpunkt. Das letzte Wort umkringelte er mehrfach und versah es mit etlichen Fragezeichen.

Sie saßen noch immer auf der Terrasse und warteten auf Gabi Tammen, die inzwischen ihre Gäste abgeholt hatte. Esther Talley, die Kollegin im Innendienst in Flensburg, hatte ihnen drei Zimmer in einer Wyker Pension reserviert, und in der Polizeistation stand ihnen ein Raum mit Schreibtischen und Laptops zur Verfügung. Aber noch wollte Benthien hier, am Tatort, bleiben, um sich ein umfassendes Bild zu machen und mit Gabi Tammen direkt vor Ort sprechen zu können. Zudem hatten sie hier zweifellos den schönsten Blick von ganz Föhr. Bevor die Laukats sich in einem Hotel eingemietet hatten, waren sie alle nochmal durch die Räume gegangen, um herauszufinden, was vielleicht sonst noch fehlte, waren aber nicht fündig geworden. Genau konnte ihnen das wohl nur Hardy Bense sagen, mit dem sie morgen noch einmal ausführlich sprechen wollten; heute war er zu traumatisiert gewesen.

Der Schmuck von Frau Laukat war im Übrigen nicht

gänzlich gestohlen worden, sondern nur eine Uhr – ein Erinnerungsstück an ihre Mutter – und ein Ring. Der Verlust hatte sich im Rahmen gehalten, insgesamt ging es um einen Betrag von viertausend Euro. Frau Laukat war dennoch außer sich gewesen und den Tränen nahe. »Mein Sohn hat mir den Ring zum Geburtstag geschenkt«, hatte sie geschluchzt, sodass Lilly sich schon gefragt hatte, ob der Sohn verstorben und es daher ein besonders schmerzhafter Verlust war. Aber dem war nicht so.

Nachdem sich Frau Laukat wieder beruhigt hatte, waren sie in ein Hotel an der Strandpromenade gezogen mit dem Versprechen, sich morgen Vormittag zur Befragung zur Verfügung zu stellen.

»Kann es sein«, fragte John jetzt, »dass hier jemand, weil die Tür offen stand, eine günstige Gelegenheit zum Einbruch gesehen hat, und dann kam ihm Frau Bense in die Quere? Und er hat einfach mit dem nächstbesten Gegenstand, der ihm unterkam, zugeschlagen?«

»Das habe ich vorhin schon Ingwersen gefragt«, sagte Fitzen und gähnte, »er sagt, auf Föhr gäbe es zurzeit keine Einbrüche. Nebenbei bemerkt, auch keine Morde. Hier ist die Welt noch heil und in Ordnung.«

»Ich glaube, Frau Bense wäre da anderer Meinung«, kommentierte Benthien trocken.

»Wir müssen herausfinden, ob der Tod von Frau Bense ein Zufall war, ein Kollateralschaden quasi, oder ob man sie persönlich gemeint hat«, warf Lilly ein.

»Dann lasst uns mal die Leute ausquetschen«, sagte Fitzen fröhlich. »Da kommt schon unser erstes Opfer.«

Gabi Tammen kam über einen Trampelpfad durch die Düne zu ihnen auf die Terrasse. Sie hatte sich umgezogen, jetzt trug sie zu ihrer Jeans ein blau-weißes Sweatshirt im

Matrosenlook, das gut zu ihren blauen Augen passte. Lilly überlegte, ob da nicht mal etwas gewesen war zwischen Hardy und seiner Nachbarin, wahrscheinlich kannten sie sich ja schon seit ihrer Kindheit. Oder war gerade das ein Grund, der dagegen sprach?

Die junge Frau wirkte atemlos und aufgebracht. »Ist das zu glauben? Meine beiden Damen, die ich gerade abgeholt habe, haben sich geweigert, bei mir einzuziehen, nachdem sie von dem Mord gehört haben. Was kann ich denn dazu? Ich musste sie zu einem Hotel fahren.«

»Das ist ärgerlich«, meinte Lilly, »aber auch verständlich. Es muss ein Schock für sie gewesen sein, mit so einer Nachricht empfangen zu werden.«

»Ja, natürlich«, sagte Gabi, während sie sich setzte. »Ich bin ja auch noch immer ganz erschüttert. Ich kannte Gertrud mein Leben lang. Sie war immer so *präsent*, eine graue Eminenz, sowohl für meine Familie als auch natürlich für ihren Sohn. Und jetzt ist sie nicht mehr da? Das ist schwer zu fassen.«

Benthien nickte freundlich, während Fitzen sie ungeniert musterte und Strichfrauen mit Grinsegesichtern auf seinen Block malte. »Erzählen Sie uns etwas über sich«, forderte Benthien sie auf. »Kommen Sie von hier? Von der Insel? »

»Ja, ich bin sogar im Nachbarhaus aufgewachsen. Doch nach meiner Heirat«, erwiderte Gabi, »bin ich mit meinem Mann nach Madeira gezogen, wo wir eine Tauchbasis betrieben. Nele ist dort geboren worden. Irgendwann, wie das so ist, ging es mit unserer Ehe den Bach runter, und ich kam mit Nele zurück. Das war vor gut zwei Jahren. Gertrud hat mir unser altes Haus wieder überlassen, und ich durfte auch an Feriengäste vermieten, davon bekam sie einen bestimmten Prozentsatz ab. Damals waren wir noch Freunde. Da hat sie noch immer eines von ihren berühmten Sauerteigbroten für mich mit gebacken. Auf ihre Backkünste war sie sehr stolz. Aber diese Freundlichkeit war eines Tages ganz plötzlich vorbei, jedenfalls mir gegenüber.«

»Warum?«

»Ich weiß es nicht.«

»Aber Sie müssen doch eine Ahnung haben?«, fragte Fitzen.

»Ich weiß es wirklich nicht. Von einem auf den anderen Tag hatte sie sich verändert.«

Benthien sah sie nachdenklich an. Ihm fiel es schwer, zu glauben, dass Gabi Tammen keine Idee hatte, warum das so war.

»Sie schien eine geschäftstüchtige Frau gewesen zu sein«, warf Lilly ein.

»Das war sie, aber ich war ja einverstanden damit, eine gewisse Abgabe für die Vermietungen zu zahlen.«

»Wieso kam es dann zum Streit?«, wollte Fitzen wissen. »Sie hat Ihnen doch gekündigt?«

»Auch das weiß ich nicht«, bekannte die blonde junge Frau. »Ich habe immer gedacht, sie hätte Nele sehr gern, die beiden haben sich oft unterhalten, und Nele hat hin und wieder kleine Botengänge für sie gemacht. Aber auf einmal, vor einigen Monaten, war es vorbei, und es kam immer wieder zum Streit. Die Gäste waren zu laut, sie machten zu viele Umstände, liefen auf ihr Grundstück, verpesteten die Luft mit ihren Autos oder Zigaretten … einmal hat sie sogar behauptet, jemand hätte ihren Morgenmantel von der Wäscheleine geklaut. Ich bitte Sie! Wer stiehlt denn einen verschlissenen Frotteemantel?«

»Sie glauben also, es waren bloß Vorwände, um Ihnen schließlich zu kündigen?«

»Ich hatte es leider nicht schriftlich, dass ich an Gäste vermieten durfte. Dann behauptete Gertrud, meine Abrechnungen würden nicht stimmen. Zudem hätte sie mir nie erlaubt, an Gäste zu vermieten, sie hätte es nur geduldet, aber damit sei jetzt Schluss. So von heute auf morgen! Und kurz darauf folgte die Kündigung!« Gabi beugte sich vor. »Auf einmal war meine ganze Existenzgrundlage weg! Wo sollen wir denn hin, Nele und ich, und selbst wenn wir hier eine Wohnung finden würden, fehlen mir doch die Mieteinnahmen! Neles Vater zahlt mir gerade mal dreihundert Euro an Unterhalt für uns beide. Davon kann man doch nicht leben!«

Sie war den Tränen nahe, und Lilly fragte sich, ob es Gabi Tammen bewusst war, was für ein gutes Motiv sie ihnen gerade geliefert hatte. Vorausgesetzt, sie durfte die Hoffnung haben, dass Hardy Bense nicht auf der Kündigung bestand.

»Was sagte denn Hartmut Bense dazu?«, fragte in diesem Augenblick Benthien, fast, als hätte er ihre Gedanken erraten.

Die junge Frau zuckte mit den Schultern. »Ich weiß es nicht. Da müssen Sie ihn schon selbst fragen.«

»Sie haben kein gutes Verhältnis zu Hardy?«, fragte Fitzen. »War das schon immer so?«

Gabi zögerte. »Nein. Als Kinder mochten wir uns, wir haben immer am Strand miteinander gespielt. Es war der größte und schönste Abenteuerspielplatz der Welt für uns. Später ...«, sie zögerte. »Später hat er sich dummerweise in mich verknallt. Ich habe das zuerst nicht so mitbekommen, für mich war er weiterhin ein guter Kumpel und Freund, mit dem man Spaß haben konnte, und dadurch habe ich vielleicht Hoffnungen in ihm geweckt. Dann kam ein Abend ... das war alles so lächerlich ... er hatte rote Rosen gekauft und wollte sie mir bringen, und dazu fiel ihm nichts Besseres ein, als seinen besten Anzug anzuziehen, in dem er wie verkleidet aussah, vor mir mit seinen Rosen auf die Knie zu fallen und feierlich zu fragen: ›Willst du mit mir gehen?‹ ... wie in dem alten Schlager von Dahlia Lavi.« Sie lachte gequält. »Er hatte öfter solche romantischen Anwandlungen, aber diese war mit Abstand die albernste.«

»Und dann?«, fragte Fitzen gespannt.

»Ich musste ganz fürchterlich lachen, ich hatte regelrecht einen Lachkrampf. Er stand auf, warf mir die Rosen ins Gesicht und lief davon. Am nächsten Tag fuhr ich nach Husum, um dort eine Ausbildung zur Einzelhandelskauffrau zu beginnen. Währenddessen wohnte ich bei Verwandten. Ich sah Hardy erst drei Jahre später wieder, und da ging er mir aus dem Weg.« Als sie die fragenden Blicke der drei Beamten sah, fügte sie hinzu: »Hardy hat Verwandte in Amerika, den Bruder seiner Mutter, der vor Jahrzehnten ausgewandert war. Er zog für drei Jahre zu ihnen nach Oregon und ging auch dort zu Schule und aufs College. Ich vermute, er wollte dadurch nicht nur mir, sondern auch seiner Mutter entkommen. Gerade in dem Alter damals, mit siebzehn, hat er sehr unter ihrer dominanten Art gelitten.«

»Ist seitdem Ihr Verhältnis so belastet?«, fragte Lilly. Wenn Bense zart besaitet gewesen war – zudem noch in der Pubertät –, hatte ihn die Reaktion seiner Angebeteten womöglich sehr verletzt. Aber konnten diese Gefühle bis in die Gegenwart reichen? Inzwischen waren doch viele Jahre vergangen.

»Nein, ich habe versucht, meinen Fehler wiedergutzumachen, habe mich entschuldigt, und da Hardy nach seiner Rückkehr anscheinend noch immer in mich verliebt war, hat er es akzeptiert. Er zog sich erst zurück, als ich meinen Mann kennenlernte und heiratete. Dann verließ ich die Insel und kam erst vor gut zwei Jahren wieder zurück.« Sie zögerte, sprach dann aber nicht weiter.

Benthien nickte ihr aufmunternd zu. »Wie hat Herr Bense auf Sie reagiert?«

»Na ja, er … also er dachte wohl, jetzt, da meine Ehe gescheitert war, hätte er wieder eine Chance. Er machte mir Avancen, lud mich zum Essen oder zu Konzerten ein, aber mir war das alles zu viel. Ich wollte sehr gern ein freundschaftliches Verhältnis zu ihm haben, aber nicht mehr. Er reagierte sehr verärgert und verletzt. Von Freundschaft konnte keine Rede mehr sein. Im Gegenteil, er traktierte mich, wo er nur konnte.« Sie ließ den Kopf hängen. »Mir tat das sehr leid. Hardy ist ein lieber Kerl. Ich habe nie verstanden, warum wir nicht Freunde sein sollten wie früher, er konnte mich doch nicht zwingen, ihn zu lieben!«

»Und was sagte Hardys Mutter dazu?«, fragte Fitzen, der inzwischen dazu übergegangen war, Pferdeköpfe zu malen.

»Gertrud unterstützte ihn in seinen Ausfällen gegen mich. Sie hatte ja ständig Angst, ihn an eine Frau zu verlieren, und hat alles getan, damit es nicht dazu kam.« Gabi lachte unfroh. »Mütter, die ihre Kinder fressen. Gertrud hat nie kapiert, dass ich von Hardy nichts wollte. Sie sah mich wohl als Bedrohung ihres häuslichen Friedens. Im Grunde genommen hat sie ihren Sohn immer nur benutzt und ihm sein Leben geraubt. Jede seiner wenigen Freundinnen hat sie schlechtgemacht. Vielleicht hoffte er, er käme mit mir aus dieser Nummer heraus.«

Lilly dachte, dass sich hier bereits das zweite Motiv für Gabi Tammen ergab. Wie, wenn diese Geschichte gar nicht stimmte, sondern es genau umgekehrt war? Gabi, der es finanziell nicht gut ging, schon gar nicht, wenn sie aus dem Haus rausmusste, wollte Hardy heiraten, um versorgt zu sein, aber Gertrud Bense war im Weg. Und solange Mama im Haus regierte, gab es keine Lösung, keine Heirat. Im Prinzip hätten beide, Hardy und Gabi, sogar gemeinsame Sache machen können. In dem Fall wäre Benses dick aufgetragene Abneigung gegen Gabi vielleicht nur ein Bluff gewesen.

»Sie sagten, Sie waren den ganzen Vormittag außer Haus, um Ferienwohnungen zu putzen«, sagte Lilly. »Dafür brauchen wir die Adressen. Hat Sie jemand beim Putzen gesehen?«

»Frau Hansen, ihr gehören die Wohnungen. Ich habe kurz mit ihr gesprochen, als ich ankam.«

Kein gutes Alibi, dachte Lilly. Die Adresse, die ihnen Gabi Tammen gab, befand sich ganz in der Nähe. Sie hätte ihre Putzarbeit jederzeit unterbrechen und das Haus der Benses schnell erreichen können. Zu dumm, dass sie den genauen Todeszeitpunkt erst morgen, nach der Obduktion, erfahren würden. Im Prinzip hätte sie die alte Frau auch kurz vor ihrer »Entdeckung« umbringen können, vielleicht im Streit über die Mietkündigung.

Lilly dachte gerade über ihre nächste Frage nach, als die Tochter auf die Terrasse kam, ein etwa zehnjähriges Kind mit einem langen Zopf und Sommersprossen auf der Nase. Lilly lächelte ihr zu und sagte: »Ich bin Lilly. Und du bist sicher Nele, habe ich recht? Nele, die gerade mumpsfrei hat?«

Das Mädchen erwiderte ihr Lächeln nicht. Es wirkte bedrückt. »Sind Sie die Polizei?«, fragte sie ernst.

Lilly nickte. Ihre feinen Antennen sagten ihr, dass das Kind irgendetwas zu beunruhigen schien. Als Gabi Tammen aufstand, weil sie zu ihren Gästen gehen wollte, hielt ihre Tochter sie zurück. Lilly fiel auf, dass sie zwei tiefe Kratzer am Handgelenk hatte.

»Ich muss euch was sagen.« Nele kuschelte sich dicht an ihre Mutter.

»Hast du was Schlimmes angestellt, Nele?«, fragte Fitzen mit Grabesstimme. »Müssen wir dich ins Gefängnis stecken?«

Lilly befürchtete, dass er das Kind mit diesem Unsinn erschreckt hatte, doch das Gegenteil war der Fall; Nele wurde sichtlich lockerer und kicherte.

»Nein, aber ich hab was gesehen.« Sie wandte sich an ihre Mutter. »Ich habe Frau Bense schon vor dir entdeckt, Mama, wie sie in der Küche auf dem Boden lag. Und ich hab noch was gesehen: Da war nämlich jemand. Einer mit dunklen Haaren, aber genau konnte ich ihn nicht erkennen, nur durch die Gardine. Der ist dann ganz schnell weggerannt.«

Frühstück mit Thyra

Am Abend, in ihrer gemütlichen Pension in Wyk, hatten sie noch lange in Lillys Zimmer – es war das größte und besaß die bequemste Sitzgarnitur – zusammengesessen und über den Fall diskutiert.

Und am Morgen, nach dem Frühstück, trafen sie sich wieder dort, blickten über die roten Petunien vor den Fenstern auf das dunstige Meer und beobachteten auf dem Sandwall die Touristen, die mit ihren Brötchentüten zum Bäcker gingen.

»Fassen wir mal zusammen, was wir bisher erfahren haben«, sagte Benthien und nippte an seinem Kaffee, den sie sich aufs Zimmer bestellt hatten. »Nele hat Frau Bense ungefähr zwanzig Minuten vor ihrer Mutter entdeckt, das war so gegen zehn nach zwölf. Kurz zuvor hat sie einen Jogger am Strand gesehen, der aus Richtung der Häuser kam, den sie aber nicht beschreiben kann, weil er ein schwarzes Kapuzenshirt trug. Sie weiß nur, dass er schlank war und schnell rennen konnte. Also ist er fit und sportlich. Nach ihm muss gefahndet werden; wenn er nicht der Täter ist, könnte er ein Zeuge sein. Wenig später hat sie dann am Haus einen Mann flüchtig gesehen, der wahrscheinlich dunkle Haare hatte und davonlief. Nele kann uns nicht ...«

Er unterbrach sich, weil es energisch an die Türe klopfte. Lilly traute ihren Augen nicht, als Thyra Kortum, die Oberstaatsanwältin, ins Zimmer spaziert kam. Sie war krankgeschrieben, weil sie Probleme mit den Gelenken hatte, so viel wusste Lilly. Aber wie kam sie hierher?

Thyra, im feschen Kostüm, die blonden Haare wie immer perfekt frisiert, wirkte erschreckend tatendurstig. Sie lächelte die drei an. Lilly dämmerte es. »Bist du etwa hier auf Föhr in der Reha?«

Thyra zog ihre Jacke aus und ließ sich aufs Sofa plumpsen. »Ja, trifft sich das nicht gut?« Sie nahm den Tisch in Augenschein. »Habt ihr nur Kaffee? Kein Frühstück?«

Benthien grinste. »Wir haben schon unten gefrühstückt. Und du doch wohl in der Reha!«

»Ja, Knäckebrot mit Quark.« Sie griff nach der kleinen Karte und zum Telefon und bestellte ein Croissant mit Butter und Marmelade aufs Zimmer, dazu einen Kaffee mit einer Extraportion Sahne.

Fitzen räusperte sich. »Hast du uns, bevor du abfuhrst, nicht was von Diät gesagt?«

Thyra musterte ihn empört mit ihren klaren, eisblauen Augen. »Ich habe genau sieben Kilo zu viel. Wer braucht denn deswegen eine Diät? Ich doch nicht! Erzählt mir lieber was von dem Mord an der alten Frau. Was habt ihr bisher rausbekommen?«

Benthien, der Thyra schon seit Ewigkeiten kannte, denn sie war eine Freundin seiner Mutter gewesen, gab ihr einen ausführlichen Bericht, während die Oberstaatsanwältin genüsslich Butter und Marmelade auf jeden Bissen ihres Croissants strich.

»Was ist mit dem Ehepaar Laukat?«, fragte sie schließlich mit vollem Mund. »Die wohnen doch im Haus. Die müssten etwas mitbekommen haben – wenn nicht, sind sie mir bereits verdächtig.«

»Die Laukats haben wir gestern Abend noch in ihrem Hotel ausführlicher befragt«, sagte Fitzen, der wie ein hungriger Wolf auf Thyras Croissantkrümel starrte. »Sie sind kurz nach acht aus dem Haus gegangen, bis dahin war alles still, und sie haben niemanden gesehen. Das Frühstück haben sie in einem Café eingenommen – das stimmt, wir haben es überprüft – und sind dann zu einer Radtour aufgebrochen. Sie waren erst am frühen Nachmittag zurück.«

»Also haben sie im Prinzip kein Alibi«, schloss Thyra messerscharf.

Fitzen telefonierte indessen mit dem Empfang und bestellte ebenfalls ein Croissant mit Beilagen, wobei er von Thyra unterbrochen wurde, die mit zwei ausgestreckten Fingern vor seinem Gesicht herumfuchtelte, sodass er geistesgegenwärtig seine Bestellung in zwei Croissants umänderte.

»Wir sollten vielleicht auch mal arbeiten, Leute«, sagte Benthien, doch Thyra bemerkte weise, Essen und Arbeit schlössen sich nicht aus.

Lilly war wieder einmal froh, dass sie vor drei Jahren von Lüneburg zur Flensburger Mordkommission gewechselt hatte. Sie mochte die Kollegen, und sie mochte vor allem Thyras burschikose Art. Sie verlangte viel und möglichst alles gestern, bemutterte aber auch gern die Menschen, die sie mochte, und hatte ein großes Herz und einen ausgeprägten Sinn für Gerechtigkeit.

»Was ist denn mit dem Sohn, diesem Hartmut Bense?«, fragte Thyra. »Wenn der so unter der Fuchtel stand, hatte er doch das beste denkbare Motiv?«

»Er war den ganzen Vormittag in seinem Laden und bei Kunden, Holm Ingwersen hat das überprüft«, antwortete Lilly. »Die Laukats haben uns erzählt, dass die Benses schon seit drei Generationen in Wyk ein Ladengeschäft für Wäsche haben. Gardinen, Tischwäsche, Bettwäsche und so was. Die hiesige Polizei hat ihn dort abgeholt, nachdem Frau Bense gefunden worden war. Aber wir werden ihn nachher noch genauer befragen, wenn der Schock etwas abgeklungen ist.«

»Er glaubt, dass die Nachbarin, Gabi Tammen, seine Mutter umgebracht hat«, sagte Fitzen. »Ganz ausgeschlossen ist das nicht, die hätte schon ein oder zwei gute Motive. Aber Hardy ist geradezu besessen von ihr – im negativen Sinn –, den kann man da nicht so wirklich ernst nehmen.«

»Am wahrscheinlichsten erscheint mir, dass es ein Einbrecher war, der überrascht wurde und spontan zugeschlagen hat«, meinte Thyra. »Kann ich euch nicht irgendwie helfen?«

Lilly starrte sie an. »Thyra, du bist hier zur Reha! Hast du denn keine Anwendungen?«

Die Oberstaatsanwältin schnitt eine Grimasse. »Wassergymnastik um zwölf. Danach gibt's einen gesunden Kräutersalat mit Croutons. Wollen wir uns nicht heute Abend zum Essen treffen?«

»Damit du dir ein dickes Steak einfahren kannst?« Fitzen grinste. »Meinetwegen. Bist du mit dem Auto hier?«

Thyra verneinte, sie war von ihrer nahegelegenen Reha zu Fuß hergekommen

Benthien stand auf. »Ich hoffe, ihr zwei habt jetzt genug gefuttert. Thyra, wir bringen dich zurück in die Reha, und dann werden wir mit Hartmut Bense reden.«

»Da komme ich mit, ich habe ja noch genügend Zeit!« Der Miene der Oberstaatsanwältin war anzusehen, dass sie nicht mit sich reden lassen würde, also musste sie notgedrungen mitgenommen werden.

Am Schauplatz des Mordes

Unterwegs kam Thyra auf die Idee, den Tatort besichtigen zu wollen, daher blieb Benthien nichts anderes übrig, als mit ihr zum Haus der Benses zu fahren.

Es lag still und verlassen da. Die Spurensicherung hatte ihre Arbeit beendet und war abgezogen, aber die Blutlache in der Küche und die Kreidestriche auf dem Boden, die die Umrisse der Leiche markierten, waren noch vorhanden.

»Ich mache mal oben weiter«, sagte Fitzen und verschwand, als Benthien zustimmend nickte.

Thyra betrachtete das Chaos. »Sie scheint völlig überrascht worden zu sein. Gab es Anzeichen von Gegenwehr?«

»Nichts Offensichtliches«, sagte Lilly.

»Sie stand am Herd, dann kam jemand dazu, langte nach der heißen, gusseisernen Pfanne und drosch sie der alten Frau auf den Kopf. John, du Quantico-Profiler, was sagt dir das?«

Benthien, der tatsächlich ein halbes Jahr im US-amerikanischen Quantico, dem Hauptsitz des FBI, Lehrgänge zum Fallanalytiker gemacht hatte, warf ihr einen schrägen Blick zu. Machte sie sich über ihn lustig? Bei ihr wusste man das nie so genau.

»Das sagt mir so viel wie jedem anderen, der sich mit Verbrechen beschäftigt: Es war wohl eine spontane, impulsive Tat, sicherlich kein sorgfältig geplanter Mord.«

»Oder man wollte es so aussehen lassen, als wäre es eine spontane Tat«, warf Thyra ein.

»Du denkst zu kompliziert.« Benthien spazierte nachdenklich durch die Küche. »Mein Gefühl sagt mir, es war eine Beziehungstat. Versetzt euch doch mal in die Lage eines Einbrechers: Erstens müsste er gemerkt haben, dass jemand in der Küche hantierte, und da sie eine alte, nicht sehr bewegliche Frau war, hätte er ihr aus dem Weg gehen können. Er hätte durchaus hinter ihrem Rücken ins Obergeschoss schleichen können, das hätte sie nicht bemerkt, zumal sie schlecht hörte. Überrascht wird sie ihn nicht haben, denn sie war ja am Kochen. Und sollte er doch von ihr überrascht worden sein, würde er ihr dann die volle Pfanne auf den Kopf hauen? Er würde sie vielleicht schubsen oder zu Boden stoßen, und bestimmt hätte er keine Schwierigkeiten, zu entkommen.«

»Aber wenn sie ihn erkannt hat?«, gab Lilly zu bedenken.

»Trotzdem, ein Einbruch hier in diesem Haus, wo nicht viel zu holen ist, ist doch eher ein harmloses Delikt gegenüber einem Mord.«

Plötzlich hörten sie Lärm und laute Stimmen von oben, dann polterte es auf der Treppe, und Fitzen erschien, der einen sehr wütenden jungen Mann vor sich herschubste.

»Ich habe ihn im Kleiderschrank gefunden«, verkündete er, »zusammengekauert wie ein Häschen. Im Zimmer der Laukats!«

»Ich bin Steffen Laukat!«, schimpfte der junge Mann. »Meine Eltern haben diese Wohnung gemietet! Was aber haben *Sie* da zu suchen?«

»Und warum verstecken Sie sich im Kleiderschrank?«, konterte Fitzen.

»Ich dachte, es wären Einbrecher im Haus!«

»Erzählen Sie das Ihrer Großmutter!« Sie starrten sich gegenseitig an. Benthien stellte fest, dass der junge Mann unter seiner Wollmütze ordentlich schwitzte. Er war mittelgroß, schmächtig, mit bleichem Gesicht und einem dünnen, flaumigen Oberlippenbart. Sein Blick war unstet.

Thyra verlangte seinen Ausweis zu sehen, den er ihr murrend gab. Dann forderte sie ihn auf, die Taschen seiner Lederjacke zu leeren, was er verweigerte. Besonders die Brusttasche wirkte ziemlich ausgebeult.

»Los«, sagte Fitzen, »mach keine Fisimatenten, Junge!« Mit einem Griff in den Kragen zog er ihm die Jacke aus. Benthien, der bereits Handschuhe übergestreift hatte, packte zu und holte ein ansehnliches Geldbündel aus der mit einem Reißverschluss verschlossenen Brusttasche.

»Das Geld gehört mir, verdammt!«, schnauzte der junge Mann, doch Benthien holte bereits ein Beweismitteltütchen aus einer Tasche seiner praktischen Cargohose und tütete es ein. »Wenn es Ihnen gehört, bekommen Sie es wieder, aber zuerst muss es untersucht werden. Und wir müssen mit Ihren Eltern sprechen. Lauter Fünfhunderteuroscheine, insgesamt zwanzigtausend Euro. Wozu tragen Sie so viel Geld mit sich herum?«

»Das geht Sie nichts an!«

»Und wissen Ihre Eltern überhaupt, dass Sie hier sind? Gestern haben sie Sie mit keinem Wort erwähnt!«

Fitzen telefonierte bereits. Benthien war klar, dass er die Laukats anrief. Er war sich sicher, dass Steffen Laukat ohne Wissen seiner Eltern hier war, und dass er ihnen das Geld gestohlen hatte. War er auch gestern schon auf der Insel gewesen? War er der Einbrecher? Oder gar der Mörder, weil Gertrud Bense ihn erkannt hatte? Sicherlich kannte sie ja den Sohn der Laukats. Seine dunkle Mütze hätte man, wenn man ihn nur kurz und als Silhouette sah wie Nele, für einen dunklen Haarschopf halten können. Sein Haarflaum jedenfalls hatte einen leichten, hellen Rotton, sodass er sicherlich keine dunklen Haare hatte.

Thyra war schon vorausmarschiert in die »gute Stube«, wie Frau Bense sie sicher genannt hatte, um Laukat zu verhören. Doch der Mann war nicht sehr gesprächig. Er bestritt vehement, schon gestern angereist zu sein. Nein, sagte er, er wäre erst in der Nacht in Hamburg losgefahren und hatte dann eine der ersten Fähren auf die Insel genommen.

»Und warum wollten Sie auf einmal Ihre Eltern besuchen?«, fragte Thyra. »Warum hatten Sie es so eilig? Und woher stammt das Geld?«

Laukat schwieg zunächst, und Benthien stellte innerlich schmunzelnd fest, dass er offenbar Zeit brauchte, um eine halbwegs glaubwürdige Geschichte zu erfinden. Nach einigen Minuten war er so weit und legte los. Er behauptete, seine Eltern hätten ihn gestern Morgen angerufen und gebeten, ihnen das Geld am nächsten Tag zu bringen. Sie waren schon lange mit Frau Bense in Verhandlung gewesen, weil sie ihre Ferienwohnung kaufen wollten.

»Davon ist schon seit Monaten die Rede«, sagte Laukat. »Meine Mutter geht demnächst in Pension, und es war schon immer ihre große Sehnsucht, dann ganz nach Föhr zu ziehen. Frau Bense brauchte einige Zeit, um sich zu entscheiden. Aber jetzt war sie einverstanden, und dieses Geld sollte eine Art Anzahlung sein, damit sie es sich nicht wieder anders überlegt.« Er blickte um sich. »Wo ist die eigentlich? Ist sie krank?«

Sein Schauspiel war nicht sehr überzeugend, genauso wenig wie seine Geschichte. Außerdem hatte er ja das Siegel an der Tür gesehen, und in der Küche das Blut und die Kreidestriche, da konnte er sich wohl denken, dass etwas

Gravierendes geschehen sein musste. Ins Haus gelangt war er aber offenbar auf einem anderen Weg, denn das Siegel war intakt.

»Lieber Freund«, sagte Fitzen in diesem Augenblick, »Sie lügen wie gedruckt. Augenblick mal, ich komme gleich wieder!«

Er lief aus dem Zimmer und rannte die Treppe hoch. Kurz darauf war er mit einigen Papieren wieder zurück.

»Das habe ich in Frau Benses Schlafzimmer gefunden. Sie hatte ihren Papierkram unter den langen Winterunterhosen liegen.« Er wandte sich an Laukat und fuchtelte mit einem Stück Papier herum. »Dummerweise habe ich hier die Kopie eines Schreibens von Frau Bense an Ihre Eltern. Darin sagt sie unter anderem: *Teile ich Ihnen hier mit, dass ich Ihnen meine Wohnung jetzt nicht und auch zu keinem anderen Zeitpunkt verkaufen werde. Sie wissen warum! Und ob ich sie Ihnen weiterhin vermieten werde, muss ich mir noch überlegen.* Was sagen Sie dazu? Der Brief ist gerade mal ein paar Tage alt!«

Laukat ließ sich nicht aus der Ruhe bringen. »Dann hat sie es sich eben wieder anders überlegt. Sie hat andauernd ihre Meinung geändert.«

»Wie sind Sie eigentlich ins Haus gekommen?«, wollte Thyra wissen.

»Unter einem der Blumentöpfe liegt immer ein Schlüssel.«

»Wenn Sie die Eingangstür aufgeschlossen hätten, wäre das Siegel gerissen.«

Laukat grinste. »An der Tür, die von der Küche nach draußen führt, ist kein Siegel angebracht! Und meine Eltern haben ja auch das Recht, das Haus und ihre Ferienwohnung zu betreten. Sie können mir gar nichts anhaben!«

Als es klingelte, fuhren alle zusammen. Es waren die Laukats, und die Blicke, die sie ihrem Sohn zuwarfen, waren keineswegs liebevoll. Wie interessant, dachte Benthien, dass sie gerade jetzt zur Stelle waren. Hatte ihr Sohn sie etwa angerufen?

Geplatzte Träume

Angesichts der vielen ungeklärten Fragen wurden das Ehepaar Laukat und ihr Sohn getrennt voneinander befragt. Lilly überlegte, ob sie in Steffen Laukat den Täter bereits gefunden hatten. Sein plötzliches Auftauchen, seine dubiosen Geschichten, die hohe Summe, die er in der Tasche trug, das alles sprach für eine gewisse kriminelle Energie. Daher brachten sie die Laukats sofort, noch ehe sie die Möglichkeit hatten, sich mit ihrem Sohn abzusprechen, in die Ferienwohnung, die sie so gern kaufen wollten, während Benthien und Fitzen Steffen Laukat weiterhin unten verhörten.

Oben angekommen, schlenderte Lilly durch die Wohnung und warf einen prüfenden Blick in alle Räume. Warum war Renate Laukat so versessen auf diese Wohnung, fragte sie sich. Sie war relativ klein, mit Dachschrägen und ohne Balkon, allerdings hatte man von hier einen herrlichen Blick aufs Meer. In Hamburg, das hatte Lilly gestern Abend recherchiert, wohnten die Laukats in einem kleinen Bungalow mit Garten in einer ruhigen, grünen Wohnsiedlung. Warum wollten sie den gegen diese verhältnismäßig enge Wohnung eintauschen? Noch dazu in einem Haus, in dem sie nie unbeobachtet waren?

Herr Laukat war derzeit arbeitslos, seine Frau arbeitete als Lehrerin an einem Gymnasium, aber offenbar wollte sie in den vorzeitigen Ruhestand gehen. Machten ihr die Schüler zu schaffen, die mangelnde Disziplin? Konnte sie sich nicht durchsetzen? Sie sah auch jetzt so aus, als wäre sie mit den Nerven am Ende. Das Gesicht war grau, wirkte vorzeitig gealtert, und ihre Hände zitterten, als sie den Kaffee servierte. Sie hatte höflich darauf bestanden, welchen zu kochen.

»Haben Sie den Besuch Ihres Sohnes erwartet?«, fragte Thyra. Als sie sah, dass Frau Laukat zögerte, fügte sie hinzu: »Bitte seien Sie ehrlich. Es hilft niemandem, wenn wir dahinterkommen, dass Sie uns nicht die Wahrheit erzählen, am wenigsten Ihrem Sohn.«

Die Laukats sahen sich an. Lilly schien es, als sei Frau Laukat noch blasser geworden. Doch es war der Mann, der antwortete.

»Wir haben gestern Abend mit Steffen telefoniert und ihm erzählt, was passiert ist. Davon, dass er herkommen sollte, war aber nicht die Rede.«

»Ihr Sohn hatte zwanzigtausend Euro bei sich, als mein Kollege ihn in Ihrer Wohnung entdeckte. Er versteckte sich im Kleiderschrank. Haben Sie eine Idee, woher er das Geld hatte?«

Lilly entging nicht, dass die Eheleute erschraken. Unwillkürlich huschte Frau Laukats Blick zu einer Kommode, die im Zimmer stand. Auch Thyra hatte es bemerkt.

»Das Geld lag in dieser Kommode, und es war Ihr eigenes Geld«, sagte sie ihnen auf den Kopf zu. »Hatten Sie es für den Wohnungskauf mitgenommen? Als Anzahlung?«

Renate Laukat barg ihr Gesicht in den Händen. Offenbar war sie nahe an einem Zusammenbruch.

»Sagen Sie uns die Wahrheit«, mahnte Thyra noch einmal.

»Sie haben recht, wir hatten es als Anzahlung gedacht. Frau Bense traute Banken nicht und hielt nicht viel von Überweisungen. Sie hatte uns die Wohnung zugesagt, war dann aber wieder davon abgekommen. Wir dachten, wenn wir ihr erstmal eine Anzahlung auf den Tisch legen, wird sie es sich vielleicht wieder anders überlegen. Gertrud ist ... war ... ziemlich sprunghaft und unberechenbar.«

»Hatten Sie diese Summe bei sich, als Sie nach Föhr kamen?«, fragte Thyra.

Laukat nickte. »Wir wollten es ihr ja übergeben.«

Damit, dachte Lilly, war Steffen Laukat zumindest an diesem Punkt schon mal der Lüge überführt. »Warum hat sie einen Rückzieher gemacht?«, erkundigte sie sich.

Laukat seufzte tief. »Wegen unseres Sohnes. Er war ein paarmal frech und ausfallend ihr gegenüber. Steffen ... er ist ... er ist uns leider etwas entglitten. Lässt sich auf windige Geschäfte ein, und dann hat er angefangen zu spielen, er hat auch Schulden, fürchte ich ... kurzum, er ist in Schwierigkeiten. Eigentlich pausenlos die ganzen letzten Jahre, egal, wie oft wir ihm geholfen haben. Für Gertrud war das der Grund, weshalb sie uns nicht mehr im Haus haben wollte, nicht mal mehr als Mieter. Als ob sowas ansteckend wäre! Immerhin kennen wir uns seit über zwanzig Jahren. Aber sie konnte sehr kleinbürgerlich und engstirnig sein.«

Frau Laukat weinte still vor sich hin. Allerdings nicht wegen ihres Sohnes, stellte Lilly fest, als sie flüsterte: »Wenn wir dieses Haus hier verlieren, diese Wohnung«, flüsterte sie, »ertrage ich das nicht. Dies hier ist meine Zuflucht, meine Heimat. Ich liebe dieses alte Haus, den Blick aufs Meer, die Stille, ich brauche das ...« Ihr Weinen wurde stärker.

Ihr Mann warf Lilly einen Blick zu. Sie stand auf und ging mit ihm hinaus auf den Flur. »Meine Frau ist krank«, sagte er leise, »nervlich und psychisch. Ihr Beruf war sehr belastend für sie, und in der letzten Zeit hatte sie oft schwere Depressionen. Hier auf Föhr ist sie immer wieder aufgeblüht. Deshalb ist ihr diese Wohnung so wichtig. Hierherzukommen ist für sie wie eine Flucht. – Allerdings ist auch mir diese Wohnung sehr wichtig!«, fügte er noch hinzu.

»Gibt es denn Hoffnung«, fragte Lilly, »die Wohnung doch noch zu kaufen? Oder ist Hartmut Bense auch dagegen, Sie ihnen zu überlassen?«

Laukat fuhr sich übers Gesicht, als wollte er seine Gedanken wegwischen. »Das glaube ich nicht. Wir kennen ihn ja, seit er ein Kind war, und haben uns immer gut mit ihm verstanden. Nein, jetzt …« Er stockte und riss die Augen auf. »Was wollen Sie eigentlich damit sagen?«

»Nichts«, meinte Lilly, »war nur eine Frage.«

»Wir haben Frau Bense nicht getötet! Mein Gott, das wäre doch kein Grund … Oder glauben Sie, Steffen hat sie umgebracht? Das kann nicht sein, er war gestern Abend noch bei uns zu Hause in Hamburg, wir haben ihn auf dem Festnetztelefon …«

»Wir ermitteln in alle Richtungen«, sagte Lilly den bekannten Spruch, doch das mit der Routine verkniff sie sich. Dass er als Vater seinem Sohn ein Alibi gab – wenn auch ein schwaches –, war ja fast zu erwarten gewesen. Thyra kam hinzu, verabschiedete sich und wollte nach unten gehen, als Herrn Laukat noch etwas einfiel.

»Befragen Sie doch mal Mareike Könen, die putzt regelmäßig für Frau Bense. Vielleicht weiß die etwas. Und sie hat einen etwas seltsamen Freund, sehr liebenswürdig, aber immer ein bisschen abwesend … wenn Sie verstehen, was ich meine.«

Mit diesen etwas rätselhaften Worten zog er sich in seine Wohnung zurück, aus der man immer noch Renate Laukat leise weinen hörte.

Unten war man mit dem Verhör nicht viel weitergekommen, Steffen Laukat blieb bei seiner Geschichte. Als Lilly ihn mit der gänzlich anderen Version seiner Eltern konfrontierte, teilte er ihnen mit, dass er von nun an ohne Anwalt gar nichts mehr sagen würde. Daraufhin rief Benthien den Polizisten Holm Ingwersen an, damit er Laukat abholte. »Wir überprüfen Ihre Aussagen, dann sehen wir weiter.«

»Sie wollen mich festnehmen?«, fragte Steffen verblüfft. »Weswegen denn?«

»Einbruch und Diebstahl«, sagte Thyra lakonisch. »Ihre Mutter hat mir erzählt, dass draußen keineswegs ein Schlüssel deponiert ist. Ich nehme an, Sie sind über den Keller ins Haus gestiegen in der Absicht, auf Diebeszug zu gehen. Und die zwanzigtausend Euro haben Sie Ihren Eltern nun definitiv geklaut! Außerdem wussten Sie bereits gestern Abend, seit dem Telefongespräch mit Ihren Eltern, dass Frau Bense tot war!«

»Aber ich habe die Alte nicht umgebracht! Ich war zu Hause in Hamburg, das haben Sie doch gehört!«

»Sie hätten am Abend mit Leichtigkeit wieder in Hamburg sein können«, entgegnete Benthien. »Immerhin wurde Ihrer Mutter gestern bereits Schmuck im Wert von viertausend Euro gestohlen!«

»Aber nicht von mir!«

»Das wird sich herausstellen, mein Freund«, sagte Fitzen.

Im Friesendom

Da Thyra nun doch langsam zu ihrer Wassergymnastik musste, fuhr Lilly sie zum Reha-Zentrum am Wyker Strand. Danach wollte sie das Büro in der Polizeistation beziehen und einige Recherchen durchführen. Benthien und Fitzen fuhren in den Nachbarort Nieblum, wo sie vor einem malerischen alten Reetdachhäuschen anhielten, in dem Bense zurzeit bei einem Freund wohnte.

Benthien, der ebenso wie Fitzen auf Sylt aufgewachsen war, kannte die Nachbarinsel natürlich recht gut. Nieblum war einer der malerischsten Orte auf der Insel und bei den Touristen sehr beliebt. Obwohl schon herbstliche Kühle herrschte, waren die Straßen- und Eiscafés noch belebt. Fast alle Tische waren besetzt, denn es schien immer noch eine herbstlich milde Sonne. In einer dieser schmalen Sträßchen mit dem Katzenkopfpflaster lag das Haus des Freundes, in dem Hardy Bense Unterschlupf gefunden hatte. Sie gingen durch den Garten voller Rosenbüsche und Hortensien auf die Friesentür zu, doch auf ihr Klingeln öffnete niemand.

War Bense etwa schon wieder im Laden tätig?

»Da ist niemand!«, rief eine tiefe Stimme aus dem Nachbargarten, die einer alten Frau gehörte. Trotz ihrer bestimmt achtzig Jahre stand sie gebückt über dem Plattenweg und rupfte Unkraut.

»Wissen Sie, wo sie sind?«, fragte Fitzen über den Zaun hinweg.

»Enno macht seine Touren, und der junge Bense ist in der Kirche«, sagte die Alte und drehte ihnen ihr kittelbeschürztes Hinterteil zu, um weiter Unkraut zu rupfen. Für sie war das Gespräch damit beendet.

»Na, dann gucken wir doch mal im Friesendom nach«, meinte Fitzen.

Es war nicht weit zur St.-Johannis-Kirche, einem großen, kreuzförmigen Bau aus rotem Backstein. Der hohe Turm aus der Frühgotik war schon vom Meer aus zu sehen. Sie war die älteste Kirche auf Föhr und ein Anziehungspunkt für Touristen, doch Hartmut Bense saß allein in einer der blauen Holzbänke, nur vorne dekorierte eine ältere Frau den Altar mit Herbstblumen, vielleicht auch schon fürs Erntedankfest, und ein einzelner Mann fotografierte die prachtvolle Empore.

Benthien und Fitzen näherten sich leise und setzten sich neben Hardy Bense. Er zuckte zusammen, als er sie bemerkte, sagte aber nichts. Lilly hat recht, dachte Benthien, er sieht Martin Luther ähnlich, auch vom Profil her, zumal er ein weißes Hemd mit Passe und kleinem Stehkragen trug, das fast mittelalterlich anmutete.

Für eine Weile schwiegen alle drei. Bense schien zutiefst in Gedanken versunken. Dann gab er sich einen Ruck und fragte: »Sind Sie schon weitergekommen? Hat sie den Mord an meiner Mutter gestanden?«

Er meinte natürlich Gabi Tammen. Benthien erzählte ihm mit unterdrückter Stimme, was inzwischen geschehen war. Doch Bense winkte ab, als er Steffen Laukat erwähnte. »Der hat allen möglichen Dreck am Stecken, Schecks gefälscht und schon mehrmals seine Eltern beklaut, aber ein Mörder ist er nicht. Das würde er nie wagen, dazu hat er viel zu viel Angst vor der Obrigkeit. Er ist ein feiger Hund. Aber Gabi, die hat Mut! Die ist couragiert! Die würde unter den Augen der Polizei einen Mord begehen, wenn es nötig wäre.«

Fast klang es bewundernd. Aber offenbar hatte auch ein gewisser zeitlicher Abstand Bense nicht von seiner fixen Idee abgebracht.

»Können Sie uns etwas genauer sagen, was Sie gestern den Vormittag über gemacht haben?«, fragte Fitzen. »Mit Uhrzeiten? Ihre Mutter haben Sie ja zum letzten Mal beim Frühstück gesehen. Um welche Zeit war das?«

Bense sackte in sich zusammen. Mit seiner Selbstbeherrschung war es noch immer nicht weit her. »Mutter frühstückt immer um neun, nach ihr kann man die Uhr stellen, das kann Ihnen auch jeder bestätigen. Ich bin allerdings früh gegangen, weil das Schaufenster umdekoriert werden sollte, noch bevor wir öffneten. Danach hatte ich auswärts einen Termin bei einem Kunden«, sagte er leise. »Daher war ich kurz nach neun im Laden. Gegen Mittag habe ich mir zwei Crêpes gekauft und mich auf eine Bank an der Promenade gesetzt und dort gegessen, das war so gegen zwölf, halb eins.«

»Für wen hat Ihre Mutter denn heute Mittag gekocht, wenn Sie nicht zu Hause waren?«

»Für sich selbst, nehme ich an. Für wen sonst?«

»Gehen Sie nie mittags zum Essen nach Hause?«

»Das ist unterschiedlich«, sagte Bense ausweichend, »manchmal schon, aber nicht gestern. Dazu war keine Zeit. Wann werden Sie Gabi endlich verhaften?«

»Sind Sie eigentlich immer noch in sie verliebt?«, fragte Fitzen wie beiläufig.

Bense stieß ein höhnisches Lachen aus. »Behauptet sie das? Das war einmal. Früher. Ist lange her. Jetzt hätte sie es wohl gern, aber da kann sie lange warten.«

»Werden Sie Ihr das Haus ebenfalls kündigen, oder kann sie jetzt dort wohnen bleiben?«

Bense starrte Fitzen an. »Sind Sie eigentlich vollkommen begriffsstutzig? Kapieren Sie es denn nicht? Gabi hat meine Mutter ermordet. Sie wird die nächsten Jahre im Gefängnis verbringen! Da wird sie ja wohl kaum in meinem Haus wohnen bleiben können!«

Nachdenken am Strand

»Der ist völlig besessen von dem Gedanken, dass Gabi Tammen die Täterin war«, sagte Fitzen, als sie am Strand entlang zurück nach Wyk gingen. Der Bus war ihnen gerade davongefahren, und auf den nächsten wollten sie nicht warten, da ging Benthien die wenigen Kilometer doch lieber zu Fuß. Bewegung, zumindest bei ihm war das so, förderte das Denken. Im Augenblick, fand er, traten sie auf der Stelle. Ein mehr oder weniger gutes Motiv, Gertrud Bense umzubringen, hatten eigentlich alle, die sie bisher getroffen hatten. Aber sie mussten noch Mareike Könen befragen – Hardy Bense hatte ihnen die Adresse in Wyk gegeben – und Alibis überprüfen, besonders das von Steffen Laukat. Die Strecke Föhr-Hamburg war schließlich gut an einem Tag zu bewältigen.

Als hätte er es geahnt, rief der Rechtsmediziner aus der Pathologie an, Dr. Radtke. Er hatte die Obduktion beendet und konnte nun auch die Todesursache nennen: Schädelbasisbruch mit schweren inneren Blutungen, an denen Frau Bense innerhalb von Minuten gestorben war.

»Abwehrverletzungen gibt es keine, nichts deutet auf einen Kampf hin«, sagte Dr. Radtke. »Allerdings haben wir unter ihren Fingernägeln Anhaftungen gefunden, ein paar Hautpartikel. Kann sein, dass sie ihren Angreifer gekratzt hat. Im Magen lag noch, gänzlich unverdaut, ihr Frühstück,

Toastbrot mit Honig. Es ist schwierig, bei der Toten anhand der Körpertemperatur den genauen Todeszeitpunkt festzustellen, aber ich würde sagen, es war zwischen halb neun und elf Uhr am Vormittag.«

»Plus/minus?«, fragte Benthien. »Ihr Sohn sagte, sie hat immer Punkt neun Uhr morgens gefrühstückt.«

»Deuteln Sie nicht immer an meinen Angaben herum«, sagte der ewig schlecht gestimmte Radtke unwirsch, »plus/minus gar nichts!« Er legte auf, und Benthien berichtete Fitzen, was er gesagt hatte.

Fitzen machte ein verblüfftes Gesicht. »Das passt doch hinten und vorne nicht zusammen. Eben sagt uns der Sohn, sie hätte ihre Mahlzeiten pünktlich wie ein Uhrwerk eingenommen. Aber wieso sollte sie früh am Morgen die Würste für das Mittagessen braten?«

Benthien zuckte mit den Achseln. »Das wäre zu klären. Kann ja sein, dass sie aus irgendeinem Grund später gefrühstückt hat.«

Fitzen überlegte. »Wir sollten überprüfen, ob Gabi Tammen in genau diesem Zeitfenster die Wohnungen geputzt hat.«

Benthien stimmte ihm zu. Er zog sein Handy aus der Tasche und rief Lilly in der Polizeistation an, um sie über den Obduktionsbericht zu informieren. »Lilly, ruf die infrage kommenden Leute an und bestelle sie her. Wir brauchen Speichelproben und müssen sie auf Kratzspuren untersuchen. Immerhin haben wir jetzt endlich etwas Handfestes!«

»Wann seid ihr hier?«, fragte Lilly.

»Wir wollen noch mit Mareike Könen, der Putzhilfe, sprechen, die arbeitet im Supermarkt«, sagte Benthien, »dann kommen wir.«

Er beobachtete, wie Fitzen stehen blieb und sich Schuhe

und Strümpfe auszog. Die Sportschuhe knotete er dann an den Schuhbändern zusammen und hängte sie sich um den Hals.

Fitzen hatte recht, dachte Benthien. Es war vielleicht einer der letzten schönen Sommertage, sie waren am Meer, die Flut hatte auf dem Watt verlockende, knöchelhohe Strandseen hinterlassen, da wäre es geradezu eine Sünde gewesen, den kurzen Umweg über den Strand nicht zu genießen. Er tat es Fitzen nach, und sie gingen hinein ins Watt, auf die ferne Fahrrinne zu, auf der gerade ein kleiner Katamaran schaukelte. Benthien musste an sein Segelboot, die *Blue Bird*, denken, die in Flensburg im Hafen lag. Diesen Sommer hatte er mit seiner Lebensgefährtin Karin und ihrer Tochter Celina endlich eine Segeltour entlang der norwegischen Küste machen können, doch der Sommer und sein Urlaub waren viel zu kurz gewesen, und schon hatte ihn der Alltag wieder eingeholt. Aber er nahm sich vor, wenigstens am Wochenende noch ein paarmal zu segeln, bevor die Tage kürzer und kälter wurden.

»Die Tochter hätte es auch tun können«, sagte Fitzen ganz unerwartet in Benthiens Gedanken hinein.

»Die Tochter? Du meinst Nele? Die soll mit der schweren, gusseisernen Pfanne zugeschlagen haben?«, fragte Benthien entgeistert. »Das halte ich für schlichtweg unmöglich.«

»Aber hast du gestern nicht die frischen Kratzer an ihrem Handgelenk gesehen? Sonst sind mir nirgendwo Kratzer aufgefallen, weder bei ihrer Mutter noch bei den Laukats oder bei Hardy.«

»Kinder haben ständig Kratzer oder blaue Flecken, das besagt doch gar nichts!«

Fitzen zuckte die Achseln. »Wie, wenn Hardy doch recht hat? Wenn er gar nicht so besessen ist, wie wir denken, sondern nur einen guten Instinkt hat? Für Gabi steht immerhin ihre Existenz auf dem Spiel.«

»Fitzen, mir geht es auf den Senkel, dass du von unserer Klientel immer nur per Vornamen redest! Das ist wenig professionell, und ich weiß, du tust das nur, um mich zu ärgern! Und was Frau Tammen betrifft: So, wie Bense ihr gegenüber eingestellt ist, wird er ihr das Haus nicht überlassen, und dann hat sie gar nichts erreicht!«

»Wir müssen noch ein paar andere Leute befragen, zum Beispiel die Putzhilfe Mareike Könen«, sagte Fitzen unbeeindruckt von dem Tadel. »Wir wissen zu wenig über die Benses, und das alles ist sehr subjektiv. Jeder kocht hier anscheinend sein eigenes Süppchen, will seine eigenen Interessen bedienen. Hardy würde ich übrigens auch nicht ganz außen vor lassen. Wenn ihn seine Mutter dermaßen unterdrückt hat, hätte er ebenfalls ein gutes Motiv.« Er wich einem kleinen Krebs aus, der auf seinen nackten Fuß zusteuerte, und schnippte mit dem großen Zeh Sand auf ihn, was den Krebs schneller rennen ließ.

»Das Verhältnis zwischen Mutter und Sohn ist schon ziemlich merkwürdig«, gab Benthien zu, »aber er scheint aufrichtig um sie zu trauern. Ich ruf Holm Ingwersen an, mal sehen, ob sie bei den Nachbarn etwas herausgefunden haben. Und wir werden gleich nachher Benses Mitarbeiter befragen.«

Doch Ingwersen und seine Kollegen, die bei der Nachbarschaft an die Türen geklopft und sie nach Auffälligkeiten an dem gestrigen Vormittag befragt hatten, hatten nichts Neues zu vermelden bis auf einen Hinweis.

»Eine Frau Kosel, die ein paar Häuser weiter wohnt, sozusagen in der zweiten Reihe hinter Benses, dort, wo die großen Gärten sind, sagte uns, dass wir unser Augenmerk auf einen gewissen Raffael Quest richten sollten«, berichtete Benthien anschließend. Quest ist der Freund von Frau Benses

Putzhilfe und öfter im Haus, wenn sie dort putzt. Frau Kosel sagte, er sei ein windiger Typ, nähme Drogen und so. Holm Ingwersen meinte allerdings, das könnte auch die übliche Gerüchteküche sein. Ich schlage vor, als Nächstes besuchen wir Mareike Könen.«

Sie waren inzwischen bis zur Fahrrinne vorgedrungen und beobachteten eine große weiße Fähre, die nur drei Meter entfernt an ihnen vorüberzog. Vom oberen Deck winkten ihnen ein paar Kinder zu. Dann mussten sie einer Gruppe von Reitern ausweichen, die durchs Watt galoppierten, und kurz darauf einem der berühmten Föhrer Störche, der nach Krebsen suchte. Benthien erklärte Fitzen, dass die Störche auf Föhr irgendwann einmal gelernt hätten, auch im Watt nach Nahrung zu suchen, manchmal bettelten sie aber auch die Gäste zwischen den Strandkörben oder auf dem Promenadenweg an. Viele blieben sogar den Winter über auf der Insel.

Als sie umdrehten und weiter am Strand in Richtung Wyk gingen, tauchten langsam die ersten Strandkörbe auf. Möwen zankten sich um ein Brötchen, Kinder spielten Federball, überall am Strand herrschte reges Leben an diesem milden Spätsommertag. Ein junger Mann mit Rucksack kam ihnen entgegen und blieb zögernd stehen, als er auf ihrer Höhe angelangt war. Da er sie beide fragend ansah, fühlte Benthien sich angesprochen und erkundigte sich, ob er ihm helfen könne.

Der junge Mann grinste freundlich. »Sind Sie die Polizeibeamten aus Flensburg? Die den Tod von Frau Bense untersuchen?«

»Sieht man uns das an?«, fragte Benthien verblüfft.

Das Lächeln wurde strahlender. »Föhr ist ein Dorf, hier spricht sich alles in Windeseile herum«, sagte der junge Mann. »Außerdem habe ich Sie gestern vor dem Haus der

Benses stehen sehen. Ich bin Raffael Quest, aber alle nennen mich Raffi.«

Er gab ihnen die Hand, und Benthien staunte immer mehr. Dass ihnen jemand, den sie befragen wollten, so ohne weiteres über den Weg lief, kam eher selten vor.

»Sie sind der Freund von Mareike Könen?«, versicherte sich Fitzen.

Der junge Mann nickte. »Der bin ich. Und ich glaube, ich kann Ihnen helfen. Ich weiß wahrscheinlich, wer Frau Bense getötet hat.«

Ein begabter Künstler

Auf den Schock gingen sie die paar Schritte zur Promenade, die am gesamten Wyker Strand entlangführte, und ließen sich auf einer Bank nieder. Benthien und Fitzen zogen eilig ihre Schuhe wieder an. Der junge Mann holte indessen Stift und Block aus seinem Rucksack und begann eine Zeichnung aus einer etwas sonderbaren Perspektive: Er warf mit schnellen Strichen ein Stück der weißen Bank aufs Papier, dazu drei Paar Knie, drei Paar Füße – zweien wurden gerade Schuhe und Strümpfe angezogen –, hantierende Hände und das Pflaster zu ihren Füßen. Es war ihr eigener Blickwinkel, wenn sie an sich herunterguckten.

Benthien musste lachen. »Sie sind sehr geschickt! Machen Sie das beruflich?«

»Auch«, sagte Quest. »Ich setze mich manchmal an die Promenade und porträtiere die vorübergehenden Leute. Wenn sie auf dem Rückweg wieder vorbeikommen, sehen sie ihre Bilder, und manche kaufen sie mir ab.«

»Kann man damit Geld verdienen?«, fragte Fitzen, pragmatisch wie immer.

»Nein«, gab Quest zu. »Na ja, ein kleines Taschengeld.«

»Erzählen Sie uns, wer Frau Bense getötet hat und warum«, forderte Benthien den jungen Mann auf.

Und Fitzen ergänzte: »Und woher wissen Sie das?«

Dass der junge Mann kiffte, glaubte Benthien der unbekannten Frau Kosel sofort. Er machte den Eindruck, als lebte er in einem paradiesischen Wolkenkuckucksheim. Ein beständiges Lächeln lag auf seinen hübschen Gesichtszügen, seine Reaktionen schienen verlangsamt zu sein, als müsste er sich permanent vergegenwärtigen, wer und wo er war. Eine schwarze Lockenmähne betonte den Künstler, er erinnerte Benthien an die Maler auf der Place de Tertre in Paris, wie sie in den zwanziger Jahren ausgesehen haben mochten. Fehlte nur noch die Baskenmütze.

Er lächelte wieder auf Fitzens Frage. »Nein, ich habe ihn gesehen. Wie er aus dem Haus kam. Er hat sich so komisch umgeguckt, als wollte er nicht gesehen werden. Dann ist er runter zum Strand gejoggt.«

»Und wo waren Sie? Warum hat er Sie nicht entdeckt?«

»Ich saß hinter einem Busch«, sagte Quest heiter und zeichnete eine Möwe neben Benthiens linken Fuß.

Benthien, dem inzwischen klar war, dass er der ganz eigenen, etwas wirren Logik dieses liebenswerten Zeitgenossen folgen musste, bemerkte: »Sie wollten demnach auch nicht gesehen werden.«

»Richtig.«

»Gab es dafür einen besonderen Grund?«, erkundigte sich Fitzen harmlos.

»Ich wollte von der alten Bense nicht erwischt werden.«

»Und der Grund war welcher?«

»Tja, ich wollte mich mal umgucken.«

»Im Haus?«

Quest nickte.

»Um dort was zu tun?«

Der junge Mann begann eine neue Zeichnung auf einem neuen Blatt.

»Mareike verdient nicht viel mit ihrer Putzerei, und wir haben Schulden. Ich wollte mal sehen, was es bei den Benses so zu essen gibt.«

»Sie wollten Nahrungsmittel stehlen?«, fragte Benthien verblüfft.

»Es gibt dort eine Speisekammer, die ist immer rappelvoll, weil Frau Bense einen Tick hat. Mareike – sie arbeitet halbtags noch in einem Supermarkt – muss ihr jedes Mal, wenn sie zum Putzen kommt, neue Vorräte mitbringen. Sie hat ungefähr fünfzig Nudelpackungen und dreißig Gurkengläser und eingemachtes Obst und über zwanzig Reispackungen. Manchmal packt uns Hardy was in eine Tasche. Als seine Mutter das kürzlich mitbekommen hat, hat es einen Riesenzoff gegeben. Sie hat sogar mit einem Besen nach ihm geschlagen.« Er lachte. »Die Frau konnte ganz schön rabiat sein.«

»Wollen Sie damit sagen, Hardy hat seine Mutter getötet?«

Quest lachte. »Der doch nicht! Nein, es war der Sohn von den Leuten aus der oberen Wohnung. Den Laukats.«

»Und Sie wissen das, weil Sie gesehen haben, wie er sich aus dem Haus schlich?«, fragte Benthien.

Quest nickte. »Sonst war niemand da.«

»Moment mal. Lassen Sie uns das mal aufdröseln«, sagte Benthien. »Sie marschieren zu dem Haus der Benses, weil Sie nach den Essensvorräten sehen wollen. Ist das so weit richtig?«

Quest nickte und zeichnete ein paar Augenbrauen.

»Aber dabei wollten Sie Frau Bense nicht begegnen, richtig?«

Quest nickte. »Und auch sonst niemandem.«

»Warum geht man in ein Haus voller Leute, wenn man dort nicht gesehen werden will?«, wollte Fitzen wissen.

»Die Laukats waren mit den Rädern weg, die habe ich durch Wyk fahren sehen. Die Bense ist schwerhörig; wenn sie oben ist, kriegt sie nicht mit, wenn unten jemand rumläuft. Dann habe ich aber gesehen, dass der Sohn der Laukats das Haus betrat und dort herumschlich, und wollte warten, bis er wieder draußen war.«

»Deshalb der Busch?«

Quest nickte.

»Und dann?«

»Der Kerl kam plötzlich wie ein Pfeil aus dem Haus geschossen und rannte zum Strand. Die Küchentür war nur angelehnt. Da bin ich rein und hab den Schock meines Lebens bekommen ...«

»Weil die alte Frau tot in der Küche lag?«

»Genau.«

»Aber die könnte doch schon länger da gelegen haben.«

»Aber der Laukat sah aus, als ob ihn etwas zu Tode erschreckt hätte. Vorher hatte ich ihn durch die Fenster oben in der Wohnung rumlaufen sehen. Das hätte er ja wohl nicht getan, wenn er gewusst hätte, dass Frau Bense tot in der Küche liegt. Entweder hat die jemand getötet, während er oben war, oder er war es selbst, weil sie ihn überrascht hat. Und dann hat er gemacht, dass er wegkam. Und dass noch ein Dritter im Haus war, glaube ich nicht, denn das hätte ich gemerkt.«

»Um welche Uhrzeit war das alles?«

Bense grinste. »Ich lebe nicht nach der Uhr, denn was bedeutet schon Zeit? Schlimm genug, dass sie vergeht.«

Benthien betrachtete den Mann leicht verzweifelt. War er als Zeuge überhaupt glaubhaft?

»Sie müssen doch wissen, ob es morgens um sieben oder mittags um eins war?«, fuhr Fitzen ihn an.

Quest zuckte mit den Schultern. »Irgendwann dazwischen. Eher später.«

Ein hoffnungsloser Fall.

»Sind Sie sicher, dass das, was Sie uns gerade erzählen, gestern war und nicht heute Morgen?«, fragte Benthien irritiert.

Der junge Mann dachte kurz nach. »Das muss gestern gewesen sein. Denn heute liegt die Leiche ja wohl nicht mehr da, oder? Und gestern Abend haben wir Miracoli gegessen, die hatte ich aus der Speisekammer mitgenommen.«

»*Wie bitte?* Sie haben trotz der Leiche immer noch geklaut? Und außerdem haben Sie die Leiche nicht gemeldet, was Sie aber dringend hätten tun müssen!«, sagte Fitzen ärgerlich.

»Ich hatte kein Handy dabei! Außerdem dachte ich, dass die bald jemand finden wird. Hören Sie, ich wollte Ihnen helfen, deshalb erzähle ich das doch alles.«

Benthien konnte nicht anders, er musste lachen. Offenbar erwartete Quest noch ein dickes Lob von ihnen. Auf jeden Fall musste Steffen Laukat gründlich überprüft werden, denn angeblich war er am Vortag ja noch in Hamburg gewesen. Es war alles sehr undurchsichtig. Frau Bense war offenbar umgeben gewesen von Menschen, die ihr grollten und die möglicherweise ihren Tod gewünscht hatten. Und alle schienen zur fraglichen Zeit am Tatort gewesen zu sein.

Sie trennten sich von Raffael Quest, der ihnen zum Abschied seine zwei Zeichnungen in die Hand drückte, die vom Schuhe-Anziehen und ein Porträt von Tommy Fitzen, das ihm, wie Benthien fand, erstaunlich ähnelte.

Fitzen verzog das Gesicht. »Soll ich das wirklich sein?«

Sein Freund grinste und riet ihm, sich mal zu kämmen. »Dann kannst sogar du durchaus ordentlich aussehen.«

Weitere Wahrheiten

Mareike Könen war klein und schmächtig, wirkte aber sportlich wie eine Marathonläuferin. Benthien beobachtete fasziniert das Muskelspiel an ihren sehnigen Armen, als sie routiniert und schnell die Waren übers Band gleiten ließ und das Geld der Kunden einsammelte, alles in einer einzigen, anmutigen Bewegung. An ihrer Kasse im Supermarkt war nicht allzu viel los, deshalb wurde ihr auf Benthiens Bitte hin erlaubt, eine kurze Pause zu machen.

»Gehen wir nach draußen, dann kann ich eine rauchen«, bat sie, und die drei suchten sich ein ruhiges Plätzchen auf einem Rasenstück, das an einen Parkplatz grenzte.

Die junge Frau schien nicht allzu schockiert zu sein durch den Tod der Frau Bense; aber nicht aus Mangel an Empathie, glaubte Benthien, sondern weil sie das Leben so nahm, wie es sich ihr bot, ohne Sentimentalität und Larmoyanz. Sie versuchte, einfach das Beste daraus zu machen, wie unangenehm die Situation für sie auch sein mochte. Immerhin hatte sie nun eine für sie notwendige Arbeitsstelle verloren.

Mareike zumindest gehörte nicht zu den Verdächtigen, das ließ Benthien schon mal aufatmen. Sie war ab acht Uhr morgens bis ein Uhr mittags an ihrem Arbeitsplatz an der Supermarktkasse gewesen, das konnten unzählige Leute bestätigen.

»Wo war ihr Freund, als Sie gestern Morgen das Haus verließen?«, fragte Fitzen.

Mareike lächelte flüchtig. »Er schlief tief und fest. Raffi steht nie vor elf Uhr auf.«

»Niemals?«

Sie nahm einen tiefen Zug von ihrer Zigarette. »Er geht selten vor drei Uhr ins Bett, daher schläft er morgens lange. Er ist schon aus einigen Arbeitsstellen rausgeflogen, weil er nicht aus dem Bett kam.«

»Hat er aktuell keine Arbeit?«

Die junge Frau verneinte. »Er lebt von seiner Malerei.«

»Davon kann man leben?«

Sie zuckte mit den Schultern. »Nicht wirklich.«

»Wussten Sie, dass er bei den Benses Nahrungsmittel aus der Speisekammer klaut?«, fragte Fitzen.

Benthien beobachtete, wie Mareike Könen rot anlief. Das sagte wohl alles.

»Trauen Sie ihm einen Mord zu?«

»Um Gottes willen!« Mareike schien ehrlich entsetzt. »Raffi doch nicht, der ist der liebste Mensch der Welt! Der bringt Spinnen nach draußen und trägt jede einzelne Schnecke, die er sieht, vom Weg in die Wiese, damit sie nicht von Fahrrädern überfahren wird. Raffi erschlägt doch keinen Menschen!«

»Woher wissen Sie, dass Frau Bense erschlagen wurde? Das stand nicht in der Zeitung!«

»Trotzdem weiß es jeder. Dies ist eine Insel!« Sie ließ die Zigarette zu Boden fallen und trat sie aus.

Benthien beschloss, das Thema zu wechseln. »Erzählen Sie uns etwas über Frau Bense. War sie eine gute Arbeitgeberin?«

»Na ja.« Mareike trat von einem Fuß auf den anderen.

»Sie war ziemlich unbequem und diktatorisch. Wusste alles besser. Einmal sollte ich die Fliesenfugen mit einer Zahnbürste reinigen. Aber dass ich mir jetzt eine neue Stelle suchen muss, gefällt mir auch nicht.« Sie bestätigte, dass Frau Bense täglich morgens um neun frühstückte. »»Wie eine Uhr! Dabei sieht sie nämlich eine Fernsehsendung im ZDF, die dann anfängt.«

Ein erkennbares Motiv, die alte Frau zu töten, hatte Mareike Könen nicht, dazu ein sehr gutes Alibi. Mareike, dachte Benthien, konnte er wohl von der Liste streichen. Und ganz nebenbei hatte sie die Verwirrung um den Tatzeitpunkt noch befeuert. Wie, zum Teufel, passten aber die Bratwürstchen in den Ablauf?

»Dass Frau Bense unbequem und nicht allzu beliebt war, haben wir schon erfahren. Wüssten Sie jemanden, der ihr ernsthaft schaden will?«, fragte Fitzen.

»Dass jemand den Mord an ihr geplant hat, kann ich mir nicht vorstellen«, sagte Mareike und nestelte an ihrem üppigen Pferdeschwanz herum. »Aber sie konnte die Menschen schon so zur Weißglut bringen, dass man vielleicht zugeschlagen hat, ohne es zu wollen.«

»Wer käme denn als Kandidat infrage?«

»Ich möchte niemanden beschuldigen.«

»Frau Könen«, sagte Benthien eindringlich, »hier geht es um einen Mord, oder meinetwegen auch Totschlag. Wenn Sie etwas wissen, müssen Sie es uns sagen!«

»Ich war am Tag vorher bei Frau Bense und habe die Gardinen gewaschen und aufgehängt. Dabei habe ich mitbekommen, wie die Nachbarin, Gabi Tammen, mit Frau Bense in Streit geriet. Frau Bense wollte sie ja aus dem Haus haben, jetzt drohte sie ihr mit einer Zwangsräumung. Gabi war außer sich, sie hat natürlich Angst um ihre Existenz. Deshalb sagte sie zu Frau Bense, das werde ihr noch leidtun, wenn sie dabei bliebe. Am Schluss fing Gabi an zu weinen, aber die Bense blieb hart ...«

»Gibt es für diesen Zwist einen besonderen Grund? Sie hatte sich doch früher ganz gut mit Frau Tammen verstanden?«

»Ich glaube, je älter sie wurde, desto mehr klammerte sie sich an ihren Sohn. Sie hatte eine Heidenangst, dass sie ihn an eine Frau verlieren könnte, erst recht jetzt, wo Gabi geschieden und wieder zurück auf der Insel war. Hardy war ja immer schon in sie verliebt gewesen. Die Bense hatte Angst, dass er bei ihr zum Zuge kommen würde.«

»Wie sieht es mit den Laukats aus?«, erkundigte sich Fitzen. »Hat sie sich mit denen gut verstanden?«

»Darauf wollte ich gerade kommen«, sagte die junge Frau lebhaft. »Mit Frau Laukat gab es auch jede Menge Zoff. Frau Bense wollte ihnen die Wohnung nicht mehr verkaufen wegen ihres Sohnes. Sie war da ziemlich altmodisch, sie wollte ihn nicht im Haus haben, weil er vorbestraft ist. So viel habe ich jedenfalls mitbekommen. Außerdem hatte sie schon einen anderen Käufer, einen Einheimischen. Frau Laukat war völlig außer sich.«

»Im Grunde genommen haben wir viel zu viele Verdächtige«, sagte Fitzen, als sie sich auf den kurzen Weg durch die Wyker Innenstadt zur Polizeistation machten. Er seufzte. »Fast jeder scheint einen guten Grund zu haben, Frau Bense umzubringen. Und dass Quest wirklich Steffen Laukat gesehen hat, davon bin ich auch nicht überzeugt. Ob der eigentlich weiß, was er redet? Übrigens, du hast demnächst Geburtstag, Alter, das hast du doch hoffentlich nicht vergessen?«

Benthien, der Geburtstagsfeierlichkeiten hasste, jedenfalls, wenn es um ihn selbst ging, stöhnte. »Denk gar nicht erst drüber nach. Solange ich an diesem Fall sitze, feiere ich nicht. Ich kann dieses Bohei um Geburtstage sowieso nicht verstehen.«

Fitzen lachte. »Wie ich deinen Vater kenne, reist der sofort an, wenn wir dann noch auf Föhr sind. Und Thyra ist auch so ein Feierfreak. Die werden schon was auf die Beine stellen, glaube mir! Was ist eigentlich mit Karin? Kommt die nicht? Ey, Alter, ist da irgendwas im Busch mit euch?«

Zu Benthiens Glück klingelte in diesem Augenblick sein Handy. Es war Lilly, die aus der Polizeistation anrief. »Wenn ihr euren netten kleinen Ausflug beendet habt, kommt ihr dann mal her?«

»Wir sind schon auf dem Weg«, beruhigte Benthien sie. Dann erklärte er Fitzen ausführlich den Terminplan für den Nachmittag, in der Hauptsache deshalb, damit er nicht wieder anfing, von Geburtstagsfeiern zu schwafeln.

In der Polizeistation

In der Polizeistation war Lilly indessen sehr fleißig gewesen. Sie hatte einen Backgroundcheck von allen Verdächtigen gemacht und konnte den Kollegen mitteilen, dass sowohl Steffen Laukat als auch Raffael Quest aktenkundig waren. Laukat wegen falscher eidesstattlicher Aussage und kleinen Betrügereien, Quest wegen Fahrens ohne Führerschein und Drogenkonsums und weil er einen Hund gekidnappt hatte. Der aber seiner Besitzerin wieder zurückgegeben wurde.

»Alle anderen sind bisher nie auffällig geworden«, beendete Lilly ihren Bericht. »Ach ja, und Steffen Laukat besteht darauf, mit uns zu sprechen. Ihm ist inzwischen eingefallen, dass er ein Alibi für gestern hat!«

»Dann holen wir ihn doch mal her! Hast du unsere Verdächtigen wegen der Speichelproben bestellt?«

»Aber natürlich, ist längst erledigt. Sind alle im Anmarsch!«

Sie hatten in der Polizeistation am Hafendeich einen Raum mit drei Schreibtischen zugewiesen bekommen, in den Steffen Laukat kurz darauf geführt wurde. Als Erstes beschwerte er sich, dass er immer noch festgehalten wurde. »Ich habe ein Alibi für gestern!«, verkündete er aggressiv und lümmelte sich auf einem Stuhl.

»Das fällt Ihnen jetzt erst ein?«, erkundigte sich Fitzen freundlich. »Dann mal raus damit!«

»Ich war nachmittags um halb drei in Husum, wo ich mich mit Freunden getroffen habe. Wir waren einen trinken. Hier, ich gebe Ihnen die Adressen.«

Er schrieb die Namen auf einen Block, den Lilly ihm über den Tisch schob.

»Warum in Husum?«, fragte Fitzen.

Steffen Laukat sah auf. »Weil sie dort wohnen? Ist doch nicht weit von Hamburg aus.«

»Sie hätten Frau Bense am frühen Vormittag umbringen und trotzdem pünktlich um halb drei in Husum sein können. Ihr Alibi ist ziemlich wertlos«, sagte Fitzen ungerührt. »Abgesehen davon gibt es eine Zeugenaussage, nach der sie gestern im Haus gesehen worden sind. Wären Sie einverstanden mit einem freiwilligen Speicheltest?«

»Warum?«

»Weil Sie sich damit entlasten könnten. Und dann seien Sie mal so gut und ziehen Ihre Jacke und Ihr T-Shirt aus. Wir müssen Sie auf Kratzspuren untersuchen.«

Laukat, der schon den Mund geöffnet hatte, als wollte er lautstark Widerspruch einlegen, schien es sich anders überlegt zu haben. Er zuckte mit den Achseln. »Okay, wenn's der Wahrheitsfindung dient. Aber welcher Lügner hat denn behauptet, dass er mich gesehen hat?«

Darauf erhielt er keine Antwort. Sie nahmen die Speichelprobe und begutachteten seine Arme und den nackten Oberkörper, ebenso Hals und Gesicht, doch es ließen sich keine Kratzspuren entdecken.

»Okay, Sie können vorläufig gehen«, sagte Benthien zum Schluss. »Aber Sie verlassen nicht die Insel, verstanden? Dann würden wir Sie nämlich sofort festnehmen.«

Laukat grinste vielsagend und verschwand.

In den folgenden zwei Stunden erschienen Gabi und Nele

Tammen, Raffael Quest – der enttäuscht war, weil es so schnell ging, denn er fand es »spannend«, ein Verdächtiger zu sein, wie er ihnen freundlich versicherte – und das Ehepaar Laukat.

Als man Quest noch einmal fragte, ob er sicher sei, Steffen Laukat im Haus gesehen zu haben, meinte er in seiner unbestimmten Weise: Ja, aber vielleicht wäre es auch ein anderer Mann gewesen. Er könne die Leute nicht immer so auseinanderhalten, berichtete ihnen Holm Ingwersen.

»Was eine sehr seltsame Aussage für einen Porträtmaler ist«, kommentierte Fitzen ärgerlich. »Will der uns verarschen?«

Frau Laukat schien in keiner guten Verfassung zu sein. Ihre Augen waren geschwollen und vom Weinen gerötet. Benthien dachte zuerst, es wäre der Kummer, weil ihr Sohn unter Verdacht stand, doch dann sagte sie schluchzend: »Diese Wohnung ist mein Lebenstraum. Hier ist der Ort, der mir guttut, an dem ich wirklich glücklich bin. Aber auch Hartmut will uns die Wohnung nicht verkaufen, wir hatten gestern ein langes Gespräch mit ihm.«

»Warum nicht?«, fragte Lilly erstaunt.

»Er will das gesamte Haus verkaufen und wegziehen«, sagte Herr Laukat bekümmert. »Er meint, nach dem gewaltsamen Tod seiner Mutter hält er es dort nicht mehr aus.« Er wandte sich an seine Frau und ergriff ihre Hand. »Renate, ich glaube, das sagt er jetzt, weil er noch so aufgewühlt ist. Er wird seine Meinung wieder ändern, da bin ich sicher.«

»Du weißt, dass er bereits beim Makler war. Und so ein Haus mit Meerblick, direkt am Strand, das wird ihm doch aus den Händen gerissen!«

»Können Sie es nicht kaufen?«, fragte Fitzen.

Laukat seufzte. »Bin ich Rockefeller? Apropos, wann bekommen wir unsere zwanzigtausend Euro wieder?«

»Wenn sie erkennungsdienstlich behandelt wurden«, sagte Benthien, »in ein paar Tagen. Bitte bleiben Sie solange auf Föhr!«

Niemand, außer Nele Tammen, hatte einen Kratzer. Und der stamme von einer unbekannten Katze, mit der sie in den Dünen gespielt habe, erklärte das Kind. Auf die Frage, ob sie nun in ihrem Haus wohnen bleiben könne, schüttelte eine sehr blasse Gabi Tammen den Kopf.

»Er sagt, er will alles verkaufen. Und selbst wenn er es nicht täte, wäre ich die Letzte, die er darin wohnen ließe«, sagte sie, und beinahe flossen auch hier die Tränen.

»Du hättest ihn eben doch heiraten sollen, auch wenn er dir zu dick ist«, verkündete Nele. »Zu mir war er doch immer nett. Wo sollen wir denn jetzt hin?«

Hardy Bense war der letzte ihrer Verdächtigen, der sie aufsuchte. Auch er konnte keinen Kratzer aufweisen, und die Speichelprobe ließ er mit stoischer Ruhe über sich ergehen. Doch Benthien meinte zu spüren, wie er innerlich zitterte; er schien kurz vor einem Nervenzusammenbruch zu stehen, dafür sprachen auch seine plötzlichen, wenig durchdachten Entscheidungen. Es war, als habe man ihm den Boden unter den Füßen weggezogen, als hinge er orientierungslos in der Luft, jetzt, wo seine alles bestimmende Mutter nicht mehr da war.

»Wann wollen Sie Gabi denn eigentlich verhaften?«, fragte er, als Speichelprobe und Körperinspektion abgeschlossen waren.

»Wir haben nichts gegen Gabi Tammen in der Hand«, erklärte Lilly abwehrend. »Ihre Verdächtigungen allein reichen nicht aus!«

»Aber sie war vor Ort!«

»Da war sie nicht die Einzige.«

»Und sie hat kein Alibi!«

»Woher wollen Sie das denn wissen?«, fragte Fitzen. »Sie hat zwei Ferienwohnungen im Fehrstieg geputzt.«

»Dabei hat sie aber niemand gesehen, oder? Und von dort zu unserem Haus ist es nicht weit. Ich sage Ihnen was!« Bense wurde auf einmal ganz aufgeregt. »Ich habe mit Frau Hansen gesprochen, das ist die Vermieterin der Ferienwohnungen, weil ich wissen wollte, ob sie Gabi gestern Morgen gesehen hat.«

»Laut Frau Tammen hat sie gestern mit Frau Hansen gesprochen.«

»Das hat sie mir nicht gesagt, aber abgesehen davon wohnt sie gar nicht in dem Objekt! Aber, und jetzt kommt es: Sie hat mir erzählt, dass die neuen Mieter sich darüber beschwert haben, dass die Wohnungen nicht sauber waren! Die Fenster waren nicht geputzt, es wurde nur oberflächlich gesaugt, und die Böden waren nur gefegt worden, nicht nass gewischt! Inka war jedenfalls sehr verärgert darüber, besonders, weil Gabi sonst immer sehr gründlich ist. Das heißt für mich«, Bense hob einen Finger, »dass Gabi genug Zeit hatte, um meine Mutter zu ermorden. Später hat sie dann so getan, als hätte sie sie gerade erst gefunden!«

Benthien stand auf. »Wir werden der Sache nachgehen. Aber nur auf Ihr Wort hin können wir Frau Tammen natürlich nicht verhaften, das werden Sie sicher verstehen.«

Nachdem Bense den Raum verlassen hatte, blätterte Fitzen in der Akte auf der Suche nach der Aussage von Frau Hansen, die von einem Kollegen von Holm Ingwersen befragt worden war. »Sie spricht davon, Gabi Tammen gesehen zu haben, ist sich aber nicht ganz sicher, ob das am Morgen des Mordtages war oder am Tag davor«, sagte er ärgerlich.

»Ich sehe keinen Punkt, wo wir bei Gabi Tammen ansetzen könnten«, sagte Benthien. »Sie hat zwar ein Motiv und kein verlässliches Alibi, sie war vor Ort ... aber nachweisen kann man ihr bisher rein gar nichts. Warten wir ab, was die KTU nach der Auswertung der Speichelproben sagt. Vielleicht stammen die Anhaftungen unter Frau Benses Fingernägeln ja von Gabi Tammen.«

«Ingwersen und seine Kollegen sind gerade dabei, die Kleidung aller Verdächtigen einzusammeln, die diese gestern getragen haben«, sagte Lilly. »In der Hoffnung, Blutspritzer zu finden. Allerdings meint Claudia Matthis von der KTU, dass die Blutung zunächst nach innen erfolgt ist. Erst Sekunden später trat das Blut auch nach außen, aber da lag sie schon auf dem Boden. Der Täter muss also nicht unbedingt Blut abbekommen haben.«

Der Rest des Tages ging damit drauf, alle Verdächtigen aufzusuchen und die entsprechenden Kleidungsstücke einzusammeln. Auch Lilly und Fitzen nahmen an der Aktion teil. Tommy Fitzen spielte anschließend den Kurier, was zur Folge hatte, dass er in Flensburg übernachten musste und erst am nächsten Tag wieder auf der Insel sein würde, denn spät am Abend setzte keine Fähre mehr über.

Tod am Strand

Am nächsten Morgen wurde Benthien durch lautes Klopfen an der Tür aus dem Schlaf gerissen. Es war Oskar Laukat, der ihm beinahe entgegenfiel, als er öffnete. Er sprudelte seine Sätze so hastig und aufgeregt hervor, dass Benthien zunächst kein einziges Wort verstand. Erst als er dem Mann ein Glas Wasser brachte und ihn zu beruhigen versuchte, verstand er, dass Renate Laukat vermisst wurde. Draußen war es noch dunkel.

»Sie war nicht im Bett, als ich wach wurde, und auch nicht im Hotel!«, sagte Laukat schließlich erschöpft. »Sie hat sich ihre Sachen von gestern wieder angezogen und ist ohne Handtasche aus dem Haus gegangen. Irgendwann in der Nacht oder am frühen Morgen.« Verzweifelt sah er Benthien an. »Wo kann sie denn hin sein?«

»Wäre es möglich, dass sie in Ihre Ferienwohnung gegangen ist?«

»Was? Ja, das könnte sein … Wieso hab ich nicht …« Laukat sprang auf und wollte völlig kopflos aus dem Zimmer laufen, doch Benthien hielt ihn zurück, damit sie ihre Handynummern austauschen und so in Kontakt bleiben konnten.

«Rufen Sie mich bitte an, wenn Sie sie dort finden!«

»Natürlich, das mache ich.« Laukat zögerte. »Sie war so verzweifelt wegen dieser vermaledeiten Wohnung. An die hat sie nun mal ihr Herz gehängt. Es war das große Ziel in ihrem Leben, unseren Ruhestand in dieser Wohnung zu genießen, mit diesem unvergleichlichen Blick. Renate konnte stundenlang am Fenster oder in den Dünen sitzen und träumen.« Er senkte die Stimme. »Wissen Sie, sie hatte immer wieder Depressionen und Angstzustände. War seit Jahren beim Psychiater, hat mal mehr, mal weniger geholfen. Am Anfang hatten wir ja noch Hoffnung. Aber die Krankheit ist unberechenbar. Eine Zeit lang läuft es gut, und man wiegt sich in Sicherheit, fängt langsam an, wieder Lebensmut zu schöpfen, dann kommt plötzlich der Rückschlag. Renate hat es jedes Mal fast umgehauen. Jetzt die Enttäuschung mit der Wohnung … verstehen Sie, dass ich Angst habe?«

Benthien verstand. Renate Laukat war ein psychisch sehr labiler Mensch, anscheinend hilflos ihrer Krankheit ausgeliefert. Und nun war sie allein auf der Insel unterwegs. Seit wann? War sie schon in der Nacht aus dem Hotel geflohen, verfolgt von ihren Dämonen?

Er ließ Oskar Laukat gehen, versprach ihm aber, so schnell wie möglich nachzukommen. Er duschte und zog sich an, klopfte dann Lilly aus dem Bett, um ihr in Kürze die neueste Entwicklung zu schildern, und machte sich über den Sandwall, wo ein stürmischer Wind die ersten Blätter von den Bäumen riss, auf den nicht allzu weiten Weg zum Bense-Haus. Er fand die Tür offen stehen und Laukat im Wohnzimmer sitzen, das Gesicht in den Händen vergraben. Benthien erschrak. War etwas passiert?

»Sie war hier«, sagte der Mann tonlos. »Sie hat ihre Schuhe ausgezogen, die sie gestern anhatte, und sich Gummistiefel übergestreift. Und sie hat ihren Winterparka angezogen, der mit Fell gefüttert ist. Dazu ist es aber viel zu warm. Ich habe auch rund ums Haus nach ihr gesucht und war am

Strand – sie ist nicht da. Ich weiß nicht, wo ich Renate noch suchen soll. Was hat sie denn bloß vor?«

Benthien wusste, woran Laukat dachte. Hatte seine Frau Selbstmord begangen? Aber wo und wie? War es ein Hilfeschrei? Wollte sie gefunden werden?

Er griff nach dem Mobiltelefon und rief in der Polizeistation an. Er berichtete, was bisher geschehen war, schilderte Renate Laukats Gemütszustand und bat um einen Suchtrupp. Die Kollegen versprachen, sofort zwei Streifenwagen loszuschicken. Erstmal sollten Wyk und Umgebung abgesucht werden.

Als er sein Telefon wieder wegsteckte, fiel Benthien etwas ein. »Haben Sie Ihrem Sohn Bescheid gesagt? Vielleicht ist Ihre Frau bei ihm?«

»Habe ich nicht, aber sie wird nicht bei ihm sein. Wenn es ihr schlecht geht, meidet sie unseren Sohn. Er ist nicht gerade eine Hilfe.«

Aber er rief dennoch an. Es dauerte eine Weile, bis Steffen Laukat verschlafen ans Telefon kam. Nein, seine Mutter war nicht bei ihm, und er habe sie seit gestern Abend nicht gesehen. »Ich soll mich nicht aufregen. Er meint, sie macht nur einen Morgenspaziergang«, sagte Oskar Laukat verbittert.

»Könnte das denn sein?«

»Nein!«, sagte Laukat hart. »Nicht in ihrer Verfassung. Hinter ihrem Verschwinden steckt etwas anderes.«

Benthien ging hinüber zum Nachbarhaus und klingelte Gabi Tammen aus dem Bett. Auch sie hatte Renate Laukat nicht gesehen, bot sich aber an, mitzusuchen.

Über dem Strand ging zwar langsam die Sonne auf, doch dicke graue Wolken machten sie fast unsichtbar. Die schönen Spätsommertage schienen vorerst vorbei zu sein. Laub und Sand wehten über den Strand, das Meer trug weiße Schaumkämme. Ein gemütliches Wetter zum Spazierengehen war das nicht.

Am Strand lief nur ein älterer Jogger entlang, den sie ansprachen, doch auch er hatte unterwegs keinen Menschen gesehen.

»Kann es sein«, fragte Benthien, »dass Ihre Frau auf dem Weg zu Hardy Bense ist, um noch einmal mit ihm über die Wohnung oder den Hausverkauf zu sprechen?«

Laukats Gesicht leuchtete auf. »Das kann gut sein! So etwas sähe ihr ähnlich. Ihn in aller Herrgottsfrühe zu überfallen ... haben Sie denn die Nummer von seinem Freund?«

Gabi Tammen, die das Gespräch mitgehört hatte, kam hinzu und wollte Laukat gerade Hardys Nummer geben, als Benthiens Telefon klingelte. Es war die Wyker Polizei. Mit einer unguten Vorahnung meldete er sich.

»Im Hafengebiet wurde gerade eine Leiche entdeckt«, meldete Holm Ingwersen. »Eine Frau, dunkle lange Haare. Alter circa Mitte fünfzig. Allzu lange kann sie noch nicht tot sein.«

»Grüner Winterparka und Gummistiefel?«

Ingwersen bestätigte es, und Benthien hatte nun die schwere Aufgabe, Renates Mann über den Tod seiner Frau zu informieren.

Laukat, der offenbar dachte, man habe sie lebend gefunden, wirkte erleichtert. »Das nächste Mal werde ich besser auf sie aufpassen«, sagte er und wischte sich den Schweiß von der Stirn. »Wo finde ich sie? Auf der Polizeistation?«

Gedankenspielereien

Am schockierendsten fand Benthien, dass Renate Laukat ein paar schwere Steine gesammelt und in die tiefen Taschen ihres Parkas gesteckt hatte, die sie dann mit einem Reißverschluss verschlossen hatte, um nur ja sicherzugehen, dass sie die Steine im Wasser nicht verlor.

Die Strömung hatte ihr einen Gummistiefel vom Fuß gerissen, und die nassen Haare lagen wie Seetang um ihren Kopf. Ein Krabbenfischer hatte den Körper in der Fahrrinne vor dem Hafen entdeckt.

»Eindeutig Selbstmord«, sagte Fitzen, der inzwischen wieder auf Föhr eingetroffen war, als sie im Behandlungszimmer der jungen Ärztin um die Liege herumstanden, auf der man die Leiche abgelegt hatte. Sie war für den Doc aus Niebüll eingesprungen, der bereits anderweitig unterwegs war.

»So eindeutig ist das nicht«, meinte die Ärztin und zeigte auf den Hals. »Sehen Sie die dunklen Strangmarken hier unter dem Kinn? Die Frau wurde vor ihrem Tod gewürgt.«

Als Benthien, Lilly und Fitzen später in ihrem Besprechungsraum in der Polizeistation saßen, waren sie noch immer ratlos. Sicher war, dass Renate Laukat zwischen Mitternacht und sechs Uhr morgens gestorben war. War sie mit Steinen in den Taschen ins Meer gegangen, wie einst Virginia Woolf in den

Fluß Ouse? Mit Gummistiefeln, die sie am Schwimmen hinderten? Mit einem gefütterten Parka, der durch seine Nässe schwer an ihr hing und sie in ihren Bewegungen behinderte? Konnte sich ein Mensch so etwas Grausames antun? Laukat hatte ihnen versichert, dass seine Frau ausgezeichnet schwimmen konnte. Wollte sie es auf diese Weise unmöglich machen, sich doch noch zu retten?

Mit Laukat war ansonsten nicht zu reden. Er war zusammengebrochen, nachdem er seine Frau identifiziert hatte, und lag jetzt im Krankenhaus am Rebbelstieg.

Steffen Laukat erschien weniger betroffen, aber er konnte ihnen nicht helfen. Er blieb dabei, seine Mutter nach dem Abendessen nicht mehr gesehen zu haben. Und zu dem Zeitpunkt, sagte er, war sie traurig, verzweifelt und wütend gewesen, aber nicht in einer Stimmung, als ob sie selbstmordgefährdet sei.

Und dann waren da noch die Strangmarken am Hals, dunkel unterlaufen, die auf einen Strick hindeuteten. Ein Hanfseil vielleicht. Hatte sie zuerst vorgehabt, sich zu erdrosseln oder aufzuhängen? Und als das nicht geklappt hatte, war sie ins Wasser gegangen?

»Ich bin ziemlich sicher, dass es nicht möglich ist, sich selbst zu erdrosseln«, sagte Lilly. »Auch wenn man fest entschlossen ist. Man wird naturgemäß irgendwann ohnmächtig, und damit lässt der Druck auf den Hals automatisch nach. Irgendwann erwacht man wieder aus der Ohnmacht.«

»Oder auch nicht. Ich kenne einen Fall, da ist es einem Mann gelungen, sich zu erdrosseln«, widersprach Fitzen.

»Lasst uns zum Bense-Haus fahren und nach diesem Hanfseil suchen«, schlug Benthien vor.

»Claudia Matthis massakriert *uns*, wenn wir vor ihr am möglichen Tatort herumschleichen, das weißt du genau«, bremste ihn Lilly. »Lass uns lieber darüber nachdenken, was es bedeutet, dass Renate Laukat keinen Abschiedsbrief hinterlassen hat. Zumindest nicht im Hotel …«

»Der könnte in ihrer Ferienwohnung liegen«, bemerkte Fitzen.

»Offen lag da kein Brief herum«, sagte Benthien. Er selbst hatte die Wohnung heute Morgen nicht betreten, aber Laukat hatte ihm versichert, dass kein Brief da gewesen sei.

»Was könnte denn ein Motiv sein, die Frau zu ermorden?«, fragte Lilly laut. »Und wer könnte das getan haben?«

»Der Mörder von Frau Bense«, behauptete Fitzen. »Weil sie ihn beobachtet hat.«

»Aber die Laukats waren mit den Rädern unterwegs. In Utersum sind sie kurz nach zwölf in einem Gasthof eingekehrt.«

»Sie könnte eine Beobachtung gemacht haben, bevor sie aufbrachen, deren Bedeutung ihr erst später bewusst wurde«, widersprach Fitzen. »Zu dumm, dass wir nicht den exakten Todeszeitpunkt von Frau Bense kennen!«

»Nach dem Frühstück, das sie immer gegen neun Uhr einnahm. Erinnerst du dich? Man konnte die Uhr nach ihr stellen, sagte ihr Sohn«, warf Benthien ein. »Und ihr Frühstück hatte sie noch unverdaut im Magen.«

»Aber wie passt dann das Mittagessen, das sie gerade zubereitet hat, als sie getötet wurde, da rein«, überlegte Lily.

Benthien seufzte.

»Dieser Fall gefällt mir nicht«, sagte Fitzen unzufrieden. »Wir haben eine Menge Aussagen von Angehörigen und Nachbarn, die alle stimmen können oder auch nicht, und wenn sie uns die Hucke volllügen, merken wir es nicht einmal. Da kann doch jeder alles behaupten!«

»Dass sie immer um neun frühstückte, haben aber alle

86

ausgesagt, die sie kannten«, sagte Lilly. »Gabi Tammen, Mareike Könen, die Laukats ...«

»Diese Herumraterei führt zu nichts«, sagte Benthien. »Wir brauchen Indizien, Beweise, Fakten. Und die werden wir vor heute Abend oder morgen früh nicht bekommen.«

Er unterbrach sich, weil die Tür aufging und die Oberstaatsanwältin hereinspazierte.

»Schwänzt du schon wieder eine Anwendung?«, fragte Fitzen neckend. »Soviel ich weiß, bist du krankgeschrieben und gar nicht im Dienst!«

»Sei nicht so vorlaut, min Jung! Bewegung tut mir gut. Und mir scheint, ihr braucht ein bisschen Unterstützung. Wie konnte denn das nur passieren?«

Darauf hatte natürlich niemand eine Antwort. Benthien berichtete, was er von Laukat über den Gesundheitszustand seiner Frau erfahren hatte.

»Demnach ist es sicher, dass Frau Laukat Selbstmord begangen hat?«, fragte Thyra ungläubig. »Wegen einer Ferienwohnung?«

Lilly erzählte ihr von den Strangmalen am Hals. »Sicher ist leider gar nichts. Wir wissen erst nach der Obduktion Genaueres.«

»Könnte ihr Mann sie ermordet haben?«

»Warum? Weil es meistens die Ehemänner sind?«, fragte Lilly.

Benthien war klar, das sollte ein Scherz sein, aber sicher war auch, dass in über achtzig Prozent aller Mordfälle Menschen aus dem nahen Umfeld des Opfers die Täter waren. Spielte Laukat ein falsches Spiel mit ihnen? Benthien glaubte es nicht, sein Entsetzen und seine Trauer schienen echt zu sein. Andererseits konnte er aber auch ein verdammt guter Schauspieler sein. Und das Geld schien knapp zu sein bei den Laukats, immerhin war Laukat schon seit einigen Jahren arbeitslos. Einige Male hatten sie ihren Sohn aus der Bredouille ziehen müssen. Vielleicht gab es ja eine Lebensversicherung, die jetzt, nach Renate Laukats Tod, eine lukrative Summe auszahlte? Dennoch, bei Selbstmord stellte sich eine Lebensversicherung üblicherweise quer. Gab es deshalb diese Strangmale? Wollte man Zweifel am Selbstmord säen? Aber wer? Laukat selbst oder seine Frau?

Den Rest des Nachmittags verbrachten sie erneut mit Befragungen und Recherchen. Lilly fand heraus, dass die Lebensversicherung der Laukats, die jetzt möglicherweise zur Auszahlung kommen würde, fünfzigtausend Euro betrug. War das ein Grund, Frau Laukat zu töten? Vielleicht, weil der Zeitpunkt gerade günstig war und man ihren Tod mit dem von Frau Bense in Verbindung bringen und dadurch die Ermittler auf eine falsche Spur locken könnte?

Benthien glaubte es nicht. Seine Erfahrung als Ermittler sagte ihm, dass Laukat aufrichtig um seine Frau trauerte und am Boden zerstört war. Dennoch glaubte er, dass ihr Tod etwas mit Frau Bense zu tun hatte. Aber wo war der Zusammenhang?

Hartmut Bense suchte sie im Lauf des Nachmittags in der Polizeistation auf. Obwohl das Haus inzwischen freigegeben worden war, wohnte er immer noch bei seinem Freund in Nieblum. Er habe Angst, allein zu sein, erklärte er, denn hinter jeder Tür, auf jedem Stuhl würde er zu Hause nur seine Mutter sehen.

»Ich werde beide Häuser verkaufen«, sagte er so müde, als liefe alles Leben, alles Wünschen und alle Energie wie ein Rinnsal jeden Tag mehr aus ihm heraus. Und am Ende, dachte Benthien, bleibt nur eine leere Hülle übrig. Der Tod seiner Mutter schien ihn um jeden Lebensmut gebracht zu haben.

Wer ein Interesse an Renate Laukats Tod haben könnte, wusste Hardy nicht, und es interessierte ihn auch nicht.

»Gabi Tammen vielleicht?«, fragte Fitzen provozierend.

»Falls sie einen guten Grund hat, hat sie's auch getan«, antwortete Bense. »Werde ich es noch erleben, dass Sie sie wegen dem Mord an meiner Mutter verhaften?«

Mit diesen Worten schlurfte er hinaus.

Später rief Oskar Laukat an und bat darum, dass ihn Benthien im Krankenhaus besuchte. Da John die Nase voll hatte von den verschiedenen Überprüfungen und den Schreibarbeiten, die sie alle nicht weiterbrachten, folgte er dem Aufruf nur zu gern. Ingwersen fuhr ihn zur Klinik im Rebbelstieg, wo Laukat bleich und eingefallen in einem Einzelzimmer lag. Er kam gleich zur Sache.

»Ich muss Ihnen was beichten«, sagte er kleinlaut. »Meine Frau hat doch am Tag, als Frau Bense starb, eine Uhr und einen Ring als gestohlen gemeldet. Also das muss ... das will ich berichtigen. Ich ... also ich habe den Schmuck aus dem Etui meiner Frau rausgenommen, kurz bevor wir gefahren sind. Sie hat es nicht bemerkt.«

»Warum haben Sie das getan?«

Laukat wand sich vor Verlegenheit. »Ich war kurzfristig ein wenig in Geldschwierigkeiten, gerade jetzt, vor unserem Urlaub. Da habe ich den Schmuck versetzt.«

»Aber Sie hatten doch zwanzigtausend Euro bei sich?«

»Davon konnte ich nichts abzweigen, die waren als Anzahlung für die Wohnung gedacht. Ich war ja auch nur vorübergehend in der Klemme, aber ich wollte meine Frau nicht beunruhigen, daher habe ich ihr nichts davon erzählt. Was ich eigentlich sagen möchte: Lassen Sie diese Überlegungen um den Diebstahl nicht in Ihre Ermittlungen mit einfließen, das führt Sie nur in die Irre. Hier«, er kramte sein

Portemonnaie aus der Schublade, »hier ist der Pfandschein, sehen Sie!«

Achthundert Euro hatte er für den Schmuck bekommen.

Als Benthien über die Promenade am Meer und den Sandwall wieder zurück zur Polizeistation spazierte, konnte er sich des Gedankens nicht erwehren, dass die Lebensversicherung für Oskar Laukat gerade zur rechten Zeit kam. Vielleicht hatte er längst einen ruhigen, zufriedenen Lebensabend ohne seine labile und kränkliche Frau geplant? Das Problem war auch hier, wie in allen anderen Verdachtsmomenten, dass ein gerichtsverwertbarer Beweis fehlte und womöglich äußerst schwierig zu beschaffen sein würde. Da musste Benthien sich noch etwas einfallen lassen.

Blut und Fasern

Das Wetter war nach einer Reihe von schönen, ruhigen Spätsommertagen richtig ungemütlich geworden. Ein kalter Wind war aufgekommen, der die Wellen zu Schaumkämmen peitschte, die Schachspieler von der Promenade vertrieb und an den Blüten der letzten Sommerrosen zerrte. Ein Regen bunter Blätter stob Benthien immer wieder ins Gesicht. Trotzdem genoss er seinen kurzen Gang, den Blick aufs Meer, auf die Halligen. Auf der hölzernen Seebrücke standen einige wettererprobte Angler. Dass hier heute Morgen eine Frau gestorben war, war nur noch eine Notiz in der Zeitung.

Das Leben ging weiter, das war immer so.

»Alter, wir haben ein paar Neuigkeiten!« Fitzen schien in aufgeräumter Stimmung zu sein, und auch Lilly wirkte zuversichtlich. Doch gerade als Fitzen losschießen wollte, klingelte das Festnetztelefon. Der Mann am Empfang stellte ein Gespräch aus Hamburg durch, eine Frau Kluge, die unbedingt den »leitenden Ermittler« sprechen wollte.

Kurz darauf hatte Benthien einen aufgeregten Wortschwall im Ohr. Erst nach und nach begriff er, dass es nicht um Frau Benses Tod ging, sondern um den von Frau Laukat.

»Ich bin Renates Cousine, aber wir sind auch sehr gute Freundinnen. Als ich vorhin Renate anrufen wollte und erfuhr, dass sie tot ist, war ich ... war ich außer mir, völlig geschockt. Ist das wirklich wahr? Was ist denn passiert? Oskar, ihr Mann, sagte mir, sie sei wahrscheinlich ermordet worden?«

Benthien überlegte. »Was hat Ihnen Herr Laukat denn erzählt?« Er musste herausfinden, was sie ohnehin schon wusste, denn einer unbekannten Frau am Telefon konnte er natürlich keinerlei Fakten mitteilen.

»Er sagte, sie könnte gewürgt worden sein, und dann hat man es so aussehen lassen, als sei sie ins Wasser gegangen. Vielleicht ist sie auch ertränkt worden. Mein Name ist übrigens Helga Kluge, Renate und ich sind zusammen aufgewachsen, Tür an Tür sozusagen.«

Nun bemerkte Benthien doch eine gewisse Erschütterung in ihrer Stimme. »Hatte Frau Laukat schon immer psychische Probleme?«, fragte er.

»Das ist ja meine Sorge. Dass sie Selbstmord begangen haben könnte«, sagte Frau Kluge, »es wäre ja nicht das erste Mal, dass sie es versucht. Sie hat sich schon mal selbst stranguliert, mit einer Telefonschnur, aber Oskar kam noch rechtzeitig hinzu. Renate war dem Lehrerberuf einfach nicht gewachsen, sie hätte schon viel früher aufhören sollen.« Nun fing sie an zu schluchzen, und Benthien hatte Mühe, einzuhaken.

»Wann war das?«

»Vor vier Jahren. Danach hat sie sich selbst freiwillig für drei Monate in eine psychiatrische Klinik einweisen lassen. Renate litt seit der Pubertät immer wieder unter Depressionsschüben, besonders nach dem Unfalltod ihrer Mutter. Aber sie hatte ihre Krankheit mit Hilfe von Tabletten ganz gut im Griff. Allerdings hat sie mir vor der Abreise gesagt, sie wolle sie jetzt absetzen, sie brauche die Antidepressiva nicht mehr.

Das hat mir große Sorgen gemacht. Aber sie war so zuversichtlich und glücklich, weil sie bald ganz nach Föhr ziehen wollten. Das hat sie richtig beflügelt. Deshalb bin ich ganz fassungslos, dass sie jetzt tot ist. Sind Sie sicher, dass es Mord war? Oskar erzählte mir, dass es mit der Wohnung wohl nicht klappen würde. Und dass ihre Vermieterin ermordet wurde. Ich kann mir gut vorstellen, dass Renate diese Enttäuschung ganz und gar nicht verkraftet hat.«

Während Frau Kluge noch eine Weile weitersprach, fragte sich Benthien, warum er das alles nicht von Herrn Laukat erfahren hatte. Weil er unbedingt an der Mordtheorie festhalten wollte? Vielleicht gab es sogar einen Abschiedsbrief, und Oskar Laukat hatte ihn vernichtet, lange, bevor sie die Leiche gefunden hatten?

Frau Kluge verabschiedete sich mit der Ankündigung, so schnell wie möglich nach Föhr zu kommen.

»Interessant«, sagte Lilly, die ebenso wie Fitzen das auf laut gestellte Telefonat mitgehört hatte. »Es war also nicht der erste Selbstmordversuch von Frau Laukat. Das spricht doch dafür, dass sie es jetzt wieder getan hat, gerade weil sie wegen des erfolglosen Wohnungskaufs so am Boden zerstört war.«

»Vor morgen früh werden wir es nicht wissen«, meinte Benthien. »Aber was wolltet ihr mir vorhin erzählen?«

»Die Kollegen in Husum, die uns wegen Steffen Laukats Alibi Amtshilfe geleistet haben, haben sich gemeldet. Seine Kumpels sagten aus, dass sie sich mit Steffen gegen vier Uhr getroffen haben – also nicht gegen halb drei, wie er behauptet! Demnach könnte er sehr wohl am Vormittag auf der Insel gewesen sein!«

»Aber was hat er hier getan? Er kam doch nicht, um Frau Bense zu ermorden!«, wandte Benthien ein. »Und den

Schmuck seiner Mutter hat er auch nicht geklaut, wie wir inzwischen wissen.«

»Vielleicht hat er die zwanzigtausend Euro gesucht«, überlegte Lilly. »Und weil er sie nicht gefunden hat, kam er am nächsten Tag wieder. Spielsüchtige sind unberechenbar, und wenn er bedroht wurde ... Frau Bense muss er ja nicht umgebracht haben. Aber er will natürlich auch nicht zugeben, dass er am Tatort war.«

»Für mich bleibt er jedenfalls verdächtig«, beharrte Fitzen. Er blätterte in den Unterlagen, die sich vor ihm auf dem Tisch häuften. »Die KTU hat uns erste Ergebnisse geschickt«, fuhr er fort. »Die Untersuchung der Kleidung unserer Verdächtigen ist durch. Kannst du dich erinnern, John, dass Frau Bense am Tag ihres Todes eine ziemlich alte, zottelige grüne Strickjacke über ihrem Kittel trug? Fasern von dieser Jacke haben sich an Hardy Benses Kleidung von diesem Tag gefunden.«

»Das erstaunt mich jetzt nicht, schließlich lebten die beiden im selben Haus.«

»Und«, fuhr Fitzen fort, »ebenso am T-Shirt von Gabi Tammen. Hat sie die alte Dame umarmt? Doch wohl eher nicht! Aber das ist noch nicht alles. Es wurde auch Blut gefunden, und zwar bei Frau Tammen und Herrn Bense. Bei Hardy sind es winzige, mit bloßem Auge nicht sichtbare dünne Spritzer, bei ihr ist es eher eine kleine Schliere an den Jeans.«

»Und das Blut ist von Frau Bense?«

»Das wird noch untersucht, nachdem die Rechtsmedizin jetzt ihre DNA bestimmt hat.«

»Es hat keinen Sinn, Bense und Tammen jetzt schon zum Verhör zu laden, da warten wir besser das Resultat der Untersuchung ab«, überlegte Benthien. »Lass uns den Fall Bense doch nochmal zusammenfassen: Ein überzeugendes Alibi hat niemand, alle waren vor Ort, jeder hätte ein – wenn auch banales – Motiv, außer Gabi Tammen, deren Motiv ist in meinen Augen das mit dem meisten Gewicht. Sie fühlt sich in ihrer Existenz bedroht.«

Wieder wurde er durch einen Anruf unterbrochen. Diesmal berichtete der Diensthabende, dass eine Frau Jaspersen aus Oldsum angerufen und um den Besuch der Polizei gebeten habe. Sie habe zum Fall Bense etwas auszusagen, könne aber nicht nach Wyk fahren, da sie auf den Tierarzt warten müsse. Benthien versprach, gleich zu kommen. Ohne Fitzens Protest zu beachten, bestimmte er, dass Lilly mitfahren sollte.

»Du, mein Lieber, bleibst hier und kümmerst dich um die Berichte. Wir sind wahrscheinlich bald zurück.«

»Worum geht es denn überhaupt?«

»Das hat sie nicht gesagt.«

Neue Erkenntnisse

Die Adresse in Oldsum erwies sich als ein Bauernhof mit Ziegen und Kühen, von denen eine gerade kalbte, was offenbar mit Schwierigkeiten verbunden war. Der Tierarzt war kurz vor ihnen eingetroffen, wodurch Frau Jaspersen, eine frische junge Frau mit Kopftuch, knallig rot geschminkten Lippen und einem fröhlichen Zwinkern in den Augen, Zeit für sie hatte.

»Ich habe natürlich von dem schrecklichen Tod von Frau Bense gehört«, sagte sie, während sie zu dritt im Eingang des Stalles standen, der bis auf die kalbende Kuh im hinteren Teil leer war. Die anderen Kühe waren auf der Weide. »So was ist auf der Insel natürlich schnell herum, und es wird viel geredet. Ich habe gehört, Sie gehen davon aus, dass Frau Bense am frühen Vormittag, kurz nach dem Frühstück, getötet wurde?«

Interessant, dachte Benthien, dass sie gleich darauf zu sprechen kam.

»Nun ja«, sagte er vorsichtig, »alles deutet darauf hin, dass sie nach dem Frühstück starb, aber wann genau das war, wissen wir nicht. Das kann gegen neun Uhr gewesen sein oder auch später. Wahrscheinlich wurde sie getötet, als sie gerade Kartoffeln und Würstchen briet, was einen gewissen Widerspruch ergibt.« Er blickte die junge Frau fragend an. »Haben Sie denn neue Hinweise für uns?«

»Ich denke, ich kann Ihnen weiterhelfen«, sagte Frau Jaspersen. »Ich kenne Gertrud seit langem, sie war eine gute Bekannte meiner Mutter. Wenn ich nach Wyk fahre, so zweimal in der Woche, rufe ich sie meist vorher an und frage, ob ich ihr von unserem Hof etwas mitbringen kann. Sie bezieht regelmäßig Eier von uns oder unseren hausgemachten Käse.«

»Sie waren an ihrem Todestag bei ihr?«, fragte Lilly erstaunt.

»Ja, und zwar kurz nach elf. Da war sie noch vergnügt und munter … obwohl, nein, vergnügt war sie nicht, sie war über Hardy ein wenig verärgert und hatte außerdem Magenprobleme.« Die junge Frau zog eine Zigarette hervor und zündete sie an. »Jedenfalls, als ich kam, wie gesagt, kurz nach elf, war sie gerade mit ihrem Frühstück fertig, Toastbrot mit Honig, die Sachen standen auch noch auf dem Tisch. Sie erzählte mir, ihr Magen sei ›sauer‹ gewesen, deswegen habe sie morgens nichts runterbekommen, aber jetzt ginge es wieder.« Sie streifte die Asche ins Gras. »Sie sehen also, Sie müssen vielleicht nochmal von vorne anfangen.«

»Haben Sie im Haus oder in der Nähe irgendjemanden gesehen?«

»Niemanden. Gertrud war allein im Haus.«

»Warum war Frau Bense ärgerlich auf ihren Sohn?«

Frau Jaspersen verzog den Mund zu einem fröhlichen Lächeln. »Das weiß ich nicht, sie hatte wohl gerade mit ihm telefoniert. Aber sie sagte zu mir so was wie ›Sei froh, dass du keine Kinder hast, mit denen hat man nur Ärger‹. Gertrud hat sich öfter mal mit Hardy gestritten, weil sie so bestimmend war – und nicht nur mit ihm, glauben Sie mir. Sie war schon eine sehr eigensinnige alte Frau.«

Frustriert fuhren John und Lilly wieder nach Wyk zurück. Auf ihre Frage, wie sicher sich Frau Jaspersen denn sei mit der Uhrzeit, hatte sie erklärt, da sie um halb zwölf einen Friseurtermin hatte und pünktlich dort gewesen sei, wäre ein Irrtum nicht möglich.

»Wir müssen das alles noch einmal neu bewerten, auch Hardys Alibi«, sagte Lilly. »Er hätte genug Zeit gehabt, um in seiner Mittagspause nach Hause zu gehen und seine Mutter zu erschlagen. Und danach hat er auf der Bank an der Promenade seine Crêpes gegessen. Wir müssen jemanden finden, der ihn gesehen hat.«

»Die Laukats scheinen zumindest auszuscheiden, die waren gegen Mittag zum Essen im Gasthaus«, meinte Benthien. »Kein Alibi haben dagegen Raffael Quest und Gabi Tammen. Und dann war da auch noch dieser Jogger, den Nele gesehen hat. Der muss mit der ganzen Sache nichts zu tun haben, aber gemeldet hat er sich auch nicht bei uns, trotz einiger Aufrufe.«

»Vielleicht war es ein Gast, der gar nicht mehr auf der Insel ist«, sagte Lilly und hielt sich am Dachgriff fest, während Benthien reichlich kühn eine Kurve nahm und den Linienbus passierte. »Und dieser Quest scheint mir zu betont harmlos und freundlich, um ganz echt zu sein.«

»Kiffer sind meistens friedliche Leutchen«, wandte Benthien ein.

»Er könnte es aber auch faustdick hinter den Ohren haben. Wissen wir, wie wohlhabend Frau Bense war? Immerhin besaß sie zwei Häuser in bester Lage. Alte Leute trauen oft den Banken nicht, vielleicht hatte sie Geld im Haus versteckt, und Quest war auf der Suche danach. Dass er Essen klauen wollte, erscheint mir doch eher wie ein Witz.«

»Die Spurensicherung sollte das Geld eigentlich gefunden haben, wenn denn welches versteckt war. Und Hartmut müsste es wissen, aber der hat nichts davon erwähnt. Wir werden sein Alibi noch genauer überprüfen müssen. Weißt du was? Wir fahren jetzt in Benses Laden. Mal sehen, was die Angestellten so erzählen.«

Der Laden der Benses, der sich bereits seit Generationen im Besitz der Familie befand, lag in einer der schmalen, pittoresken Straßen von Wyk, in denen kleine, niedrige, mit Rosen geschmückte oder mit Efeu bewachsene Häuschen die Touristen in Scharen anzogen. Jetzt, wo der Wind über das Kopfsteinpflaster fegte und salzige Gischt in der Luft lag, waren die Straßen leer, die Gäste hatten sich in ihre Feriendomizile zurückgezogen.

Gerade hatte der Laden, der mittags für eine Stunde geschlossen wurde, wieder aufgemacht. Zwei ältere Verkäuferinnen begegneten Benthien und Lilly neugierig. Bense selbst war nicht im Laden. »Seit dem Tod seiner Mutter haben wir ihn nicht mehr gesehen«, sagte die Rothaarige mit dem Stecker im Nasenflügel.

»Er ist ein völlig anderer Mensch geworden«, ergänzte die kleine vollschlanke Verkäuferin.

»Können Sie uns den Ablauf des Vormittags beschreiben, an dem Frau Bense starb?«, fragte Lilly. »Herr Bense sagte, er war kurz nach neun im Laden, weil das Fenster neu dekoriert werden sollte.«

»Ja, das macht unser Herr Kallweit, aber Hardy ist immer gern dabei und sieht zu«.

»Und dann war er bis mittags ausnahmslos im Laden?«

»Ja«, sagte die Rothaarige, und »Nein!«, sagte die Kleine.

»Er war doch noch bei Frau Simeon, um die neuen Gardinen aufzuhängen«, setzte die blonde Verkäuferin hinzu. »Das macht an sich auch Herr Kallweit, aber an dem Tag musste er später aufs Festland. Deswegen ist Hardy eingesprungen. Und bei den Müllers hat er die Fenster ausgemessen.«

»Und dann haben Sie ihn vor der Mittagspause nicht mehr gesehen?«

»Doch, er kam vorher kurz rein, gegen Viertel nach zwölf. Der Laden ist immer zwischen 12 Uhr 30 und 13 Uhr 30 geschlossen. Ich fragte ihn noch, ob er jetzt zu seiner Mutter zum Essen gehen würde, aber er sagte, er wolle sich nur ein paar Crêpes kaufen, er hätte keinen Hunger.«

Und damit, dachte Benthien, hatte er durchaus die Gelegenheit gehabt, nach einem der Kundenbesuche zu Hause vorbeizufahren und seine Mutter zu töten.

»Sie kannten wahrscheinlich Frau Bense?«, fragte Lilly weiter.

»Natürlich«, sagte die Rothaarige. »Einmal im Jahr hat sie uns zu Kaffee und Kuchen eingeladen. Hardy war das nicht recht, ich glaube, er hat sich geniert. Aber Frau Bense dachte, das wäre höflich und müsste sein.«

»Aber richtig wohlgefühlt haben Sie sich nicht?«

Die Blonde kicherte. »Nicht so sehr, wissen Sie, das war alles so *förmlich*. Und ich glaube, Frau Bense wollte nur sichergehen, dass wir uns ihren Hardy nicht schnappen wollten. Davor hatte sie eine Heidenangst.«

Nächtlicher Schrecken

In den nächsten zwei Tagen fing Benthien allmählich an, daran zu zweifeln, ob sie ihre beiden Fälle jemals aufklären würden. Alles war möglich, doch nichts war zu beweisen, und scheinbare Fortschritte erwiesen sich in Wirklichkeit als Rückschritte. So hatte sich zum Beispiel endlich der Jogger gemeldet, den Nele am Strand gesehen hatte. Es war ein Apotheker aus Mölln, der seine Eltern für ein paar Tage anlässlich ihrer goldenen Hochzeit besucht und nicht den geringsten Bezug zu Gertrud Bense hatte. Aber zumindest seinen Geburtstag hatte Benthien jetzt hinter sich gebracht. Sein Vater war gekommen, sie hatten alle zusammen, Thyra mit eingeschlossen, gut zu Abend gegessen, und größere Überraschungen waren zu Benthiens Erleichterung ausgeblieben – bis jetzt, denn Fitzen hatte eine für einen späteren Zeitpunkt angekündigt. Ihn bedrückte es, dass Karin nicht gekommen war, sondern sich mit einem Anruf begnügt hatte. Aber dieses private Problem würde Benthien angehen müssen, wenn er wieder zu Hause war.

Die DNA-Anhaftungen unter Frau Benses Fingernägeln wiesen einen engen Verwandtschaftsgrad mit der DNA ihres Sohnes auf, was die Techniker verblüffte, bis einer auf die Idee kam, die DNA mit der von Frau Bense selbst abzugleichen und es sich herausstellte, dass sie sich selbst gekratzt haben musste und nicht etwa ihren Angreifer. Die Spuren an ihrem Hals waren kaum noch zu sehen. Das war der Punkt, an dem Benthien beinahe ausflippte.

Steffen Laukat war nicht nachzuweisen, dass er an Frau Benses Todestag auf der Insel war, auch nicht, nachdem Fitzen sämtliche Besatzungsmitglieder der drei Fährschiffe akribisch befragt und sämtliche funktionierenden Überwachungsbänder durchgesehen hatte (eines hatte allerdings am fraglichen Tag und auch am Vortag gestreikt). Hatte Raffael Quest sie belogen? Oder war er so im Tran gewesen, dass er die Tage verwechselt hatte?

Das war der Punkt, an dem Fitzen beinahe in die Luft gegangen wäre.

Das Schmierblut an Gabi Tammens Jeans war tatsächlich Frau Benses, ließ sich aber auch dadurch erklären, dass Gabi, als sie die alte Frau fand, sich neben und über sie gekniet hatte, um am Hals den Puls zu fühlen. So waren vermutlich auch die grünen Fasern an ihr T-Shirt geraten.

Die winzigen, unsichtbaren Blutspritzer an Hardys Strickjacke stammten von Hühnern. Er erzählte ihnen, dass er am Tag vorher einen Hof besucht hatte, wo gerade ein Huhn geschlachtet wurde, und er war in dem Augenblick dazugekommen, als der Kopf abgehackt wurde. Er war zwar noch etliche Meter entfernt gewesen, aber ein paar der dünnen, feinen Blutspritzer hatten sich eben doch in den Fasern seiner Jacke verankert, unsichtbar für das bloße Auge. Das war der Augenblick, in dem Lilly vor lauter Frust auf den Tisch schlug und sich ein Stapel loser Papiere auf dem Fußboden verteilte.

Ein weiteres Gespräch mit Hardy hatte ergeben, dass seine Mutter tatsächlich und zu seinem großen Missfallen überall im Haus ihre Geldverstecke hatte, aber nichts davon war gestohlen worden.

»Im Gefrierfach, in ihren Wintersocken, hinter Bildern, in einer ausrangierten Kaffeemaschine, unter dem Teppich, im Gardinensaum, in einer Packung Haferflocken. Eine Zeitlang trug sie eine Samtabdeckung über ihrem Haarknoten, bis ich entdeckt habe, dass sie auch dort ein Geldtäschchen eingenäht hatte. Ich habe es ihr strikt verboten, aber hat sie darauf gehört? Meine Mutter war stur wie ein Esel!«

Er brach in Tränen aus, und sie mussten ihn eine Weile in Ruhe lassen. Benthien schien es, als habe Hardy Bense seit dem Tod seiner Mutter zwanzig Kilo abgenommen. Er schlich durch die Gegend wie sein eigenes Gespenst. Immerhin war er wieder in sein Haus zurückgekehrt. Trotzdem wirkte er verloren in einer Welt, die ihm keine Orientierung mehr bot. Benthien fragte sich, ob Hartmut Bense je allein zurechtkommen würde. Hatte er nicht viel zu lange am Schürzenzipfel seiner Mutter gehangen?

Mit Gabi Tammen würde es wohl keine Versöhnung geben. Sie erzählte Lilly, dass Hardy ihr aus dem Weg ginge, und auch über das Haus könne sie mit ihm nicht sprechen. Er hielte daran fest, es so schnell wie möglich zu verkaufen.

Als sie wieder zusammen in ihrem provisorischen Büro in der Wyker Polizeistation saßen, geschah etwas, von dem Fitzen später behauptete, ab da wäre die Aufklärung endlich ins Rollen gekommen.

Eine aufgeregte Gabi Tammen rief an, um zu berichten, dass Nele in der Nacht einen Einbrecher im Haus gesehen hatte.

»Warum melden Sie das erst jetzt?«, fragte Lilly erstaunt.

»Ich wusste es nicht«, sagte Gabi aufgeregt. »Nele hat auffällig lang geschlafen, und als ich sie eben weckte, hat sie mir erzählt, dass sie in der Nacht unten im Haus Geräusche gehört habe. Sie dachte, ich wäre es oder unsere Feriengäste, aber auf der Treppe hat sie gemerkt, dass unten kein Licht brannte. Da hat sie sich hinter dem Geländer versteckt und die Silhouette eines Menschen gesehen.«

»Wir kommen sofort«, sagte Lilly.

Wenig später waren Benthien und Lilly zur Stelle. Ingwersen hatte sie bei Tammen abgesetzt, bevor er weitergefahren war, um einen häuslichen Streit zu schlichten. »Es scheint nichts gestohlen worden zu sein«, sagte Gabi Tammen ratlos. »Und es gibt auch keine Spuren eines Einbruchs.«

»Aber da war jemand!« beharrte Nele. »Er lief hier durchs Zimmer und ist dann über den Flur verschwunden, vorne, durch die Eingangstür. Ich habe solche Angst gehabt, dass er mich entdeckt.«

»Du sagst ›er‹? Bist du sicher, dass es ein Mann war?«

Nele nickte. Sie beschrieb ihn als dunkel gekleidet und mit einer Wollmütze auf dem Kopf. Sein Gesicht habe sie nicht gesehen.

»Hatte er etwas in der Hand?«, fragte Lilly, was Nele verneinte. Auf die Frage, warum sie nicht gleich Alarm geschlagen hatte, antwortete sie, sie habe sich in ihrem Zimmer eingeschlossen, im Bett versteckt und lange gelauscht, ob noch etwas zu hören war. Dabei musste sie eingeschlafen sein.

Sie gingen mit Gabi durchs ganze Haus, doch alles war noch an seinem Platz, sogar der Laptop und ihr Smartphone, das sie im Wohnzimmer vergessen hatte. Eine teure Uhr, ein Hochzeitsgeschenk ihres Mannes, die sie in der Küche abgelegt hatte, war ebenfalls noch da. Die Garderobe hing voller Mäntel und Regenkleidung. Konnte Nele sich nicht einfach getäuscht haben, fragte sich Benthien, und einen Umhang für einen Menschen gehalten haben?

Auch ihre Mutter schien ähnlich zu denken. »Nele, Schatz, du hast gestern Abend einen unheimlichen alten Krimi gesehen – hinter meinem Rücken«, fügte sie für die beiden Beamten hinzu. »Glaubst du nicht, du hast einfach nur Albträume gehabt?«

Nele sah ihre Mutter empört an. »Ich bin doch nicht blöd! Ich kann doch die Wirklichkeit von einem Traum unterscheiden!« Dann rannte sie die Treppe hinauf, und sie hörten eine Zimmertür ins Schloss fallen.

Gabi Tammen schüttelte den Kopf. Ihr Blick fiel auf die Uhr, die der angebliche Einbrecher verschmäht hatte. »Die werde ich als Erstes verkaufen, wenn wir hier rausmüssen«, sagte sie wehmütig. »Ich bin gerade dabei, mir einen Job auf dem Festland zu suchen. Vielleicht habe ich Glück und finde eine Arbeit, die nicht nur saisonal ist.«

»Dann ist es Herrn Bense wirklich ernst mit dem Verkauf?«, fragte Benthien.

»Er hat sich zwar ein bisschen beruhigt, mittlerweile können wir immerhin wie erwachsene Menschen miteinander reden, ohne dass er ausrastet. Aber an einem Verkauf hält er fest. Der Tod seiner Mutter hat ihn völlig aus der Bahn geworfen. Er kommt mir vor wie ein Roboter.«

Obwohl es nicht nach Einbruch aussah, glaubte Benthien nicht, dass Gabis Tochter die Geschichte nur erfunden hatte, und bestellte vorsichtshalber die Spurensicherung ins Haus, die gegen Mittag anreisen wollte. Benthien und Lilly selbst konnten hier nichts mehr tun.

Als sie am Bense-Haus klingelten, machte niemand auf. Soweit Benthien wusste, war Laukat endgültig aus der Wohnung ausgezogen und wohnte, zusammen mit seinem Sohn, weiter im Hotel. Dort warteten sie auf die Freigabe der Leiche von Frau Laukat. Ihr Mann wollte ihr den letzten Wunsch erfüllen und sie auf Föhr beisetzen lassen.

Die Obduktion hatte ergeben, dass Renate Laukat mit

großer Wahrscheinlichkeit Suizid begangen hatte. An der Strangulierung war sie jedenfalls nicht gestorben, die war nur sehr halbherzig ausgeführt worden. Und das Hanfseil hatte man im Keller der Benses gefunden, zusammen mit Fingerabdrücken von Frau Bense auf dem staubigen Regal.

Ihr Mann glaubte allerdings immer noch an Mord. Er machte geltend, dass seine Frau öfter im Keller war, da dort auch die Waschmaschine stand, die sie benutzen konnten. Somit war es nicht ungewöhnlich, dort ihre Fingerabdrücke zu finden.

Nachdem sie vergeblich bei Hartmut Bense geklingelt hatten, versuchten sie es bei den Nachbarhäusern, die allerdings ein Stück wegstanden, versteckt hinter Friesenwällen und immergrünen Büschen. Hier war in der Nacht niemandem etwas aufgefallen. Eine der Bewohnerinnen drückte es so aus: »Nele hat eine lebhafte Fantasie. Sind Sie sicher, dass sie die Geschichte nicht einfach erfunden hat?«

Benthien kam nun doch ins Grübeln, als sie am Strand zur Polizeistation zurückgingen.

Lilly dachte offenbar über etwas anderes nach.

»Ich denke, wenn Frau Tammen noch ein paar Wochen wartet, wird Hardy Bense sich wieder gefangen haben und vielleicht noch einmal über den Verkauf seiner Häuser nachdenken«, sagte sie, während sie eine blauschimmernde Muschel aufhob. »Ich meine, wo will er denn hin? Will er seinen Laden aufgeben? Was hat er vor? Sein komplettes Leben ändern? Er hat seine Entscheidung im ersten Schockzustand getroffen, er wird sie womöglich revidieren, wenn erst ein wenig Zeit vergangen ist.«

»Kann sein. Aber dass Frau Tammen beunruhigt ist, kann ich gut verstehen.«

»Was hältst du von dem angeblichen Einbruch?«, fragte

Lilly und beobachtete eine Möwe, die sie vom Dach eines Strandkorbes neugierig beäugte. Sehr bald würden die Körbe, Zeichen des Sommers, von den Stränden verschwinden. Dann stand ein langer Winter vor der Tür.

»Rätselhaft, wie alles in diesem Fall. An sich müsste ein Zusammenhang bestehen, wäre seltsam, wenn nicht. Aber ich habe absolut keine Erklärung dafür. Es sei denn, es war doch der Herr Meisner, der aus irgendeinem Grund verschweigt, dass er gegen Morgen aus dem Haus gegangen ist. Nele meinte ja, am Himmel wären die ersten Anzeichen der Morgendämmerung zu sehen gewesen.«

Die Meisners waren das junge Ehepaar, das seit zwei Wochen im Haus wohnte, jetzt aber abreisen wollte. Benthien hatte sie eben noch kurz zu dem Einbruch befragt, bevor sie das Haus verließen, doch die Meisners gaben an, geschlafen und im oberen Stockwerk nichts mitbekommen zu haben. Es war auch keine Rede davon gewesen, dass einer von ihnen oder beide das Haus noch im Dunkeln verlassen hätten.

»Aber es könnte auch nicht schaden, sie zu überprüfen. Für alle Fälle.«

Sein Telefon klingelte. Ein Blick aufs Display ließ ihn leise seufzen.

»Tommy, mein Freund! Langweilst du dich etwa?«

»Das auch, aber ich habe Neuigkeiten! Eine von Hardys Angestellten war gerade hier und hat ihn als vermisst gemeldet. Sie sagt, sie erreichen ihn seit Tagen nicht, weder am Telefon noch zu Hause. Auch sein Freund Enno in Nieblum weiß nicht, wo er steckt. Könnt ihr in seinem Haus nachsehen? Nicht dass Hardy das nächste Mordopfer ist!«

»Das hat uns gerade noch gefehlt!«, seufzte Benthien, nachdem er Lilly erzählt hatte, worum es ging. Selbstverständlich machten sie sofort kehrt, um in Benses Haus nach dem Rechten zu sehen. Doch wen sie vorfanden, war nur Fitzen, der offenbar wie ein Blöder mit dem Wagen zum Haus gerast war. Nun wanderte er um das Gebäude herum und spähte in jedes Fenster.

»Scheint nicht da zu sein«, sagte er enttäuscht, »und sein Auto ist auch weg. Ob er getürmt ist? Vielleicht wurde ihm ja alles zu viel, aber natürlich kann er nicht so einfach abhauen, ohne uns Bescheid zu sagen. Sollen wir ihn in die Fahndung geben? Fahndung zur Aufenthaltsermittlung?«

»Zuerst müssen wir im Haus nachsehen. Lilly, haben wir den Schlüssel noch?«

Lilly hatte ihn dabei, aber im Haus fand sich Bense nicht, und verdächtige Spuren oder Anhaltspunkte waren auch nicht auszumachen.

»Versuchen wir es mit einer Handyortung«, sagte Benthien schließlich. »Für die Fahndung muss Thyra sorgen. Ich werde sie anrufen.«

Thyra Kortum war noch immer in der Reha am Wyker Strand, gar nicht weit von ihnen entfernt, allerdings hatte sie demnächst eine Anwendung. Sie hatten sich regelmäßig mit ihr zum Essen getroffen, daher war sie beständig auf dem neuesten Stand und hatte sogar, aus reiner Langeweile, bei manchen Verhören zugehört, sodass sie alle Verdächtigen und Zeugen kannte und zum ersten Mal rundum zufrieden mit dem Informationsfluss ihrer Ermittler war. Sie versprach, sich umgehend um Fahndung und Handyortung zu kümmern.

Sie fuhren zurück zur Polizeistation. Fitzen begab sich zum Hafenamt und bat um die Freigabe der Überwachungsbänder der Fähren, die Föhr im Zeitraum von zwei Tagen bis heute verlassen hatten. Das war aus Zeitgründen ziemlich aufwändig und würde dauern, vor dem Abend würden sie sie nicht durchsehen können. Dafür funktionierte die Handyortung überraschend schnell, blieb aber leider ohne Ergebnis: Benses Handy war ausgeschaltet.

»Ob Hardy getürmt ist, weil er eben doch der Täter war?«, überlegte Fitzen. »Aber dann müsste die KTU doch Blut von Frau Bense an seiner Kleidung gefunden haben, und das war nicht der Fall.«

»Durch die große Fläche des Pfannenbodens war die Verletzung der Kopfhaut nur sehr gering«, antwortete Benthien, »und die Pfanne befand sich zwischen der Verletzung und dem Täter, sie könnte wie ein Schild die Blutstropfen abgehalten haben. Richtig geblutet hat die arme Frau erst, als sie schon am Boden lag.«

»Ich halte Bense nicht für den Täter«, sagte Lilly. »Für mich waren seine Trauer, sein Entsetzen absolut authentisch. Wie kann das sein, wenn er selbst sie umgebracht hat? Ich befürchte nur, er könnte ein weiteres Opfer sein.«

»Es ist möglich, dass er seine Tat zutiefst bedauert und wünschte, er könnte sie rückgängig machen.«

»Ich habe mal, als ich in der Küche Krach mit Katharina hatte, vor lauter Wut meinen Lieblingsbecher auf den Boden geschmissen, danach hätte ich mich in den Hintern beißen können«, war Fitzens Beitrag zur Diskussion.

»Ja, vielleicht geht's Hartmut Bense jetzt genauso«, sagte Lilly mit einem nur leichten Anflug von Ironie.

Am Baggersee

Am Rand des Sees standen drei Streifenwagen, ein Zivilwagen aus Niebüll, zwei Rettungswagen und ein Fahrzeug der Feuerwehr. Die Polizeitaucher waren gerade eingetroffen. Zahllose Gaffer, bewaffnet mit ihren Handys, tummelten sich am Ufer und an der Kliffkante, die sich im Süden über den See erhob.

Die Taucher machten einen ersten Erkundungsgang und meldeten, dass die Leiche männlich sei, bekleidet und mit Handschellen an einen alten Baumstamm gefesselt. Bevor der Tote aus den Tiefen des Baggersees geborgen werden konnte, mussten allerdings erst einmal die Gaffer und Badegäste entfernt werden – wobei es zu einer Rangelei mit der uniformierten Polizei kam – und die Absperrung aller Zugänge zum See erfolgen. Da man in der Gesäßtasche der Leiche einen Ausweis gefunden hatte, konnte der Tote schnell als Hartmut Bense aus Wyk auf Föhr identifiziert werden, der seit drei Tagen verschwunden war.

Benthien wurde benachrichtigt und kam so schnell wie möglich an den See. Bis dahin musste die Leiche noch vor Ort bleiben. Als er mit den Kollegen Fitzen und Lilly und der Oberstaatsanwältin im Schlepptau eintraf, konnte er sich immerhin noch ein Bild von der Situation machen, auch wenn die Leiche bereits geborgen war. Man hatte sie an den flachen

Sandstrand gelegt und mit einem Zelt und Absperrtüchern vor Blicken geschützt.

Benthien betrachtete Hardy Bense nachdenklich. Vor drei Tagen war er von der Insel verschwunden, sie hatten auf dem Überwachungsmaterial, das Fitzen angefordert hatte, selbst gesehen, wie er mit seinem Auto auf die Fähre gefahren war. Inzwischen wussten sie, dass er in einer Pension in Niebüll abgestiegen war, aber ab da schien Bense endgültig verschollen zu sein. Ausgecheckt hatte er allerdings nicht. Gleich am nächsten Tag musste er im See ertränkt worden sein, denn einen Suizid schlossen aufgrund der Umstände sowohl Oberkommissar Ralf Dryfurth von der Niebüller Polizei als auch der Arzt aus. Später am Tag würde die Leiche in die Rechtsmedizin nach Kiel überführt und in Dr. Radtkes Obhut übergeben werden.

»Den armen Kerl hat man mit ganz gewöhnlichen Handschellen mit der linken Hand an den Ast eines alten Baumstamms gefesselt«, sagte der korpulente Dryfurth, den Benthien schon von früheren Fällen kannte, und rieb sich mit einem Taschentuch den Schweiß von der Stirn. »Am Hinterkopf hat er eine leichte Beule, wahrscheinlich von einem Schlag. Der Doc nimmt aber an, dass er dort drüben von der Steilkante gestoßen wurde, wodurch er acht Meter ins Wasser stürzte, dort, wo der Steinquader aus dem Wasser ragt.« Er deutete mit dem Finger auf den Hang, der ziemlich porös zu sein schien und hauptsächlich aus Sand und Kies bestand. Die Abbruchkante sah gefährlich aus, deshalb waren vor Monaten schon ein Absperrband und ein Warnhinweisschild errichtet worden. Zugang zum Wasser hatte man nur an einer flachen Stelle, wo man auch einen kleinen Sandstrand angelegt hatte. Das restliche Ufer war nur schwer zugänglich.

Die Leiche hatte man an ebendiesen Sandstrand gebracht.

Sie war mit Schuhen, Strümpfen, Cordhose, einem Pullover und einer Windjacke bekleidet, wobei die – allerdings geringe – Strömung im See Bense die Jacke halb ausgezogen hatte. Der Körper war aufgedunsen, dennoch war Hardy Bense noch gut zu erkennen und damit zu identifizieren. In der Jacke fanden sich nicht nur Benses Ausweis, sondern auch seine Brieftasche und ein Portemonnaie mit rund zweihundert Euro. Aus Benses rechter Hand, die zur Faust geballt war, ragte die Ecke eines Stofffetzens.

Benthien winkte einen der Kriminaltechniker herbei und bat ihn, den Stofffetzen zu bergen. Der Mann tat es, und kurz darauf drehte Benthien ein Stück beschichteten Stoff in der Hand, auf der einen Seite blau, auf der anderen grün. Er war sicher, dass er von einer Regenjacke stammte. Und ebenso, dass er diese Jacke schon einmal gesehen hatte, blau, mit grünem Innenfutter. Damals hatte sie an einer Garderobe gehangen. Benthien schüttelte den Kopf. Solche Regenjacken gab es viele.

»Dieser Fall Bense wird von Tag zu Tag mysteriöser«, sagte Fitzen und sprach damit allen aus dem Herzen.

Benthien antwortete nicht, sondern wanderte an den Rand des Ufers und blickte nachdenklich über den See. Lilly und Fitzen wechselten einen fragenden Blick, als der Chef die Taucher bat, noch einmal mit einer Kamera hinunterzugehen und den Seegrund sowie den Auffindeort der Leiche zu filmen.

Zwei Taucher stiegen ins Wasser, bewaffnet mit Kamera, Harken und Messern, denn die Grünpflanzen sollten der besseren Sicht wegen gerodet werden. Ein kleines Boot mit zwei Mann Besatzung stand bereit, das Grünzeug einzusammeln. Konnte ja sein, so hoffte Benthien, dass der Mörder dort Spuren hinterlassen oder etwas verloren hatte. Offenbar hatte es einen Kampf gegeben, denn dafür sprach der Stofffetzen in Benses Faust.

Thyra schüttelte den Kopf. »Das ist so abartig! Wer macht so etwas? Und wie? Bense war ja kein Fliegengewicht. Der Täter muss ihn an den See gelockt haben, ohne dass er etwas ahnte. Denn er ist ja offensichtlich freiwillig hergekommen. Aber was geschah dann? Hat man ihn in den See gestoßen? Konnte der Mann nicht schwimmen? Wissen wir das, John?«

Benthien schüttelte nur den Kopf. Ihm war diese Tat, ebenso wie allen anderen, ein Rätsel, und er hatte nicht die geringste Vorstellung, wer dafür verantwortlich war.

Kommissar Dryfurth, der die Frage der Staatsanwältin gehört hatte, näherte sich und sagte: »Er scheint geschlagen und vom Steilhang da oben ins Wasser gestoßen worden zu sein ...«

»Und dann?«, fragte Thyra.

»Der Mörder ist vermutlich hinterhergesprungen, vielleicht ein versierter Taucher oder Schwimmer, hat ihn überrumpelt und blitzschnell an den Ast gefesselt. Dann ist er seelenruhig aus dem Wasser gestiegen und nach Hause gefahren. Vielleicht hat er gehofft, dass man den Mann so schnell nicht findet, deshalb die Handschellen. Und hätte das schöne warme Wetter die Badegäste nicht noch einmal an die Seen gezogen, wäre er wohl so bald auch nicht gefunden worden.«

»Überwachungskameras gibt es hier wohl keine?«, fragte Thyra hoffnungsvoll.

»Genauso wenig, wie es hier Badekabinen oder Personal gibt«, gab ihr einer der Niebüller Streifenbeamten Auskunft, »dies ist ein renaturierter See, Baden ist an den meisten Stellen verboten, die Leute tun's allerdings trotzdem. Aber sonst wird hier nur geangelt. Wir haben Hechte im See, Welse, Saiblinge, ich habe sogar mal eine Forelle hier gesehen. Spricht für die Wasserqualität.« Ein gewisser Heimatstolz klang aus seinen Worten heraus.

Einer der Taucher, der gerade aus dem Wasser kam, hörte es und meinte im Vorbeigehen: »Komisch, dafür gibt's aber viele verendete Fische da unten.«

»Vielleicht war Bense ja auch schon tot, als man ihn ins Wasser verbrachte«, überlegte Thyra, ohne weiter auf das Thema einzugehen.

»Das wird sich alles bei der Obduktion zeigen«, sagte Lilly.

Benthien sah sich inzwischen die Unterwasserbilder an. Ein sauberer Tatort, bis auf die toten Fische, die zwischen den Wasserpflanzen lagen, aber auch nach einer Stunde hatten die Taucher nichts gefunden, was auf den Täter hindeuten könnte. Benthien wies sie an, weiterzusuchen.

»Hat man eigentlich seinen Wagen gefunden?«, fragte Fitzen, nachdem er das Ufer der Steilküste gründlich abgesucht hatte.

»Drüben auf der Wiese«, sagte Dryfurth.

Alle außer Thyra gingen zu Benses Auto, das auf einer wilden Wiese stand. Zum Glück waren keine parkenden Autos in nächster Nähe. Die Spurensicherung war hier bereits in Aktion.

»Sein Handy, falls ihr es schon gesucht habt, liegt im Handschuhfach«, begrüßte Claudia Matthis ihre Kollegen. »Es ist ausgeschaltet, aber die PIN hat er praktischerweise aufgeschrieben, die liegt mit in der Hülle.«

Offenbar hatte Bense zwei Handys gehabt, denn sein Smartphone hatten sie verlassen in seinem Haus aufgespürt. Dies hier war ein Handy, mit dem man nur telefonieren und SMS verschicken konnte, ein Prepaidhandy, und es lief auf den Namen von Gertrud Bense. Ihr Name, ihre Adresse, die

Telefonnummer und die PIN waren sorgsam in einer krakeligen Altfrauen-Handschrift auf einem Zettel notiert worden, der in der Handyhülle steckte.

Benthien fragte sich, ob Bense gewusst hatte, dass sie nach ihm suchen würden. Hatte er die Insel verlassen, um seinem Mörder zu entgehen? Aber warum hatte er nicht mit ihnen gesprochen?

Fitzen griff sich das Telefon und schaltete es ein. Bense hatte wenig telefoniert in den letzten Tagen, aber zweimal, auch am Tag seines Todes, mit derselben Nummer. Einmal hatte er sie angerufen, einmal war er angerufen worden. Als Fitzen die Nummer wählte, meldete sich zu ihrer aller Erstaunen Gabi Tammen.

Benthien nahm Fitzen das Mobiltelefon aus der Hand. Er erklärte Gabi ohne Umschweife, dass sie Hardy Bense ertrunken im Baggersee gefunden hatten.

Die Reaktion war schockiertes Schweigen. Benthien hätte sie gern geschont, aber er musste unbedingt erfahren, was sie miteinander gesprochen hatten. So erzählte er ihr noch ein wenig von den Umständen, unter denen er entdeckt worden war, doch alles eher belanglose Dinge, damit sie sich fassen konnte. Dann fragte er nach den Telefonaten.

»Ich habe Hardy ein paarmal vergeblich angerufen, nachdem er von der Insel verschwunden war, aber das Handy war aus«, berichtete sie mit belegter Stimme. »Dann auf einmal hat er sich gemeldet, mit einem anderen Handy. Er erzählte mir, dass er auf dem Festland etwas zu erledigen hätte. Ich bat ihn dringend um ein Gespräch wegen des Hauses, aber er sagte, da gäbe es nichts mehr zu besprechen. Schließlich ließ er sich darauf ein, mich in Husum zu treffen. Ich wollte dorthin, weil ich ein Vorstellungsgespräch hatte, die suchten eine Geschäftsführerin in einer Wäscherei. Ich brauche ja dringend einen Job. Hardy meinte, das träfe sich gut, er wüsste auf Nordstrand ein Haus, das günstig zu verpachten wäre und auch an Feriengäste vermietet werden dürfte. Ob das nichts für mich wäre. Ich war ganz gerührt, dass er sich für mich umgesehen hatte – überhaupt war Hardy ganz anders am Telefon als in den letzten Wochen, viel umgänglicher. Ich habe mich wahnsinnig gefreut ...«

»Sie hätten mir sagen müssen, dass Sie aufs Festland fahren«, sagte Benthien scharf.

»Das ging alles so schnell, und ich musste Nele unterbringen ...«, stotterte Gabi Tammen, immer noch ganz aufgelöst. »Außerdem wurde ja aus alldem nichts ... Das Haus auf Nordstrand konnte ich nicht finden, und als ich Hardy dann nochmal anrief, antwortete er nicht mehr, auch nicht die Mailbox ...«

Sie fing an zu weinen.

«Und das Vorstellungsgespräch?«

»Das fand am Dienstagmorgen statt. Sie sagten, sie werden sich melden.«

»Als Hardy Sie am Dienstag zuletzt anrief, was wollte er da?«

»Da hat er mir die Route zu dem Haus beschrieben, das günstig zu haben war«, sagte Gabi. »Aber ich konnte es nicht finden. Ich hätte beinahe die letzte Fähre auf die Insel verpasst. Dann hatte ich gehofft, dass ich Hardy zu Hause treffen würde ... Ist er wirklich tot? Ich kann es nicht fassen! War es denn ein Unfall?«

Benthien versuchte, sie zu beruhigen, und versicherte ihr, dass er sie aufsuchen würde, sobald er zurück wäre. Damit beendete er das Gespräch.

Verdacht

»Wir sollten uns schleunigst Hardys Zimmer in der Pension ansehen«, sagte Fitzen, der ebenso wie Lilly das Gespräch mit angehört hatte, »vielleicht finden wir etwas in seinen Unterlagen, was die ganze Sache aufklärt. Schließlich haben wir ihn ja eine Zeitlang für den Mörder seiner Mutter gehalten.«

»Sein Haus muss auch noch einmal gründlich durchsucht werden«, ergänzte Lilly. »Und wir haben immer noch niemanden gefunden, der ihn in seiner Mittagspause auf der Bank seine Crêpes hat essen sehen.«

»Holm Ingwersen und seine Leute sind immer noch dabei, in den Läden, Lokalen und Geschäften nachzufragen«, sagte Fitzen. »In der Crêperie kennt man Hardy, aber ob er am Mordtag dort eingekauft hat, weiß niemand genau zu sagen.«

»Vielleicht hat er ja seine Mutter umgebracht, aber *ihn* hat jemand anderer getötet?« Benthien ließ seine Aussage wie eine Frage klingen.

»Gabi Tammen war immerhin an seinem vermutlich letzten Tag auf dem Festland, gar nicht weit weg«, bestätigte Lilly.

»Aber was nützt es ihr, ihn umzubringen? Noch dazu auf eine Weise, die auf sie selbst hindeutet?«

»Wie meinst du das?«, fragte Thyra, die hinzugekommen war und die letzten Gesprächsfetzen mitbekommen hatte.

»Gabi hat uns doch erzählt, dass sie mit ihrem Mann eine Tauchbasis auf Madeira hatte«, sagte Fitzen. »Wenn sich einer mit Tauchen auskennt, dann doch wohl sie!«

Claudia Matthis trat hinzu und überreichte Benthien einen Schlüssel. »Lag im Handschuhfach. Der Schlüssel gehört zu einem Zimmer in einer Pension in Niebüll.«

»Dann nichts wie hin!«

Sie setzten sich ins Auto und fuhren nach Niebüll, der quirligen kleinen Stadt in der Marsch, wo die Autos auf den Sylt-Shuttle geladen wurden, der in der Saison 52 Mal pro Tag auf die Insel und zurück fuhr. Benthien, der ein altes, ererbtes Kapitänshaus auf einer Lister Düne besaß, fragte sich etwas wehmütig, wann er wohl mal wieder auf die Insel kommen würde. Derzeit schaltete und waltete sein Vater dort, der gerade voller Ideen für Neuerungen steckte, was durchaus unangenehme Überraschungen mit sich bringen konnte wie den Vorschlag, eine farbige Tapete fürs Wohnzimmer anzuschaffen, vielleicht in Rot. Er sollte dort dringend mal nach dem Rechten sehen.

Fitzen, der den Wagen ohne Rücksicht auf Schlaglöcher über die Straße jagte, rüttelte Benthien aus seinen Gedanken. Gerade als Thyra sich beklagte, dass alle ihre Zähne im Mund wackelten, hielt Fitzen vor der Pension. Sie sprachen kurz mit der Wirtin. Die bestätigte, dass Hardy Bense am Montagabend bei ihr eingecheckt hatte. Soweit sie wusste, hatte er den ganzen Abend in seinem Zimmer verbracht. Am Dienstagmorgen war ihr aufgefallen, wie nervös er war. Er hatte gefrühstückt, mit dem Handy telefoniert und dann das Haus verlassen. Wo er hinwollte, wusste sie nicht.

»Danach habe ich ihn nicht wiedergesehen«, sagte sie und rang die Hände. »Über Nacht war er jedenfalls nicht da.«

»Scheint so, als wäre Dienstag tatsächlich Benses Todestag gewesen«, meinte Lilly.

Sie gingen zu Benses Zimmer.

Benthien sah auf den ersten Blick, dass sich in diesem Raum kaum persönliche Dinge befanden. Etwas Wäsche zum Wechseln lag in einer Reisetasche, zwei aktuelle Romane, einer angelesen, der zweite noch völlig jungfräulich, eine Packung mit Keksen. Die Schränke waren allesamt leer. Lilly, die unters Kopfkissen sah, zog einen Laptop hervor.

»Den nehmen wir mit«, sagte Fitzen, »wenn wir uns beeilen, kriegen wir die nächste Fähre noch. Ich würde sehr gern heute Abend Hardys Haus durchsuchen.«

Dem konnte Benthien nur zustimmen.

Im Haus der Benses fanden Benthien und die Kollegen auf den ersten Blick jedoch nichts, was sie weitergebracht hätte. Die Papierkörbe waren alle leer. Fitzen durchsuchte akribisch Benses Kleidung und Kleidertaschen, Benthien und Lilly nahmen die Papiere in Augenschein, die Bense in Aktenordnern abgelegt hatte: Unterlagen über das Haus, das Ladengeschäft, Steuer- und Bankunterlagen. Briefe hatte er nicht aufbewahrt (oder keine bekommen und keine geschrieben). Er schien kaum Kontakte außerhalb der Insel Föhr zu haben, außer zu einem Onkel, der in den USA, in Oregon, lebte. Bei ihm hatte Hardy früher als Austauschschüler gewohnt. Er war Gertrud Benses Bruder, der in den siebziger Jahren ausgewandert war. Der Onkel hatte einen liebevollen Brief zum Tode seiner Schwester geschickt und Hardy herzlich eingeladen, zu ihm nach Amerika zu kommen, zumindest »bis er die ganze Geschichte überwunden habe«, wie er schrieb.

Lilly entdeckte eine schon etwas ältere Rechnung eines Therapeuten in Husum. Vor fünf Jahren hatte Hartmut Bense die Therapie in Anspruch genommen und dann offensichtlich abgebrochen. Damals war Gabi Tammen noch auf Madeira gewesen. Hatte er den Therapeuten wegen der Probleme mit seiner Mutter aufgesucht?

Als sie den Ordner einpackte, fiel ihr Blick auf einen Block, der auf Benses Schreibtisch lag. Auf den ersten Blick bloß sinnloses Gekritzel, aber man konnte ja nie wissen. Sie steckte ihn ein.

In einer Schuhschachtel lagen etliche lose Fotos, die meisten schienen von Hardys USA-Aufenthalt zu stammen. Aber auch von einer viel jüngeren Gabi Tammen gab es viele Bilder und Schnappschüsse. Sie durchforsteten die Bilder nur flüchtig an Ort und Stelle, denn Benthien wollte alles mit in die Polizeistation nehmen. Als sie gerade zu Gabi Tammen aufbrechen wollten, trafen Oskar und Steffen Laukat ein. Offenbar besaßen sie noch immer Schlüssel zum Haus. Vater Laukat erklärte, sie wollten noch ein paar liegen gebliebene Sachen abholen.

Lilly teilte ihnen in knappen Worten mit, was passiert war. Der Sohn schien ziemlich wenig beeindruckt zu sein, doch seinen Vater riss die Nachricht von den Füßen. Er ließ sich schwer auf einen Stuhl fallen.

»War es ein … ein Selbstmord?«, stotterte er, was Benthien reichlich absurd fand. Er fragte sich, ob Laukat, der noch immer hartnäckig an der These hing, dass seine Frau ermordet worden war, glaubte, dass es da irgendwelche Parallelen gäbe. Oder hatten Laukat und Sohn etwas mit Benses Verschwinden und Tod zu tun? Glaubte Oskar Laukat etwa, Bense habe seine Frau in den Tod getrieben, weil er ihnen die Ferienwohnung nicht verkaufen wollte? Hatte er ihn aus Rache getötet? Laukat schien sehr unter dem Tod seiner Frau zu leiden, er war in den letzten Tagen kaum ansprechbar gewesen, sondern hatte, wann immer Benthien ihn aufsuchte, stumm und tatenlos in seinem Hotelzimmer am Fenster gesessen und zugeschen, wie ein früher Herbststurm die Wellen ans Ufer peitschte.

Inzwischen war die Leiche von Frau Laukat freigegeben worden, doch ihr Mann mochte sich, wie es schien, von der Insel nicht trennen. Zumal auch noch die Beerdigung anstand. In diesem Fall war es Benthien ganz recht. Er wollte Vater und Sohn Laukat gern noch länger in der Nähe wissen. Helga Kluge, die Cousine, war gekommen und hatte vergeblich versucht, Oskar Laukat ein wenig aufzumuntern. Nach einem persönlichen Gespräch mit ihr war Benthien endgültig überzeugt gewesen, dass Renate Selbstmord begangen hatte, und auch die Untersuchungen der Rechtsmedizin führten zu keinem anderen Ergebnis. Laukat jedoch war nicht zu überzeugen.

Fitzen schien ähnliche Gedanken hegen. »Wo waren Sie beide am letzten Dienstag?«, fragte er Oskar Laukat.

Steffen stieß ein völlig unangebrachtes spöttisches Lachen hervor. »Sie verdächtigen wahrhaftig uns?«

»Wir, oder vielmehr ich, waren im Hotel, wo sonst«, sagte Steffens Vater ruhig. »Ich habe das Meer beobachtet.« So wie er das sagte, klang es, als wäre es eine Tagesaufgabe gewesen. Tränen traten in seine Augen. »Renate hat diesen Ausblick so geliebt.«

»Und Sie?«

»Ich habe mich gelangweilt, wie jeden Tag hier«, antwortete Steffen.«

»Eine nette Beschäftigung!«, grinste Fitzen. »Haben Sie sich pausenlos von morgens bis abends gelangweilt?«

»Ich war in meinem Zimmer und habe online Poker gespielt, das lässt sich nachweisen, und damit habe ich ja wohl ein Alibi!«

Er beendete das Gespräch, indem er sich auf dem Absatz umdrehte und nach oben ging. Sein Vater folgte ihm. Kurz darauf kamen beide mit ein paar Taschen beladen wieder nach unten. »Der Traum von der Wohnung ist ausgeträumt«, sagte Oskar Laukat leise und übergab Benthien die Schlüssel.

»Halten Sie sich zu unserer Verfügung, bitte«, sagte Benthien.

»Bei Gabi Tammen brennt kein Licht«, stellte Lilly fest, als sie auf die Terrasse traten. »Sollen wir sie heute Abend noch stören?«

»Nein, wir gehen ins Büro und sehen uns Hardys Laptop an«, sagte Fitzen, der es offenbar kaum erwarten konnte. »Zumindest werde *ich* das tun!«

»Ich klingle mal eben bei ihr«, sagte Benthien, doch wie erwartet öffnete niemand. Daraufhin rief er ihr Handy an, von weiteren bösen Überraschungen hatte er genug. Gabi Tammen meldete sich, erklärte ihm, sie und Nele schliefen bei einer Freundin in Süderende und würden – selbstverständlich – morgen auf die Wache kommen.

Fragen und Erkenntnisse

Da in dem Büro in der Polizeistation die Heizung ausgefallen war, beschlossen sie einmütig, ihren langen Arbeitstag im Hotel, in Lillys gemütlichem Zimmer, fortzusetzen. Fitzen setzte sich an den Schreibtisch vor Benses Laptop, der, wie er fast erwartet hatte, nicht passwortgeschützt war. Aber warum auch? Hardy war im Haus der Einzige, der den Computer benutzte.

Fitzen rief die Dateien auf. Benthien kümmerte sich um Benses Aktenordner, und Lilly widmete sich den Fotos und dem Krimskrams. Sie waren noch nicht lange im Hotel, da marschierte die Oberstaatsanwältin ins Zimmer.

»Müsstest du nicht schon im Bett liegen?«, fragte Fitzen frech, und Thyra gab ihm von hinten einen zärtlichen Klatsch auf den Hinterkopf. Aufatmend ließ sie sich in einen der Sessel fallen.

»Kinder, ihr glaubt gar nicht, wie neblig es draußen ist, man sieht die Hand nicht vor Augen. Jetzt ist der Sommer endgültig vorbei. Wie weit seid ihr? Gibt es irgendwelche neuen Erkenntnisse?«

»Meine liebe Frau Oberstaatsanwältin, du bist zu ungeduldig. Lass die Leiche und die Forensiker doch erstmal in Kiel ankommen. Und heute Nacht werden die auch nicht arbeiten. Vor morgen erfahren wir gar nichts!«

»Fitzen hat recht«, unterstützte Benthien seinen Freund.

»Dann fasst mal zusammen, was wir bisher haben. Ich muss demnächst vor die Presse treten und habe keine Ahnung, was ich denen erzählen soll.«

»Liest du unsere Berichte nicht, an denen wir ganze Nächte lang arbeiten?«, fragte Fitzen empört.

»Wir?«, stichelte Lilly. »Aber du doch nicht!«

»Schluss jetzt mit dem Kinderkram«, sagte Benthien. »Ich hätte auch nichts gegen eine Zusammenfassung, schon gar nicht nach diesem Tag. Fangen wir mit Renate Laukat an: Nach den neuesten Erkenntnissen«, er wandte sich an Thyra, »hat sie zweifelsfrei Selbstmord begangen. Es gibt keine Anzeichen von Fremdverschulden. Sie hat schon einmal vor ein paar Jahren versucht, sich durch Strangulation das Leben zu nehmen, auch damals hat es nicht geklappt, genau wie jetzt. Daher hat sie es mit dem Ertränken versucht. Es kann auch sein, dass sie tatsächlich an die Lebensversicherung gedacht hat, die sie ihrem Mann und ihrem Sohn zukommen lassen wollte. Vielleicht hoffte sie, mit der Strangulation Zweifel streuen zu können.«

»Aber sie hat keinen Abschiedsbrief hinterlassen!«

»Nicht jeder Selbstmörder tut das«, sagte Lilly. »Vielleicht, weil man in einem Abschiedsbrief, gewollt oder ungewollt und ungeachtet dessen, wie vorsichtig er formuliert ist, Schuldgefühle weckt. Irgendjemand, oft der Partner, fühlt sich angesprochen und schuldig. Vielleicht war sie so rücksichtsvoll, das ihrem Mann zu ersparen. Oder sie hat wegen der Versicherung keinen Brief hinterlassen, weil sie nicht sicher sein konnte, wer ihn finden würde. Ihr Motiv ist klar, und dass sie Depressionen hatte, wissen wir nun auch. Meiner Meinung nach ist der Fall abgeschlossen.«

»Könnte auch sein, dass sie den Abschiedsbrief per Post

an ihren Mann oder ihre Cousine geschickt hat«, sagte Benthien. »Dann werden wir sicher nichts davon erfahren.«

Thyra, die sich Notizen machte, warf den Block auf den Tisch. »Sagt mal, habt ihr nicht irgendwelchen Knabberkram da? Ich glaube, mein Magen knurrt.«

»Du bist genusssüchtig, Thyra«, murmelte Fitzen und brachte eine Packung Salzbrezelchen herbei. Es war wichtig, die Oberstaatsanwältin bei guter Laune zu halten.

»Der Fall Bense«, sagte Thyra und riss die Tüte auf. »Wo stehen wir da?«

»Die Rechtsmedizin hat bestätigt, dass Frau Bense auch nach elf Uhr vormittags ermordet worden sein kann. Man hatte ja zunächst neun Uhr als Todeszeitpunkt angenommen, weil man das Frühstück noch unverdaut im Magen vorfand. Aber der spätere Zeitpunkt würde auch besser zu den Würstchen passen. Außer den Laukats hat für diese Zeit niemand ein Alibi, Hardy Bense nur bedingt, weil er schnell mal zu Hause hätte vorbeischauen können.« Benthien schenkte sich ein Glas Cola ein. »Allerdings«, fuhr er fort, »hat Ingwersen uns vorhin mitgeteilt, dass sich eine Zeugin gemeldet hat, die Hardy gut kennt. Sie kann bestätigen, dass er in seiner Mittagspause auf der Bank an der Promenade saß, denn sie hat sich mit ihm unterhalten. Mit ihr werden wir noch sprechen. Komisch ist nur, dass seine Mutter ihn zum Essen erwartet hat, während Hardy Bense nur einen Snack im Ort aß. Vielleicht hängt das mit dem Telefongespräch zusammen, das Frau Jaspersen erwähnt hat, erinnerst du dich, Lilly? Die Frau mit der kalbenden Kuh, die Frau Bense Eier gebracht hat? Die meinte ja, dass die alte Frau wegen eines Telefongesprächs mit Hardy sehr ärgerlich war. Vielleicht haben sie sich gestritten, und Hardy hatte beschlossen, nun doch nicht zum Essen zu kommen, ohne es ihr aber direkt zu sagen.«

»Aber sein Essen hat sie trotzdem gemacht ...«, sagte Lilly nachdenklich.

»Bense als Verdächtiger ist raus«, sagte Thyra ungeduldig. »Er ist schließlich jetzt selber tot!« Sie schob sich gleich drei Brezelchen auf einmal in den Mund. »Ich halte Gabi Tammen für die wahrscheinlichste Täterin. Wir müssen sehen, dass wir ihr die Tat nachweisen können. Frau Bense hat sich doch nicht selbst erschlagen! «

»Und warum sollte Gabi Tammen auch Hardy umgebracht haben?«, überlegte Lilly.

»Gabi hätte das stärkste Motiv«, stimmte Fitzen zu. »Oder unser netter Kiffer Raffi Quest, der vielleicht wieder mal beim Klauen erwischt worden ist. Wenn du uns weiterarbeiten lassen würdest, Thyra, kämen wir vielleicht dahinter.«

»Nochmal zu Hartmut Bense«, sagte die Oberstaatsanwältin kauend, die wie üblich nur das hörte, was sie hören wollte. »Ist es nicht schrecklich umständlich, einen erwachsenen Mann wie Bense, der nicht gerade ein Fliegengewicht war, in einem See zu ertränken?«

»Nicht, wenn man ihn an Ort und Stelle ohnmächtig schlägt«, meinte Fitzen.

»Da stellt sich natürlich auch die Frage, warum er mit Gabi überhaupt zu diesem See fahren sollte.«

»Vielleicht hat sie ihn schon vor Fahrtantritt im Auto auf den Kopf geschlagen?«, überlegte Benthien. »Allerdings hätte sie wohl kaum die Kraft, ihn an diesen Steilhang zu bugsieren, den man mit dem Auto gar nicht erreichen kann. Es sei denn, sie hätte Helfer gehabt.«

Fitzen angelte sich eine Brezel. »Morgen wissen wir vielleicht mehr. Wir haben«, sagte er zu Thyra, »in den regionalen Zeitungen die Leute, die am Dienstag am Baggersee waren, dazu aufgerufen, Fotos und Videos, die sie gemacht

126

haben, an die Polizei zu schicken. Es müsste doch mit dem Teufel zugehen, wenn sich darauf nicht irgendetwas finden ließe.«

Lilly, die nicht nur palavern, sondern gern weiterarbeiten wollte, holte Benses Kritzelblock aus dem Karton mit den Fotos. Dabei fiel ein Stück Papier heraus und segelte zu Boden. Fitzen hob es auf und stieß einen leisen Schrei aus. »Ein Flugticket nach Portland, Oregon! Abflug nächste Woche, Rückflug erst in zwei Monaten, gebucht auf Hartmut Bense. Anscheinend wollte er seinen Onkel besuchen.« Alle sahen sich überrascht an. »Und was sagt uns das?«

»Tommy, fang du jetzt endlich an, Benses Laptop zu durchsuchen«, mahnte Benthien, »schau dir die E-Mails an. Und suche die Telefonnummer des Onkels heraus, der muss benachrichtigt werden.«

Sie arbeiteten, dass ihnen die Köpfe rauchten, während Thyra die Gastgeberin spielte. Sie orderte Weißwein für sich, Tee und Kaffee für die Kollegen, machte noch eine Packung Käsecracker auf und griff sich mal dieses, mal jenes von Hardys Papieren, las es durch, um dann versonnen in die Gegend zu blicken. Fitzen hatte die E-Mails, die Hardy an seinen Onkel geschickt hatte, bald gefunden. Offenbar hatte er ein paarmal mit dem Onkel telefoniert, denn die Mails bezogen sich alle auf diese Gespräche. Daraus ging hervor, dass Bense einige Wochen in Oregon bleiben wollte, um sich darüber schlüssig zu werden, was er in Zukunft mit seinem Leben anfangen wollte.

Plötzlich schrie Fitzen auf und trommelte – offenbar vor Begeisterung – mit beiden Fäusten auf die Schreibtischplatte. Alle zuckten zusammen. Thyra, die kurz eingenickt war, fuhr in ihrem Sessel hoch. »Musst du die Leute so erschrecken?«

»Hört zu«, sagte Fitzen feierlich, »was ich gefunden habe. In einem Ordner mit der Aufschrift ›Neu von G‹!« Dann las er mit getragener Stimme vor:

»Lieber Hardy,
ich glaube, du weißt, was passiert ist, und warum ich dir schreibe. Vielleicht, könnte ich mir vorstellen, kannst du mich sogar ein bisschen verstehen. Ganz besonders du! Es war nicht meine Absicht, und ich bereue es zutiefst. Ich habe dir deine Mutter genommen, weil sie mich bis aufs Blut gereizt hat. Ich wusste nicht mehr, was ich tat, ich habe einfach blindlings zugeschlagen, aber das ist natürlich keine Entschuldigung. Was soll ich jetzt bloß tun? Ich kann Nele doch nicht alleinlassen! Können wir miteinander reden? Wir waren doch mal Freunde. Wenn du glaubst, du musst zur Polizei gehen, dann tu das. Aber lass uns vorher miteinander sprechen. Bitte! Deine Gabi.«

»Also wenn das kein astreines Geständnis ist!«, sagte Fitzen.

Die Schlinge zieht sich zu

Am nächsten Tag herrschte eine fiebrige Tätigkeit in der Polizeistation. Gabi Tammen war festgenommen worden und wartete auf ihr Verhör. Natürlich hatte sie abgestritten, jemals eine solche E-Mail an Hardy Bense geschickt zu haben. Ihr Laptop, der beschlagnahmt worden war, sagte jedoch etwas anderes. Sie hatte Frau Bense im Streit erschlagen – Benthien war gern bereit, anzunehmen, dass es ein spontaner Akt der Wut gewesen war, also Totschlag –, doch dann hatte sie gemerkt, dass sie ihr Ziel, das Haus zu behalten, nicht erreichen würde, denn auch Hardy war nicht bereit, es ihr weiterhin zu vermieten. Sie hatte, warum auch immer, die Mail an Hardy geschrieben, wahrscheinlich in einem echten Anfall von Reue, nachts, wenn alles hoffnungslos erscheint, wenn man grübelt, ohne einen Ausweg zu finden und einen das heulende Elend überkommt. Wer kannte so etwas nicht? Dann jedoch war ihr klar geworden, was dieses Geständnis für sie und Nele bedeuten würde, und sie hatte beschlossen, auch Hardy zu töten. Da kam es ihr sehr gelegen, dass er gerade auf dem Festland war. Der Stofffetzen, den er in der Hand hielt, stammte tatsächlich aus ihrer Regenjacke, die Benthien bei der Dursuchung nach dem Einbruch an der Garderobe gesehen hatte – was ihm einen kurzen Moment der Genugtuung verschaffte. Sie hatte kein Alibi für den frühen Dienstagnachmittag – dass man stundenlang nach einem Haus suchte, das zu vermieten war, konnte schließlich jeder behaupten. Dumm für Gabi war nur, dass sie nicht die Möglichkeit gehabt hatte, ihre E-Mail von Hardys Laptop zu löschen. Wahrscheinlich hatte sie nicht damit gerechnet, dass Hardy seinen Laptop mit sich führte, das erwies sich nun als eine böse Überraschung.

Die Frage war, wer beerbte Hardy Bense? Der Onkel in Oregon? Soweit Benthien wusste, gab es in Deutschland keine weiteren Verwandten mehr. Da bestand doch vielleicht die Chance, dass man Gabi, eine alte Freundin der Familie, als Hausverwalterin einsetzte, die dafür sorgte, dass beide Häuser weiterhin lukrativ vermietet wurden. Und damit: Ende gut, alles gut! Hatte Gabi so gedacht? Doch bevor Benthien sie verhörte, wollte er noch weitere Ermittlungsergebnisse abwarten. Es gab noch zu viele unbekannte Komponenten. Gabis Wege auf dem Festland mussten nachvollzogen werden.

Lilly hatte bereits eruiert, dass Gabi Tammen sich tatsächlich in Husum in der Wäscherei beworben hatte, doch danach verlor sich ihre Spur. Und was Hardy Bense aufs Festland und in die Pension nach Niebüll geführt hatte, wussten sie auch noch nicht. Wie hatte Gabi es fertiggebracht, ihn an den Baggersee zu locken? Und warum dieser komplizierte Mord? In ihrem Interesse konnte es doch sicher nicht liegen, dass Bense wochen- oder monatelang verschollen blieb?

Fitzen war auf die gute Idee gekommen, die Aufnahmen der Radarfallen, die es in der Gegend um Niebüll gab, von jenem Dienstag anzufordern; vielleicht war Gabis Wagen irgendwo erfasst worden. Die Aufforderung an die Baggerseebesucher, ihre Videos oder Fotos der Polizei zur Verfügung zu stellen, war ebenfalls durch die Medien verbreitet worden, und es gab eine Menge Resonanz, wie Benthien gehört hatte. Auch dieses Material musste durchgesehen werden.

Ein Testament war bisher nicht aufzufinden gewesen, obwohl Lilly das Haus der Benses gründlich auf den Kopf gestellt hatte. Nun suchte sie im Adressbuch und den Ordnern, die sie mitgenommen hatten, nach dem Rechtsanwalt der Familie.

Auch Fitzen saß wie ein Fels in der Brandung inmitten des Gewusels und ließ sich nicht stören. Er hatte sich gerade durch Bankunterlagen gewühlt, als die Blitzer-Fotos gekommen waren, und jetzt blickte er wie hypnotisiert auf seinen Monitor, auf dem ein Schwarz-Weiß-Foto nach dem anderen erschien: die Aufnahmen aufgeschreckter Raser und Schnellfahrer. Benthien konnte nur hoffen, dass auch Gabi geblitzt worden war. Am besten in der Nähe des Baggersees, mit Hardy Bense auf dem Beifahrersitz. Oder auch umgekehrt in Benses Wagen.

Benthien gelang es kaum, sich auf seine Arbeit zu konzentrieren. Nervös marschierte er auf und ab, während ihm die verschiedensten Gedanken durch den Kopf schossen. Nele tat ihm leid, was würde jetzt aus ihr werden? Dass man jemanden in einem Wutanfall erschlug, konnte er noch einigermaßen nachvollziehen, aber dieser eiskalte Mord an Hartmut Bense war ein ganz anderes Kaliber. Was hatte sie sich nur dabei gedacht? War es vielleicht Notwehr gewesen? Aber wo kamen dann plötzlich die Handschellen her, es war ja nicht üblich, dass ein Normalbürger Handschellen mit sich herumtrug. Oder hatten sie erotischen Zwecken gedient?

»Du machst mich ganz schwindelig mit deiner Rumrennerei«, klagte Fitzen, als Holm Ingwersen mit einem jungen Mann eintrat, der ihnen bestens bekannt war: Raffael Quest. Diesmal hatte er statt eines Rucksacks seine Gitarre dabei.

Verlegen wandte er sich an Fitzen. »Ich muss Ihnen was sagen.«

Fitzen deutete stumm auf einen Stuhl.

»Sicher wollen Sie mir erklären, warum Hardy Bense Ihrer Freundin Mareike kürzlich neunhundert Euro überwiesen hat?«, sagte Fitzen liebenswürdig. Benthien hörte es mit Erstaunen, das hatte er auch noch nicht gewusst. Fitzen war manchmal ein echter Geheimniskrämer. Oder hatte er diese Information über den Blitzer-Fotos vergessen?

»Eh … nein! Was? Wieso? Ich bin wegen was ganz anderem hier.«

Benthien beschloss, sich dazuzusetzen. Er war neugierig, was der junge Mann zu sagen hatte. Aber außerdem zürnte er Fitzen, weil er ihn nicht umgehend von der Überweisung in Kenntnis gesetzt hatte.

»Zuerst erzählen Sie mir etwas über diese neunhundert Euro, mein Freund, ich bin sicher, Sie wissen darüber Bescheid. Oder müssen wir erst Ihre Freundin Mareike herzitieren?«

Doch Quest bestand darauf, von der Überweisung keine Kenntnis zu haben.

»Ich bin wegen was ganz anderem hier«, sagte er, und ein zielloses Lächeln huschte über sein Gesicht. Benthien vermutete, dass er seine tägliche Ration Gras bereits intus hatte.

»Dann erzählen Sie mal«, sagte er aufmunternd und bändigte Fitzen mit einem Blick.

»Ich glaube, ich habe es Ihnen noch nicht gesagt, oder? Dass ich jemanden gesehen habe?«

»Wen, wann, wo«, knurrte Fitzen und klopfte mit dem Kugelschreiber auf den Tisch.

»Ich war doch bei den Benses, damals, als die alte Frau Bense … habe ich Ihnen erzählt, oder?«

Fitzen verdrehte die Augen. »Sie haben uns damals verklickert, dass Sie Steffen Laukat aus dem Haus haben rennen sehen. Aber das war ein aufgelegter Schwindel. Kann es sein, dass Sie sich auf unsere Kosten amüsieren wollen?«

»Ich bin jetzt drauf gekommen, wer es war.« Quest grinste liebenswürdig. »Tut mir leid, dass ich Sie in die Irre geführt habe, war nicht meine Absicht. Es war wegen der Kapuze. Wissen Sie? Ich dachte, es wäre ein Typ. Aber es war 'ne Frau. Die von nebenan. Sie ist aus dem Haus gelaufen, als ich in dem Busch saß. Und woher weiß ich das?« Er schlug einen Akkord auf der Gitarre. »Ich habe sie vorhin auf dem Rad gesehen. Auch mit so einem grauen Kapuzenshirt. Und es war dieselbe Frau, diese Gabi Tammen, die Nachbarin der Benses. Und genau die habe ich damals auch aus dem Haus rennen sehen.« Er stand auf. »Wollte ich nur sagen. Nicht dass Sie den Falschen einbuchten.«

»Moment!«, sagte Benthien. »So schnell geht das nicht. Sie wollen uns jetzt erzählen, dass Sie am Todestag von Frau Bense Gabi Tammen aus dem Haus haben rennen sehen, kurz bevor Sie Frau Bense tot auffanden – was Sie uns allerdings nicht meldeten? Sie trug ein graues Kapuzenshirt, aber Sie dachten, es wäre Steffen Laukat?«

»Ja, weil der auch solche Shirts trägt. Und der Typ, der da rauslief, wirkte irgendwie männlich. Hardy war's jedenfalls nicht. Und heute ist mir eingefallen, dass ich ›nen Pferdeschwanz gesehen habe. Also unter der Kapuze. Ich hatte es nur vergessen.«

Sie befragten Raffi noch eine Viertelstunde, doch er erzählte immer wieder im Kreis herum dieselbe Geschichte von Gabi Tammen im Kapuzenshirt auf dem Fahrrad, dem Pferdeschwanz unter der Kapuze, und dass er sie in genau dieser Aufmachung aus dem Bense-Haus habe rennen sehen, nur heute habe er sie eben von vorne gesehen. Und daher wüsste er jetzt, dass sie es war.

Als sie die Geschichte auswendig kannten und nichts Neues mehr aus Quest herauszuholen war – irgendwann lächelte er nur noch sonnig und bot ihnen an, *Sweet Home Alabama* auf seiner Gitarre zu spielen –, ließen sie ihn gehen.

»Glauben wir ihm das?«, fragte Fitzen.

»Sehr zuverlässig ist dieser Zeitgenosse nicht. Und ich frage mich, wofür die neunhundert Euro sind, die Hardy Bense an Mareike Könen überwiesen hat.«

»Wenn es die Bezahlung für Quests Aussage war, dann war Bense aber reichlich knauserig! Und ungemein rachsüchtig! Vielleicht dachte er, mit Quests Aussage könnten wir Gabi nun endlich den Mord nachweisen. Oder sie so unter Druck setzen, dass sie gesteht.«

Lilly setzte sich auf die Tischkante. »Ich habe eben wegen dieser neunhundert Euro mit Mareike Könen telefoniert. Sie erzählte mir, es wäre ihr noch ausstehendes Gehalt vom letzten Monat und ein Vorschuss für Oktober. Sie hatte darum gebeten, weil Hardy ihr gesagt hat, er wäre für einige Zeit nicht da und sie solle sich um sein Haus kümmern.« Sie zuckte mit den Schultern. »Die Geschichte würde zumindest zu Benses Flugticket passen.«

»Mir wäre sehr viel wohler, ich würde dieses Kapuzenshirt in Gabi Tammens Haus finden«, sagte Benthien sorgenvoll. »Hoffentlich kommt unser Durchsuchungsbeschluss bald.«

»Willst du so lange warten?«, fragte Fitzen. »Mir ist danach, sie so richtig in die Zange zu nehmen. Ich bin sicher, die wird reden. Lange hält sie das nicht mehr aus. Und ich finde, wir haben genug gegen sie in der Hand.«

Krokodilstränen?

»Sie können doch nicht im Ernst glauben, dass ich beide umgebracht habe, Gertrud und Hardy«, sagte Gabi Tammen verzweifelt. »Das ist doch der reine Irrsinn! Ich bin doch kein Monster!«

»Besitzen Sie ein graues Kapuzenshirt?«, fragte Benthien freundlich.

Gabi starrte ihn an. »Ja, und? So eins haben doch viele.«

»Und waren Sie heute in der Badestraße mit dem Rad unterwegs?«

»Kann sein, ich war heute auf der halben Insel unterwegs.«

Benthien atmete auf. Zumindest dieser Teil von Quests Geschichte stimmte. »Sie wurden am Todestag von Frau Bense gesehen, wie Sie Benses Haus verlassen haben. Damals trugen Sie dieses graue Shirt. Als wir Sie später trafen, hatten sie ein anderes Shirt an. Und genau dieses andere Shirt gaben Sie uns, als wir um die Kleidung baten, die Sie an diesem Tag getragen haben. Und es nützt gar nichts, Frau Tammen, wenn Sie das leugnen. Wir haben einen Zeugen, der Sie gesehen hat.«

Es war nur ein Versuchsballon, denn Benthien war keineswegs sicher, ob Raffael Quest die Wahrheit gesagt hatte, aber die Wirkung war erstaunlich. Gabi Tammen brach auf ihrem

Stuhl zusammen. Sie schlug die Hände vors Gesicht und fing an zu weinen. Lilly setzte sich neben sie, gab ihr ein paar Papiertaschentücher und holte ihr ein Glas Wasser.

»Erzählen Sie, dann wird es Ihnen besser gehen«, sagte sie sanft.

»Sie wollte einfach nicht mit sich reden lassen«, schluchzte Gabi. »Sie war wirklich darauf aus, meine Existenz zu vernichten. Was habe ich ihr denn getan? Warum hasste sie mich so?«

»Sie sind zu Frau Bense gegangen, um noch einmal mit ihr über das Haus zu reden, über ihr Mietverhältnis«, begann Benthien, und Gabi nickte. »Aber sie wollte nicht zuhören, sie wollte einfach nicht nachgeben«, tastete er sich weiter.

»Ja, aber das war am Morgen, ehe ich zum Putzen ging! Sie hatte Magenprobleme, aber ansonsten war sie quicklebendig! Allerdings lehnte sie es ab, über unser Mietverhältnis zu reden«, sagte Gabi, »sie wollte über meine Beziehung zu Hardy sprechen.« Sie lachte hysterisch. »Als wenn wir eine Beziehung gehabt hätten! Aber sie meinte, dass ich einen schlechten Einfluss auf ihn hätte. Als wenn wir noch kleine Kinder wären, die im Sandkasten spielten! So ein Blödsinn. Ich hatte doch gar keinen Einfluss auf ihn. Er wollte ja noch nicht mal meine Freundschaft!«

»Und irgendwann haben Sie nur noch rot gesehen und sind auf Frau Bense losgegangen«, schaltete sich Fitzen ein. »Das kann ich sogar verstehen. Das nennt man Totschlag, Frau Tammen, und …«

»Nein!« Die junge Frau blickte wild um sich. »Ich bin nach Hause gegangen, habe mich umgezogen und bin zu meiner Putzstelle gefahren! Und als ich gegen Mittag zurückkam, war Gertrud tot.« Trotzig sah sie von einem zum anderen. »Das ist die Wahrheit, das schwöre ich!«

Benthien fragte sich, was man Quest eigentlich glauben

konnte. Wie es schien, verbreitete er mit wahrem Vergnügen einen Haufen Halbwahrheiten. War das Taktik, um von sich selbst abzulenken?

Fitzen beugte sich vor. »Sie haben nicht nur Frau Bense, sondern auch Hardy Bense getötet«, sagte er hart. »Am Baggersee. Er hatte einen Fetzen von Ihrer Regenjacke in der Hand. In seinem Wagen, auf dem Beifahrersitz, haben wir ein paar lange, blonde Haare gefunden, die mit Sicherheit von Ihnen stammen. Wir werden noch im Lauf des Nachmittags das Ergebnis von der Forensik bekommen. Sie sind Tauchlehrerin gewesen. Sie haben für den Dienstagnachmittag kein Alibi, dafür haben Sie Hardy per E-Mail ein Geständnis geschickt. Alles weist lückenlos auf Sie als Täterin hin. Wollen Sie nicht einfach ein Geständnis ablegen? Ich bin sicher, dann wird es Ihnen besser gehen! Und es wird Ihnen zugutekommen.«

Gabi Tammen starrte ihn an. »Sie ... Sie sind völlig wahnsinnig geworden!«, stammelte sie fassungslos.

Am Nachmittag durchsuchten Benthien, Fitzen und Lilly Gabi Tammens Haus. Die Spurensicherung war ein paar Tage vorher, am Tag nach dem angeblichen Einbruch, schon hier gewesen und hatte nichts gefunden, was den Einbruch hätte bestätigen können; jetzt suchten sie nach Beweisstücken für Gabis Schuld. Das graue Kapuzenshirt hing im Schrank. Obwohl es inzwischen ganz offensichtlich gewaschen worden war, war Benthien sich sicher, dass man noch Blut von Frau Bense im Gewebe finden würde. So etwas ließ sich nur sehr schwer entfernen. Den größten Treffer machte jedoch Tommy Fitzen, als er in Neles Zimmer einen Papierkorb mit zerschnittenem Bastelpapier ausleerte. Ganz unten fand sich eine Handschelle, allerdings ein anderer Typ als die, mit der Hardy Bense gefesselt worden war. Der dazugehörige Schlüssel steckte noch. Doch den Schlüssel, der zu der Handschelle von Hardy Bense gehörte, den fanden sie trotz intensivster, stundenlanger Suche nicht.

»Sie hat ihn irgendwo entsorgt«, sagte Lilly, »vielleicht in den See, in ein Gestrüpp, oder irgendwo am Strand. Da gibt es genug Möglichkeiten.«

»Aber warum hat sie dann diese zweite Handschelle nicht auch weggeworfen?«, fragte sich Benthien, ohne eine Antwort zu erwarten.

»Gabi wird behaupten, sie nie gesehen zu haben«, sagte Fitzen sarkastisch, eine Aussage, die sich bewahrheiten sollte.

»Ich habe diese Handschelle noch nie in meinem Leben gesehen«, protestierte Gabi Tammen unter Tränen, nachdem man sie ihr gezeigt hatte. »Ich habe noch nie so etwas besessen.«

»Natürlich, man hat sie Ihnen bei dem ›Einbruch‹ vor ein paar Tagen untergeschoben«, sagte Fitzen barsch. »Sie sind ganz schön vorausschauend, Frau Tammen. Hatten Sie geahnt oder befürchtet, dass diese Situation kommen würde? Haben Sie deshalb den ›Einbruch‹ erfunden, bei dem nichts gestohlen wurde? Warum haben Sie die Handschelle nicht einfach weggeworfen?«

Die junge Frau wurde grau im Gesicht. Kraftlos sank sie auf einen Stuhl und ließ sich dann stumm von Holm Ingwersen abführen.

»Sie ist eine verdammt gute Schauspielerin«, sagte Fitzen, »hätte ich ihr gar nicht zugetraut.«

»Wenn die Beweise nicht so erdrückend wären«, meinte Lilly, »wäre ich fast geneigt zu glauben, da spielt ihr jemand einen bösen Streich. Wie, wenn Quest lügt? Wer sagt denn, dass nicht *er* Frau Bense getötet hat? Er könnte doch der nächtliche Einbrecher gewesen sein?«

»Weil es so viele Hinweise auf Tammen gibt?«, konterte Fitzen.

Benthien erklärte, es würde ihm schon zu schaffen machen, wenn am grauen Kapuzenshirt keine Blutspuren gefunden würden. »Und ich wäre auch sehr zufrieden, wenn Gabi Tammen ein Geständnis ablegte. Vielleicht kriegen wir sie ja noch dazu.«

»Jedenfalls wissen wir inzwischen, wer der Anwalt der Familie Bense ist«, sagte Lilly. »Es ist eine alteingesessene Föhrer Kanzlei. Ich habe vorhin mit dem Senior telefoniert. Demnach hat Frau Bense alles ihrem Sohn vermacht. Von Hartmut Bense gibt es kein Testament, aber der Anwalt hat bestätigt, dass außer dem Onkel in Amerika keine weiteren Verwandten mehr existieren, noch nicht mal Neffen. Der Onkel ist also der Alleinerbe. Da frage ich mich, inwiefern Gabi Tammen da einen Vorteil hätte.«

Benthien ging mit drei Bechern zum Kaffeeautomaten. »Zumindest wäre zunächst wohl die Kündigung vom Tisch. Und dann, wir haben es ja schon gesagt, könnte sie anbieten, die weitere Vermietung der Häuser zu übernehmen. Wer weiß, wie alt der Onkel ist.«

»Wir sollten uns mit ihm in Verbindung setzen«, sagte Fitzen und kippte Milch in seinen Kaffee. »Weiß er überhaupt schon, was passiert ist? Mit Hardy?«

»Die dortige Polizei hat es ihm schonend beigebracht«, sagte Lilly. »Es soll ihn schwer erschüttert haben, sagt Ingwersen. Übrigens hat Ingwersen auch deine restlichen Blitzer-Fotos durchgesehen, Tommy. Auf keinem der Fotos ist Gabi Tammen in ihrem Wagen zu sehen. Und einen Strafzettel hat sie auch nicht bekommen. Wir wissen nur, dass sie tatsächlich an diesem Dienstag auf dem Festland war.«

Auftritt einer Zeugin

An diesem Abend arbeitete Benthien länger als seine Kollegen, um noch einmal in Ruhe und mit ein bisschen Abstand alle Details durchzugehen. Auch Holm Ingwersen war noch da. Benthien fragte ihn, was er von Gabi Tammen als Täterin hielte.

Der junge Mann kraulte nachdenklich seinen Bart. »Ich hätte es ihr nicht zugetraut«, gab er zu. »Ich kenne sie nur als ehrlichen Menschen. Aber was sagt das schon aus, ich kann mich schließlich irren. Sie ist jedenfalls der Typ Löwenmutter, der … na ja, so würde ich sie einschätzen. Eine, die alles für ihr Kind tut.«

»Du willst damit sagen, dass Gabi ein solches Verbrechen für ihre Tochter begehen könnte, um zu verhindern, dass sie in Armut leben muss?«

Ingwersen zuckte die Schultern. »Das wäre durchaus denkbar.«

Der Diensthabende riss die Tür auf. »Da will jemand den Chef sprechen!«

Er führte eine ältere Frau mit kurzen grauen Haaren herein, die Ingwersen Benthien als Else Riepe vorstellte. Sie war die Zeugin, die Hardy Bense am Todestag seiner Mutter an der Strandpromenade getroffen und die kurz mit ihm gesprochen hatte. Eigentlich hatte sie ihre Aussage längst gemacht,

Ingwersen hatte sie noch am Tag, als Bense tot im Baggersee gefunden wurde, aufgenommen. Was also wollte sie zu später Stunde jetzt hier, fragte sich Benthien, bis sich zu seiner Überraschung herausstellte, dass sie auch Hardys Patentante war, eine frühere Freundin seiner Mutter. Immer noch zutiefst bewegt, wollte sie wohl einfach jemandem ihr Herz ausschütten.

Was für ein lieber Junge Hardy gewesen war. Wie begabt in der Schule. »Wir sind oft mit ihm nach Österreich gefahren, denn Gertrud behauptete, sie könne sich einen Ferienaufenthalt für den Jungen nicht leisten.« Sie schnaufte verächtlich. »Das war natürlich dummes Tüch. Klar hatte sie das Geld, sie wollte ihn nur nicht vom Rockzipfel lassen. Da haben wir ihn dann mitgenommen, mein Mann, mein Sohn und ich. Ich kann gar nicht fassen, dass er tot ist. Er war so ein lieber Junge.« Sie zog ein Taschentuch hervor. »Ich habe ihn noch an Gertruds Todestag gesehen. An der Promenade. Da saß er und aß sein Brot, der arme Kerl. Dabei braucht er was Richtiges zu Mittag, so hart wie er arbeitet. Er hatte wohl wieder Krach mit Gertrud gehabt.«

»Warum meinen Sie das?«, fragte Benthien.

»Weil er nicht zu Hause aß. Sonst kam er ja immer zum Mittagessen nach Hause. Gertrud hat ihn schon ganz schön drangsaliert. Ich meine, er war ja kein kleiner Junge mehr! Aber als solchen hat sie ihn ihr Leben lang gesehen. Er durfte einfach nicht erwachsen werden.«

»Sie waren zuletzt nicht mehr befreundet, Gertrud und Sie?«

»Nein. Gertrud ließ sich nichts sagen, wissen Sie, und Kritik nahm sie übel. Sie hat mich vor vielen Jahren aus ihrem Haus geschmissen, da war Hardy noch ein junger Mann. Aber Hardy und ich, wir haben uns immer mal wieder getroffen, oft habe ich ihn in seinem Laden besucht.«

»Kennen Sie Gabi Tammen?«

Ihr Gesicht verschloss sich. »Ja, die hat ihm gar nicht gut-getan. Hat ihm schöne Augen gemacht, aber dann war nichts dahinter. Sie hat ihn an der Nase herumgeführt.«

Benthien fragte sich gerade, auf welchen Zeitabschnitt sich ihre Aussage bezog, auf die Teenagerjahre oder die Gegenwart, als sie hinzufügte: »Zuletzt hat sie ihm übel mitgespielt. Hat ihn glauben lassen, sie würde sich eine Heirat überlegen, nur um ihn dann doch abzuweisen. Nein, das hatte der Junge nicht verdient!«

»Trauen Sie ihr einen Mord zu?«

»Sie glauben, sie hat Gertrud getötet? Das traue ich ihr sofort zu, wenn es ihren Zwecken dient. Aber sagen Sie, Herr Kommissar, was ist denn mit dem Jungen passiert? Es war doch ein Unfall, oder nicht?«

Offenbar hatten sich der Verdacht gegen Gabi in Bezug auf Hardy Bense und die Details der Auffindesituation noch nicht auf der Insel herumgesprochen.

»Er hat sich doch nicht selbst getötet?« Sie atmete schwer. »Das würde ich mir nie verzeihen. Warum war ich nicht da, als er in solcher Not war? Er war so niedergeschlagen nach dem Tod seiner Mutter.«

Sie blickte ihn so ängstlich und traurig an, dass Benthien ihr nur mitteilte, dass man noch keine Einzelheiten wüsste. Es erstaunte ihn, dass Else Riepe an einen Suizid dachte. Aber da er keine Ermittlungsergebnisse weitergeben konnte und die Tatsache, dass Bense mit Handschellen gefesselt worden war, als Täterwissen nicht öffentlich gemacht werden sollte, konnte er nur ein paar beruhigende, nichtssagende Worte murmeln.

Doch etwas machte ihn stutzig, etwas, das sie erwähnt hatte. Als auch Ingwersen gegangen war, nahm er sich noch einmal Hardy Benses persönliche Sachen vor, die sie vor Tagen aus seinem Haus mitgebracht hatten. Den Schuhkarton voller Erinnerungsstücke, den Notizblock mit den Kritzeleien, der neben dem Telefon gelegen hatte. Nachdenklich betrachtete er die Fotos, las die Aufschriften auf den Rückseiten, und je weiter er in Benses Leben eindrang, desto ungeheuerlicher wurde das Bild dessen, was möglicherweise wirklich passiert war.

Spät am Abend ging Benthien langsam und auf Umwegen durch die Sträßchen von Wyk zum Hotel zurück, er brauchte noch Zeit zum Nachdenken. Und wo konnte er das besser tun als am Meer? Er betrat die Holzbrücke an der Promenade, atmete tief die salzige Seeluft ein, den Geruch nach Tang, und vermisste schon den Sommer, ehe der Herbst richtig loslegte. Morgen war Erntedankfest, die Kirchen waren geschmückt, sogar in einem der Geschäfte am Sandwall hatte man ein altes, hölzernes Wagenrad ausgelegt, das gefüllt war mit Früchten und verschiedenen Gemüsen. Benthien musste lachen, als er sogar Fische entdeckte, doch dann blieb ihm das Lachen im Halse stecken.

Er zückte sein Handy und tätigte einen Anruf, wobei es ihm völlig egal war, dass es inzwischen fast Mitternacht war.

In seinem Hotelzimmer sah er sich noch einmal sehr genau die Aufnahmen an, die die Taucher vom Auffindeort von Benses Leiche gemacht hatten. Danach nahm er sich Hardy Benses Fotosammlung vor und ebenso den Kritzelblock. Das wiederum führte dazu, dass Benthien den Laptop wieder hochfuhr und eine amerikanische Website sehr aufmerksam studierte.

Die ganze Wahrheit

Zwei Tage später saßen Benthien, Lilly, Fitzen und Holm Ingwersen zusammen mit der Oberstaatsanwältin in der Polizeistation am Hafendamm. Thyra wollte vorab einen persönlichen Bericht der Ermittler jenseits aller Protokolle, weil sie in wenigen Stunden zusammen mit Benthien vor die örtliche Presse treten musste.

Holm Ingwersen, der die Auflösung bisher nur bruchstückweise kannte, fragte: »Wie bist du überhaupt auf die Idee gekommen, John, nochmal Benses ganzen Kram durchzusehen?«

»Mir war ein ganz kleiner, an sich unbedeutender Widerspruch aufgefallen, als ich vor zwei Tagen mit Frau Riepe sprach«, erwiderte Benthien, der unruhig im Zimmer hin und her lief. »Sie erwähnte, dass sie Hardy in seiner Mittagspause getroffen hatte, und beschrieb, wie er ›sein Brot aß‹. Soweit wir wussten und laut seiner eigenen Aussage hatte er sich aber zwei Crêpes gekauft. Das waren zwei verschiedene Aussagen, aber hatten sie auch eine Bedeutung? Hatte Frau Riepe überhaupt so genau hingesehen? Ich telefonierte noch am späten Abend mit ihr, fragte nach, und sie bestätigte mir ausdrücklich, dass Hardy ein *Brot* gegessen habe, und zwar das berühmte Sauerteigbrot, das seine Mutter oft zu backen pflegte.«

»Also kamst du darauf, dass er zu Hause gewesen war«, sagte Thyra scharfsinnig, »denn das Brot hatte sie ja erst an jenem Vormittag gebacken.«

»Richtig, er musste im Lauf des Vormittags bei seiner Mutter gewesen sein«, bestätigte John, »die ihm dann ein Essen machte, weil er morgens nicht gefrühstückt hatte. Ich ging an jenem Abend noch einmal seine Sachen durch, vor allem die Fotos. Da gab es eines, das Hardy zusammen mit ein paar Leuten in Badekleidung in einem Schwimmbad zeigte, aufgenommen vor zwei Jahren. Auf der Rückseite stand in seiner Handschrift: *Apnoe-Kurs in Kiel.*«

»Apnoe … ist das nicht Tauchen ohne alles?«, fragte Thyra. »Ohne Schnorchel, ohne Sauerstoff?«

»Ja«, sagte Benthien, »ich habe selbst mal überlegt, ob ich nicht so einen Kurs machen sollte. Dabei lernt man, mit nur einem einzigen Atemzug einen Tauchgang zu machen, indem man den natürlichen Atemreflex für eine Weile unterdrückt. Der Weltrekord liegt bei elf Minuten, aber der Normalbürger kann mit einiger Übung auch fünf, sechs oder sieben Minuten schaffen. Frau Riepe hat mir am Telefon bestätigt, dass Hardy diesen Apnoe-Kurs gemacht hat. Er wollte damals tatsächlich allein in die Karibik fliegen.«

»Soweit ich weiß, hat er es nie getan«, sagte Ingwersen.

»Seine Mutter hat es zu verhindern gewusst, indem sie einen Herzanfall bekam und ins Krankenhaus eingeliefert wurde«, bestätigte Benthien. »Auch das hat mir Frau Riepe erzählt. Und jetzt hat Bense seine Kenntnisse angewandt, um einen Mord zu begehen, nämlich den Mord an sich selbst. Und Gabi Tammen, die Frau, die ihn nicht lieben wollte, sollte der Sündenbock sein. Ich muss sagen, er hat das nahezu perfekt eingefädelt. Zum Glück habe ich auf meinem Weg zum Hotel ein Erntedankrad in einem der Schaufenster am Sandwall gesehen. Neben Obst und Gemüse lagen da auch kleine Fische zwischen den Speichen. Es ist zwar eine kuriose Idee, Fische zum Erntedankfest zu dekorieren, und ich nehme an, es waren künstliche, aber sie lenkten meine Gedanken ...«

«... auf die toten Fische, die am Grund des Baggersees lagen, wo wir Hardy gefunden haben!«, fuhr ihm Fitzen in die Parade. Er wandte sich an Thyra. »Ich lobe John ja nur ungern, aber das war wirklich ein Geniestreich von ihm, findet ihr nicht? Und auch von Hardy, das muss ich zugeben.«

»Ich verstehe kein Wort«, klagte Thyra. »Könnt ihr mal der Reihe nach erzählen? Schön langsam und nach den Gesetzen der Logik?«

»Hardy Bense wollte sich umbringen und mit den Handschellen an den Baumstamm fesseln. So weit reichte seine Atemluft noch aus. Er nahm also seine Handschellen mit, wahrscheinlich in der Jacken- oder Hosentasche, nachdem er Gabi Tammen ein zweites Paar untergejubelt hatte«, erklärte Lilly.

»Um sich zu fesseln, braucht man keinen Schlüssel«, fuhr Benthien fort. »Man braucht ihn aber, um die Handschellen wieder zu öffnen. Darum würde niemand den Schlüssel weit entfernt von den Handschellen aufbewahren, sondern ihn bei sich tragen, zusammen mit den Handschellen. Wenn nicht, hat man ein Problem, wenn man die Dinger wieder öffnen will.«

»Gibt's da keine Universalschlüssel?«, fragte Thyra.

»Gabi Tammens Handfesseln waren ein anderer Typ als die von Bense«, schaltete sich Ingwersen ein. »Daher haben sie auch andere Schlüssel. Die, die Hardy benutzt hat, hat er einmal von einem Kollegen von mir geschenkt bekommen. Das war, als er mit Freunden nach Düsseldorf zum Karneval fahren wollte. Sollte ein Gag sein.«

»Diejenigen, die er Gabi untergejubelt hat, hat er erst kürzlich im Internet bestellt«, ergänzte Benthien. »Jedenfalls sah es mehr und mehr so aus, als hätte Bense tatsächlich Selbstmord begangen. Und da fragte ich mich, wo war der Schlüssel? Wir hatten ja nirgendwo einen Schlüssel gefunden. Und ich sagte mir Folgendes: Kann es nicht sein, dass Bense den Schlüssel für die Handschellen noch bei sich trug, als er am Baggersee war? Man stelle sich doch mal Benses Situation vor: Er will Selbstmord begehen, es aber aussehen lassen wie einen Mord. Jetzt muss er eine ganze Menge bedenken und planen. Gabi darf kein Alibi haben, er muss falsche Beweise gegen sie konstruieren, das ganze Timing muss stimmen, er darf keine Fehler machen, muss alles genau bedenken. Der Einbruch bei Gabi muss organisiert werden. Und bei alldem hat er seinen baldigen, nicht sehr angenehmen Tod vor Augen. Wer sagt, dass ihm da nicht die Nerven flattern? Und dann, als er sich bereits gefesselt hatte, fiel ihm der Schlüssel ein, und er musste sehen, wo er ihn verstecken konnte.« Benthien holte tief Luft. »Als er dann im Wasser die toten Fische entdeckte, hatte er einen grandiosen Einfall. Er nahm einen der Fische und stopfte ihm den Schlüssel so tief er konnte ins Maul, in der Hoffnung, wir würden die Fischkadaver gar nicht beachten. Und damit hatte er vollkommen recht! Erst als ich im Schaufenster das Ernterad mit den Fischattrappen sah, kam ich darauf, dass wir zwar ein relativ großes Areal im See rund um Hardy Bense untersucht hatten, aber nicht das Innere der toten Fische, die da herumlagen.«

Thyra, die eben nach einem der Beweisfotos gegriffen hatte, fuhr angeekelt zurück. »Freut mich, dass ihr mir dieses Beweismittel nur in Form eines Fotos präsentiert«, sagte sie trocken und betrachtete das Bild des verendeten Saiblings, das im Großformat vor ihr auf dem Tisch lag. »Andernfalls wäre mir jetzt wahrscheinlich schlecht geworden.«

»Nachdem der Groschen einmal gefallen war, gab es natürlich noch einen Haufen anderer Hinweise auf das, was Bense geplant und getan hatte«, berichtete Benthien weiter.

»Ja, das Auffinden des Schlüssels war nicht Johns einziges Verdienst«, betonte Lilly. »Er hat etwas entdeckt, das ich zwar auch gesehen habe, was mir aber trotzdem entgangen ist.« Sie griff nach einem anderen Foto, denn die physischen Beweismittel waren inzwischen längst in der Asservatenkammer. »Siehst du diesen bekritzelten Notizblock, Thyra? Siehst du, wie sich hier unten auf der Seite Schrift von der darüberliegenden Seite, die abgerissen wurde und die wir auch nicht mehr finden konnten, durchgedrückt hat?«

Fitzen legte ihr ein weiteres Foto vor, auf dem inmitten einer Bleistiftschraffierung einzelne Buchstaben in Weiß sichtbar wurden.

»Ano...s con...ssions«, las Thyra etwas ratlos. »Die Buchstaben dazwischen kann ich nicht entziffern, die haben sich nicht fest genug durchgedrückt.« Sie betrachtete Benthien voller Respekt. »Jetzt sag bloß, du konntest die lesen?«

»Ich habe vor Jahren einen Artikel über ein amerikanisches Forum gesehen, das sich ›Anonymous Confessions‹ nennt, also ›Anonyme Beichten‹. Da kann jeder etwas loswerden, das ihm auf dem Herzen brennt und über das er sonst mit niemandem sprechen kann. Hardy war drei Jahre in Amerika gewesen, er kannte offenbar diese Website. Und dort habe ich tatsächlich sein Geständnis gefunden, dort hat er alles aufgeschrieben und sein Herz ausgeschüttet. Lest selbst.«

Er schob Thyra und Holm Ingwersen zwei Kopien hin, eine in Englisch, die andere enthielt die deutsche Überset-

zung. Jemand, der sich bezeichnenderweise »Gabi's Lover«
nannte, hatte Folgendes geschrieben:

Hi folks,
ich kenne und schätze eure Seite, aber ich bin zum ersten
Mal hier aktiv.
Ich muss euch etwas beichten. Ich habe meine Mutter
getötet, und ich weiß nicht, ob ich damit weiterleben
kann. Es war nicht meine Absicht, und ich bereue es zu-
tiefst. Sie war eine alte Frau. Ich habe sie mit einer heißen
Bratpfanne erschlagen, als sie gerade das Essen für mich
zubereitet hat.
Was für eine Ironie! Meine Mutter hat immerzu Essen für
mich gemacht. Sie hat mich gemästet, so wie man Gänse
stopft, bis man sie schlachtet und ihre Leber verwerten
kann. Warum? Ich weiß es nicht. Sie hat mich zeitlebens
als ihr Eigentum behandelt, mit dem sie machen konnte,
was sie wollte.
Ich hatte kein eigenes Leben, ich funktionierte wie eine
Marionette. Ich muss mir selbst vorwerfen, dass ich ihr
immer nachgegeben habe, dass ich schwach und wehrlos
war, denn ich wollte einfach nur Frieden haben und nicht
im täglichen Streit mit meiner Mutter leben. Ihr selbst
war das anscheinend egal, sie liebte den Streit.
Andererseits will ich meine Tat nicht erklären oder
entschuldigen, denn sie ist nicht zu entschuldigen. Ein
Gericht kann einen Menschen verurteilen, eine Zivilper-
son hat dieses Recht nicht. Nur hätte eben kein Gericht
der Welt meiner Mutter etwas vorwerfen können.
Ich will jetzt nicht weiter darüber reden oder mich gar
rechtfertigen. Das ist nicht der Grund, warum ich hier
schreibe.

Das, was mich umtreibt, was ich nicht verstehe, ist meine Reaktion danach. Ich hatte meine Mutter getötet … und danach habe ich mir einfach ein Brot geschmiert und habe mich an die Strandpromenade gesetzt, um zu Mittag zu essen. Was ich gerade getan hatte, war total aus meinem Gedächtnis verschwunden. Ich glaube, man nennt das »abspalten« in der Psychologie. Ich habe mich nach der Tat auf eine Bank gesetzt, mein Butterbrot gegessen und aufs Meer hinausgesehen, und in mir herrschte völlige Leere, kein Gefühl, kein Gedanke war mehr in meinem Kopf. Auch als man mir wenig später sagte, dass meine Mutter tot sei, habe ich wie ein Roboter gehandelt, wie ein Mensch ohne Seele, ohne Erinnerung. Später hat man mir gesagt, dass ich geweint habe.

Danach hatte ich Albträume, jede Nacht. Ich wurde beherrscht von Dämonen und dunklen Schatten, die mich fest im Griff hatten und denen ich nicht entrinnen konnte. Und irgendwann, nach ein paar Tagen, dämmerte mir langsam durch diesen Nebel des Schreckens, was wirklich geschehen war. Was geschehen sein MUSSTE. Hätte Gabi mich nur geliebt und mich nicht ständig zurückgestoßen, wäre das alles wohl nicht passiert. Für mich war sie der wichtigste Mensch in meinem Leben gewesen.

Ich ziehe nun die Konsequenzen, denn ich kann mit dieser Schuld nicht leben. Aber da gibt es noch jemand anderen, der ebenso schuldig ist wie ich, und derjenige muss bestraft werden. Vielleicht kann ich irgendetwas wiedergutmachen, indem ich diese Strafe jetzt selbst in die Hand nehme.

Ich bin froh, dass es ein Forum wie das eure gibt, denn sonst hätte ich meine Geschichte wohl niemals aufge-

schrieben. Diese Beichte hat einen kleinen Zipfel von meiner Schuld, die auf mir lastet wie ein Federbett aus Steinen, gelüftet und mir gutgetan.
Lebt wohl.

256 Menschen hatten diesen Bericht kommentiert. Ein Teil hatte Betroffenheit und Mitgefühl geäußert, ein Großteil hatte Bense wortreich verurteilt, es gab etliche Hasskommentare, und einige machten sich Sorgen darüber, dass Bense Selbstmord begehen könnte, und sprachen ihm Mut zu, zu seiner Tat zu stehen. Etliche rätselten, was er wohl mit seinen letzten Worten gemeint hatte, und warnten ihn, noch weitere Schuld auf sich zu laden.

Doch Hartmut Bense hatte sich auf dieser Seite und zu den Kommentaren nicht mehr gemeldet.

Benthien sagte: »Als ich das las, bestand natürlich kein Zweifel mehr: Bense wollte Selbstmord begehen und es aussehen lassen wie ein Verbrechen, das Gabi Tammen begangen hat. Und beim zweiten Durchlesen fiel mir noch etwas viel Wichtigeres auf. Diesen einen Satz: *Es war nicht meine Absicht, und ich bereue es zutiefst*, haben wir schon einmal gelesen, wortwörtlich ...«

»In der E-Mail von Gabi Tammen an Hardy Bense!«, sagte Thyra fassungslos.

»Richtig. Er meinte wirklich, was er sagte, deshalb hat er es unbewusst in beiden Sprachen, Deutsch und Englisch, so formuliert. Denn er war natürlich der nächtliche ›Einbrecher‹ in Gabis Haus. Er hat die E-Mail auf Gabis Laptop geschrieben und an sich selbst geschickt. Und er hat sich Stofffetzen aus Gabis blauer Regenjacke besorgt. Er hat das alles wirklich minutiös in dem Augenblick geplant, als er beschlossen hatte, sich umzubringen. Gabi sollte nicht straffrei ausgehen. Unbewusst hat er diesen einen Satz zweimal verwendet.«

»Zum Glück, um jeden Zweifel auszuräumen, haben wir dann noch dieses Video auf unseren Aufruf erhalten«, fuhr Benthien nach einer kleinen Pause fort, »sieh es dir mal an.«

Er klappte den Laptop auf und startete einen Film. Darin war eine attraktive junge Frau zu sehen, die am kleinen Sandstrand des Baggersees für Modeaufnahmen posierte. Aufnahmen für einen Versandhauskatalog, wie sie inzwischen wussten. Die Kamera zeigte ständig denselben Bildausschnitt, Strand, See, das Model. Da jener Dienstag ein kühler, windiger Tag war, schienen kaum Badegäste da gewesen zu sein. Der Teil des Baggersees, in dem Hardy gefunden wurde, lag einige Hundert Meter entfernt vom Badestrand. Doch plötzlich tauchte oben an dem steilen Kieshang eine ferne Gestalt auf … eindeutig Hardy Bense. Er war allein. Eine Weile stand er da und starrte ins Wasser. Dann hob er etwas auf, das aussah wie ein Stein, und schlug sich damit seitlich auf den Hinterkopf. Da er das erste Mal wohl zu zaghaft gewesen war, wiederholte er den Schlag, dann schleuderte er den Stein ins Wasser.

Er wankte kurz, blieb still stehen, erholte sich offenbar wieder und kämpfte sich durch Gestrüpp und unwegsames Gelände ein Stück zurück bis zu einer Stelle, an der das Gelände flacher wurde und man leicht das Ufer erreichen konnte. Benthien wusste, dass dort hinten das Wasser bis direkt an den Hang grenzte und damit unattraktiv für Badende war. Außerdem war das Baden an der Stelle verboten. Bense war für die Kamera kaum noch zu sehen, da er zu weit weg war, bis er nach einer gefühlten Ewigkeit doch wieder kurz ins Bild geriet. Er watete durch knietiefes Wasser bis fast zu dem Steinquader … und dann war er plötzlich verschwunden. Einfach weg. Obwohl sich Benthien den Film schon des Öfteren angesehen hatte, überlief ihn jedes Mal ein kalter Schauer. Ein Mann verschwand im See, ungesehen, unbemerkt, und offenbar ohne zu zögern. Auf der Wasseroberfläche, die die Kamera zeigte, tauchte er jedenfalls nicht mehr auf.

Der Fotograf hatte dazu glaubwürdig erklärt, er habe den Mann überhaupt nicht bemerkt, da er sich auf den Vordergrund, auf das Model und seine Bewegungen, konzentriert hatte. »Selbst wenn dahinten ein Heißluftballon aufgestiegen wäre, ich hätte ihn nicht beachtet«, hatte er versichert.

»Diese Aufnahmen beweisen«, sagte Fitzen zu Thyra, »dass Hardy Bense allein am Baggersee war. Niemand sonst war in der Nähe. Dieser Fotograf hat Hardys Suizid quasi auf Film gebannt, ohne es zu wissen.«

Für eine Weile war es still im Raum. Thyra nahm ihre Lesebrille ab und legte das Blatt mit Hardys Beichte auf den Tisch. »Bense hatte wirklich vor, Gabi Tammen für seine Schuld büßen zu lassen, und wenn schon nicht für den Tod seiner Mutter, dann für den Mord an sich selbst«, sagte sie, fast mehr zu sich als zu den anderen. »Mein Gott, wie krank ist das denn?«

»Ich glaube«, sagte Fitzen, »er hat es als eine Art Gerechtigkeit angesehen, nach seiner eigenen, speziellen Logik. Zuerst glaubte er ja wirklich, Gabi hätte seine Mutter umgebracht. Dann dämmerte ihm, dass er selbst es war, und damit konnte er nicht leben. Aber er gab für seine ganze Misere Gabi die Schuld. Hätte sie ihn geliebt, wäre er mit ihr glücklich geworden, dann wäre das alles nicht geschehen. Das war seine verquere Logik. Folglich hat er alles getan, damit sein Selbstmord doch noch einen Sinn bekam, nämlich den, auch Gabi mit in den Abgrund zu reißen. Ich gehe stark davon aus, dass er Quest für seine Aussage bezahlt hat. Er wollte einfach in jeder Hinsicht auf Nummer sicher gehen, dass wir Gabi auch wirklich drankriegen. Und zu Gabis Pech war Quests Aussage eine unheilvolle Mischung aus Lüge und Wahrheit!«

»Was für ein Wahnsinn!«, bemerkte Thyra.

»Früher hätte man wohl gesagt, er war gemütskrank«, meinte Benthien. »Und das alles nur deshalb, weil Gabi Tammen ihn nicht lieben wollte.«

»Ich würde sagen, niemand hat ihn geliebt«, ergänzte Lilly. »Auch seine Mutter nicht. Sie hat ihn sich einverleibt wie Tiere, die ihre Jungen fressen. Er hatte keine Chance im Leben.«

Nachdem Benthien die Pressekonferenz hinter sich gebracht und Thyra wieder in ihrem Reha-Zentrum abgesetzt hatte, wollten er und seine Kollegen nur noch nach Hause. In Flensburg wartete noch eine Menge Arbeit auf sie im Fall Bense.

Gabi Tammen war inzwischen entlassen worden. »Meine ganze Hoffnung ist, dass ich für Hardys Onkel die Häuser verwalten darf«, sagte sie zu Benthien, Fitzen und Lilly, die sie nach Hause fuhren. Sie wirkte abgemagert, wie ein Strich in der Landschaft, obwohl das nach drei Tagen kaum möglich war. Über Hardy Bense sprach sie nicht. Auch sie würde noch einige Zeit brauchen, um über diesen Schock hinwegzukommen.

Oskar Laukat hatte seine Frau beerdigt und war mit seinem Sohn abgereist, und um Raffael Quest, sagte Benthien zu Thyra, würde er sich auch noch kümmern. In ein paar Tagen. »Der kommt mir nicht so mit seiner Falschaussage davon!«

Er war gerade dabei, seine wenigen Sachen zusammenzupacken, als Fitzen vor der Tür stand, um ihn abzuholen. Benthien sah auf die Uhr. »Jetzt schon? Wir haben noch Zeit, bis die Fähre geht.«

»Wir müssen trotzdem los. Mach einfach mal, was ich sage, okay, Alter?«

»Was hat denn den gebissen?«, sagte Benthien zu Lilly, nachdem sie ausgecheckt hatten, doch Lilly lächelte nur vielsagend. Verwundert setzte sich Benthien auf den Beifahrersitz, denn Fitzen bestand darauf, selbst zu fahren.

»Kleines nachträgliches Geburtstagsgeschenk«, sagte er nur, bevor er in Richtung Nieblum startete. »Ich zeige dir jetzt etwas, was du mit Sicherheit noch nicht kennst.«

Benthien glaubte seinen Augen nicht zu trauen, als Fitzen an einer Anlage entlangfuhr, die stark nach Weinanbau aussah. Menschen mit Körben und Bütten waren zwischen den Rebstöcken unterwegs, um die Trauben per Handlese zu ernten. »Unser Geschenk für dich: Weißwein aus Föhr, aus Deutschlands nördlichstem Weinanbaugebiet!«, verkündete Fitzen, als er kurz darauf vor einem Ladengeschäft anhielt.

Benthien, der Weinliebhaber, konnte nur staunen. Das hatte er nun wirklich nicht gewusst, und über Tommy Fitzen, der eher Bier als Wein oder härtere Sachen trank, wunderte er sich ebenfalls. Fitzen konnte Weintrauben doch kaum von Stachelbeeren unterscheiden!

Nachdem er sich ein paar Flaschen Wein ausgesucht hatte, setzten sie sich an einen kleinen Tisch in die Sonne, probierten den Wein vom letzten Jahr und genossen die frische, salzige Luft, die letzten warmen Sonnenstrahlen, den blauen Himmel. So, dachte Benthien, ließ sich das Leben genießen. Er wünschte, es gelänge ihm, den Fall Bense möglichst bald aus seinem Gedächtnis zu streichen.

»Wir sind alle noch ein bisschen mitgenommen von den Ereignissen«, sagte Lilly und hob das Glas, »aber durch

Johns geniale Ermittlungsmethoden haben wir ihn gelöst. Auf dich, John!«

»Und auf uns«, ergänzte Fitzen. »Meine Oma hat immer zu mir gesagt: Wenn wir dich nicht hätten und die kleinen Kartöffelchen!« Er wandte sich an Benthien. »Das war ein Kompliment, Johnny-Boy, falls du es nicht gemerkt haben solltest! Prost!«

NINA OHLANDT
JAN F. WIELPÜTZ

STÜRMISCH
DIE NACHT

NORDSEE-KRIMI

Hinweis für die Leser:
Dieser Kurzroman um John Benthien und sein Team
ist zeitlich im Umfeld der Romane von
Nina Ohlandt und Jan F. Wielpütz angesiedelt.

Ein Toter in der Nacht

Die Scheibenwischer des alten Citroëns XM kamen nur ruckelnd gegen die Schneeflocken an, die aus dem Nachthimmel herabrieselten und eine dichte Schicht auf der Windschutzscheibe bildeten. John Benthien, erster Hauptkommissar der Flensburger Kriminalpolizei, hatte die Scheibe nur notdürftig freigekratzt, für mehr war keine Zeit gewesen. Er stellte den Wischerhebel auf höchste Stufe und folgte langsam der verschneiten Hafenstraße in Richtung des Lister Hafens. Links und rechts lagen die Häuser noch im Dunkeln. Der Schnee hatte sich wie eine Haube aus Zuckerwatte auf die Reetdächer gelegt.

Der Anruf aus dem Präsidium in Flensburg hatte ihn vor einer Viertelstunde um kurz vor fünf Uhr erreicht. John hatte in seinem alten Friesenhaus in den Lister Dünen neben dem prasselnden Kamin auf dem Sofa gesessen und in einem Buch gelesen. Wie so oft in den vergangenen Wochen hatte er nicht schlafen können. Einer Legende nach gab es, was die Nachtruhe betraf, lediglich zwei Arten von Menschen: Die einen taten auf Sylt grundsätzlich kein Auge zu, während die anderen wie die Murmeltiere schliefen. John hatte nie an solches Seemannsgarn geglaubt, schließlich war er auf der Insel aufgewachsen und hatte sämtliche Zwischenstadien erlebt. Doch in letzter Zeit wachte er mitten in der Nacht auf und konnte partout nicht mehr einschlafen. Vielleicht lag es am Alter, die fünfzig rückten unaufhaltsam näher.

Nach dem Telefonat mit dem Präsidium hatte er sich schnell Hose und Jacke angezogen. Von dem alten Kapitänshaus, das er sich mit seinem Vater Ben teilte, waren es weniger als zwei Kilometer bis zum Lister Hafen. Bei diesen Wetterverhältnissen aber kam er nur im Schneckentempo voran. Zum Glück waren ansonsten keine Autos auf der Straße.

Im Autoradio, das noch ein Kassettenfach hatte, endeten gerade die Nachrichten. Ein Sturmtief hing seit knapp einer Woche über der Nordsee zwischen zwei Hochs fest, eine Blockadelage, die auch in den kommenden Tagen Nordfriesland und die Inseln mit Schnee, Eis und Wind überziehen würde. Alle Fährverbindungen waren eingestellt, ebenso der Zugverkehr über den Hindenburgdamm, und an einen geregelten Flugverkehr war nicht zu denken. Sylt blieb wie Amrum und Föhr vorerst vom Festland abgeschnitten.

Eigentlich keine schlechte Sache, dachte John. Die übliche Invasion der Festtagsgäste würde vielleicht ausbleiben und das Weihnachtsfest wirklich ein besinnliches werden.

Er spürte, wie er zu zittern begann, und schob den Heizungsregler auf Maximum. Doch es kam nur lauwarme Luft aus dem Gebläse. Der betagte Motor brauchte schon unter normalem Witterungsbedingungen viel zu lange, um warm zu werden. Vermutlich konnte John froh sein, dass er überhaupt angesprungen war.

Das Wetter drohte auch seine Festtagsplanung durcheinanderzuwirbeln. Noch eine Woche bis Weihnachten, und er wollte Heiligabend mit seiner Tochter Celine und seinem Vater hier auf der Insel verbringen. Ben war vorgestern mit einem der letzten Züge angekommen. Ob Celine es unter den derzeitigen Umständen ebenfalls hierher schaffen würde, war mehr als fraglich.

Obwohl sie mittlerweile volljährig war und bestens allein klarkam, bedauerte John inzwischen, dass er nicht bei ihr in Flensburg geblieben war. Er musste Überstunden abfeiern und hatte die freien Tage dazu nutzen wollen, das Kapitänshaus auf Vordermann zu bringen und alles für gemütliche Festtage mit seinen beiden liebsten Menschen herzurichten.

Blieb zu hoffen, dass sich bis Weihnachten noch ein kleines Wetterwunder einstellte.

John steuerte den Citroën auf den Fähranleger zu und blieb hinter dem Notarztwagen und dem Rettungsdienst stehen. Davor parkten zwei Streifenwagen. Das Blaulicht flackerte in der Nacht und erhellte die bunten Fassaden der Läden und Restaurants auf dem Hafenvorplatz.

Bevor er ausstieg, klappte John den Innenspiegel auf seiner Seite herunter. In der Eile hatte er auf die morgendlichen Instandsetzungsmaßnahmen verzichtet. Die braunen Haare, in die sich die ersten silbernen Strähnen schlichen, standen ihm strubbelig vom Kopf, und unter seinen müden Augen zeichneten sich dunkle Schatten ab. Er fuhr sich mit der Hand über die Wange, wo die grauen Bartstoppeln sprossen. Etwas zerknittert, dachte er, aber nach der durchwachten Nacht hätte es schlimmer sein können.

Der eisige Wind wehte ihm die Schneeflocken ins Gesicht, als er die Wagentür öffnete. John stieg aus, schloss den Reißverschluss seiner Jacke und schlug den Kragen hoch. Dann ging er zu den drei Streifenpolizisten hinüber, die mit den Rettungssanitätern und einem Mann in Zivil, vermutlich dem Notarzt, am Rand des Hafenbeckens in einem Halbkreis standen.

John ließ den Blick kurz über den Hafen schweifen. Wie gewöhnlich lag der Seenotkreuzer Pidder Lüng hier, ebenso das Forschungsschiff Mya II, der Whiskykutter The Angel's Share und zwei Schiffe der Adler-Ausflugslinie. Die Stammgäste hatten allerdings unerwarteten Besuch von fünf Fischkuttern bekommen, die Zuflucht vor dem Sturm gesucht hatten. Sie lagen in einer Reihe an der Hafenmauer vertäut. Ihre Festmacherseile, die an Land reichten, waren mit Schnee bedeckt, und lange Eiszapfen hingen an ihnen herab.

Das Hafenbecken war zu weiten Teilen zugefroren. Lediglich eine schmale Furt war von der Einfahrt in Richtung der Schiffe zu erkennen, wo das Eis offenbar erst vor Kurzem aufgebrochen worden war.

Als John sich der Gruppe näherte, löste sich daraus eine junge Frau in Polizeiuniform und kam ihm entgegen. Ihr Gesicht war vom Wind gerötet, und ihre Augen tränten. Es war Soni Kumari, die neue Polizeichefin von Sylt, die den altgedienten Kollegen Arndt Schäfer ersetzt hatte. Unter ihrer Wintermütze lugte schwarzes Haar hervor.

»Danke, dass Sie gekommen sind«, sagte sie und streckte John zur Begrüßung die Hand hin. »Ich weiß es zu schätzen, dass Sie Ihren Urlaub unterbrechen.«

»Kein Problem«, antwortete er. »Wenn Not am Mann ist, bin ich selbstverständlich zur Stelle.«

Kriminalrat Gödecke hatte sich vorhin am Telefon mehrmals dafür entschuldigt, dass er John die wohlverdienten Ferien verdarb. Da er aber nun einmal vor Ort war, bei diesem Wetter und zu dieser nachtschlafenden Stunde … Gödecke hatte im Gegenzug versprochen, einen todesmutigen Hubschrauberpiloten zu finden, der ein paar Kollegen zu seiner Verstärkung auf die Insel flog.

John folgte Soni Kumari. Als sie bei der Gruppe ankamen,

traten die Männer beiseite und gaben den Blick auf einen Körper am Boden frei, der mit einer Decke verhüllt war.

Mit einem knappen Nicken grüßte John die Streifenkollegen und sah den Mann in Zivil an. »John Benthien von der Kripo Flensburg. Sie sind der Arzt?«

»Richtig. Tadeus Witmer. Ich … ich habe meine Praxis hier in List erst vor ein paar Monaten eröffnet, und ich … also ganz ehrlich, mit so etwas habe ich noch nicht zu tun gehabt. Ich weiß nicht, was Sie von mir erwarten, aber …«

»Schon gut, beruhigen Sie sich. Die Rechtsmedizin wird sich um alles Weitere kümmern.« John blickte auf den Körper, der vor ihm auf dem Boden lag. »Es geht für den Moment lediglich darum, das wohl Offensichtliche festzustellen.«

»Wenn es nur das ist …« Witmer kniete sich hin und hob die Decke an. »Er ist ganz augenscheinlich tot.«

Der Tote war vollständig angezogen. Dunkelblaue Hose und ein Troyer in der gleichen Farbe. Das Gesicht mit dem dichten Bart war blau marmoriert, und ein grauer Haarkranz lag nass und gefroren um die Halbglatze.

»Ist er ertrunken?«, fragte John.

»Eventuell.« Der Arzt hob den Kopf des Toten an und drehte ihn zur Seite, sodass John das Loch in der Schädeldecke sehen konnte. »Vermutlich war dies der Auslöser für seinen Tod. Entweder hat ihn die Verletzung sofort getötet, oder aber er wurde bewusstlos und ist dann ertrunken. Der Rechtsmediziner müsste feststellen, ob sich Wasser in der Lunge befindet.«

»Könnte die Kopfverletzung von einem Sturz stammen?«

»Das weiß ich nicht … vielleicht ein Sturz aus größerer Höhe auf das Eis.« Witmer zog die Schultern hoch. »Vielleicht aber auch ein Schlag. Das fragen Sie lieber den Rechtsmediziner.«

»Natürlich. Vielen Dank erst mal.«

»Kann ich dann gehen?«

»Einen Moment noch.« John erhob sich, holte sein Smartphone hervor und wählte die Nummer von Gödecke. Als er die Stimme des Kriminalrats hörte, fragte er: »Wie sieht es mit der Spurensicherung aus?«

»Unterwegs, zusammen mit der Verstärkung. Der Pilot konnte mir allerdings nicht garantieren, dass sie es auf die Insel schaffen, aber sie versuchen es.«

»In Ordnung.«

John beendete das Gespräch und wandte sich wieder Witmer zu. »Die Spurensicherung ist auf dem Weg hierher. Sie kümmert sich um den Abtransport. Ich würde Sie und die Sanitäter aber bitten, noch vor Ort zu bleiben, bis die Kollegen eintreffen. Sollten sie wegen des Wetters nicht landen können, müssen Sie die Leiche fortschaffen.« John wandte sich Soni Kumari zu. »Vielleicht können wir einen provisorischen Schutz errichten?«

»Wir kümmern uns darum«, sagte sie und sprach dann kurz mit ihren Streifenkollegen.

»Wer hat den Toten gefunden?«, fragte John, als Kumari wieder bei ihm war.

»Der Hafenmeister, beim Versuch, das Eis im Hafenbecken aufzubrechen.«

John blickte noch einmal zu der Furt in der Eisdecke. »Das bedeutet, der Tote war im Wasser unter dem Eis?«

»So ist es. Der Hafenmeister hat sich von der Hafeneinfahrt nach innen durch das Eis vorgearbeitet, und dann ist er auf die Leiche gestoßen.«

»Aber wie konnte der Mann ins Wasser gelangen, wenn das Hafenbecken zugefroren war?«

»Der Hafenmeister sagt, dass er mehrmals am Tag versucht, das Becken offen zu halten, damit das Eis nicht zu dick wird. Zuletzt hat er es gestern Abend gegen einundzwanzig Uhr aufgebrochen. Er meinte, danach habe sich das Eis wieder neu gebildet.«

»Wissen wir schon, wer der Tote ist?«

»Tatsächlich, ja. Sein Name ist Thore Dahl. Er war Kapitän der Magellan.« Soni Kumari deutete mit einem Nicken auf einen der Fischkutter. »Das Schiff liegt dort drüben.«

»Wer hat ihn identifiziert?«

»Sein Maschinist. Peter Greve heißt der Mann. Er kam dem Hafenmeister zu Hilfe.«

»Ich möchte mit ihm sprechen.«

»Dachte ich mir. Greve wartet in meinem Auto. Kommen Sie mit.«

Kumari ging voraus zu ihrem Streifenwagen. John warf im Gehen noch einmal einen Blick auf die Magellan. Auf dem Bug des Kutters konnte er in den Schatten die Silhouette einer Frau erkennen. Sie hatte die Arme um die Brust geschlungen und blickte zu ihnen herüber.

»Was, bitte schön, soll das? Warum werde ich festgehalten?« Peter Greve warf John einen zornigen Blick zu, als dieser sich neben ihn auf die Rückbank des Streifenwagens schob und die Tür hinter sich schloss. Soni Kumari nahm auf dem Fahrersitz Platz. Im Wageninneren war es warm, und erst jetzt bemerkte John, wie sehr ihn die wenigen Minuten im Freien bereits durchgefroren hatten.

»Guten Morgen«, erwiderte er auf die schroffe Begrüßung und zeigte dem Mann seinen Dienstausweis.

»Kripo?« Peter Greve schenkte dem Ausweis nur einen kurzen Blick und bekräftigte dann: »Trotzdem kein Grund, mich festzuhalten. Ich werde Beschwerde einlegen!«

Der Maschinist der Magellan war eine hagere Gestalt. Die Wangen in seinem von Wind und Wetter gebräunten Gesicht waren eingefallen, und ein kurzer, grau melierter Bart verdeckte das fliehende Kinn. Die silbergrauen Haare trug der Mann zu einem Seitenscheitel gekämmt. Auf seiner Nase saß eine Brille mit schwarzem Rand. Entfernt erinnerte er John an den amerikanischen Schauspieler Jeff Goldblum.

»Tun Sie das«, sagte John, »aber die Kollegin hat korrekt gehandelt. Sie sind ein wichtiger Zeuge, und sie ging richtigerweise davon aus, dass ich mit Ihnen sprechen möchte.«

»Das könnten Sie auch drüben auf dem Schiff tun.«

John setzte ein Lächeln auf. »Mich interessiert Ihr unverfälschter Ersteindruck. Also, das da drüben ist Ihr Kapitän, Thore Dahl?«

»So ist es.« Greve seufzte, senkte den Kopf, und seine Wut schien Trauer zu weichen. »Ich ... weiß nicht, was ich sagen soll. Das ist furchtbar.«

»Sie halfen dem Hafenmeister, die Leiche aus dem Wasser zu ziehen?«

»Ja. Der Hafenmeister war gerade dabei, das Eis aufzubrechen, als er einen Schreckensschrei von sich gab. Ich bin gleich hin.«

John warf einen Blick auf seine Armbanduhr. Kurz vor halb sechs. »Um wie viel Uhr war das?«

»Muss zwischen vier und halb fünf gewesen sein.«

»Und wo genau waren Sie, als Sie den Hafenmeister bei seinem Fund beobachteten?«

Greve deutete mit einem Nicken aus dem Fenster. »Dort drüben an der Mole.«

»Darf ich mich erkundigen, was Sie um die Uhrzeit dort getrieben haben?«

»Ich habe Schlafstörungen. Anstatt mich wach im Bett zu

wälzen, vertrete ich mir dann lieber die Beine an der frischen Luft.«

Auf die Idee hätte ich auch kommen können, dachte John. Besser als stundenlang wach im Bett zu liegen war das allemal. »Wann brachen Sie zu Ihrem Spaziergang auf?«

»Kurz vorher.«

»Und wie lang lagen Sie schon wach?«, fragte John.

»Etwa eine halbe Stunde. Ich bin gegen dreiundzwanzig Uhr zu Bett und habe ein paar Stunden geschlafen, bevor ich wieder aufgewacht bin. Da war es drei Uhr in der Nacht. Dann habe ich erst etwas gelesen.«

»Haben Sie in der Zeit etwas Ungewöhnliches beobachtet? Zum Beispiel, wie Ihr Kapitän ins Hafenbecken stürzte?«

»Nein.« Greve schüttelte den Kopf. »Dann wäre ich ihm doch sofort zu Hilfe geeilt. Auf dem Schiff herrschte absolute Stille. Meine Kabine geht zum Hafenbecken hinaus. Jemanden, der ins Wasser stürzt, hätte ich sicherlich gehört.«

»Halten Sie es für möglich, dass es kein Unglück war, das Ihren Kapitän das Leben kostete?«

Greves Augen weiteten sich hinter der schwarzen Brille. »Sie meinen … dass ihn jemand ermordet hat? Nein, wo denken Sie hin!«

»Ich muss alle Möglichkeiten in Betracht ziehen.« John blickte hinüber zum Fischkutter, den der tote Kapitän befehligt hatte. »Sie sind Maschinist?«

»Korrekt.«

»War Thore Dahl lediglich der Kapitän der Magellan, oder gehörte ihm das Schiff?«

»Es war seines. Er hat sich das alles in jungen Jahren aufgebaut. Ich war von Anfang an dabei.«

»Dann waren Sie mit ihm befreundet?«

»Kann man so sagen.«

»Wer übernimmt jetzt das Kommando?«

Greve blickte durch das Fenster zu dem Schiff. »Schätze, die da drüben wissen noch nicht Bescheid. Aber ich denke, dass Lys oder Bern jetzt das Ruder übernehmen.«

»Wer sind die beiden?«

»Seine Ehefrau und der Sohn.«

»Dann kommen Sie.« John öffnete die Tür. »Überbringen wir ihnen die schlechte Nachricht.«

Unter Seeleuten

John stieg hinter Peter Greve über den verschneiten Steg an Bord der Magellan. Dabei hielt er sich am Geländer fest und achtete bei jedem Schritt darauf, nicht auf dem eisigen Untergrund auszurutschen. Der Maschinist bat ihn, einen Moment bei einem Unterstand zu warten, und machte sich dann auf die Suche nach dem Sohn und der Ehefrau des Kapitäns.

Währenddessen beobachtete John, wie Soni Kumari und ihre Kollegen an Land ein provisorisches Zelt über der Leiche errichteten. Der Wind hatte ein wenig nachgelassen, was das Unterfangen wohl erleichterte.

»Kommen Sie!« Greve sah von einer Treppe zu ihm herunter. John folgte ihm hoch zur Kommandobrücke. Schnee wehte mit ihnen hinein, als Greve die Tür öffnete. Eine ältere Dame und ein junger Mann erwarteten sie.

»Benthien, Kripo Flensburg …«, begann John, doch die Frau unterbrach ihn mit erschrockener Miene.

»Stimmt es, was Peter uns gerade berichtet hat?« Sie hatte halblange graue Haare, die ihr bis zu den Schultern reichten, und ein spitzmausiges Gesicht, das von Falten zerklüftet war.

»Wir haben eine Leiche aus dem Hafenbecken geborgen. Wir gehen davon aus, dass es sich um Thore Dahl handelt.«

Die Frau schlug eine Hand vor den Mund. Der junge

Mann blickte John unbewegt an. Die Ähnlichkeit zu dem toten Kapitän war unverkennbar. Er hatte die blonden Haare an einer Seite bis auf die Kopfhaut abrasiert, auf der anderen Seite des Scheitels hing eine lange Mähne herab. Seine Wangenknochen traten deutlich hervor, und er trug einen Kinnbart.

»Lys Dahl und Bern Dahl?«, erkundigte sich John.

Die Frau brauchte einen Moment, bis sie reagierte. »Ja«, sagte sie und wischte sich mit einer Hand die Tränen von den Wangen. Der junge Mann nickte nur.

»Es tut mir sehr leid«, sagte John.

»Was ist ... denn mit ihm geschehen?«, fragte Lys Dahl. »Ich ... kann mir das gar nicht erklären. Er ...«

John bemerkte aus dem Augenwinkel, wie der junge Mann ihn weiter argwöhnisch musterte. Er hatte noch keinen Ton von sich gegeben.

»Wir wissen noch nicht, was ihm zugestoßen ist. Es sieht nach einem Unfall aus, aber das werden die weiteren Ermittlungen zeigen. Ich werde Ihnen leider einige Fragen stellen müssen.«

Peter Greve schob sich neben Lys Dahl und drückte ihren Oberarm. »Es ist furchtbar. Du musst jetzt stark sein. Wie wäre es, wenn ich uns erst mal einen Kaffee mache?«

Lys Dahl nickte, und Peter Greve verschwand nach draußen.

John blickte sich um und sah nichts, was man auf der Brücke eines Kutters nicht erwartet hätte. Das Steuerrad war an einem Pult voller Kontrollanzeigen und Schalter befestigt. Davor ein im Boden verankerter Stuhl für den Steuermann. Auf dem Pult war hinter dem Steuer ein kleiner Weihnachtsbaum befestigt, dessen Lichter blinkten.

Durch die Fenster ringsum konnte man das Hafenbecken überblicken. John sah, wie Soni Kumari zum Schiff herüberkam, während die Streifenkollegen zurückblieben.

»Wie lange sind Sie schon auf den Beinen?«, fragte John.

Lys Dahl und ihr Sohn wechselten einen verwunderten Blick.

»Wir sind gerade aufgestanden, warum?«, fragte sie.

John deutete mit einem Nicken auf das Hafenbecken. »Ich habe mich gerade gefragt, warum lediglich Ihr Maschinist dem Hafenmeister zu Hilfe kam.«

»Dem Hafenmeister?«

»Er fand die Leiche Ihres Mannes beim Versuch, das Eis aufzubrechen. Ich haben mich nur gewundert, dass niemand von Ihnen mitbekommen hat, was dort drüben vor sich ging.«

»Wir haben geschlafen«, sagte Bern Dahl mit Bassstimme. »Ich bin vorhin von dem Blaulichtgeflacker wach geworden. Ich habe nachgesehen, doch … viel konnte ich von Weitem nicht erkennen. Mutter ist ebenfalls davon aufgewacht.«

»Wann war das?«

Der junge Mann hob die Schulter. »Vor einer halben Stunde.«

»Und was war mit Ihrem Vater? Sie müssen ihn doch vermisst haben … wenigstens Sie, Frau Dahl.«

»Mein Mann und ich schlafen in getrennten Kojen«, erklärte sie. »Er schnarcht.«

»Also ging keiner von Ihnen beiden in seine Koje, um ihn zu wecken? Spätestens da müsste Ihnen doch aufgefallen sein …«

»Wir haben uns erst mal angezogen und beobachtet, was da drüben geschieht«, sagte Bern Dahl. »Wir wollten Vater schlafen lassen. Er war krank und musste sich erholen, um wieder zu Kräften zu kommen. Er hatte am Abend eine Schlaftablette genommen …«

»Eins nach dem anderen.« John hob eine Augenbraue. »Sie haben also zugesehen, was dort drüben los war. Da muss Ihnen doch Ihr Maschinist aufgefallen sein. Sie sind nicht rüber, um zu erfahren, was er mit der Polizei zu schaffen hatte?«

»Wir haben Peter nicht gesehen«, erklärte Bern. »Nur Ihre Kollegen und die Sanitäter.«

Möglich wäre es, dachte John, vielleicht hatte Soni Kumari zu dem Zeitpunkt Peter Greve schon in ihren Streifenwagen gepackt. Seltsam genug war es trotzdem, dass niemand von der Magellan an Land gegangen war. Andererseits hatte das auch auf den anderen Kuttern keiner getan.

»Sie sagten gerade, Ihr Vater sei krank gewesen?«, nahm John den Faden wieder auf.

»Ja«, brummte Bern.

»Woran litt er?«

Bern wechselte einen Blick mit seiner Mutter, die antwortete: »Eine Vergiftung.«

John hob die Augenbrauen. »Wie kam es dazu?«

»Ein Petermännchen«, sagte Bern. »Es hatte sich im Netz verfangen, und Vater muss beim Einholen damit in Berührung gekommen sein.«

»Das ist ein Giftfisch, nicht wahr?«

»Ja, einer der wenigen in der Nordsee. Ein Stachelflosser. Er hat an der Rückenflosse Giftdrüsen, und am Kiemendeckel sitzt ein giftiger Dorn. Vater war unvorsichtig.«

»Wann hat sich der Zwischenfall ereignet?«

»Wie gesagt, beim Netzeeinholen. Vor etwa zwei Wochen.«

»Und wie machte sich die Vergiftung bemerkbar?«

»Thore hatte zunächst Schmerzen«, erzählte Lys Dahl. »Dann wurde es rasch schlimmer. Er bekam Schwindel, musste sich übergeben … und dann das Fieber.«

»Wie behandelten Sie ihn?«, fragte John.

»Wir gaben ihm Schmerzmittel, die auch das Fieber ein wenig senkten.«

»Eigentlich wird so etwas rasch wieder besser«, fügte Lys Dahl an. »Aber Thores Zustand verschlimmerte sich von Tag zu Tag. Sein Kreislauf machte ihm Probleme.«

»Zogen Sie in Erwägung, ihn abbergen zu lassen?«

»Als es schlimmer wurde, ja. Aber das lehnte Vater ab«, sagte Bern Dahl. »Erst als wir hier in List eingelaufen waren, kam ein Arzt an Bord. Er verpasste ihm eine Tetanusimpfung und gab ihm Antibiotika. Vater sollte sich ausruhen und das Bett hüten.«

»Den Namen des Arztes, bitte. Wann war er hier?«

»Vorgestern.« Lys Dahl nannte ihm einen Allgemeinmediziner in Westerland.

»Ging es Ihrem Mann anschließend besser?«

»Ein wenig.«

»Vater ist im Fieberwahn manchmal umhergelaufen.« Bern Dahl blickte zum Hafenbecken hinaus. »Wenn er in der Nacht draußen alleine an Deck war …«

In dem Moment wurde die Tür der Brücke aufgezogen. Ein Kälteschwall und Schneeflocken wehten mit Soni Kumari herein.

Hinter ihr schob sich eine junge Frau durch die Tür.

»Karla«, sagte Bern Dahl und ging zu ihr hinüber.

»Um Himmels willen, was ist denn hier los?«, fragte die junge Frau. Sie hatte ein sommersprossiges Gesicht und dunkelbraune Augen. Ihre langen braunen Haare sahen zerwühlt aus, als wäre sie gerade aus der Koje gestiegen. Sie trug Jeans und einen beigen Rollkragenpullover.

Bern Dahl legte ihr die Hände auf die Schultern. »Ganz ruhig. Es ist etwas Schlimmes geschehen …«

John hätte gerne zugehört, was die beiden sich zu sagen hatten, doch Soni Kumari zog ihn zur Seite.

»Es gibt etwas, was Sie wissen sollten«, begann sie, doch da wurden sie von lautem Rotorengeräusch unterbrochen.

John blickte aus dem Fenster und sah einen Hubschrauber über dem Hafen auftauchen.

Der Polizeihubschrauber kreiste einige Minuten über dem Hafen, bis der Pilot sich entschied, auf der Parkfläche des Fähranlegers runterzugehen. Wegen des wieder auffrischenden Winds brauchte er mehrere Anläufe, bis die Maschine sicher aufsetzte. John machte sich mit Soni Kumari auf den Weg. Bis sie das Hafenbecken umrundet hatten, waren die Passagiere des Hubschraubers bereits ausgestiegen und kamen ihnen in geduckter Haltung unter den langsam auslaufenden Rotorblättern entgegen.

Kriminalrat Gödecke hatte ihm seine Kollegen und Freunde Lilly Velasco und Tommy Fitzen geschickt.

Lilly zog mit einer Hand die Mütze über ihrem messingfarbenen Haar zurecht, das sie zu einem Pferdeschwanz gebunden hatte. In der anderen hielt sie ein Wienerbrød, ein dänisches Blätterteiggebäck, in das sie herzhaft hineinbiss. Sie trug eine orangefarbene Daunenjacke und Thermohose. »Ist verdammt kalt heute. Und reichlich früh«, begrüßte sie John.

»Sorry«, antwortete er. »Ließ sich nicht anders machen.«

»Der Flug war furchtbar«, sagte Tommy. Er trug wie immer die speckige Lederjacke, die er über alles liebte. Johns Kindheitsfreund war noch nie besonders wählerisch bei seiner Garderobe gewesen und zog gerne das an, was ihm beim Öffnen des Kleiderschranks als Erstes entgegenfiel. Der Dreitagebart gehörte ebenfalls zu Tommy, neu hingegen war seine

Frisur. Er hatte sich die dunklen Haare an den Seiten kurz schneiden lassen und das gewellte Deckhaar nach hinten gekämmt.

»Guten Morgen!« Hinter den beiden tauchte Claudia Matthis auf, die Leiterin der Kriminaltechnik, eine sportliche Enddreißigerin mit brauner Kurzhaarfrisur. »Womit haben wir es zu tun?«

John berichtete ihr, Lilly und Tommy, was er wusste, und ging mit ihnen zu dem toten Thore Dahl hinüber. »Wir müssen in Betracht ziehen, dass es sich um ein Tötungsdelikt handeln könnte. Wenn ihr mit der Spurensicherung an der Leiche fertig seid, wäre es daher gut, wenn wir sie schnellstmöglich in die Rechtsmedizin schaffen würden.«

»Wir beeilen uns«, sagte Claudia Matthis. »Was ist mit dem Kutter, kommt er als Tatort in Betracht?«

»Durchaus. Wir sollten uns dort umsehen. Gödecke besorgt uns gerade die entsprechenden Beschlüsse.«

Matthis deutete mit einem Nicken auf den Hubschrauber, aus dem inzwischen fünf weitere Männer und Frauen ausgestiegen waren und Kisten mit Gerätschaft ausräumten. »Ich habe auch schon mit Gödecke gesprochen und vorsichtshalber gleich einen Taucher mitgebracht.«

»Kann er denn bei den Temperaturen runtergehen?«, fragte John.

»Ist nicht das erste Mal. Er hat seine Spezialausrüstung dabei. Ich schlage vor, wir verschwenden keine Zeit.« Sie wandte sich ab und ging zu ihrem Team.

»Und wo fangen wir an?«, fragte Lilly.

»Wir sprechen mit der Mannschaft«, sagte John. »Vielleicht hat ja doch jemand etwas bemerkt. Tu mir einen Gefallen, Tommy, und ruf hier mal an.« John gab ihm die Nummer des Westerländer Arztes, der Thore Dahl behandelt hatte.

Dann wollte er mit den beiden zur Magellan aufbrechen, doch Soni Kumari hielt ihn am Arm zurück.

»Da ist etwas, was ich Ihnen erzählen muss. Am besten jetzt, bevor ich mich um die Schaulustigen kümmere.« Sie blickte zu den Läden und Restaurants hinüber, wo die ersten Türen aufgeschlossen wurden und Lichter angingen.

»Geht schon mal vor«, wies John Lilly und Tommy an.

Soni Kumari zog ihn ein Stück zur Seite, vor die Fassade einer Eisdiele, wo sie ein wenig vor Schnee und Wind geschützt standen. »Ich hatte bereits gestern mit Thore Dahl zu tun, wenn auch nicht direkt.«

»Jetzt haben Sie meine Aufmerksamkeit. Erzählen Sie.«

»Der Hafenmeister rief gestern Nachmittag auf der Wache an, weil es hier Ärger gab. Ein Streit unter Seeleuten.« Sie deutete mit einem Nicken zu einem Fischkutter auf der anderen Seite des Hafens, genau gegenüber der Magellan. »Die Adama Marit. Dort waren zwei Männer aneinandergeraten.«

»Und einer davon war Thore Dahl?«

»Das sagte zumindest der Hafenmeister. Dahl muss mit dem Kapitän der Adama Marit gestritten haben. Als wir ankamen, hatte sich der Trubel allerdings gelegt.«

»Haben Sie die Beteiligten befragt?«

»Ich habe zuerst mit dem Kapitän der Adama Marit gesprochen, Reno Merik Nickelsen. Er hat den Streit geleugnet.«

»Und Thore Dahl?«

»Den habe ich nicht zu packen bekommen. Sein Sohn, Bern Dahl, hat mich abgewimmelt. Angeblich lag sein alter Herr mit Fieber in der Koje.«

»Aber der Hafenmeister ist sich sicher, dass er Thore mit Nickelsen streiten sah?«

»Ja, er hat das später noch mal bestätigt.«

»Seltsam.« John betrachtete abwechselnd die beiden Kutter. »Wenn Thore Dahl so krank war, wie alle sagen, warum hat er sich dann aus der Koje gemüht und zur Adama Marit geschleppt, um einen Streit mit diesem Nickelsen vom Zaun zu brechen?«

Das Logbuch

Wenig später betrat John die Kabine von Thore Dahl an Bord der Magellan und betätigte den Lichtschalter neben der Tür. Die Deckenlampe bestand aus einer runden Messingeinfassung und einem milchigen Deckglas, unter dem sich die kleinen Körper von leblosen Fliegen und Mücken angesammelt hatten. Ihr fahles Licht reichte gerade aus, um den Raum zu erhellen. Die Kabine mochte ungefähr vier mal vier Meter groß sein und bot genügend Platz für ein Bett, einen Schreibtisch und einen Kleiderschrank. Ringsum waren die Wände mit dunklem Holz vertäfelt, was die Stimmung im Raum zusätzlich dämpfte. Es war kalt hier drin, und der Geruch von abgestandenem Pfeifentabak kroch John in die Nase. Vor dem Bullauge ging der Schnee in dicken Flocken nieder.

John trat an den Schreibtisch. Nichts, was er nicht erwartet hätte. Seekarten, Navigationsbesteck, Gezeitenkalender, darüber ein Bord mit Fachliteratur. Er wandte sich dem Kleiderschrank zu und öffnete ihn. Mehrere Pullover, Hosen und zwei Garnituren Ölzeug. Außerdem Schuhe und Gummistiefel. Das Bett war zerwühlt, und John fand einen Schlafanzug unter dem Kopfkissen. Sonst nichts.

Aus dem Augenwinkel heraus bemerkte er eine Bewegung vor dem Bullauge, das sich mittig zwischen Bett und Schreibtisch befand. John warf einen Blick hinaus und sah einen der Kriminaltechniker, der trotz der widrigen Wetterbedingungen in seinem weißen Schutzanzug an Deck seiner Arbeit nachging. Vermutlich suchte er nach Spuren und der Stelle, von der aus Thore Dahl mutmaßlich ins Wasser gestürzt war.

John wandte sich ab und wollte die Kabine schon wieder verlassen, als er innehielt. Dort unten links, zwischen Schreibtisch und Fußleiste, hatte sich etwas verklemmt. John hockte sich hin. Die Ecke einer Kladde lugte hervor. Er versuchte, sie herauszuziehen, was aber nicht gelang. John stand auf und rüttelte an dem Schreibtisch, der sich keinen Zentimeter rührte. Erst, als er all seine Kraft einsetzte, rückte das Möbelstück mit einem Krachen von der Wand ab.

John hockte sich hin und sah hinter den Tisch. Dieser war mit zwei Schrauben an der Wand befestigt gewesen, vermutlich, damit er bei schwerem Seegang nicht verrückte. Er griff nach der Kladde.

Es war ein DIN-A4-Heft mit dunkelblauem Einband, auf dem in silbernen Lettern LOGBUCH stand.

John erhob sich, zog sich den Schreibtischstuhl heran und setzte sich hin. Dann blätterte er das Logbuch durch und überflog die Aufzeichnungen der vergangenen Tage. Er hatte selbst eine Segeljacht im Flensburger Hafen, mit der er, wann immer es ging, auf der Förde segelte, manchmal sogar auf der Ostsee und hoch bis in den dänischen Schärengarten. Auch wenn er kein derart detailliertes Protokoll seiner Fahrten führte, verstand er die nautischen Begriffe, Kursangaben und Positionsdaten, die Thore Dahl erfasst hatte.

Die Magellan war vor drei Wochen in Husum ausgelaufen und hatte Kurs auf die offene Nordsee genommen, um dort ihre Netze auszuwerfen. Der aufziehende Sturm hatte den Kapitän zunächst offenbar nicht geschreckt, was John wenig verwunderte. Die Fischerei war ein hartes Geschäft, und die Seeleute waren es gewohnt, ihre Arbeit auch bei widrigen Bedingungen zu verrichten. Das Wetter hatte sich dann in den vergangenen Tagen aber derart verschlechtert, dass die Magellan wie einige andere Fischer Schutz im Lister Hafen gesucht hatte.

Auffallend waren gleich mehrere Dinge.

Die Schrift von Thore Dahl wurde mit den Tagen ungenauer und krakeliger. Sehr wahrscheinlich ein Resultat seines schlechten gesundheitlichen Zustands.

Thores Aufzeichnungen endeten vor drei Tagen. Danach hatte wohl sein Sohn Bern Dahl das Ruder übernommen und das Logbuch weitergeführt. Die letzten Einträge stammten offenbar von ihm. Doch die Seite nach der letzten Eintragung von Bern Dahl war aus dem Logbuch herausgerissen worden.

Was hatte darauf gestanden? Warum war sie entfernt worden? Und von wem?

Außerdem stellte sich die Frage: Wenn Bern Dahl das Logbuch führte, warum befand es sich dann hier in der Kabine seines Vaters und nicht auf der Brücke?

»John?«

Er blickte auf. Tommy stand im Türrahmen.

»Was gibt es?«

»Komm mit. Lilly hat einen interessanten Gesprächspartner gefunden. Und prominent ist er noch obendrein!«

John klappte das Logbuch zu, nahm es mit und folgte Tommy.

Sie stiegen über eine steile Treppe ein Deck tiefer und gingen über einen schmalen Gang auf die Kombüse zu.

»Rudolf Roskau heißt der Mann«, erklärte Tommy und fügte mit begeistertem Ton hinzu: »Auch bekannt als Ramme Roskau.«

»Sollte mir das etwas sagen?« John ging hinter seinem Kollegen, sie passten nicht nebeneinander durch den Gang.

»Ramme hat sich in den Nullerjahren einen Namen in der Boxwelt gemacht. Er war Schwergewichtler und galt schon als der Nachfolger von Axel Schulz. Hatte eine rechte Gerade wie ein Rammbock. Daher auch der Name.«

»Nie gehört.«

»Seine Karriere fand leider ein vorzeitiges Ende.«

»Weshalb?«

»Ramme stammt aus Berlin, war dort tief im Milieu verwurzelt. Mit dem Boxen verdiente er zumindest anfangs nicht genug Geld. Das hat ihn dann wieder eingeholt. Die Berliner Kollegen haben ihn wegen Hehlerei und schwerer Körperverletzung hopsgenommen. Mehrere Jahre Knast, und danach hat man nie wieder von ihm gehört.«

Sie waren bei der Kombüse angelangt, einem engen Raum, der gerade genug Platz für zwei Personen bot. John blieb mit Tommy an der Tür stehen. Der Mann, den die Boxwelt einmal als Ramme Roskau gekannt hatte, saß in weißer Kochmontur rittlings auf einem Metalltisch. Neben ihm befand sich die Kochstelle. Er hatte die Ärmel hochgekrempelt, sodass die diversen Tattoos auf seinen muskulösen Armen zu sehen waren. Sein Kopf war kahl rasiert und auf der linken Seite mit einem Tattoo in Form einer riesigen Sonne versehen. Roskau hatte ein kantiges Kinn, und seine schiefe Nase ließ seine frühere Profession erahnen.

Lilly lehnte Roskau gegenüber an einem der Schränke, die die rechte Seite der Kombüse einnahmen. »Es wäre nett, wenn Sie meinem Kollegen noch einmal erzählen könnten, was Sie beobachtet haben, Herr Roskau. Gerne die ausführliche Version.«

Roskau sammelte die Spucke und sah John mit großen

Augen an. »Herr Kommissar, ick hab det schon Ihrer Kollegin jesacht. Ick will keenen Ärger mit der Polente. Deswegen
sag ick ganz ehrlich, wie det war.«

»Das weiß ich zu schätzen.« John setzte ein Lächeln auf.
»Darf ich mich erkundigen, was ein Mann mit Ihrer Vergangenheit auf einem Fischkutter tut?«

Roskau hob die Schultern. »Na, kochen. Ick hatte die
Schnauze voll, immer nur auf die Fresse zu kriegen. Hier hab
ick meene Ruhe. Deswegen hab ick mir auch aus allem raus-
gehalten, was da passiert ist.«

»Was meinen Sie damit, was ist passiert?«

»Na, die ganze Sache mit dem Käpt'n.« Roskau nickte
und machte ein Gesicht, als wäre damit alles gesagt.

»Wie die Kollegin schon sagte«, meinte John, »ich brauche die ausführliche Variante.«

»Stichwort Meuterei«, schob Lilly ein. »Da waren wir
stehen geblieben.«

»Meuterei?« John hob eine Augenbraue.

»Na, det war, als Bern Dahl det Kommando übernommen
hat«, erklärte Roskau.

»Das tat er doch, weil sein Vater schwer erkrankt war?«,
fragte John und hob symbolisch das Logbuch in die Höhe,
das er mitgenommen hatte.

»Na ja, letztendlich schon. Aber det Ganze hat sich schon
vorher aufgeschaukelt. Det war halt, wie sagt man, der Stein,
der det Fass ins Rollen brachte.«

»Wovon reden Sie? Gab es Streit?«

»Det kann man wohl sagen.«

»Zwischen Thore Dahl und seinem Sohn?«

»Jep.« Roskau nickte. »Aber nicht nur.«

John seufzte. Der verlorene Schlaf machte sich langsam
mit einem Stechen in seiner Schläfe bemerkbar. Er hatte keine

Lust, dem Mann alles einzeln aus der Nase zu ziehen. »Herr Roskau, bitte, ich habe ein paar Nächte nicht geschlafen und …«

»Na, dann wissen Se ja, wie uns det hier geht. Det is der einzige Nachteil, det man auf dem Kahn nicht schlafen tut.«

»Fangen wir doch bitte ganz vorne an. Wer hat sich mit wem gestritten, warum, und seit wann ging das so?«

»Na ja«, Roskau schob die wulstige Unterlippe vor. »Eigentlich ging det schon seit der Abfahrt zwischen dem Käpt'n und Peter hin und her.«

»Mit Peter meinen Sie Peter Greve, den Maschinisten?«

»Ganz genau, Herr Kommissar. Und der Peter hat sich dann, als der Käpt'n krank wurde, ganz schwer dafür eingesetzt, det Bern Dahl det Ruder übernehmen tat. Aber der Alte wollt natürlich nicht freiwillig gehn. Selbst in seinem fiebrigen Kopp meinte der, er hätte noch allet unter Kontrolle.«

John schwirrte allmählich der Kopf, weshalb er dankbar war, als Lilly einsprang: »Peter Greve übernahm also die Initiative, damit Bern Dahl das Kommando von seinem kranken Vater übernahm.«

»Frau Kommissarin, da haben Sie den Nagel mit dem Kopf getroffen. Ganz genau so war det.«

»Wer ist der Erste Offizier?«

»Na, Bern Dahl.«

»Dann wäre es doch ohnehin an ihm gewesen, das Ruder zu übernehmen, wenn der Kapitän nicht imstande ist, das Kommando zu führen?«, fragte Tommy.

»Wat weiß icke.« Roskau zuckte mit den Schultern. »Vielleicht hat er sich nicht getraut, gegen seinen Alten zu stänkern. Jedenfalls hat Peter 'n Machtwort gesprochen, und da hat dann auch der Bern sich was getraut. Und, wie gesacht, det war wie bei ner Meuterei. Die beiden mussten den

Alten am Schlafittchen packen und in seine Kabine sperren. Hat sich ganz gewehrt.«

»Sie sagten, die beiden hätten sich schon vorher in den Haaren gelegen«, sagte John. »Worum ging es da?«

»Ganz genau weiß ick det nicht.« Roskau schmunzelte. »Aber ick tät mal denken, det war wegen der Lys.«

»Lays Dahl, der Frau des Kapitäns?«

»Ganz genau, Herr Kommissar.«

»Warum das?«

»Na ja, man munkelt, der Peter hätte ne Affäre gehabt mit ihr. Und det war noch nicht lange her. Der Käpt'n muss det wohl erst ganz kurz vorm Auslaufen rausbekommen haben.« Roskau blickte sie nacheinander an. »Wir haben uns da schon alle gefragt, wie det wohl gut gehen soll mit den beiden.«

Wenig später standen sie zu dritt in einer windgeschützten Ecke an Deck, jeder einen Becher Kaffee in der Hand. An Land schafften die Kriminaltechniker gerade die Leiche von Thore Dahl in den Hubschrauber. Soni Kumari unterhielt sich mit dem Taucher, der offenbar einen ersten Tauchgang hinter sich gebracht hatte. Der Morgen war schnell vergangen. Auf dem Hafenvorplatz tummelten sich die Leute vor den Geschäften, die Restaurants füllten sich, und manche besorgten sich am Imbiss ein schnelles Mittagessen. An dem geschmückten Weihnachtsbaum, der in der Mitte des Platzes stand, blinkten bunte Lichter. Das Jahr hätte für John gerne betulicher ausklingen können. So wie sich die Dinge entwickelten, würden sie den Tod von Thore Dahl nicht so einfach als Unfall verbuchen können. Im Moment wünschte er sich allerdings nichts sehnlicher, als dass endlich die Kopfschmerzen verschwanden. Lilly hatte Paracetamol bei sich gehabt und ihm eine Tablette gegeben. Er schob sie zwischen die Lippen und spülte sie mit einem Schluck Kaffee herunter.

»Der Maschinist hatte also eine Affäre mit der Frau des Kapitäns, und plötzlich liegt Letzterer tot im Hafen«, fasste Tommy zusammen. »Wenn das nicht ein Zufall ist.«

»Wir wissen noch zu wenig, um eine Beziehungstat in Erwägung zu ziehen«, sagte John. »Lasst uns erst mal herausfinden, ob da überhaupt was dran ist und alles sich so zugetragen hat, wie Roskau erzählt.«

Lilly warf einen demonstrativen Blick auf ihre Armbanduhr. »Mein Magen knurrt. Wie wäre es, wenn wir uns drüben bei Gosch ein Fischbrötchen gönnen?«

»Besserer Vorschlag«, warf John ein. »Wir fahren zu mir nach Hause, lassen uns von Ben bekochen und wärmen uns in der Zeit am Kamin auf. Ich bin durchgefroren.«

»Prima Idee«, stimmte Tommy zu. In dem Moment klingelte sein Handy. Er blickte auf das Display. »Oh, ich glaube, das ist der Arzt aus Westerland, der Thore Dahl behandelt hat. Ich hab ihn vorhin nicht erreicht und um Rückruf gebeten.«

Er aktivierte den Lautsprecher seines Smartphones.

»Olaf Ahrweiler«, stellte sich der Arzt vor, und als John ihm ihr Anliegen dargelegt hatte, bestätigte er: »Richtig, ich habe Thore Dahl an Bord seines Schiffs behandelt.«

»In welchem Zustand befand er sich, als Sie ihn aufsuchten?«

»In keinem guten. Er hatte Fieber, Schwindelanfälle, musste erbrechen und klagte über Herzrhythmusstörungen.«

»Wie behandelten Sie ihn?«

»Ich gab ihm Schmerzmittel und Antibiotika und mahnte ihn, absolute Bettruhe einzuhalten.«

Ein Ratschlag, den er in den Wind schob, dachte John mit

Hinblick auf den Streit, den Thore Dahl offenbar mit dem Kapitän der Adama Marit gehabt hatte. »Kennen Sie die Ursache seiner Erkrankung?«

»Seine Frau und sein Sohn erzählten mir vom Stich eines Petermännchens«, sagte er Arzt. »Allerdings … war seine Reaktion darauf ungewöhnlich heftig.«

»Sie meinen, der Stich dieses Fischs ruft sonst nicht solche Symptome hervor?«

»Doch, doch. Das Gift des Petermännchens enthält Serotonin und kann extreme Schmerzen und genau solche Symptome verursachen. In Einzelfällen können sich die Langzeitfolgen über Jahre hinziehen, und es kann sogar tödlich enden. Allerdings wird in solchen Fällen die Lage des Patienten üblicherweise sehr schnell kritisch. So wie mir der Krankheitsverlauf bei Thore Dahl beschrieben wurde, verschlechterte sich sein Gesamtbild über den Lauf von anderthalb, zwei Wochen.«

John überlegte kurz. »Die Magellan suchte unplanmäßig den Hafen hier in List auf. Was wäre geschehen, wenn der Kutter auf See geblieben und Thore Dahl nicht behandelt worden wäre?«

»Ich würde doch hoffen, dass die Crew sich dazu entschieden hätte, ihn alsbald abbergen zu lassen. Denn ohne entsprechende Behandlung und Medikation hätte das durchaus tödlich enden können.«

»Ist es möglich, dass es sich bei Thore Dahl um einen abnormalen Fall handelte und das Gift des Fisches verzögert wirkte?«

»Ausschließen kann man das nicht, aber es wäre wirklich sehr ungewöhnlich«, sagte der Arzt. »Was ich gesehen habe, kenne ich eher von Patienten, die an einem Serotonin-Syndrom leiden.«

»Können wir auf die Fachbegriffe verzichten?«, bat John.

»Also schön. Wenn Sie an meiner professionellen Meinung interessiert sind ... Auch, wenn das etwas vereinfacht dargestellt ist, glich das Krankheitsbild von Thore Dahl viel mehr einer schleichenden Vergiftung.«

Zeit der Entdeckungen

Essensgeruch wehte John in die Nase, als er die Eingangstür des alten Reetdachhauses in den Lister Dünen aufschloss. Lilly und Tommy folgten ihm in den Flur und hängten ihre Jacken am Mantelbrett auf. Im Wohn- und Esszimmer bullerte der alte Bilegger, der von der Küche aus mit Holz befeuert wurde. Die Kälte war John in die Knochen gefahren, und er spürte, wie die behagliche Wärme dafür sorgte, dass sich die Muskeln an seinem ganzen Körper entspannten.

»Setzt euch schon mal«, hörte er die Stimme seines Vaters aus der Küche, »bin gleich fertig.«

John nahm mit Lilly und Tommy an dem großen Holztisch Platz. Wenige Minuten später kam Ben mit Tellern aus der Küche. An Johns Kollegen gerichtet, sagte er: »Ihr Lieben, schön, dass wir uns mal wiedersehen. Zur Feier des Tages gibt es Krabbensuppe von Blums Fischmarkt und als Hauptspeise Scholle mit Nordseekrabben und Bratkartoffeln.«

Wie immer, wenn Ben kochte, war das Essen ein Genuss. Sein Vater hätte durchaus das Zeug zum Koch gehabt, dachte John und wünschte, es wäre auch nur ein Teil dieses Talents auf ihn übergesprungen.

Während des Essens gingen sie noch einmal durch, was sie heute Morgen in Erfahrung gebracht hatten. Ben war Unterhaltungen über ihre Fälle gewohnt und wusste, dass er das

Gesagte für sich behalten musste. Manchmal trug er auch mit seinem Wissen oder einer spitzfindigen Beobachtung zu den Ermittlungen bei.

Nach dem Essen saßen sie noch bei einem Tee beisammen. Ben hatte auf Tee statt Kaffee bestanden, weil er ihnen seine neueste Entdeckung präsentieren wollte. »Die Friesenmischung No. 6, Fünf-Uhr-Klöntee«, erklärte er ihnen beim Einschenken. »Vom Kontorhaus drüben in Keitum.«

Tommy blickte demonstrativ auf die alte Standuhr neben dem Kamin, deren Zeiger auf Viertel nach eins standen. »Da sind wir wohl ein wenig früh dran.«

»Passt auch zum Mittagessen«, meinte Ben, »probiert einfach.«

John trank einen Schluck und gab einen Löffel braunen Zucker dazu, als ihm der Geschmack zu bitter war. »Schmeckt wie … Friesentee.«

»Aber etwas spritziger als normal«, befand Lilly.

»Ja«, stimmte Tommy ein, »irgendwie mit einer Note von … na ja, ich weiß nicht so genau …«

»Das finde ich auch«, sagte Ben. »Ganz außergewöhnlich, nicht wahr? Deshalb werde ich ihn auch gleich mal posten.«

»Posten?«, fragte John. »Wie postet man denn Tee?«

»Na, bei Facebook und auf Instagram. Ich habe da schon ein paar Follower zusammen. Ich poste jetzt regelmäßig meine Lieblingstees mit persönlicher Bewertung oder einem … Dingsda … Review, wie man heute sagt. Apropos …«

Während Ben in den Taschen seiner Hausjacke kramte, schenkten Lilly und Tommy John fragende Blicke. Er konnte zur Antwort nur die Schultern heben, das neue Hobby seines Vaters war ihm bislang verborgen geblieben.

Ben fand schließlich sein Smartphone in der Innentasche und hielt es in die Höhe. »Ihr müsstet mir mal hier bei einer neuen App helfen. Damit kann man Tees katalogisieren, und man soll das Ding auch mit Facebook und Instagram verknüpfen können. Aber irgendwie klappt das nicht.«

Tommy streckte die Hand aus. »Ich schau mir das mal an.«

Johns Handy klingelte. Er stand auf, nahm den Anruf entgegen und ging hinüber in die Küche. Durch das Sprossenfenster über der Spüle blickte er auf die verschneite Dünenlandschaft. Am anderen Ende der Leitung hörte er die Stimme von Claudia Matthis, der Leiterin der Kriminaltechnik. »Ich weiß ja nicht, wo Sie stecken, Benthien, aber es gibt hier ein paar Dinge, die Sie sich sicherlich gerne ansehen möchten.«

Soni Kumari und ihre Kollegen von der Inselpolizei kümmerten sich weiterhin darum, dass sich Schaulustige weder dem Fundort der Leiche noch dem Fischkutter oder dem Polizeihubschrauber näherten. Wegen des Hubschraubers musste der Verkehr zum Fähranleger von zwei Streifenbeamten geregelt werden, was nicht nur zusätzliche Aufmerksamkeit erregte, sondern auch für einigen Unmut unter den Autofahrenden sorgte.

John wartete, bis einer der Streifenkollegen die Absperrung für ihn öffnete, dann fuhr er durch und stellte seinen Wagen in der Nähe des Hubschraubers ab. Lilly und Tommy stiegen mit ihm aus. Claudia Matthis erwartete sie bereits, ihr Team räumte die Ausrüstung gerade in den Hubschrauber.

»Wir sind durch«, berichtete sie. »Kommen Sie, ich erzähle Ihnen, was wir gefunden haben.« Sie schlug den Weg zur Magellan ein, und sie folgten ihr. Im Gehen reichte sie John einen Beweismittelbeutel. »Das hat der Taucher auf dem Grund des Hafenbeckens gefunden.«

Lilly und Tommy schoben sich neben ihn, um gemeinsam das Fundstück zu betrachten, bei dem es sich dem ersten Anschein nach um ein Werkzeug zu handeln schien. Eine Art Schraubschlüssel, dessen Griff sich nach oben hin zu einem sichelförmigen Haken krümmte, an dessen Ende ein weiterer kleinerer Haken saß.

»Schon eine Ahnung, was das ist?«, fragte John.

Claudia Matthis schüttelte den Kopf. »Nein. Wir werden das gute Stück im Labor gründlich untersuchen, natürlich auch auf Rückstände von Blut. Aber da es nun einmal im Wasser lag, versprechen Sie sich lieber nicht zu viel.«

»Könnte das Teil nicht von jedem x-beliebigen Boot stammen?«, wandte Tommy ein.

»Natürlich«, antwortete Matthis. »Allerdings hat der Taucher das Stück direkt unter der Magellan gefunden. Und soweit er sehen konnte, ist das Hafenbecken kein Werkzeuglager. Dort unten scheint nicht allzu viel herumzuliegen.«

Sie hatten die Magellan erreicht. Matthis ging ihnen voraus über den Steg an Deck und führte sie auf die andere Seite des Schiffs. Dort blieb sie mittschiffs an der Reling stehen und bückte sich. Ihre Kollegen hatten hier offenbar eine Stelle vom Schnee befreit. Die herabfallenden Flocken bedeckten sie jedoch langsam wieder. »Wir haben hier Rückstände von Blut gefunden«, erklärte Matthis. »Im Labor untersuchen wir das und vergleichen es mit dem Blut des Toten.«

»Haben Sie noch weitere Spuren gefunden?«, fragte Lilly. »Ich meine, gab es hier vielleicht eine Auseinandersetzung?«

»Kann ich nicht sagen. Seien Sie froh, dass wir bei der Witterung überhaupt etwas entdeckt haben.« Matthis richtete sich wieder auf und deutete auf das Hafenbecken. »Bemerkenswert ist allerdings, dass der Taucher den Werkzeugschlüssel ziemlich genau unterhalb dieser Stelle hier gefunden hat.«

John sah sich an Deck um und bemerkte das Bullauge schräg hinter ihnen, von dem aus man einen guten Blick auf diese Stelle haben musste. Er ging hinüber und spähte durch die Scheibe. Es war die Kabine des toten Kapitäns.

Mit seinem Smartphone machte John ein Foto von dem Spezialschlüssel. »Tommy, frag doch mal rum, ob jemand hier auf der Magellan, aber auch auf den anderen Kuttern so einen Schlüssel vermisst. Erkundige dich, ob man so ein Werkzeug auf der Insel kaufen kann.«

»Geht klar.« Tommy verabschiedete sich von Claudia Matthis und machte sich an die Arbeit.

»Wir überstellen die Leiche in die Rechtsmedizin«, sagte Matthis. »Alles Weitere dann, sobald wir etwas haben.«

»Danke.« John reichte ihr die Hand.

Als Matthis davongegangen war, schob Lilly die Hände in die Jackentaschen und sah John mit einem Blick an, der ihm verriet, dass sie dasselbe dachten. »Der Maschinist?«

»Ja«, antwortete John. »Ich wollte Greve ohnehin fragen, was er zu dem Vorwurf von Ramme Roskau wegen der Affäre mit Lys Dahl zu sagen hat.«

Durch eine schwere Metalltür betraten sie das Innere des Kutters und stiegen über eine steile Treppe zwei Decks zum Maschinenraum hinab. Dort roch es nach Öl und Diesel. Das schummrige Licht kam von einer Reihe Leuchtstoffröhren an der Decke. Peter Greve hockte in schwarz verschmierter Arbeitskluft neben dem Schiffsmotor und machte sich mit einer Zange an einem Teil zu schaffen. Als er John und Lilly bemerkte, legte er das Werkzeug beiseite und stand auf. Mit einem Lappen wischte er sich die Hände ab.

»Was kann ich für Sie tun, Herr Kommissar?«

John ließ Lilly den Vortritt, und sie hielt sich nicht lange mit Vorreden auf, sondern konfrontierte Greve gleich mit der Annahme, dass er ein Verhältnis mit Lys Dahl, der Frau des Kapitäns, gehabt habe.

Er machte erst gar keinen Versuch, sich in Ausflüchte zu stürzen. »Das ist richtig. Lys und ich hatten ... eine kurze Liebelei. Nichts Ernstes. Wir mögen uns, und ... der Alkohol spielte auch eine gewisse Rolle.«

»Thore Dahl wusste von dieser Affäre?«, hakte Lilly nach.

»Es war keine Affäre. Eher was für eine Nacht ...«

»Beantworten Sie bitte einfach meine Frage.«

»Ja. Thore wusste davon.«

»Wie hatte er es herausgefunden?«

Greve hob die Schultern. »Lys hat es ihm gesagt. So etwas kommt am Ende ja doch immer raus. Wir hielten es daher beide für das Beste, mit offenen Karten zu spielen, bevor Gerüchte die Runde machten.«

»Und wie reagierte Thore auf diese Offenbarung?«, schaltete sich John ein.

»Nun ja ...« Greve massierte sich das Kinn. »Er hat es wie ein Mann genommen und mir eine gebuttert.«

»Er schlug Sie?«

»Ja, und dagegen war wohl nichts einzuwenden. Ich meine, schließlich hatte ich seine Frau ...«

»Wann hat sich das zugetragen?«, wollte Lilly wissen.

»Das war vor etwa drei Wochen. Kurz vor dem Auslaufen. Wir hatten einen feuchtfröhlichen Abend in einer Kneipe in Husum. Thore ging früher nach Hause, Lys blieb noch. Na ja, und da hat sich das dann halt ergeben. Wenige Tage später haben wir reinen Tisch gemacht.«

»Was meinen Sie mit reinem Tisch?«

»Ganz einfach, wir erzählten es ihm und sprachen uns aus. Dann haben wir uns wieder vertragen.«

John musste lachen. »Ehrlich? Sie treiben es mit seiner Frau, und dann vertragen Sie sich einfach wieder? Das können Sie mir nicht weismachen.«

Peter Greve seufzte und hob beschwichtigend die Hände. »Hören Sie, ich weiß, wie das für Sie aussehen muss. Aber Thore und ich kannten uns schon lange, seit Kindesbeinen.«

»Es hat angeblich an Bord Streitereien zwischen Ihnen und dem Kapitän gegeben. Das deutet wohl eher darauf hin, dass Sie beide sich noch nicht wieder grün waren.«

»Dabei ging es nicht um Lys«, antwortete Greve, »sondern um etwas ganz anderes.«

»Nämlich?«

»Um die Nachfolge. Sehen Sie, Thore, Lys, ich, wir haben uns das hier alles gemeinsam aufgebaut. Aber wir steuern mit voller Kraft auf den Rentenhafen zu. Lys und ich, wir hatten Thore schon lange nahegelegt, das Ruder endlich an Bern zu übergeben. Bern hat eigene Ideen, und er kann das Geschäft in die Zukunft führen. Die jungen Leute wissen viel besser, was heute funktioniert und was nicht.«

»Und darüber haben Sie offen mit Thore Dahl an Bord gestritten?«, fragte Lilly.

»Ich hätte das gerne vermieden. Aber ... es gab einige Anlässe, die das unumgänglich machten.«

»Und welche waren das?«

»Mich hat vor allem die Sache mit Karla gestört ...«

»Wer ist das?«

»Ich glaube, Sie haben Karla heute Morgen auf der Brücke gesehen«, sagte Greve. »Sommersprossen, lange braune Haare. Sie ist zum ersten Mal dabei. Die kam einen Tag vor dem Auslaufen an Bord und nahm den Platz von Timor Wittbek ein, einem ziemlich erfahrenen Mann, der seit fünf Jahren mitfährt und äußerst zuverlässig ist. Dabei hat Karla keinerlei Erfahrung. Alles muss man ihr beibringen. Ich habe Thore gesagt, dass ich nicht mit seiner Entscheidung einverstanden bin und er sich überlegen soll, ob er wirklich noch weiß, was er da tut.«

»Nannte er Ihnen einen Grund für den Entschluss?«, fragte John.

»Nein. Er hatte aus unerfindlichem Grund einen Narren an ihr gefressen. Jedenfalls …« Greve ging zu einem Klappstuhl hinüber, der neben einem rollbaren Werkzeugschrank stand. »Thore traf in letzter Zeit einige fragwürdige Entscheidungen. Ich machte ihm noch einmal mit Nachdruck klar, dass es an der Zeit wäre, Bern das Ruder zu überlassen.«

»Was er ja dann auch schlussendlich getan hat. Offenbar nicht ganz freiwillig.«

Greve setzte sich, dabei fiel ihm etwas aus der Gesäßtasche seiner Hose, eine rechteckige Schachtel, weiß mit einem orangeroten Streifen und dem runden Logo des Herstellers drauf. »So krank, wie er war, konnte Thore nicht weiter das Kommando führen. In seinem Fieberwahn verstand er das nicht. Wir mussten etwas nachdrücklicher werden.«

»Was genau meinen Sie damit?« John beobachtete, wie Greve sich bückte und die Schachtel aufhob, die ihm runtergefallen war.

»Wir mussten Thore in seine Kabine sperren. Bern hat dann das Kommando übernommen. Als das Fieber sank und Thore wieder bei Sinnen war, hat er sich beruhigt und damit abgefunden.«

»Was haben Sie da?«, wollte Lilly wissen, als Greve die Schachtel in seine Hose schieben wollte.

Er hob verdutzt den Blick. »Das hier?«

»Ja.«

»Das sind meine Tabletten. Gegen die Schlafstörungen.

Ich hab sie nur dabei, weil ich mir gleich in der Apotheke im Ort neue holen will. Die hier sind leer.«

John holte sein Smartphone hervor, rief das Foto der mutmaßlichen Tatwaffe auf und zeigte es Greve. »Wissen Sie, was das hier ist?«

Der Maschinist betrachtete das Bild kurz und reichte John dann das Handy zurück. »Natürlich. Das ist ein Hakenschlüssel. Braucht man zum Beispiel bei der Welle-Naben-Verbindung und zum Lösen von Nutmuttern.«

»Haben Sie so einen Schlüssel an Bord?«

»Sicher. Er ist …« Greve stand auf und sah in dem rollbaren Werkzeugschrank nach. »… nicht hier. Kommen Sie mit.«

Er führte sie in einen Nebenraum, der augenscheinlich als Werkstatt diente. An der Wand hing ein Werkzeugbrett mit den unterschiedlichsten Schlüsseln, Schraubenziehern und Zangen.

Greve massierte sich den Nacken und ließ den Blick über die Utensilien schweifen. Dann hielt er inne und trat näher an das Brett heran. »Seltsam«, sagte er, »normalerweise sollte er hier hängen.«

Er deutete auf eine Stelle auf dem Werkzeugbrett, an dem der Umriss des Hakenschlüssels nachgezeichnet war. Sein angestammter Platz war leer.

Aberglaube und Diebe

John verließ mit Lilly den Fischkutter. Zum späten Nachmittag hin setzte bereits die Dämmerung ein. Der Himmel hatte ein wenig aufgeklart, und es fiel kein Schnee mehr. Die noch immer mit Sturmstärke vorüberziehenden Wolken rissen hier und da auf und gaben den Blick auf den Vollmond frei.

»Ich muss mich jetzt mal um unsere Unterkunft kümmern«, sagte Lilly.

»Tommy und du könnt bei mir übernachten«, schlug John vor.

»Das ist nett.« Lilly schmunzelte. »Aber Gödecke hat uns als Aufwandsentschädigung Zimmer im Lanserhof zugesagt. Sie sind bereits reserviert, ich muss uns nur noch einchecken.«

John stieß einen Pfiff aus. »Da kann ich natürlich nicht mithalten.« Beim Lanserhof handelte es sich um ein groß angelegtes Resort, das erst vor wenigen Jahren errichtet worden war und einerseits seinen Gästen mit allerhand luxuriösen Annehmlichkeiten den Aufenthalt versüßte, andererseits noch heute bei vielen Lister Einwohnern auf Missfallen stieß.

»Wir quartieren uns gerne nächstes Mal wieder bei dir ein«, sagte Lilly.

»Ihr seid immer willkommen. Macht euch einen gemütlichen Abend. Für heute sind wir hier durch.«

Lilly drückte ihn zum Abschied kurz. »Dann morgen in aller Frische.«

John sah Lilly nach, wie sie davonging. Dann überlegte er, was er als Nächstes tun sollte. Ein Spaziergang. Das wäre jetzt das Richtige. Er musste seine Gedanken ordnen, und das ging am besten, wenn er sich dabei an der frischen Luft bewegte. Also drehte er sich um und setzte sich in Bewegung. Auf dem Hafenvorplatz tummelten sich die Menschen zwischen dem Einkaufszentrum Alte Tonnenhalle, Gosch, dem Spielplatz und dem hohen Weihnachtsbaum. Es roch nach heißen Maronen, und von irgendwo drang »Last Christmas« von Wham an seine Ohren. An der Uferpromenade entlang nahm er Kurs auf das Erlebniszentrum Naturgewalten. Mit jedem Schritt kamen Johns Gedanken mehr auf Touren.

Ein toter Kapitän. Von seinem Fischkutter in das eisige Hafenbecken gestürzt. Mit einem Loch im Schädel. Kurz zuvor schwer erkrankt. Die Besatzung spricht von einem Giftfisch. Der behandelnde Arzt sieht eher Zeichen einer schleichenden Vergiftung.

Der Sohn, Bern Dahl, wartet darauf, dass er endlich die Nachfolge seines Vaters antreten kann. Der Alte weigert sich.

Der Maschinist, Peter Greve, hat eine Affäre mit der Frau des Kapitäns, Lys Dahl. Angeblich haben sich die Männer ausgesprochen. Doch offenbar stritten die beiden sich an Bord weiter. Ging es dabei um die Affäre oder doch eher um die Nachfolge und um fragwürdige Entscheidungen des Kapitäns?

Wie jene, den erfahrenen Timor Wittbek zu schassen und ihn durch eine unerfahrene junge Frau namens Karla Matheisen zu ersetzen. Warum hatte der Kapitän das getan?

Und dann war da noch die Sache mit der Adama Marit. Weshalb hatte sich der kranke Thore Dahl zu dem benachbarten Kutter geschleppt, um einen Streit mit dessen Kapitän, Reno Merik Nickelsen, vom Zaun zu brechen?

Und die vielleicht wichtigste Frage: Bestand bei dieser Gemengelage wirklich noch die Möglichkeit, dass es sich beim Tod von Thore Dahl einfach um einen Unfall handelte?

Die Untersuchung durch die Rechtsmedizin würde zumindest in diesem Punkt bald Aufschluss bringen.

John ging weiter an einem Hotel vorbei und blieb schließlich auf Höhe der Wattenmeerstation stehen, wo ein Weg hinunter zum mit Schnee bedeckten Strand führte. Der Wind wehte aus nördlichen Richtungen und ließ die Wellen schäumend an Land schwappen. Die Kälte brannte John im Gesicht, trotzdem genoss er den salzigen Geruch in der Nase.

Er blieb einen Moment stehen, bis ihm eine Gestalt auffiel, die einsam den Strand in seine Richtung entlanggelaufen kam. Sie trug einen langen Wintermantel und hatte die Kapuze über den Kopf geschlagen. Vom Bewegungsablauf und der Statur her schien es eine Frau zu sein. John erkannte ihr Gesicht unter der Kapuze erst, als sie näher heran war.

John ging ihr entgegen. Der Schnee knirschte bei jedem Schritt unter seinen Sohlen.

»Karla Matheisen?«, fragte er, als er sie erreicht hatte.

Die Frau blieb stehen. »Sie sind der Kommissar von der Kripo, richtig?«

»Ja, John Benthien. Darf ich Ihnen ein paar Fragen stellen?«

Karla Matheisen zögerte kurz, nickte aber dann. »Sicher. Sie gehen tatsächlich davon aus, dass jemand den Kapitän ermordet hat?«

»Wir können es zurzeit nicht ausschließen, deshalb ermitteln wir in alle Richtungen.« Er deutete mit einem Nicken in Richtung Hafen. »An Bord munkelt man, dass es auf See

Streit zwischen dem Kapitän, seinem Sohn und dem Maschinisten gab.«

»Ich weiß nicht …« Matheisen schürzte die Lippen und schien zu überlegen. »Mit Peter, ja, da gab es Streit.«

»Worum ging es da?«

»Nun ja, ich weiß das nicht genau, aber … es geht das Gerücht um, dass Peter etwas mit Lys hatte.«

»Darüber habe ich mit Greve gesprochen. Er sagte mir, er sei mit dem Kapitän wieder im Reinen gewesen.«

»Echt jetzt?« Karla Matheisen lachte auf. »So ein Blödsinn. Ehrlich gesagt, ich glaube, der Kapitän hätte Peter am liebsten in der Nordsee versenkt, dafür, dass der seine Frau gevögelt hat.«

»Hegte Greve ähnliche Absichten, was den Kapitän betraf?«

Matheisen wischte eine Strähne ihres braunen Haars zur Seite, die ihr der Wind ins Gesicht wehte. »Darf ich offen sein? Mit dem Arsch rede ich nicht. Der hat mir das Leben zur Hölle gemacht, seit ich einen Fuß an Bord gesetzt habe.«

»Und weshalb tut er das?«

»Weil er eine Ecke abhat. Peter ist total abergläubisch. Er meint, dass zwei Frauen an Bord Unglück bringen. Deshalb hat er Stimmung gegen mich gemacht.«

»Aber soviel ich weiß, war der Kapitän auf Ihrer Seite?«

»Er stellte sich vor mich. Das hat Peter nicht gepasst.«

»Was in gewisser Weise nachvollziehbar ist«, sagte John.

»Wie meinen Sie das?«

»Der Kapitän hat zu Ihren Gunsten einen erfahrenen Mann an Land gelassen.«

Karla Matheisen machte ein verunsichertes Gesicht. »Nicht mein Problem.«

»Da wäre ich mir nicht so sicher. Es könnte doch gut sein,

dass ein Teil des Grolls, den Greve gegen Sie hegt, eben daher rührt.« John wurde kalt, und er ging ein paar Schritte. Matheisen folgte ihm. »Sagen Sie, Karla, wie sind Sie überhaupt an den Job gekommen?«

»Ich habe mich beworben.«

»Aber ist das für eine junge Frau wie Sie nicht ein ungewöhnlicher Beruf? Fischerei ist ein hartes Geschäft.«

»Und ich bin hart im Nehmen.«

»Woher kommen Sie?«

»Aus Hamburg.«

»Und wie sind Sie ausgerechnet auf der Magellan gelandet?«

»Ich ... hab einfach diverse Fischkutter abgeklappert und mich vorgestellt. Thore hat mir dann einen Job angeboten. Vielleicht, weil er frisches Blut in seiner Crew wollte.«

»Was haben Sie vergangene Nacht gemacht, Karla?«

»Na, in meiner Koje gelegen und gepennt, was sonst?«

»Sie waren nicht in der Nacht mal wach oder in den frühen Morgenstunden, als sich draußen der ganze Trubel abspielte?«

»Nein. Da draußen auf See bekommt man nicht viel Schlaf, wissen Sie. Ich hab ein wenig Nachholbedarf.«

John blieb stehen, als er eine Gestalt auf der Uferpromenade entdeckte, die suchend umherlief. Es war Tommy. Als er ihn und Karla entdeckte, winkte er John zu sich hoch.

»Sie müssen mich entschuldigen«, sagte John. »Vielen Dank für das Gespräch.«

Tommy war leicht außer Atem und hatte rote Wangen. Er stieß keuchend kleine Rauchwolken aus. »Mit dir, das ist schlimmer als einen Sack Flöhe hüten. Was treibst du hier?«

»Eine interessante junge Dame befragen. Was gibt es?«

»Ich habe mich wegen des Hakenschlüssels erkundigt.

Man bekommt solches Werkzeug bei einem Laden in Westerland. Aber dort hat seit dem Einlaufen der Magellan vor ein paar Tagen niemand so etwas gekauft. Außerdem habe ich mich auf den anderen Fischkuttern umgehört. Niemand vermisst einen solchen Schlüssel.«

»Wenn wir es also nicht mit einem Riesenzufall zu tun haben«, schloss John, »stammt der Schlüssel von der Magellan. Der Maschinist vermisst nämlich genau einen solchen Hakenschlüssel. Und es verdichten sich die Hinweise, dass es einen ernsthaften Streit zwischen ihm und dem Kapitän gab.«

An diesem Abend fiel John Benthien früh und völlig erschöpft ins Bett. Sein Tag hatte zu nachtschlafender Zeit begonnen, und das, wo er ohnehin kaum ein Auge zugetan hatte. Dazu den ganzen Tag die Kälte und der Wind …

Auf dem Heimweg hatte er kurz mit Celine telefoniert und sich erkundigt, ob es ihr in Flensburg gut gehe. Natürlich hatte sie die Nachfrage mit dem Hinweis quittiert, dass sie kein kleines Kind mehr sei. Hoffentlich würde sich das Wetter bald so weit bessern, dass sie nachkommen konnte.

Er begnügte sich mit einem bescheidenen Abendmahl. Brot und ein wenig Aufschnitt. Dabei hatte Ben sich schon wieder die Kochschürze umgebunden. John vertröstete seinen Vater auf morgen, trank mit ihm noch ein Glas Rotwein am offenen Kamin. Gegen zweiundzwanzig Uhr verabschiedete er sich mit einem Buch nach oben ins Schlafzimmer. Ben blieb mit dem Laptop im Wohnzimmer sitzen und widmete sich der App für Tee-Rezensionen, die Tommy ihm am Mittag aktiviert hatte.

John machte es sich im Bett gemütlich, knipste die Nachttischlampe an und zog sich die Decke bis ans Kinn. Der Wind rauschte über das Reet, und der Schnee, der wieder beständig vom Himmel fiel, landete raschelnd auf dem Dach. Aus der Ferne hörte er leise die Kirchturmglocken. John las noch zehn Seiten in einem Sachbuch über Schlafprobleme. Dann konnte er die Augen nicht mehr offen halten und döste weg. Im nächsten Moment erwachte er schon wieder.

John blickte mit einem Auge zum Wecker auf dem Nachttisch.

Ein Uhr fünfzehn. Knappe drei Stunden hatte er geschlafen.

Er schloss die Augen, in der Hoffnung, gleich wieder einzuschlafen. Doch wie in den Nächten zuvor war der Versuch erfolglos.

Ihm fiel ein, dass er am Nachmittag einen Termin bei seinem Hausarzt hatte. Einerseits eine Gelegenheit, das Schlafproblem anzusprechen. Andererseits hatte er für so etwas eigentlich keine Zeit. Sollte er absagen?

John lauschte in die Dunkelheit hinein. Aus dem Zimmer nebenan kam ein ebenso gleichmäßiges wie sonores Schnarchen.

Trotzdem beschloss John, kein Licht zu machen. Ben reagierte darauf sehr empfindlich, und er wollte seinem Vater nicht auch noch den Schlaf rauben.

Auf Zehenspitzen schlich er über den Flur zur Treppe und ins Wohnzimmer hinunter. Im offenen Kamin verglomm die letzte Glut.

John setzte sich aufs Sofa und schlang sich eine Decke um die Schultern. Dann aktivierte er sein Smartphone und rief Facebook auf. Er hatte vor Urzeiten in der Anfangsphase der Plattform ein Profil eröffnet, aber schnell festgestellt, dass die vielen Belanglosigkeiten, die die Menschen posteten, ihn langweilten. Es musste eine Ewigkeit her sein, dass er sich eingeloggt hatte. Doch die Neugier trieb ihn an.

Er suchte die Profilseite seines Vaters auf. Ben hatte nur

einige hundert Follower, obwohl er anscheinend in regelmäßigen Abständen etwas postete. John scrollte die jüngsten Veröffentlichungen seines Vaters durch. Tee-Empfehlungen, Schnappschüsse von Teehandlungen auf Sylt, aber auch von Läden, die er auf seinen zahlreichen Reisen rund um die Welt besucht hatte. Dazu ein Hinweis auf die App, die er entdeckt hatte, und wie man ihm dort folgen konnte.

Auch wenn Bens Gefolgschaft sich in Grenzen hielt, schien sie doch sehr aktiv. Fast unter jedem Post fanden sich Kommentare und Nachfragen. Einige der Leute, die da schrieben, kannte John sogar, es waren Bekannte seines Vaters hier auf Sylt.

Eine Unterhaltung fand besonders seine Aufmerksamkeit.

Sie hatte sich unter Bens jüngstem Post entsponnen. Wie so oft im Internet blieben die Leute selten bei der Sache und wichen stattdessen vom Thema ab. So auch hier. Nach einigen Kommentaren zu Bens neuester Tee-Entdeckung – dem Fünf-Uhr-Klöntee – teilte jemand eine besorgniserregende Beobachtung.

John wechselte von der Facebook-App zu einem Internetbrowser und rief die Lokalnachrichten auf. Nach wenigen Minuten Recherche hatte er einige Artikel aus den vergangenen Tagen gefunden, die bestätigten, was die Follower seines Vaters schrieben. In List reihten sich mehrere Fälle von Diebstahl und Einbruch. Und tatsächlich schien alles vor zwei Tagen begonnen zu haben, als die Fischkutter in den Lister Hafen eingelaufen waren.

Die Sturmfahrt der Adama Marit

»Junge? Junge, wach auf.«

Die Stimme seines Vaters. John mühte sich, die Augen auf-
zuschlagen, doch seine Lider fühlten sich an, als wären sie in
Leim getränkt.

»Junge, es ist schon spät.« Ben rüttelte ihn.

John rollte sich herum und blinzelte zu seinem Vater hoch,
der vor dem Bett stand. Durch die Schlitze der Fensterlamel-
len drang bereits Tageslicht. »Wie viel Uhr haben wir?«

»Neun Uhr durch.« Ben hielt das Festnetztelefon in die
Höhe. »Lilly hat gerade angerufen.«

John fuhr sich mit der Hand durchs Gesicht. Er hatte erst
in den frühen Morgenstunden wieder in den Schlaf gefunden.
»Was hat sie gesagt?«

»Na, sie fragt, wo du bleibst. Und sie sagt, dass sie mit
dem Kapitän des anderen Fischkutters sprechen will …
ähm … ich habe den Namen vergessen. Jedenfalls sollst du
dich beeilen, wenn du dabei sein willst.«

John schwang sich aus dem Bett und suchte instinktiv
nach Halt, als ihm schwindelte. Sein Griff ging ins Leere,
doch Ben stützte ihn. »Immer sachte, Junge.«

»Lass mich.« John schlüpfte in seine Jeans und holte einen frischen Pullover aus dem Kleiderschrank.

Er schickte Lilly schnell eine Kurznachricht, dass er auf

dem Weg sei und sie auf ihn warten solle. Dann erledigte er im Bad das Nötigste und eilte kurz darauf die Treppe hinunter. »Vater, kannst du mir einen Gefallen tun?«

»Immer. Was denn?« Ben kam aus der Küche und hielt ihm ein Butterbrot hin.

»Nein, danke«, lehnte John ab. »Ich habe für heute Nachmittag einen Termin bei Doktor Haferkamp in Westerland. Könntest du den absagen?«

»Du solltest mit ihm wegen deiner Schlafprobleme reden.«

»Ja, aber das passt mir heute gar nicht. Wir müssen die Ermittlungen vorantreiben. Sobald der Sturm abzieht, werden die Fischer wieder in See stechen. Vorher will ich einige offene Fragen geklärt haben.«

»Kommt nicht in die Tüte!«

»Was?« John hatte bereits die Haustüre erreicht, blieb stehen und drehte sich um.

Ben stemmte hinter ihm eine Hand in die Seite und drohte mit dem Butterbrot in der anderen. »Du musst das untersuchen lassen, Junge. Du warst die halbe Nacht auf.«

»Woher willst du das wissen, du hast geschlafen.«

»Habe ich nicht.«

»Wohl. Unter deinem Gesäge wäre ja fast der Dachstuhl zusammengebrochen.«

»Und bei dem Krach, den du mitten in der Nacht veranstaltest, tut niemand ein Auge zu!«

»Ich war leise!«

»Ist ja schon gut.« Ben seufzte. »Min Jung, die Arbeit ist nicht alles, du musst auch an deine Gesundheit denken. Also, bitte … tu mir den Gefallen.«

»Na gut. Meinetwegen.«

»Versprochen?«

»Indianerehrenwort.« Und damit war John zur Tür hinaus.

Der Schneefall hatte heute Morgen eine Pause eingelegt. Dennoch türmten sich links und rechts der frei geräumten Fahrbahn die Schneewälle, als John hinüber zum Hafen fuhr.

Er stellte den Wagen auf dem Hafenparkplatz ab und eilte über den Vorplatz in Richtung der Fischerboote, als er Tommys Stimme hörte. »John! Wir sind hier!«

Als er stehen blieb und sich umsah, entdeckte er seine beiden Kollegen vor dem roten Holzhaus von Gosch. Beide hatten ein Fischbrötchen in der Hand.

»Wir haben uns die Wartezeit mit einem zweiten Frühstück verkürzt«, sagte Lilly.

»Tut mir leid«, entschuldigte sich John. »Mir sind in der Nacht ein paar Stunden Schlaf abhandengekommen.«

»Das passiert dir in letzter Zeit öfter«, meinte Tommy. »Darüber solltest du mal mit einem Arzt sprechen.«

»Mach ich. Reden wir mit dem Kapitän der Adama Marit?«

»Wäre mein Vorschlag«, sagte Lilly. »Nach dem, was Soni Kumari dir erzählt hat, musste der schwerkranke Thore Dahl mit ihm ja etwas Wichtiges zu besprechen gehabt haben, dass er sich in seinem Zustand aus der Koje quälte.«

»Ja«, stimmte John zu. »Ich wüsste auch gerne, worüber sich die beiden gestritten haben.«

Im Gegensatz zur Magellan befand man es auf der Adama Marit nicht für notwendig, den Steg von Schnee und Eis freizuhalten. John hielt sich am Geländer fest, rutschte aber einige Male auf dem eisglatten Untergrund aus. Lilly und Tommy stellten sich hinter ihm nicht viel geschickter an.

Vielleicht war die Schikane auch Absicht, um ungebetene

Besucher fernzuhalten oder sich zumindest in aller Ruhe ansehen zu können, wer da auf das Schiff kam. Denn genau das tat der Mann mit Lockenschopf, der mit der Kaffeetasse in der Hand auf der Brücke stand und zu ihnen herabsah.

Erst als sie an Deck traten, zog er sich eine Jacke über und stieg mit einem Kollegen zügig über die Außentreppe zu ihnen herab. »Was haben Sie auf meinem Schiff zu suchen?«, fragte er.

»Kripo Flensburg«, stellte John sich vor, und sie zeigten ihm ihre Dienstausweise. »Wir möchten mit Reno Merik Nickelsen sprechen.«

»Das bin ich.« Nickelsen hatte ein vom Wetter gegerbtes Gesicht, volle schwarze Locken und einen Dreitagebart. Unter seiner Jacke, die halb offen stand, trug er einen dicken grauen Wollpullover. Der Matrose an seiner Seite war ein hagerer Kerl mit eingefallenen Wangenknochen und einer Zigarette zwischen den Lippen.

»Es geht um Thore Dahl«, erklärte John.

»Wer soll das bitte schön sein?«

John sah zu dem gegenüberliegenden Fischkutter. »Der Kapitän der Magellan. Sie hatten vorgestern eine Auseinandersetzung mit ihm.«

»Ich weiß nicht, was Sie meinen.«

»Das tun Sie sehr wohl. Der Hafenmeister und weitere Zeugen haben die Auseinandersetzung beobachtet, und meine Kollegin von der hiesigen Polizei hat mit Ihnen darüber gesprochen. Also streiten Sie es nicht ab.«

Nickelsen stieß ein verächtliches Pfeifen aus. »Was soll das überhaupt heißen, *eine Auseinandersetzung*. Wir haben uns nett unterhalten.«

»Also war Thore Dahl hier. Warum gerieten Sie beide aneinander?«

»Das war eine ganz normale Unterhaltung. Unter Seeleuten kann es eben manchmal etwas lauter werden.«

»Worum ging es dabei?«

»Das weiß ich nicht mehr. Belangloses Zeug.«

»Der Trubel gestern wird wohl kaum an Ihnen vorbeigezogen sein. Doch falls es noch nicht zu Ihnen durchgedrungen ist: Es war die Leiche von Thore Dahl, die wir aus dem Hafenbecken gezogen haben.« John konnte Nickelsens betretener Miene ansehen, dass er sich dieses Umstands nur allzu bewusst war. »Wir können einen Mord nicht ausschließen. Da der Streit zwischen Ihnen beiden aktenkundig ist, würde es mich vor keine großen Hindernisse stellen, einen Durchsuchungsbeschluss zu erwirken und mich einmal auf Ihrem Schiff umzusehen. Währenddessen könnten wir diese Unterhaltung dann auf der Wache in Westerland weiterführen.«

Das Gesicht von Nickelsen wurde aschfahl. »Schon gut, Sie brauchen nicht gleich mit Kanonen auf Spatzen zu schießen. Kommen Sie mit auf die Brücke. Die anderen beiden warten hier.« Er wandte sich an den Matrosen: »Bleib bei ihnen.«

John folgte Nickelsen hoch auf die Brücke. Ein Schwall warmer Luft kam ihnen entgegen, als der Kapitän die Tür öffnete. »Also, worum ging es zwischen Ihnen und Thore Dahl?«

»Um die Kollision, die wir beinahe hatten.«

»Sie meinen eine Kollision zwischen der Magellan und der Adama Marit? Etwas mehr Kontext wäre wünschenswert. Wann war das? Was genau ist geschehen?«

Nickelsens Blick wanderte zur Hafeneinfahrt, die sich zum Meer hin weitete. »In der Nacht vor vier Tagen. Gegen null Uhr. Westlich des Nordschillgrunds. Die Sicht war schlecht. Es regnete sintflutartig, und der Sturm legte an

Kraft zu. Wir hatten schon einzelne Wellen an die zehn Meter Höhe. Schweres Wetter also.«

»Warum haben Sie nicht wie andere Kutter frühzeitig Kurs in Richtung Festland gesetzt?«, fragte John.

»Schlauberger, was?«, sagte Nickelsen missmutig. »So einfach ist das nicht. Es dauert, bis man einen Schutzhafen erreicht. Und so schnell bricht man eine Fangfahrt nicht ab. Wir hatten schon Schlimmeres erlebt. Außerdem waren wir weiter draußen als die Magellan. Aber ja … Irgendwann wurde es dann auch uns zu heftig, und wir drehten gen Festland ab.« Er trank noch einen Schluck Kaffee. »Jedenfalls stand ich selbst am Steuer. Ich sah auf dem Radar, wie die Magellan näher kam und dass sich unsere Kurse kreuzen würden. Ich funkte sie an, aber vergeblich. Natürlich versuchte ich auszuweichen, doch die Magellan schlingerte wild umher. Wir haben uns wirklich nur um Haaresbreite verfehlt. Ich konnte den verrückten Dahl in seinem Steuerhaus sehen, so nahe waren die Schiffe. Als wir hier im Hafen lagen, kam er rüber und gab mir die Schuld. Möglich, dass wir etwas laut geworden sind. Aber ich hab ihm klargemacht, dass das sein Fehler war.«

»Haben Sie ihn nach diesem Streit noch einmal gesehen?«

»Nein.«

»Und warum musste ich Ihnen diese Geschichte aus der Nase ziehen?« John hob die Augenbrauen. »Das hätten Sie mir oder meiner Inselkollegin doch gleich so erzählen können.«

»Warum so etwas an die große Glocke hängen, wenn nichts Schlimmes passiert ist? Erspart uns unnötige Scherereien.«

John begriff, dass es dem Mann wohl darum ging, Schwierigkeiten mit der Küstenwache zu vermeiden, wegen einer, wie er es sah, Lappalie. Allerdings war es eben genau das, eine Lappalie. Selbst wenn sie aktenkundig würde, bezweifelte John, dass Nickelsen von irgendeiner Seite Ärger drohte. Warum also hätte er sie verschweigen sollen? Das ergab keinen Sinn. Möglich, dass mehr dahintersteckte, doch das würde er im Moment wohl kaum aus dem Mann herausbekommen.

»Es kann sein, dass ich weitere Fragen an Sie habe. Sollte es das Wetter zulassen, verständigen Sie uns bitte, sobald Sie den Hafen verlassen wollen.«

John wandte sich zum Gehen. Als er die Türklinke in der Hand hatte, meinte Nickelsen hinter ihm: »Herr Kommissar?«

»Was denn?« John drehte sich um.

»Da wäre vielleicht etwas ... Vorgestern war ein Kerl hier bei uns. Er suchte Thore Dahl. Ich nehme an, dass er den Namen seines Kutters nicht kannte oder sich vertan hat.«

»Hat er gesagt, was er von ihm wollte?«

»Nein. Jedenfalls schien er kein Seemann zu sein. Er trug zivil. Rote Jack-Wolfskin-Jacke, Kordhose.«

»Wie sah er aus?«

»Ein wenig wie dieser Russe ...«

»Was für ein Russe?«

»Na, der mit der Mauer.«

»Sie meinen Gorbatschow?«

»Ja, genau. Etwas untersetzt, und auf seiner Glatze hatte er auch so ein Muttermal. Nicht so groß wie das von dem Russen, aber nicht zu übersehen.«

»Und das war vorgestern. Erinnern Sie sich noch an die Uhrzeit?«

»Nein.« Nickelsen verschränkte die Arme vor der Brust, wohl auch als Zeichen, dass er in der Angelegenheit nicht mehr mitzuteilen hatte.

»Vielen Dank.« John stieg die Metallleiter hinunter und verließ mit Tommy und Lilly das Schiff.

»Und, was sagt er?«, erkundigte sich Lilly.

John gab ihnen die Kurzfassung. »Irgendetwas stimmt nicht an der Geschichte. Seltsam, dass er damit derart hinter dem Berg gehalten hat. Da muss mehr dahinterstecken.«

»Es wäre wohl interessant, die Gegenseite zu hören«, meinte Lilly. »Sehen wir doch, ob Bern Dahl die Schilderung bestätigt.«

»Ja«.

»Und was ist mit diesem Unbekannten, der nach Thore Dahl suchte?«, fragte Tommy.

»Keine Ahnung. Vielleicht will Nickelsen einfach nur von sich ablenken. Ich traue ihm nicht. Du siehst dir die Daten im Logbuch der Magellan aus der betreffenden Nacht an, Tommy. Und besorg uns einen Beschluss, dass wir auch Einsicht in das Logbuch der Adama Marit nehmen können. Ach, und wenn du schon dabei bist … Am besten lassen wir uns gleich einen Durchsuchungsbeschluss für die Adama Marit geben. Ich will mich dort mal umsehen. Lilly und ich reden in der Zwischenzeit mit Bern Dahl.«

Karla Matheisen, die an Deck der Magellan gerade die Netze von Schnee und Eis befreite, führte sie über eine steile Treppe in den Bauch des Schiffs zur Fabrik, wie sie es nannte, dem Herz des Kutters, wo die gefangenen Fische verarbeitet und auf Eis gelegt wurden. Der Boden und die Wände bestanden aus Metall, und obwohl hier unten kein Fitzel Schmutz zu sehen war, also offenbar Wert auf Sauberkeit gelegt wurde, roch es nach einer Mischung aus salziger Meeresluft, Fisch und Blut. Karla öffnete eine schwere Metalltür. Dahinter lag der Frachtraum, aufgeteilt in mehrere große Bottiche, von denen

214

die Hälfte bis zum Rand mit Eis und totem Fisch gefüllt war, überwiegend Dorsch und Hering. Bern Dahl stand an einem Behälter und prüfte seine Ware.

»Ich hoffe, wir können bald wieder auslaufen«, sagte er. »Dann haben wir vielleicht noch ein oder zwei Fangtage, bevor wir zum Entladen in den Hafen müssen. Sonst vergammelt uns der Fisch noch.«

»Laut Wetterbericht scheint der Sturm bald abzuflauen«, meinte John.

»Deren Wort in Gottes Ohren. Die liegen so oft daneben.«

»War das vielleicht der Grund für Ihren Beinahezusammenstoß mit der Adama Marit? Ein falscher Wetterbericht?«

»Was?« Bern Dahl sah ihn überrascht an.

»Ich habe gerade mit Reno Merik Nickelsen gesprochen, dem Kapitän der Adama Marit. Ihr Vater suchte ihn am Tag vor seinem Tod trotz seines Zustands auf, um ihn für die Beinehekollision zur Rechenschaft zu ziehen.«

»Ach, das …«, sagte Bern. Karla Matheisen warf ihm einen fragenden Blick zu, und er bedeutete ihr mit einem Nicken, dass sie gehen sollte.

»Nickelsen behauptet, die Schuld habe bei der Magellan gelegen«, fuhr John fort.

Bern Dahl presste die Lippen aufeinander. »Das kann ich leider nicht ganz ausschließen. Mein Vater stand in jener Nacht am Steuer.«

»Obwohl er krank war?«, schaltete sich Lilly ein.

»Krank ist vielleicht noch untertrieben«, gab Bern Dahl zu. »Sein Zustand war miserabel. Er hatte hohes Fieber.«

»Trotzdem hielt ihn niemand ab, das Schiff zu steuern?«

»Mein Vater konnte sehr dickköpfig sein. Dabei war es nicht nur das Fieber … Das klingt jetzt bestimmt verrückt, aber er fantasierte, er … sah den Geist seiner toten Frau.«

»Seiner toten Frau«, wiederholte John. »Wen meinen Sie damit?«

»Vaters erste Ehefrau, Wiebeke. Sie arbeiteten gemeinsam auf einem Kutter. Wiebeke war noch sehr jung, als sie eines Nachts über Bord ging.«

»Er sah also im Fieberwahn Gespenster«, stellte Lilly fest. »Und trotzdem steuerte er das Schiff?«

»Wie gesagt, wir haben es versucht. Aber er war ein Dickkopf. Konnte sich kaum auf den Beinen halten. Trotzdem saß er auf seinem Stuhl hinter dem Steuer und war dort nicht wegzubekommen. Er meinte, einen Baum haut so schnell nichts um, und er hätte schon in schlimmerem Zustand das Schiff geführt.«

»Schlussendlich hat er aber doch das Kommando abgegeben. Und wie von Ihrer Besatzung zu hören ist, haben Sie dabei Zwang angewendet«, sagte John.

»Allerdings, und das hatte maßgeblich mit jener Nacht zu tun. Eigentlich war ich die ganze Zeit bei ihm auf der Brücke, um sicherzustellen, dass er keinen Mist baute. Als ich dann kurz auf die Toilette ging, geschah es.« Bern Dahl schüttelte den Kopf. »Zum Glück war gerade niemand an Deck. Wir sind hier unten ganz schön durchgeschaukelt worden. Vater muss das Ruder in letzter Sekunde herumgerissen haben, um die Kollision zu verhindern. So wach war er dann doch.«

»Nur, damit ich das richtig verstehe«, hakte John nach, »es war also zu dem Zeitpunkt niemand außer Ihrem Vater auf der Brücke?«

»Genau. Peter, Mutter und ich sind dann aber gleich hoch und ...« Er schüttelte den Kopf. »Es war wirklich knapp. Wir konnten die Adama Marit hinter uns im Kielwasser sehen. Sie war verdammt nahe. Und Vater ... er war kreidebleich vor Schreck. Er sagte, er habe die Adama Marit erst in letzter Sekunde gesehen. Und dann fing er wieder an zu fantasieren, meinte, er hätte im Vorbeifahren eine Frau an Deck der Adama Marit gesehen, die zu ihm herüberwinkte.«

»Das war dann der Punkt, als Sie ihn packten und in seine Kajüte sperrten«, sagte John.

»Wir konnten nicht anders. Nicht nach dem, was gerade geschehen war. Peter half mir dabei. Gerne habe ich das sicherlich nicht getan.«

»Nickelsen sagte, dass er mehrmals versucht habe, Ihr Schiff anzufunken.«

Bern Dahl zuckte mit den Schultern. »Das kann dann höchstens unmittelbar vor dem Zwischenfall gewesen sein. Sonst war ich die ganze Zeit auf der Brücke, und da kam kein Funkspruch von der Adama Marit rein.«

»Interessant. Was ist mit dem Kurs? Laut Nickelsen schlingerte die Magellan umher.«

»Sie können sich vielleicht vorstellen, dass man bei Zehn-Meter-Wellen kaum einen hundertprozentig exakten Kurs fahren kann. Aber wir sind sicherlich nicht wild umhergeeiert. Ich hatte mit Vater einen Kurs Richtung Festland abgesteckt, und den hielten wir auch. Da sollte sich Nickelsen vielleicht lieber an die eigene Nase fassen?«

»Was meinen Sie damit?«

»Das … Ich weiß nicht, ich kann mich da vertan haben, aber als die Adama Marit an uns vorbeirauschte, also, da war niemand auf der Brücke zu sehen.«

»Sind Sie sich da sicher?«

»Nein, nicht absolut. Regen und Gischt waren in der Luft, die Fenster nass. Aber … ich habe rübergesehen und meinte, niemanden auf der Brücke zu erkennen. Außerdem habe ich gleich zum Funkgerät gegriffen und wollte mich erkundigen, ob bei denen da drüben alles klar ist, aber da kam keine Antwort.«

»Sagen Sie«, fragte John, »fürchten Sie wegen dieses Zwischenfalls noch irgendwelche Unannehmlichkeiten?«

Bern Dahl machte ein verdutztes Gesicht. »Nein, warum?«

»Nur so.« John sah seine Vermutung bestätigt, dass Reno Merik Nickelsen ihm Ammenmärchen aufgetischt hatte. »Da wäre noch etwas. Wir haben gehört, dass die Absetzung Ihres Vaters nicht nur mit dieser Beinahekollision zu tun hatte, sondern die Zuspitzung eines Streits war, der schon länger schwelte. Vor allem Peter Greve, der ihnen half, soll sich mit ihrem Vater fortlaufend gestritten haben.«

Bern Dahl lachte auf. »Vater und Peter waren alte Freunde. Sie kannten sich seit der Kindheit. Die beiden lagen sich ständig in den Haaren, die waren wie ein altes Ehepaar.«

»Wie uns zu Ohren gekommen ist, hatte der Zwist diesmal wohl etwas handfestere Gründe«, schaltete sich Lilly ein. »Ihre Mutter soll eine Affäre mit Peter Greve gehabt haben.«

»Sagt wer?«

»Das tut nichts zur Sache«, bügelte John die Frage ab. »Also, stimmt es?«

Bern Dahl überlegte, dann sagte er: »Mutter hat es mir erzählt. Zwischen den beiden war etwas. Und ich glaube, Vater wollte Peter das nicht so einfach vergeben. Peter … na ja, er kann ziemlich jähzornig werden und die Kontrolle über sich verlieren. Apropos.« Er zog einen Zettel aus der Brusttasche seiner Jacke. »Eine Einkaufsliste für ihn. Wir nutzen die Gelegenheit, um Proviant nachzubunkern. Wenn Sie mich jetzt entschuldigen würden? Er wartet auf mich.«

»Natürlich.« John blickte Bern Dahl nach, wie er durch die Tür in den Vorraum und zur Treppe ging.

»Ich stelle mir gerade zwei Fragen«, sagte Lilly. »Erstens: Warum hat dir Nickelsen etwas vorgeflunkert?«

»Das frage ich mich auch«, stimmte John zu. »Selbst wenn die Schuld für den Zwischenfall bei ihm lag, scheint es mir doch sehr zweifelhaft, dass er Konsequenzen fürchten müsste. Mögliche Erklärung …«

»… in dem Streit zwischen ihm und Thore Dahl ging es um etwas ganz anderes«, nahm Lilly den Faden auf. »Etwas, das die Gemüter der beiden noch höher kochen ließ und das am Ende vielleicht vollends eskalierte.«

»Richtig. Und zweitens?«

»Zweitens: So wie du ihn bislang erlebt hast, würdest du Peter Greve als einen jähzornigen Kerl einschätzen, der seinem Nebenbuhler, der zudem sein bester Kumpel und Kapitän ist, in blinder Wut das Leben nimmt?«

»Möglich ist alles, das weißt du. Aber …« John schüttelte bedächtig den Kopf. »Mein Bauchgefühl sagt mir, dass an der ganzen Geschichte etwas schief ist.«

»Also vielleicht doch ein Unfall?«

»Hoffen wir, dass die Rechtsmedizin schnell macht und wir den Zweifel bald ausräumen können.«

Lilly ging voraus in den Nebenraum. Dort standen eine Handvoll ungenutzter Bottiche, die es wohl noch mit Fisch zu befüllen galt.

Sie hatten gerade die Treppe erreicht, als John beinahe vor Schreck das Herz in die Hose rutschte. Hinter einem der Bottiche kam eine Gestalt hervor. Es war Karla Matheisen. Nur Gott allein wusste, weshalb und wie lange sie sich dort schon versteckt hielt. Vermutlich hatte sie das gesamte Gespräch mit angehört.

Sie blickte sich um und kam zu John herüber. »Ich muss Ihnen dringend etwas zeigen.«

Die Meuterei

John erkannte erst auf den zweiten Blick, was Karla Matheisen aus der Innentasche ihrer Jacke zog und auffaltete. Es war ein Blatt, leicht zerknittert und an einer Seite abgerissen. Die junge Frau hielt es ihm hin. John nahm das Papier entgegen und überflog, was darauf in Handschrift geschrieben stand. Dann reichte er es Lilly. Sie las die Zeilen und sah zu ihm auf. »Das ist …«

»Ja«, bestätigte er. Die fehlende Seite des Logbuchs.

Sie offenbarte gleich zwei interessante Informationen.

Das Logbuch, so wie es bisher vorlag, endete mit einem Eintrag von Bern Dahl, der nach der Absetzung seines Vaters das Kommando übernommen hatte. Er hatte das Einlaufen in den Lister Hafen notiert.

Die herausgerissene Seite aber enthielt einen längeren Eintrag von Thore Dahl, und zwar handschriftlich verfasst.

Liegen wegen des Sturms weiter im Hafen von List fest. Habe das Kommando über das Schiff wieder an mich genommen, nun, wo es mir langsam besser geht. Meine Krankheit war nicht so schlimm, dass sie meine Absetzung gerechtfertigt hätte. Vielmehr hat es sich bei diesem Akt um eine Meuterei gehandelt, die nicht aus professionellen Erwägungen, sondern aus persönlichen Animo-

*sitäten heraus stattgefunden hat. Beteiligt daran waren
mein Sohn Bern Dahl und der Maschinist Peter Greve.
Nach reiflicher Überlegung habe ich die Entscheidung
getroffen, sowohl meinen Maschinisten Peter Greve als
auch meinen Sohn und Ersten Offizier Bern Dahl hier in
List von Bord zu schicken.*

Die Kriminaltechnik würde später feststellen können, ob es
sich wirklich um Thore Dahls Handschrift handelte, doch
John ging stark davon aus. Zumindest konnte er sich nicht
vorstellen, dass jemand anderes an Bord Interesse gehabt
hätte, eine Niederschrift mit diesem Inhalt zu fälschen.

John nahm das Blatt wieder an sich. Dann musterte er
Karla Matheisen. »Sie wissen, was das hier ist?«

Sie nickte.

»Und ich gehe davon aus, dass Sie es gelesen haben?«

Ein weiteres Nicken.

»Warum haben Sie die Seite aus dem Logbuch entfernt?«

»Nein, das … habe ich nicht getan.«

»Wo haben Sie sie dann her?«

»Aus der Kabine von Peter Greve.«

»Das müssen Sie mir erklären.« John faltete das Blatt wieder zusammen und schob es in einen Beweismittelbeutel.

»Ich … ich sah ihn in der Kabine des Kapitäns«, haspelte
Karla Matheisen, »und da … da dachte ich …«

John hob beschwichtigend beide Hände. »Ganz ruhig.
Der Reihe nach. Wann war das, was haben Sie beobachtet?«

»Das war in der Nacht. Vorgestern.«

»Als Thore Dahl über Bord ging«, fügte Lilly ein.

Karla Matheisen nickte wieder. »Ich musste mal raus. Die
Toilette ist auf dem Flur.«

»Bei unserem Gespräch gestern sagten Sie mir, dass Sie die

ganze Nacht in Ihrer Koje waren und nichts mitbekommen haben«, meinte John.

»Das … stimmt auch … bis auf dieses eine Mal eben, als ich auf Toilette musste.« Matheisen machte ein verdrucktes Gesicht. »Als ich fertig war, wollte ich wieder raus auf den Flur und zurück in meine Koje, da sah ich Peter, wie er in die Kabine des Kapitäns schlich.«

»Wissen Sie noch, um wie viel Uhr das war? Ungefähr?«

»Kurz nach Mitternacht, glaube ich.«

»Aber müsste Thore Dahl da nicht in seiner Kabine gewesen sein? Er lag doch krank im Bett«, hakte Lilly nach.

»Keine Ahnung. Ich fand das ja auch reichlich merkwürdig«, antwortete Matheisen. »Deshalb bin ich auch hinter der Tür stehen geblieben und hab gewartet, bis er wieder rauskam. Und da … da faltete Peter ein Blatt Papier zusammen und steckte es in die Brusttasche seiner Jacke.«

John warf Lilly aus dem Augenwinkel einen fragenden Blick zu. »Das erklärt vielleicht, wie die Seite in den Besitz von Peter Greve gelangte. Aber wie kamen Sie daran?«

»Nun ja … ich hab Ihnen ja gestern erzählt, dass Peter mich auf dem Kieker hatte. Und als ich mich erinnerte, dass er in der Kabine des Kapitäns war, dachte ich, ich könnte den Spieß umdrehen, vor allem, als ich gestern mitbekommen habe, was hier los ist, und nach unserem Gespräch. Ich meine … die Sache mit Thore. Ist doch merkwürdig, dass Peter in der Kabine rumschnüffelt, und am nächsten Morgen ist der Kapitän tot …«

John schenkte der jungen Frau ein wohlwollendes Lächeln. »Das Aufstellen von Hypothesen überlassen Sie mal uns. Es hilft niemandem, wenn sich Gerüchte verbreiten.«

»So war das ja auch nicht gemeint …« Sie senkte den Blick und strich sich eine Strähne ihres braunen Haars aus dem Gesicht. »Jedenfalls habe ich mich gestern in den Maschinenraum geschlichen, als Peter auf der Brücke war. Dort hing die Jacke, die er in der Nacht anhatte. Die Seite aus dem Logbuch steckte noch in der Brusttasche ...«

Während er zuhörte, rasten Johns Gedanken. Das alles ergab nur bedingt Sinn. Weshalb schnüffelte Greve nachts in der Kabine des Kapitäns herum, wenn er doch davon ausgehen musste, dass dieser sich in seinem Bett befand? Oder hatte er gesehen, wie der Kapitän seine Kabine verließ? Wie auch immer, jedenfalls hatte sich Greve offenbar keine Mühe gegeben, die Seite aus dem Logbuch zu vernichten oder zumindest gut zu verstecken. Weshalb? Wenn sich alles so zugetragen hatte, wie Karla Matheisen behauptete, belastete das Peter Greve schwer, besonders, wenn man den Inhalt der Logbuchseite betrachtete und seinen Streit mit dem Kapitän. Zudem war Greve als Erster zugegen gewesen, als der Hafenmeister die Leiche von Thore Dahl aus dem Hafenbecken gezogen hatte.

»Warum haben Sie mir das nicht schon gestern erzählt?«, fragte John.

»Wie gesagt, die Idee kam mir erst hinterher.«

»Könnte es auch damit zusammenhängen, dass Thore Dahl in seinem Logbucheintrag nicht nur Peter Greve erwähnt, sondern auch seinen Sohn Bern Dahl?«, schaltete Lilly sich ein, und John war wieder einmal froh, sie an seiner Seite zu wissen, denn mit ihrer weiblichen Intuition hatte sie einen Volltreffer gelandet, wie die Reaktion von Karla Matheisen zeigte. Die Wangen der jungen Frau liefen rot an.

»Ich ... weiß nicht, was Sie meinen ...«

»Sie mögen ihn, oder?«, setzte Lilly nach, woraufhin Karla Matheisen nickte.

»Kann schon sein. Ich wollte nicht, dass er Ärger bekommt.«

John musste daran denken, wie er gestern Morgen auf der Brücke bei Bern Dahl und seiner Mutter Lys gestanden hatte. Karla Matheisen war hereingekommen. Der vertraute Blick zwischen den beiden. Eine flüchtige Berührung.

»Gibt es noch etwas, das Sie uns nicht gesagt haben?«, fragte er.

»Nein. Das war alles. Was werden Sie jetzt tun?«

»Zuallererst mit Peter Greve sprechen.« John deutete mit einem Nicken auf die Treppe und meinte zu Lilly: »Sehen wir, ob wir ihn erwischen.«

Sie eilten an Deck und bekamen gerade noch mit, wie Bern Dahl an Land in einen Transporter stieg – ein weißer Sprinter mit blauroten Streifen und dem Logo des Verleihers an der Seite. Peter Greve saß am Steuer.

John eilte den Steg hinunter, rutschte dabei aus und verhinderte einen Sturz in letzter Sekunde, in dem er sich am Geländer festklammerte.

Als er sich wieder aufgerappelt hatte, war der Transporter bereits losgefahren, und er konnte nur noch den Rücklichtern hinterhersehen.

»Alles gut bei dir, John?«, hörte er die Stimme von Tommy hinter sich. »Was ist los?«

John erklärte ihm, was sie herausgefunden hatten.

»Sehen wir es positiv«, meinte Tommy. »Selbst wenn sie wollten, kämen die beiden mit dem Lieferwagen nicht weit, der Zugverkehr ist noch immer lahmgelegt. Wir knöpfen sie uns vor, wenn sie von ihrem Einkauf zurückkehren.«

»Das war auch mein Plan. Was gibt es bei dir?«

Tommy deutete mit dem Daumen über die Schulter zu einem Imbissstand in der Nähe des Weihnachtsbaums. »Ich hab mir gerade mal einen Kaffee gegönnt und mit der Staatsanwaltschaft telefoniert. Ich soll dich schön grüßen. Die Einsicht ins Logbuch der Adama Marit geht klar. Ich hab den Beschluss gerade per Mail bekommen. Was die Durchsuchung angeht, gibt uns der Richter kein grünes Licht. Noch zu wenige Indizien.«

»In Ordnung. Kümmerst du dich mit Lilly darum? Ich komme dann nach.« Er blickte hoch zur Brücke der Magellan, wo Lys Dahl hinter den Scheiben zu sehen war. »Ich möchte die Gelegenheit nutzen …«

John stieg wieder an Deck und ging über die Außentreppe zur Brücke hinauf. Es hatte erneut leicht zu schneien begonnen, und der Wind wehte noch immer mit Sturmstärke.

»Herr Kommissar«, begrüßte ihn Lys Dahl. Sie hatte mehrere Seekarten in der Hand, die sie offenbar gerade sortierte. »Das trifft sich, dass Sie kommen. Ich wollte auch mit Ihnen reden. Gibt es neue Erkenntnisse, was meinen Mann betrifft?«

»Nein, noch nicht«, erwiderte John.

»Wann werden Sie seinen Körper freigeben?«

»Wir müssen zunächst die Ergebnisse der rechtsmedizinischen Untersuchung abwarten. Das könnte noch ein paar Tage dauern.«

»Verstehe. Thore hat sich immer eine Seebestattung gewünscht. Sobald der Sturm abflaut, wollen wir wieder raus. Also, wenn …«

»Sie erhalten natürlich Nachricht, sobald der Rechtsmediziner seine Arbeit getan hat.«

»Wir werden dann sehen müssen, wie wir das regeln …«

»Wie geht es Ihnen?«

Lys Dahl seufzte und schob die Unterlippe vor. »Wie soll es mir schon gehen. Miserabel, wenn Sie eine ehrliche Antwort haben wollen. Ich habe die Nacht nicht geschlafen, würde am liebsten die ganze Zeit heulen …« Sie hielt die Seekarten hoch. »Auf einem Schiff findet man zum Glück immer etwas, das einen ablenkt. Die mussten schon lange mal wieder auf ihre Aktualität geprüft werden.«

»Ihr Verlust tut mir wirklich sehr leid«, sagte John. »Ich kann mir vorstellen, wie Ihnen zumute sein muss.«

»Ich wette, das können Sie nicht, wie sollten Sie. Ist aber auch nicht schlimm, es ist …« Sie brach ab und schüttelte den Kopf. »Verzeihen Sie, war nicht so gemeint. Es ist nur so, dass ich nicht weiß, wie es jetzt weitergehen soll.«

»Ihr Sohn scheint klare Vorstellungen zu haben.«

»Ja, vielleicht ist es wirklich an der Zeit, den Staffelstab weiterzugeben. Ohne Thore hält mich nichts mehr hier.«

»Ihr Mann schien an seinem Schiff zu hängen.«

Lys Dahl verzog den Mund zu einem kurzen Lächeln. »Herr Kommissar, ist das nicht ganz normal? Das ist doch wie in anderen Familienbetrieben auch. Die junge Generation rückt nach und hat eigene Ideen, die Alten wollen aber noch nicht aufs Abstellgleis. So etwas braucht eben Zeit. Thore hätte Bern schon das Ruder übergeben. Es war doch sein Traum, dass unser Junge die Magellan übernimmt.«

»Dieser Traum war dann wohl für ihn geplatzt.« John holte die Logbuchseite hervor. »Er wollte Bern und Peter Greve von Bord schicken.«

Lys Dahl stutzte. »Wie meinen Sie das?«

John gab ihr die Seite. »Wussten Sie davon?«

»Nein.« Sie schüttelte den Kopf, als sie die Zeilen las, und machte ein ebenso ungläubiges wie erschrockenes Gesicht. Diese Information schien neu für sie zu sein.

»Aber es ist richtig, dass Ihr Sohn und Peter Greve Ihren Mann des Kommandos enthoben, nach der Beinahekollision mit der Adama Marit?«

»Ja, schon …«

»Wann hat Ihr Mann das Kommando wieder an sich genommen?«

»Gar nicht.« Lys Dahl legte die Seekarten beiseite und kam zu ihm herüber. »Ich kann mir das alles gar nicht erklären.«

»Sprachen Sie mit Ihrem Mann über die Meuterei, wie er es im Logbuch nannte?«

»Nein. Er ... hatte noch immer Fieber, lag in seiner Koje. Da waren erst mal andere Dinge wichtiger ... dass er wieder gesund wird. Thore ... er muss nicht ganz klar gewesen sein, als er das schrieb.«

»Das glaube ich nicht«, wandte John ein. »Ein Schriftbild verrät sehr viel. Man erkennt daran, wie es einem Menschen geht. Unsere Experten in der Forensik werden sich noch näher damit beschäftigen, aber ... das hier macht mir nicht den Eindruck, als wäre es in geistiger Umnachtung verfasst worden. Sie erkennen aber die Schrift Ihres Mannes?«

Sie nickte. »Ja, das ist Thores Schrift.«

»Immerhin war er so gesund, dass er rüber zur Adama Marit ging und sich mit deren Kapitän anlegte.« John schob den Beweismittelbeutel mit der Logbuchseite wieder in seine Jackentasche. »Wissen Sie, wann Ihr Mann diesen Logbucheintrag vorgenommen hat? Und wer wusste davon?«

Sie schüttelte den Kopf. »Wie gesagt, es kann keine Rede davon sein, dass er das Kommando wieder an sich nahm. Allerdings ... vermisste Bern das Logbuch. Er fragte mich, ob ich es gesehen hätte.«

»Wann war das?«

»Vorgestern. Am Abend. Er hatte tagsüber noch darin gearbeitet, es dann aber nicht wiedergefunden.« Sie überlegte kurz, meinte dann: »Jetzt erklärt sich das natürlich. Thore hatte es offenbar wieder an sich genommen ... Sie haben das Logbuch ja in seiner Kabine gefunden.«

»Ich habe das Logbuch dort gefunden. Nicht diese Seite. Sie befand sich offenbar im Besitz von Peter Greve.« John hatte sich entschieden, Karla Matheisen für den Moment außen vor zu lassen.

»Peter?« In Lys Dahls Gesicht standen Überraschung und Unverständnis geschrieben.

»Richtig. Der Mann, mit dem Sie eine Affäre hatten.«

»Woher ...«

John verzog den Mundwinkel zu einem Lächeln. »Es ist mein Job, so etwas herauszufinden. Und ich weiß auch, dass Ihr Mann Peter Greve diese Affäre nicht vergeben hatte. Dann die Meuterei und der Tod Ihres Mannes. Und nun wissen wir, dass Thore vorhatte, Peter von Bord zu schicken.«

Lys Dahl legte eine Hand vor den Mund. »Sie ... glauben, dass Peter meinen Mann ermordet hat?«

»Es reihen sich zumindest die Indizien, dass er Ihrem Mann nicht wohlgesonnen war. Ich wüsste gerne, wie das auf Thores Seite aussah?«

Lys Dahl stützte sich mit den Händen auf dem Navigationspult ab und sah nach draußen, wo der Schnee inzwischen wie ein Vorhang niederging. »Wissen Sie, Herr Kommissar, diese Affäre, das war nur ein Versehen, eine Sache für eine Nacht. Das habe ich Thore auch offen und ehrlich gesagt. Ich denke, er hat es mir geglaubt. Er sprach mit Peter darüber und meinte, sie hätten sich wieder versöhnt. Thore war daran gelegen, dass kein böses Blut herrschte, auf hoher See kann man so etwas nicht brauchen. Aber ... tja, wie Sie schon gesagt haben, Peter dachte da offenbar anders. Mir ist nicht entgangen, dass er meinen Mann auf dieser Fahrt auffallend oft kritisierte. Vor allem wegen seiner Entscheidung, Karla Matheisen an Bord zu nehmen und Timor Wittbek, einen Freund von Peter, an Land zu lassen.«

»Was dachten Sie darüber?«

»Ich?« Lys Dahl hob die Schultern. »Erst mal nichts. Junges Blut können wir immer gebrauchen, und ich fand es eine gute Idee, einer Frau die Chance zu geben. Wenn es nach mir gegangen wäre, hätten wir Timor nicht gegen sie eintauschen müssen, aber Thore bestand aus finanziellen Gründen darauf, meinte, wir könnten uns nicht beide leisten. Na ja, und dann ...« Sie stockte und biss sich auf die Unterlippe.

»Was dann?«

»Dann sprach Peter mich an, stellte Thores Entscheidung infrage und meinte, dass es doch sehr auffallend sei, wie er Karla bevorzugte. Und da ...« Sie lachte kurz. »Ich dachte für einen Moment tatsächlich, dass das Thores Rache für die Affäre mit Peter wäre und er sich an eine Jüngere ranmachte. Aber das war natürlich Unfug. Karla leistet hervorragende Arbeit, hängt sich rein und hatte seine Unterstützung redlich verdient.«

»Was ist mit ihrem Sohn und Karla Matheisen?«

»Was soll mit ihnen sein?« Sie schüttelte den Kopf und lachte. »Herr Kommissar, nein, wo denken Sie hin. Wenn zwischen den beiden etwas laufen würde, hätte ich es als Erste mitbekommen. Da ist nichts.«

John nickte. »In Ordnung. Vielen Dank. Wissen Sie, wann Ihr Sohn und Peter Greve wiederkommen?«

»Das kann ein wenig dauern.«

»Ich möchte dann mit den beiden sprechen.«

»Ich richte es ihnen aus.«

John verabschiedete sich und ging nach draußen. Als er sich noch einmal umdrehte, sah er durch die Scheibe, wie Lys Dahl sich wieder den Seekarten widmete. Dabei zitterten ihre Hände so heftig, dass sie ihr entglitten.

Mister X

Auf dem Weg hinüber zur Adama Marit klingelte Johns Smartphone. Das Display zeigte den Namen seiner Tochter Celine.

»Hey, Daddy, alles klar bei dir? Wie ist dein Urlaub?«

»Er hat sich etwas anders entwickelt als erwartet. Ich stecke mitten in einem neuen Fall.«

»Echt jetzt? Ich dachte, die haben dir überstundenfrei gegeben.«

»Läuft halt nicht immer so, wie man sich das wünscht.«

»Und was heißt das für unser Weihnachtsfest?«

»Ich hoffe, bis dahin haben wir das hier erledigt. Die wichtigere Frage ist wohl, wie du hierherkommst.«

»Der Wetterbericht meint, dass der Sturm in den nächsten Tagen abzieht. Dann werden die Züge wohl wieder fahren.«

»Hoffen wir es mal. Ansonsten alles gut?«

»Ja. Abgesehen vom Wasserhahn in der Küche, der ist abgebrochen.«

»Ich geb dir die Nummer von einem zuverlässigen Handwerker.«

»Brauchst du nicht, hab ich inzwischen selbst erledigt.«

»Du scheinst ja bestens allein klarzukommen.«

»Hm, ist recht entspannt hier so ohne dich.«

»Vielen Dank. Wenn du dann bald dein Abi in der Tasche hast, wartet die große weite Welt auf dich ...« Im Hintergrund hörte er plötzlich eine Stimme. »Ist da jemand bei dir?«

»Bella, sie übernachtet bei mir.«

Bella war ihre Freundin und Stufenkameradin. »Aha, dann ist dir ganz alleine wohl doch etwas langweilig?«

»Haha, wenn das Wetter doch nicht besser wird, hab ich hier zumindest jemanden, der sich mit mir unter den Weihnachtsbaum setzt.«

»Keine Sorge, zur Not steige ich mit deinem Großvater in einen Polizeihubschrauber und komme rübergeflogen.«

»Ist klar, Steuergelder für das Weihnachtsfest verplempern ... Was? Moment, Bella ... Daddy, ich muss los. Küsschen.«

»Alles klar, dann ...« Pass gut auf dich auf, wollte er sagen, doch Celine hatte schon aufgelegt.

John steckte das Smartphone zurück in die Jackentasche und setzte seinen Weg fort. Zumindest wusste er seine Tochter in guter Gesellschaft. Bella gehörte zu den rar gesäten Jugendlichen, die es vorsichtig angehen ließen und den Abend lieber mit einer Tüte Chips und einem guten Film auf dem Sofa verbrachten, als die Nächte in einer Disco durchzumachen.

Auf halber Strecke zur Adama Marit kamen ihm Lilly und Tommy entgegen. John blieb stehen. »Das ging aber schnell. Gab es etwa Probleme, oder seid ihr schon fertig?«

»Alles gut.« Tommy winkte ab. »Nickelsen ist nicht an Bord, und der Erste Offizier hat beim Anblick des richterlichen Beschlusses klein beigegeben.«

»Die entsprechende Stelle im Logbuch haben wir dann schnell gefunden«, erklärte Lilly. »Wir haben sie abfotografiert und können sie mit dem Logbuch der Magellan abgleichen. Wie wäre es, wenn wir das in gemütlicher Runde machen?«

Ihr Blick wanderte zur Terrasse von Gosch, wo die Leute teils in Decken gehüllt unter den Heizstrahlern saßen. Deutschlands nördlichste Fischbude und der Ort, an dem die Erfolgsgeschichte des bekannten Fischimbisses begonnen hatte, zog immer noch Besucher in Scharen an.

»Warum nicht«, meinte John. Sie suchten sich einen freien Tisch, und Tommy machte sich gleich an die Arbeit, indem er die Logbuchdaten auf seinem Handy verglich.

Als die Kellnerin kam, bestellte John sich einen Kaffee. Tommy entschied sich für einen Tee und Lilly für eine heiße Schokolade mit Sahne. Dann fragte sie: »Noch jemand Lust auf ein Fischbrötchen?«

»Hattet ihr nicht schon heute Morgen eins?«, wunderte sich John.

Lilly lächelte. »Von Nordseekrabben kann ich nie genug bekommen. Also?«

Er schüttelte den Kopf, Tommy ebenfalls.

»Dann nur eins für mich«, sagte Lilly, und die Kellnerin ging davon.

Tommy stieß einen leisen Pfiff aus. »Das hier ist überaus interessant.«

»Dann spann uns mal nicht auf die Folter«, sagte John.

Tommy hielt sein Smartphone so hin, dass John und Lilly den Bildschirm sehen konnte. Dann zeigte er ihnen zuerst den im Logbuch verzeichneten Steuerkurs der Magellan, anschließend den der Adama Marit.

Vor seinem inneren Auge stellte sich John eine Seekarte mit dem Gebiet der Nordsee vor, wo die beiden Schiffe unterwegs gewesen waren. Als Segler war er es gewohnt, mit Kurs- und Positionsangaben zu hantieren. Und so verwandelten sich die Zahlen in seinen Gedanken zu Linien auf der Seekarte. Was Tommy da entdeckt hatte, war tatsächlich interessant, aber seltsam.

»Ich verstehe nur Bahnhof«, meinte Lilly. »Kann mir das einer von euch mal erklären?«

»Das Erste, das auffällt, ist, dass die Adama Marit noch immer Kurs auf hohe See hielt, während die Magellan wegen des Sturms bereits Kurs aufs Festland genommen hatte«, erklärte er.

»Und was ist daran bemerkenswert?«, frage Lilly.

»Es ist zumindest fragwürdig. Die Magellan steuerte wie andere Fischer einen sicheren Hafen an. Nickelsen hat mir gegenüber gesagt, dass sie ihre Fangfahrt nicht einfach abbrechen wollten, irgendwann aber auch abdrehten. Das hier«, er tippte auf den Bildschirm, »spricht eine andere Sprache. Sie fuhren einfach weiter aufs Meer hinaus.«

»Aber warum?«

»Das ist die Frage«, schaltete sich Tommy ein. »Entweder Leichtsinn, ein schlechter Wetterbericht oder eben ein anderer Grund, den wir noch nicht kennen, der sie aber dazu bewog, ihr Leben aufs Spiel zu setzen.«

»Wirklich spannend wird es, wenn man den Kurs, den die Adama Marit laut Logbuch steuerte, mit der Position vergleicht, an der sie beinahe mit der Magellan kollidierte. Bern Dahl hat den Zwischenfall und die Koordinaten festgehalten.«

»Und?« Lilly hob die Augenbrauen.

In dem Moment kam die Kellnerin und brachte die Getränke und das Fischbrötchen. Sie warteten, bis sie wieder ging.

»Die Adama Marit war nicht dort, wo sie hätte sein sollen«, nahm John den Faden auf. »Sie befand sich zum Zeitpunkt der Beinahekollision drei Seemeilen weiter südlich.«

Lilly hob die Schultern. »Na und? Bei dem Wind und dem Wellengang … ist es da nicht normal, dass ein Schiff seinen Kurs nicht genau halten kann?«

John schüttelte den Kopf. »Drei Seemeilen, das sind umgerechnet etwa fünfeinhalb Kilometer. So weit kommt man nicht mal eben vom Kurs ab. Das muss einen Grund haben.«

»Und was könnte dahinterstecken?« Lilly biss ein Stück von ihrem Fischbrötchen ab.

»Schwer zu sagen. Es kann Absicht gewesen sein. Vielleicht gab es aber auch ein Problem an Bord.« John umfasste die Kaffeetasse mit beiden Händen. »Jedenfalls legt das nahe, dass die Schuld für den Zwischenfall eher bei der Adama Marit liegt und weniger bei Thore Dahl. Vor allem aber stellt sich die Frage, weshalb sich Nickelsen mit seinem Schiff nicht dort befand, wo er eigentlich sein sollte.«

Sie glichen die Daten der Logbücher noch ein weiteres Mal ab, um sicherzugehen, dass sie richtiglagen. Das Ergebnis blieb dasselbe.

»Und Nickelsen ist nicht an Bord?«, fragte John. Er hätte sich gerne noch einmal mit dem Kapitän der Adama Marit unterhalten.

»Nein«, antwortete Tommy. »Zumindest behauptete das der Erste Offizier. Nachprüfen konnten wir es natürlich nicht.«

John trank einen Schluck Kaffee und dachte nach. »Ich werde den Hafenmeister aufsuchen. Mal sehen, was er über seine außerplanmäßige Kundschaft zu erzählen hat. In der Zwischenzeit könntet ihr beide mir einen Gefallen tun.«

Er rief auf seinem Smartphone die Screenshots auf, die er in der vergangenen Nacht von den Kommentaren unter Bens Facebook-Posts gemacht hatte. »Seht euch das mal an.

Es gibt wohl eine Reihe von Diebstählen, die von den Leuten mit den Fischern in Verbindung gebracht werden. Gerüchte. Vermutlich ist da nichts dran, und ich weiß auch nicht, ob das in irgendeiner Form mit unserer Sache zusammenhängt. Aber setzt euch mit Soni Kumari in Verbindung und findet raus, was es damit auf sich hat.«

»Schick mir die Bilder rüber«, sagte Tommy.

John tat ihm den Gefallen. »Und da wäre noch etwas. Ich hätte euch heute Mittag gerne wieder zum Essen eingeladen, aber ich habe einen Arzttermin.«

»Kein Problem«, sagte Lilly und blickte sich demonstrativ um. »Ich hab nicht den Eindruck, dass wir verhungern werden.«

John stand auf und legte einen Geldschein auf den Tisch. »Die Runde geht auf mich. Bis später.«

Das Hafenamt befand sich direkt gegenüber. Vor dem Eingang hing ein Schaukasten mit dem Wetterbericht, einer Gezeitentabelle, Fahrzeiten der Fähre nach Rømø, Notfallnummern und allgemeinen Hinweisen für Hafengäste.

John traf den Hafenmeister, einen untersetzten bärtigen Kerl mit dunkelblauem Troyer, bei der Lektüre der Tageszeitung an. Er lehnte mit beiden Armen auf dem Empfangstresen und paffte eine Pfeife, während er die Zeilen überflog. Er hatte die Seite aufgeschlagen, auf der über den Leichenfund im Lister Hafen berichtet wurde. John musste sich mit einem Räuspern bemerkbar machen. »Benthien, Kripo Flensburg.«

Der Hafenmeister sah auf. »Moin.«

»Ich wollte mich kurz mit Ihnen unterhalten. Sie haben ja gestern den toten Kapitän im Hafen entdeckt.« John blickte auf den Zeitungsartikel.

Der Hafenmeister nickte. »Das war wohl so.«

»Wie geht es Ihnen? Ich schätze, das war ein ziemlicher Schock.«

»Wie man's nimmt.« Der Hafenmeister hob die Schultern und zog an seiner Pfeife. »Für den armen Teufel war's schlimmer.«

»Mit Sicherheit. Kannten Sie den Mann?«

»Nein. Hab nur kurz beim Einklarieren mit ihm gesprochen.«

»Ist Ihnen gestern Morgen etwas Ungewöhnliches aufgefallen?«

»Sie meinen, außer, dass da ein Toter in meinem Hafenbecken schwamm? Nein, nicht wirklich.«

»Ich dachte eher an andere Dinge«, präzisierte John. »War irgendetwas hier im Hafen anders als sonst, haben Sie vielleicht jemanden gesehen …«

»Nun ja, das schon.«

»Nämlich?«

»Zum Beispiel hab ich mich gewundert, wo der Kerl so schnell herkam, der mit anpackte.«

»Sie meinen Peter Greve von der Magellan?«

»So ist es. Den hatte ich vorher gar nicht bemerkt, doch plötzlich war er da. Und er konnte mir gleich sagen, dass das sein Kapitän war, den wir da an der Angel hatten.«

»Welchen Eindruck machte Greve auf Sie?«

Der Hafenmeister stutzte. »Wie meinen Sie das?«

»War er nervös, überrascht … bekam er Panik?«

»Nicht wirklich. War eigentlich ziemlich ruhig. Mal abgesehen davon, dass er den toten Kerl kannte. Aber wir hatten ja auch beide Hände voll zu tun, ihn aus dem Wasser zu ziehen und Ihre Kollegen zu verständigen.«

»Während Sie auf die Polizei warteten, haben Sie sich da mit Greve unterhalten?«

»Nein. Gab ja nichts zu sagen. Der Tote war tot, und er war sein Kapitän. Was er da im Wasser unter dem Eis verloren hatte, konnte Greve mir auch nicht sagen.«

»Am Vortag haben Sie einen Streit zwischen Thore Dahl und Reno Merik Nickelsen von der Adama Marit beobachtet.«

»Dem war wohl so, ja.«

»Aber Sie sagten gerade, Sie hätten nur beim Einklarieren mit Thore Dahl gesprochen.«

Der Hafenmeister nickte. »Dem war auch so.«

»Und bei dem Streit? Sie sind doch dazwischengegangen.«

»Nein.« Er schüttelte den Kopf und paffte an der Pfeife. »Bei so was ruf ich immer gleich die Polizei. Wenn sich Seeleute in die Haare kriegen, kann's schnell unschön werden.«

»Worüber stritten die beiden?«

»Konnte ich von Weitem nicht hören.«

»Sind Sie denn nicht wenigstens anschließend nach dem Streit zu den beiden gegangen und haben sie zur Ordnung gerufen?« John hob eine Augenbraue. »Ich meine, ich will Ihnen nicht zu nahe treten, aber wäre das nicht Ihr Job?«

»Den brauchen Sie mir nicht zu erklären.« Der Hafenmeister setzte einen indignierten Blick auf. »Ihre Kollegin aus Westerland hat das übernommen. Ich hatte anderes zu tun. Außerdem … Thore Dahl war ja dann bald tot, mit dem konnte ich nicht mehr sprechen. Und auf der Adama Marit … die halten sich ehrlich gesagt ziemlich bedeckt. Ruhige Kundschaft. Ich glaub, außer dem Kapitän hat von denen noch keiner einen Fuß an Land gesetzt. Bleiben alle auf ihrem Kahn.«

»Und was ist mit Nickelsen? Haben Sie mit ihm Kontakt?«

»Dem ist wohl so. Der kommt ständig vorbei und will

über den Wetterbericht fachsimpeln. Er hofft wohl, dass ich bessere Informationen habe als er. Macht den Eindruck, als hätte er es eilig, wieder hier wegzukommen. Was man ihm ja nicht verdenken kann.«

»Vielen Dank erst mal«, sagte John und wandte sich zum Gehen.

»Kein Problem«, rief ihm der Hafenmeister hinterher. »Schauen Sie gerne mal wieder vorbei!«

Draußen blickte John hinüber zur Terrasse von Gosch. Der Platz, wo er mit Lilly und Tommy gesessen hatte, war inzwischen von neuen Gästen besetzt worden. Er entdeckte seine Kollegen mit dem Handy am Ohr an der Hafenkante und ging zu ihnen hinüber. Lilly beendete das Telefonat gerade, als er bei ihnen ankam.

»Soni Kumari«, erklärte sie. »Was die Leute da auf Facebook schreiben, stimmt zum Teil. Vor zwei Tagen wurde in der Nacht hier im Hafen in die Tonnenhalle eingebrochen und ein Mantel, Schal, Mütze und Handschuhe aus einem Laden gestohlen. Gestern hat dann in einem Supermarkt in Kampen eine Frau Obst und mehrere Konserven geklaut. Einer der Kassierer hat es bemerkt und wollte sie aufhalten, doch sie war zu schnell für ihn. Es ist ein kleiner Laden, keine Überwachungskamera. Und erst heute Morgen sind in Westerland in einem Billigtextilgeschäft Schuhe gestohlen worden. Wieder von einer Frau.«

John stutzte. »Klingt ganz so, als handelte es sich um dieselbe Person.«

»Das meint auch Soni Kumari.«

»Konnte jemand die Frau beschreiben?«

»Ja«, sagte Lilly. »Sowohl der Kassierer als auch heute ein Mann vom Textilgeschäft. Dunkle Haut, schwarze Haare, vermutlich Araberin.«

»Wann hat das noch mal begonnen?«, fragte John.

»In der Nacht vor drei Tagen.«

»Und wann kamen die Fischkutter hier an?«

»Vor drei Tagen.« Lilly hob ihr Handy in die Höhe. »Soni sieht da aber keinen Zusammenhang.«

»Hm«, machte John, »in Ordnung. Konzentrieren wir uns wieder auf unsere Aufgabe. Sehen wir doch mal, ob Bern Dahl und Peter Greve von ihrem Einkaufsbummel zurück sind.«

Sie setzten sich in Bewegung und gingen am Kai entlang auf die Magellan zu. Als sie nicht mehr weit von dem Kutter entfernt waren, blieb John plötzlich stehen und streckte die Arme zu beiden Seiten aus, um Lilly und Tommy am Weitergehen zu hindern. »Wartet mal …«

Vor der Magellan standen zwei Gestalten und unterhielten sich. Die eine war Karla Matheisen. Bei der anderen handelte es sich um einen Mann. Er hatte eine untersetzte Statur, trug eine rote Outdoorjacke und Kordhose. Da er keine Mütze aufhatte, konnte John das große Muttermal auf seiner Glatze sehen.

Ihm kamen die Worte von Reno Merik Nickelsen in den Sinn, der Unbekannte, der sich im Schiff geirrt und mit Thore Dahl hatte sprechen wollen.

»Was ist los, John?«, fragte Tommy.

Noch ehe er antworten konnte, geschah es.

Der Mann hatte sie offenbar bemerkt. Er wandte den Kopf in ihre Richtung. Es dauerte einen Moment, dann nahm er die Beine in die Hand.

»Hinterher!«, rief John und rannte los.

Der Glatzköpfige lief die Treppe in Richtung Gosch hinauf.

John sprintete an der Magellan und Karla Matheisen vorbei. Als er das Geländer der Treppe erreicht hatte, war der Mann bereits oben angekommen und aus seinem Blickfeld verschwunden. John sah sich um. Tommy und Lilly waren ein Stück hinter ihm.

John wartete nicht auf sie und stieg die Treppe hoch, immer zwei Stufen auf einmal. Oben angekommen, sah er den Glatzköpfigen an Gosch vorbei quer über den Platz in Richtung Tonnenhalle rennen.

»Wer ist der Kerl?«, hörte er Tommys Stimme hinter sich. Er und Lilly hatten zu ihm aufgeschlossen.

»Erklär ich euch später. Ihr beide geht linksrum.«

John folgte dem Flüchtenden durch die Menschenmenge auf dem Platz. Er spürte, wie die kalte Luft seine Lunge zum Brennen brachte, und alsbald stellte sich Seitenstechen ein.

Als er um die Ecke der Tonnenhalle bog und auf die Rückseite gelangte, kamen ihm auch schon Lilly und Tommy entgegen. Vor der Tonnenhalle parkten mehrere Pkw. Rechts von ihnen reihten sich blaue Holzhäuser mit Boutiquen aneinander, dahinter führte der Weg zum großen Hafenparkplatz. Links von ihnen befanden sich der Kreisverkehr und die Zufahrt zum Fähranleger. Von dem Glatzköpfigen keine Spur.

Lilly war völlig außer Atem. »Wo ist der Kerl hin?«

John deutete mit einem Nicken in Richtung des Parkplatzes. »Seht euch dort hinten um.«

Die beiden liefen los.

John bemerkte aus dem Augenwinkel einen weißen Lieferwagen, der neben der Tonnenhalle vor der Schranke stand, die den Weg zum Hafen freigab. Der Fahrer ließ gerade das Fenster runter. Es war Peter Greve, er hatte John gesehen.

»Herr Kommissar, können wir Ihnen helfen?«, rief er.

John ging zu ihm hinüber. Neben Greve auf dem Beifahrersitz saß Bern Dahl. »Haben Sie einen glatzköpfigen Mann gesehen, der es ziemlich eilig hatte?«

Die beiden tauschten einen kurzen Blick, dann meinte Greve: »Nein. Aber falls wir ihn sehen, sagen wir Ihnen Bescheid.«

John eilte weiter, lief zum Kreisverkehr hinüber und blickte die lang gezogene Hafenstraße hinunter. Nichts.

Er blieb einen Moment stehen, sah sich noch einmal prüfend nach allen Seiten um und wartete, bis sich sein Puls beruhigt hatte. Dann ging er in langsamem Schritt zurück zum Hafen. Als er die Magellan erreichte, half Karla Matheisen gerade Greve und Bern Dahl dabei, die Einkäufe aus dem Lieferwagen zu laden.

»Wer war der Kerl, mit dem Sie da gerade gesprochen haben?«, fragte John die junge Frau.

Die hob die Schultern und machte eine entschuldigende Geste. »Ich hab gar nicht verstanden, was plötzlich los war. Ich hab den Kerl noch nie gesehen. Ich … ich war gerade an Deck, als er kam und mich ansprach.«

Matheisen setzte ein unschuldiges Gesicht auf, das John ihr aber nicht ganz abkaufte.

»Was wollte er?«

»Er erkundigte sich nach dem Kapitän.«

»Sie meinen Thore Dahl?«

»Ja. Der Fremde wollte wissen, was mit ihm geschehen ist.«

$C_{10}H_{12}N_2O$

John knöpfte das Hemd wieder zu, nachdem Doktor Haferkamp ihn abgehört hatte. Der Arzt nahm das Stethoskop ab,
ging hinter seinen Schreibtisch und tippte seine Erkenntnisse
in den Computer ein. Die Sonne stand schon tief am Himmel,
und die Lichtstrahlen fielen fahl durch die Lamellenjalousie
vor dem Fenster.

»Die gute Nachricht zuerst«, sagte Doktor Haferkamp,
ein Mann mit schütterem schwarzem Haar und silberner
Brille. Er stützte sich mit den Ellbogen auf den Tisch. »Sie
haben sich für Ihr Alter gut gehalten. Mit Ende vierzig hat
sich manch anderer mit seinem Lebensstil schon ordentlich
die Gesundheit ruiniert.«

»Das freut mich«, antwortete John. Wie immer bei einem
Arzttermin, besonders, wenn der Doktor nach der Untersuchung sein Urteil verkündete, befiel John eine seltsame Nervosität. »Und die schlechte Nachricht?«

»Cholesterin und Blutdruck gefallen mir nicht.«

»Ist es ... kritisch?« Johns Stimme zitterte mehr, als ihm
lieb war.

Haferkamp setzte ein Lächeln auf. »Noch nicht, keine
Bange, Herr Kommissar. Aber auf lange Sicht kann das nicht
so bleiben. Was macht die Arbeit?«

»Wie immer viel zu tun.«

»Stress?«

»Lässt sich in meinem Beruf wohl nicht vermeiden.«

»Wann haben Sie sich die letzte Auszeit gegönnt?«

»Ist schon etwas her. Im Frühjahr in den Osterferien mit meiner Tochter. Eigentlich sollte ich jetzt gerade Urlaub haben ...«

»Aber?«

»Es ist ein Fall dazwischengekommen.«

»Der Tote hier im Hafen?«

John nickte.

»Habe darüber gelesen. Und dafür haben Sie den Urlaub abgebrochen?«

»Ja.« John fühlte sich wie bei einem Verhör. »Ich hatte keine andere Wahl.«

»Verstehe.« Haferkamp nahm die Brille ab. »Herr Benthien, es ist wichtig, dass wir unserem Organismus Ruhepausen gönnen. Wenn Sie diesen Fall abgeschlossen haben, sollten Sie sich auf jeden Fall den verlorenen Urlaub zurückholen. Vielleicht fahren Sie irgendwohin, gerne etwas länger, wo die Arbeit Sie so schnell nicht wieder einholt. Auch eine Kur würde eventuell nicht schaden.«

»Das könnte ich machen. Allerdings habe ich eine Tochter, für die ich da sein muss, ich kann mich also nicht so einfach aus allem ausklinken.«

Doktor Haferkamp kratzte sich an der Schläfe und musterte John erneut von oben bis unten. »Wie viel wiegen Sie derzeit?«

»Oh, keine Ahnung ... knappe neunzig?«

»Mhm. Größe?«

»Etwas über eins fünfundachtzig.«

Haferkamp tippte wieder auf der Tastatur herum. »Wie schaut es mit der Ernährung aus?«

»Na ja, das Übliche halt.«

»Viel Fleisch? Fast Food?«

»In meinem Beruf hat man nicht immer Zeit für etwas Gesundes.«

»Sicher.« Haferkamp faltete die Hände auf dem Tisch. »Also. Das Cholesterin und der Blutdruck müssen runter. Das können wir mit Tabletten erreichen oder ...« Sein Blick wanderte auf Johns Bauchgegend.

»Abnehmen?«, entfuhr es John, und es klang erschrockener, als er wollte.

Haferkamp nickte. »Sie sollten etwa fünfundachtzig Kilo anpeilen. Schaffen Sie das?«

»Ich ... werde mir Mühe geben. Wäre mir jedenfalls lieber, als Pillen zu schlucken.«

»Na, dann haben Sie ja eine gute Motivation.« Haferkamp schmunzelte. »Ich würde vorschlagen, wir sehen uns in drei Monaten wieder und schauen, wie Sie vorankommen.«

»Einverstanden.«

»Dann bliebe noch Ihre Nachtruhe. Wie lange, sagten Sie, geht das mit den Schlafstörungen schon so?«

»Seit ein paar Monaten. Mal mehr, mal weniger schlimm.«

»Schlaf ist für die Regeneration unseres Körpers und Geistes sehr wichtig«, erklärte Haferkamp. »Zu wenig davon macht krank – Diabetes, Bluthochdruck, ja, sogar Depression. Deshalb ist es wichtig, dass wir das in den Griff bekommen.«

»Verstehe.«

»Verfolgt Sie die Arbeit in der Nacht?«

»Sicher«, gab John zu, »wenn ich nachts aufwache, kreisen die Gedanken.«

»Was so weit normal ist, das geht vielen so. Wie lange sind Sie dann wach?«

»Oft mehrere Stunden, manchmal bis zum Morgengrauen.«

»Das ist nicht gut. Trinken Sie abends Alkohol vor dem Zubettgehen?«

John zuckte mit den Schultern. »Klar. Zum Abendessen. Auf der Couch. Wenn ich mit Freunden zusammensitze.«

»Dann wird Ihnen das jetzt nicht gefallen«, sagte Haferkamp. »Alkohol hat negative Auswirkungen auf unsere Nachtruhe. Er kann zwar zunächst das Einschlafen beschleunigen. In der zweiten Nachthälfte kann er aber dazu führen, dass wir häufiger aufwachen – also genau das, was Sie erleben.«

»Und das bedeutet?« John ahnte es und musste jetzt schon mit Wehmut an die Abende mit Ben am Kamin im Friesenhaus und einer guten Flasche Rotwein denken.

»Lassen Sie den Alkohol abends mal weg. Zumindest eine Weile. Schauen Sie, was passiert. Und für den Notfall …« Haferkamp stand auf, trat zum Schrank hinter ihm und kam mit einer Tablettenpackung zurück. »Nehmen Sie die hier mit. Jeweils eine zur Nacht.«

John betrachtete die Schachtel, die der Arzt ihm gereicht hatte. Weiß mit einem orangeroten Streifen und dem runden Logo des Herstellers darauf. Sie kam John bekannt vor, so wie der Name des Medikaments.

Haferkamp setzte sich an seinen Computer und griff nach der Maus. »Wenn ich das richtig sehe, habe ich Ihnen ansonsten aktuell keine anderen Medikamente verschrieben. Nehmen Sie welche, von denen ich nichts weiß?«

»Nein, keine.«

»Gut. Sollten sich irgendwelche Nebenwirkungen zeigen, nehmen Sie das Mittel bitte nicht mehr.«

»Und was wären das für Nebenwirkungen?«

»Angst, Unruhe, Herzrasen, hohe Körpertemperatur, Erbrechen, Durchfall …«

»Klingt ja wunderbar.«

»Keine Angst«, sagte Haferkamp. »Das tritt nur sehr selten auf, vor allem in Wechselwirkung mit anderen Medikamenten. Und wenn Sie das Mittel sofort absetzen, ist es weiter auch kein Problem.«

»Was, wenn ich es nicht tue?«

»Dann kann es lebensbedrohlich werden.«

Weiß mit orangerotem Streifen und dem runden Logo des Herstellers. Nun fiel John wieder ein, wo er die Tablettenschachtel schon einmal gesehen hatte. Im Maschinenraum der Magellan. Sie war Peter Greve aus der Hosentasche gefallen. »Eine solche Überdosis … wie viel müsste man davon nehmen?«

»Hiervon müssten Sie schon die halbe oder besser die ganze Packung auf einmal nehmen, damit es kritisch wird«, erklärte Haferkamp. »Meine Sorge galt auch mehr der Wechselwirkung mit anderen Medikamenten. In diesem Mittel ist der Wirkstoff Tryptophan enthalten. Das ist eine natürliche Aminosäure, die im Gehirn in Serotonin umgewandelt wird. Beim Abbau von Serotonin wird Melatonin freigesetzt, was das Schlafen vereinfacht. Wenn man das Medikament allerdings mit anderen Stoffen kombiniert, die sich ebenfalls auf unsere Serotoninproduktion auswirken, wie zum Beispiel Antidepressiva, dann kann es zu den beschriebenen Problemen führen. Das Ganze nennt sich Serotonin-Syndrom.«

John stand auf und reichte dem Arzt die Hand. »Vielen Dank, Herr Doktor. Sie haben vielleicht gerade dafür gesorgt, dass ich meinen Weihnachtsurlaub doch noch genießen kann.«

Beim Hinausgehen griff John nach seinem Smartphone und wählte Lillys Nummer. Er hatte sie und Tommy damit beauftragt, ein Phantombild des Unbekannten anfertigen zu lassen, der ihnen vorhin entwischt war, und es Soni Kumari zu übermitteln, damit sie eine Suche auf der Insel veranlasste.

»Wo steckt ihr?«, fragte John, als Lilly den Anruf annahm.

»In Westerland auf der Wache.«

»Einer von euch muss noch mal zur Magellan und etwas überprüfen.« Er gab ihr eine Kurzfassung dessen, was er gerade erfahren hatte. »Danach treffen wir uns in meinem Haus. Wir haben viel zu besprechen.«

Eine Stunde später saß John am großen Holztisch im Wohnzimmer seines Kapitänshauses. Von draußen drang das Kratzen des Schneeschiebers herein. Ben befreite die Einfahrt vom Neuschnee, der noch immer still und beharrlich auf die Insel niederging. Sein Vater hatte ein Feuer im offenen Kamin gemacht. Es knisterte behaglich, und hier drinnen musste es so warm sein, dass auch ein T-Shirt gereicht hätte. Doch John fühlte sich durchgefroren, vielleicht eine Begleiterscheinung des Schlafmangels. Er umklammerte mit beiden Händen die Kaffeetasse und hielt sie sich an die Stirn, als könnte die Wärme die zündend heiße Idee hervorrufen, nach der er suchte. Zum gefühlt hundertsten Mal betrachtete er die Notizzettel, die er auf dem Tisch vor sich verteilt hatte. Auf jedem von ihnen stand der Name einer Person, die bislang an diesem Fall beteiligt war, und was sie über sie wussten.

Thore Dahl

Kapitän der Magellan

Erkrankt schwer auf hoher See. Wird erst in List von einem Arzt untersucht, Dr. Olaf Ahrweihler. Der schließt eine Vergiftung nicht aus. Vielleicht vorsätzlich.

Die Magellan kollidiert auf hoher See beinahe mit der Adama Marit. Thore Dahl sieht im Fieberwahn eine Frau an Bord des anderen Kutters. Wird von Bern Dahl und Peter Greve seines Kommandos enthoben. Die beiden glauben, Thore Dahl sei für den Zwischenfall verantwortlich.

In List quält sich Thore Dahl trotz seines Zustands aus seiner Koje und sucht die Adama Marit auf, streitet dort offenbar mit dem Kapitän Reno Merik Nickelsen über die Schuld an dem Beinahezusammenstoß.

In der folgenden Nacht wird Thore Dahl getötet. Der Hafenmeister und Peter Greve finden ihn morgens im Hafenbecken.

Tatwaffe ist möglicherweise ein Hakenschlüssel. Er wurde im Hafenbecken direkt unter der Magellan gefunden. Einen solchen Schlüssel vermisst Peter Greve in seiner Werkzeugsammlung.

Die Tat scheint sich auf dem Außendeck in direkter Nähe zur Kabine des Kapitäns ereignet zu haben. Dort hat die Kriminaltechnik Blutspuren festgestellt.

Bern Dahl

Sohn von Thore Dahl und Lys Dahl

Will seit Langem die Nachfolge seines Vaters antreten, was dieser verweigerte. Übernahm in der Nacht der Beinahekollision das Kommando von seinem Vater. Die Einträge im Logbuch der Magellan bestätigen das. Dieser

Akt wird von Besatzungsmitglied Rudolf Roskau als »Meuterei« beschrieben. Denselben Ausdruck verwendet Thore Dahl in seinem letzten Eintrag im Logbuch. Das Logbuch befand sich hinter dem Schreibtisch in seiner Kabine. Die Seite nach dem letzten Eintrag von Bern Dahl wurde herausgetrennt. Karla Matheisen beobachtete angeblich, wie Peter Greve in der Tatnacht in die Kabine des Kapitäns schlich. Die fehlende Logbuchseite entdeckte sie bei ihm. Darauf notierte Thore Dahl, dass er die »Meuterer« Peter Greve und seinen Sohn Bern Dahl von Bord schicken wolle.

Peter Greve
Maschinist der Magellan. Seit Kindesbeinen mit Thore Dahl befreundet.
Hatte eine Affäre mit Lys Dahl, der Frau von Thore. Ein One-Night-Stand in trunkenem Zustand. Laut Greve söhnten Thore und er sich aus, noch bevor die Magellan in See stach. Darf angezweifelt werden. Besatzungsmitglieder berichten von Streit zwischen Greve und Thore Dahl. Wegen der Beziehung. Aber auch, weil Greve die Entscheidungen des Kapitäns immer häufiger anzweifelte. Vor allem wegen des Entschlusses, die junge, unerfahrene Karla Matheisen anstelle eines altgedienten Seemanns an Bord zu nehmen.
Greve leidet an Schlaflosigkeit. Nimmt Tabletten.
War als Erster am Fundort der Leiche und half dem Hafenmeister. Angeblich konnte Greve nicht schlafen und unternahm in den frühen Morgenstunden einen Spaziergang.

Lys Dahl
Ehefrau von Thore Dahl.
Hatte eine Affäre mit Peter Greve.
Hat in der Mordnacht nichts gesehen oder gehört. Sie
und Thore schliefen in getrennten Kabinen.

Karla Matheisen
Neues Besatzungsmitglied. Hintergrund unbekannt.
Thore Dahl schien große Stücke auf sie zu halten. Ver-
zichtete zu ihren Gunsten auf ein erfahrenes Besatzungs-
mitglied.
Karla hat in Peter Greve einen Widersacher. Er macht ihr
das Leben schwer.
Karla findet bei ihm die fehlende Logbuchseite.
Zwischen ihr und Bern Dahl könnte es eine Beziehung
geben.

Reno Merik Nickelsen
Kapitän der Adama Marit.
War am Tag vor der Tat in einen heftigen Streit mit Thore
Dahl verwickelt.
Es ging um die Beinahekollision. Tatsache ist, dass in
jener Nacht die Adama Marit von ihrem geplanten Kurs
abwich und es nur deshalb zu dem Zwischenfall kommen
konnte. Thore Dahl traf also keine Schuld.
Während die Magellan die sichere Küste anlief, steuerte
die Adama Marit weiter auf die hohe See. Laut Hafen-
meister verlässt bei der Adama Marit außer Nickelsen
niemand das Schiff.

Der Unbekannte
Erkundigte sich vor dem Mord an Thore Dahl bei der
Adama Marit nach ihm. Hat eventuell im Anschluss
mit Thore Dahl oder anderen Besatzungsmitgliedern
der Magellan gesprochen. Redete heute mit Karla
Matheisen. Als er uns kommen sah, ergriff er die
Flucht.

John trank einen Schluck Kaffee und schüttelte den Kopf. Egal, wie oft er die Notizen noch überfliegen würde, es ergab einfach keinen Sinn. Unzählige Fragen drängten sich ihm auf, und keine einzige davon konnte er zum jetzigen Zeitpunkt beantworten.

Es klingelte an der Tür.

Er stand auf und ließ Lilly und Tommy herein. Sie hängten ihre Jacken an die Garderobe im Flur und setzten sich zu ihm an den Esstisch.

»Kaffee oder Tee?«, erkundigte sich John.

»Hast du noch etwas von Bens Fünf-Uhr-Klöntee?«, fragte Lilly.

»Sicher. Und du, Tommy?«

Tommy winkte ab. »Für mich nur ein Wasser.«

John ging in die Küche, setzte Tee auf und goss Tommy ein Glas Sprudelwasser ein. Als er ins Wohnzimmer zurückkam, steckten die beiden die Köpfe über seinen Notizen zusammen.

Tommy tippte auf die unterste Karte. »Diese Karla Matheisen, was hältst du von ihr?«

John stellte die Getränke auf den Tisch und setzte sich. »Ehrlich gesagt, ich weiß es nicht. Schon die Sache mit dem Logbuch. Warum hat sie uns nicht gleich erzählt, dass sie es gefunden hat?«

»Weil sie Bern Dahl schützen wollte«, warf Lilly ein. »Ich wette, zwischen den beiden läuft etwas.«

»Möglicherweise«, stimmte John zu. »Was mir wirklich zu denken gibt, ist der Unbekannte. Warum redete er mit ihr? Ich kaufe ihr nicht ab, dass er sich nur nach Thore Dahl erkundigte. Das Gespräch zwischen den beiden, wie sie beisammenstanden, das wirkte mir zu vertraut.«

»Kam mir auch so vor«, bestätigte Tommy. »Und mir erschließt sich auch noch nicht, warum Thore Dahl einen derartigen Narren an ihr gefressen hatte, dass er einen erfahrenen Mann an Land ließ.«

»Lys Dahl mutmaßte, dass er ihr die Affäre mit Peter Greve vielleicht heimzahlen wollte, in dem er sich eine Jüngere suchte«, berichtete John. »Aber der Altersunterschied ist dann doch etwas gewaltig.«

»Jedenfalls hätten Lys und Peter Greve ein Motiv gehabt, wenn sie entgegen ihrer eigenen Behauptungen noch immer etwas miteinander hatten und Thore Dahl loswerden wollten«, überlegte Lilly. »Peter Greve schien ja nun wirklich die Messer auf seinen alten Freund gewetzt zu haben.«

»Was ich nicht verstehe, ist die ganze Angelegenheit mit der Adama Marit«, sagte Tommy. »Warum schleppte sich der schwerkranke Thore Dahl dort rüber, um einen Streit mit Nickelsen vom Zaun zu brechen? Was war ihm daran so wichtig?«

»Und was ist mit der Meuterei?«, fragte Lilly. »Ob Thore wirklich seinen Sohn vom Schiff verbannen wollte? Das hätte Bern Dahl wohl auch ein Motiv gegeben.«

»Glaubst du denn eigentlich, dass jemand vor dem eigentlichen Mord versucht hat, Thore Dahl zu vergiften?« Tommy tippte auf die Karte mit den Notizen zu dem toten Kapitän.

John hob mit einem Seufzer beide Hände, als würde er

sich ergeben. »Leute, die Fragen habe ich mir auch schon alle gestellt. Und ich kann euch keine einzige beantworten.«

»Aber irgendeine Theorie hast du«, hielt Lilly dagegen. »Sonst hättest du mich nicht noch mal zum Schiff geschickt.«

»Hast du etwas herausgefunden?«

»Allerdings«, sagte sie. »Ich habe mit Lys gesprochen. Thore Dahl nahm dieselben Schlaftabletten wie Peter Greve.«

Tommy runzelte die Stirn. »Da komme ich jetzt nicht mit.«

John berichtete ihm, was er bei seinem Hausarzttermin zufällig über das Serotonin-Syndrom und die Wechselwirkung entsprechender Medikamente herausgefunden hatte.

»Und was bedeutet das jetzt?« Tommy hob die Augenbrauen.

»Vielleicht gar nichts«, antwortete John. »Auffallend ist nur, dass die Auswirkungen des Serotonin-Syndroms, von dem mir der Arzt erzählte, ziemlich genau dem Krankheitsbild von Thore Dahl entsprechen. Außerdem redete Doktor Ahrweiler, der den Kapitän zuletzt untersuchte, von den Anzeichen einer schleichenden Vergiftung. Also …«

»… überlegst du, ob jemand dem Kapitän ein Mittel verabreicht haben könnte, das zusammen mit den Schlaftabletten die entsprechende Wirkung entfaltete«, schloss Lilly.

»Richtig.« John leerte die Kaffeetasse. »Dafür müsste der- oder diejenige allerdings gewusst haben, dass Thore Dahl dieses Schlafmittel nahm. Und er oder sie müsste über entsprechende Fachkenntnisse verfügen.«

»Was wohl alle Besatzungsmitglieder ausschließt«, meinte Tommy. »Von denen macht mir nämlich niemand den Eindruck, als hätte er oder sie eine medizinische Ausbildung.«

»Ich weiß nicht«, sagte Lilly, »so etwas kann man sich doch heute ergoogeln.«

»Wie auch immer …« John sah seinen Vater am Fenster vorbei zur Terrasse hinter dem Haus gehen, wo er seine Räumtätigkeit fortsetzte. »Sollte an der Theorie etwas dran sein, dass jemand versuchte, den Kapitän an Bord zu vergiften, dann wäre es ihm beinahe gelungen.«

»Aber ihm kam der Sturm dazwischen«, nahm Tommy den Ball auf. »Nach dem Einlaufen in List ging ein Arzt an Bord. Thore Dahl befand sich auf dem Weg der Besserung. Also sah sich unser Täter oder unsere Täterin gezwungen, zu etwas brachialeren Mitteln zu greifen.«

Erneut klingelte Johns Smartphone. Der Anruf kam aus Kiel, vom Rechtsmedizinischen Institut.

»Radke«, meldete sich eine John wohlbekannte Stimme. »Ich habe hier einen Kunden von Ihnen auf dem Tisch.«

John aktivierte den Lautsprecher, damit Lilly und Tommy mithören konnten. »Vielen Dank, dass Sie sich der Sache so schnell angenommen haben, Dr. Radke …«

»Moment, Moment, immer langsam mit den Pferden. Ich habe noch nicht mit der Obduktion begonnen«, erklärte der brummelige Rechtsmediziner. »Allerdings hat sich Ihr Vorgesetzter bei mir gemeldet und deutlich gemacht, dass die Sache sehr pressiert. Also wie immer, wenn ich mit Ihnen zu tun habe. Daher habe ich den Kunden zumindest schon mal einer äußeren Leichenschau unterzogen.«

Dr. Radke machte eine bedeutungsschwangere Pause, sodass sich John gezwungen sah, zu fragen: »Und mit welchem Ergebnis?«

»Der Mann wurde ermordet. Die Verletzung am Hinterkopf lässt gar keinen anderen Schluss zu. Wie gesagt, ich muss mir das dann noch genauer ansehen, aber die Wunde reicht tief ins Gehirn. Auch kann ich äußerlich keine Hinweise auf ein Ertrinken erkennen. Stand jetzt könnte die

Kopfverletzung von einem Schlag mit einem stumpfen Gegenstand stammen. Sie hat unmittelbar zum Tod geführt.«

»Die Kriminaltechnik hat einen sogenannten Hakenschlüssel am mutmaßlichen Tatort gefunden«, sagte John. »Könnte es sich dabei um die Tatwaffe handeln?«

»Das werden wir analysieren. Da müssen Sie sich gedulden.«

»Es steht auch die Möglichkeit im Raum, dass der Versuch unternommen wurde, den Mann vor seinem Tod zu vergiften«, schaltete sich Tommy ein. »Eine Blutanalyse …«

»Ich darf doch sehr bitten!«, blaffte Radke. »Sie brauchen mir meine Arbeit nicht zu erklären. Die Blutuntersuchung gehört zum Standardprozedere. Aber auch das dauert. Plus/minus eine Woche.«

»Das weiß der Kollege doch«, versuchte John die Wogen zu glätten. »Es ist vielmehr so, dass die Blutuntersuchung uns helfen könnte, eine wichtige Frage zu klären. Falls wir sie also etwas schneller als üblich …«

»Das schlagen Sie sich mal aus dem Kopf. Das Labor ist überlastet. Außerdem halten Ihre Kollegen ihre Fälle ebenfalls für besonders wichtig. Es geht also schön der Reihe nach. Einen guten Tag Ihnen allen.«

Dr. Radke beendete das Gespräch.

»Tja«, Lilly nippte an ihrem Tee, »das hat uns ja jetzt wahnsinnig weitergebracht. Fast hatte ich gewünscht, er sagt uns, es sei doch ein Unfall gewesen, dann hätten wir einen Haken an die Sache machen und Weihnachtsgeschenke einpacken können.«

»In der Tat«, stimmte John zu, als Ben die Terrassentür öffnete. Er trat sich die Schuhe ab, bevor er hereinkam.

»Wo ich euch da gerade so in trauter Runde sitzen sah, kam mir eine Idee«, sagte Ben. »Es ist schon lange her, dass wir mal gemeinsam aus waren, deshalb … Wie wäre es, wenn wir heute Abend etwas Leckeres essen gehen?«

John sah Lilly und Tommy an, und auf ihren Gesichtern zeichnete sich Zustimmung ab.

»Fein.« Ben klatschte in die Hände. »Was haltet ihr von der Sansibar?«

John überlegte einen Moment. Dabei flog sein Blick noch einmal über die Notizkarten. Als er bei Reno Merik Nickelsen hängen blieb und sich an das Gespräch mit dem Hafenmeister erinnerte, kam ihm ein Gedanke.

»Nein«, sagte er. »Was haltet ihr vom Pier 67? Von der Terrasse aus hat man einen wunderbaren Blick auf das Hafenbecken.«

In tiefer Nacht

»Und ich nehme die Bouillabaisse.« Ben klappte die Speise-
karte zu und reichte sie der Bedienung zurück.

»Haben die Herrschaften sonst noch einen Wunsch?«,
fragte der junge Mann.

»Danke«, antwortete John, »das wäre fürs Erste alles.«

»Aber Sie könnten eine Karte dalassen. Für den Nachtisch
später.« Lilly lächelte.

»Na, das kann ja ein langer Abend werden.« Tommy hob
sein Weinglas, und sie stießen miteinander an.

Die Terrasse des Pier 67 war überdacht und von Plexi-
glasscheiben umgeben, die den Wind abhielten. Diverse Heiz-
strahler und Decken sorgten dafür, dass man es auch um
diese Jahreszeit draußen aushalten konnte. Der Wind, der
in Böen gegen die Verglasung drückte, brachte den salzigen
Geruch der See mit sich. Es waren erfreulich wenig Gäste
da – vermutlich zum Leidwesen der Restaurantbetreiber –,
sodass man sich unterhalten konnte, ohne über die anderen
Gespräche hinwegschreien zu müssen. Die Terrasse befand
sich etwas erhöht an der Hafenkante und gewährte von oben
einen Rundumblick auf das Hafenbecken. Auf der linken
Seite lagen die Magellan und zwei weitere Fischkutter und
etwas weiter hinten auf der rechten Seite die Adama Marit,
direkt neben dem Seenotretter Pidder Lüng. Bemerkenswert

war, dass auf allen Fischkuttern Licht brannte, außer auf der Adama Marit. Sie lag völlig im Dunkeln.

Auf dem Wasser war der Hafenmeister mit seinem Boot unterwegs und schlug eine Schneise in das Eis. Das Knacken der brechenden Platten drang ab und an zu ihnen herauf.

»Ich habe heute Mittag im Radio gehört, dass der Sturm in der Nacht langsam nachlassen wird«, sagte Ben. »Wir können also hoffen, dass sich die Lage bis Weihnachten wieder normalisiert hat.«

Johns Blick wanderte zu den Fischkuttern hinaus, und er musste an die Worte des Hafenmeisters denken, dass die Seeleute darauf warteten, endlich wieder auslaufen zu können. »Das bedeutet wohl, wir müssen uns beeilen. Die Magellan wird nicht mehr lange hier vor Anker liegen.«

»Könnt ihr sie nicht festsetzen?«, fragte Ben.

»Kaum.« Lilly schüttelte den Kopf. »Abgesehen von vagen Verdachtsmomenten haben wir zu wenig in der Hand, was eindeutig darauf hinweisen würde, dass jemand von der Crew das Verbrechen begangen hat.«

»Hm.« Ben trank einen Schluck Wein. »Apropos Verbrechen. Habt ihr das mit dem Ferienhaus mitbekommen?«

»Nein«, sagte John. »Was ist denn passiert?«

»Ich habe es eben in meiner Tee-Gruppe auf Facebook gelesen. Drüben in Kampen ist jemand in ein leer stehendes Ferienhaus eingebrochen und hat offenbar dort übernachtet. Die neuen Mieter haben heute eine Überraschung erlebt.«

»Hat man denjenigen dingfest machen können?«

»Nein, offenbar nicht.« Ben schüttelte den Kopf. »So etwas hat es früher hier nicht gegeben. Seitdem sich die Punks hier festgesetzt haben, verrohen die Sitten.«

John klinkte sich im Stillen aus dem Gespräch aus. Er hatte sich Bens Litanei über die unerwünschten Besucher schon oft genug angehört. Begonnen hatte es, als in der Zeit des Neun-Euro-Tickets die Punks mit der Bahn nach Westerland gekommen waren und wochenlang dort kampiert und die Insel in hellen Aufruhr versetzt hatten. Inzwischen gehörte eine etwas kleinere Gruppe von ihnen zum Stadtbild. Sie waren meist in der Wilhelmstraße zwischen Bahnhof und Friedrichstraße anzutreffen. Und wie John fand, gaben sie sich zumindest Mühe, den Passanten auf kreative Weise das Geld aus der Tasche zu locken. Zuletzt hatten sie mehrere Spendentöpfe mit Beschriftung aufgestellt: *Für leibliches Wohl, Für ein wenig Lebensfreude, Für geistige Getränke, Für eine Badehose ...*

Während Lilly versuchte, Bens Unmut zu dämpfen, wanderte Johns Blick über das Hafenbecken und blieb an der Magellan hängen. Vor dem Schiff hielt der Lieferwagen, den John schon einige Mal gesehen hatte. Weiß mit blauroten Streifen und dem Logo des Verleihers an der Seite. Peter Greve stieg aus und ging über den Steg an Bord. Mit schnellen Schritten lief er die Leiter zur Brücke hinauf. Sie war ringsum verglast, und es brannte Licht. John konnte zwei Gestalten erkennen. Eine Frau, vermutlich Lys Dahl, und einen stämmigen Mann mit Bart, sehr wahrscheinlich Bern Dahl.

Greve riss die Tür zur Brücke auf und stürmte hinein. Er zeigte mit dem Finger auf Bern Dahl. Seinen Gesten und seiner Körpersprache nach zu urteilen, sprach er sehr laut und energisch.

»Seht euch das mal an«, machte John Tommy und Lilly auf die Szene aufmerksam. Die beiden wandten die Köpfe.

Lys Dahl stand zunächst da und hörte zu, was Greve sagte, dann wich sie zurück, als suchte sie irgendwo Halt, und sank schließlich auf dem Stuhl hinter dem Steuerrad zusammen.

»Was haltet ihr davon?«, fragte John.

»Was auch immer Greve da gerade erzählt hatte, es muss etwas äußerst Bewegendes gewesen sein«, meinte Lilly.

Auf dem Schiff ließ Lys den Kopf sinken und verbarg das Gesicht in den Händen, als weinte sie.

»Vielleicht sollten wir mal rüber«, meinte Tommy, »das könnte auch für uns interessant sein.«

»Also wirklich«, empörte sich Ben und hob sein Weinglas in die Höhe. »Wir wollten einen gemütlichen Abend verbringen, und ihr denkt wieder nur an die Arbeit!«

»Pst«, brachte John ihn zum Schweigen. »Sehen wir uns das Spiel einfach an.« Im nächsten Moment trat Bern Dahl zwei Schritte vor, holte aus und versetzte Peter Greve mit solcher Wucht einen Kinnhaken, dass er gegen das Kommandopult geworfen wurde.

»Jetzt sollten wir wirklich einschreiten.« Tommy stand auf.

»Ruhe bewahren«, hielt John ihn auf, als er sah, dass Bern es bei dem einen Schlag bewenden ließ und Greve auf Gegenwehr verzichtete.

»Tommy hat schon recht«, sagte Lilly, »wenn wir sie uns jetzt vorknöpfen, können sie sich keine Geschichte zurechtlegen.«

»Das denke ich schon«, erwiderte John. »Ich glaube, die da drüben sind alle verdammt gut im Märchenerzählen, auch aus dem Stegreif heraus. Sie wissen nicht, dass wir zusehen. Als stille Beobachter könnte das viel interessanter sein …«

Es dauerte einen Moment, bis Greve sich wieder erholt hatte. Er deutete mit ausgestrecktem Finger auf Bern Dahl und schrie ihn offenbar an. Dann riss er die Tür auf und stürmte ins Freie.

Greve rannte an Land, stieg in den Lieferwagen, der vor dem Schiff geparkt war, und fuhr mit laut aufheulendem Motor davon.

John verfolgte, wie Greve die Ausfahrt nahm. Dann sah er wieder zur Magellan hinüber. Lys Dahl hatte die Brücke nun ebenfalls verlassen und stieg über die Außentreppe zum Deck hinunter. Dort öffnete sie die Tür, die zu den Quartieren führte, und verschwand im Innern des Schiffs.

Bern Dahl war allein auf der Brücke zurückgeblieben.

Er schloss die Tür auf der linken Seite, die seine Mutter aufgerissen hatte, und wanderte dann ratlos umher. Bis die Tür auf der gegenüberliegenden rechten Seite der Brücke geöffnet wurde und sich eine Frauengestalt hindurchschob. John erkannte sie nur vage, doch da es auf der Magellan lediglich zwei weibliche Besatzungsmitglieder gab, konnte es sich nur um Karla Matheisen handeln.

»Sieh an«, kommentierte er. »Romeo und Julia.«

Die beiden fielen sich in die Arme und küssten sich.

In dieser Nacht schlief John einen kurzen unruhigen Schlaf. Das späte Essen lag ihm schwer im Magen, und den Rat von Doktor Haferkamp, am Abend keinen Wein zu trinken, hatte er ignoriert, schließlich wollte er nicht ungesellig sein.

Die Ziffern des Digitalweckers neben seinem Bett zeigten kurz vor zwei Uhr, als er erwachte.

Er blieb noch einen Moment im Bett liegen, begann sich hin und her zu wälzen, in der Hoffnung auf den Schlaf, der so schnell aber doch nicht wiederkommen wollte.

Schließlich gab er auf und ging nach nebenan ins Badezimmer. Im Flur hörte er Bens sonores Schnarchen.

John hatte die Tabletten, die der Hausarzt ihm verschrieben hatte, in das mittlere Fach des Spiegelschranks über dem Waschbecken gelegt, wo sich auch diverse andere Medikamente befanden. Er nahm die Packung, drückte eine Tablette heraus und wog sie wie ein Gewicht in der flachen Hand.

Sie würde Erlösung bringen. Aber zu welchem Preis? John kannte die Geschichten über Leute, die abhängig von solchen Tabletten wurden. Und was war mit den Nebenwirkungen, die der Arzt aufgezählt hatte? Gab es wirklich keinen anderen Weg?

John schob die Tablette zurück in die Packung.

Frische Luft. Das würde ihm sicherlich guttun. Eine kleine Runde um den Block, danach würde er wieder in den Schlaf finden.

John zog sich an, schlich leise die Treppe hinunter und schlüpfte in der Diele in seine Jacke. Dann war er im Freien und ging die Straße entlang.

Der Himmel war sternenklar. Dennoch schienen die Temperaturen ein paar Grad nach oben geklettert zu sein. Auch der Wind war merklich abgeflaut. Der Wetterbericht hatte also ausnahmsweise einmal recht behalten. Dennoch fröstelte John. Er schlug den Kragen seiner Jacke hoch über den Schal und zog die Mütze etwas tiefer ins Gesicht. Unter seinen Schritten knackte der Schnee.

Die Bewegung und die kalte Luft taten ihm gut. Seine Gedanken waren so klar, wie sie es den ganzen Tag über nicht gewesen waren.

Er ließ die Erkenntnisse, die sie bisher im Fall Thore Dahl gesammelt hatten, ein weiteres Mal Revue passieren. Besonders die Szene, die sie am Abend auf der Magellan beobachtet hatten, ließ ihn nicht los. Vielleicht war das auch der Grund, weshalb sein Spaziergang etwas länger ausfiel als geplant und es ihn wie ein Magnet in Richtung Hafen zog.

Nach einer Viertelstunde Fußmarsch hatte er den Hafenvorplatz erreicht, der um diese Stunde einsam und verlassen dalag. John ging vor bis zur Treppe, die hinunter an die Hafenkante führte. Auf keinem der Schiffe brannte noch Licht.

Die Magellan lag friedlich vertäut am Kai, als wäre nie etwas Schlimmes geschehen.

Die Schneise, die der Hafenmeister in die Eisdecke geschlagen hatte, war nicht wieder zugefroren. Wenn das Wetter tatsächlich freundlicher wurde, würde es wohl nur eine Frage von Stunden sein, bis die Kutter in See stachen.

John wollte sich gerade wieder zum Gehen wenden, als er eine Bewegung in den Schatten bemerkte. Drüben auf der Adama Marit.

Er suchte den Schutz eines der Häuser und drückte sich an die Wand, um nicht gesehen zu werden.

Auf dem Deck der Adama Marit standen neben der Eisentür, die ins Schiffsinnere führte, fünf Gestalten. Durch die offene Türe drang ein schwacher Lichtschein nach draußen, trotzdem konnte John nur Schemen erkennen.

Die drei Personen in der Mitte waren offenbar leichter gekleidet als die beiden, die links und rechts von ihnen standen. Auch ihre Körperhaltung deutete darauf hin. Sie hatten die Arme um ihre Oberkörper geschlungen und rieben sich fröstelnd. Ihr gefrierender Atem stieg in die Nacht.

Die beiden Männer links und rechts trugen dicke Winterjacken und Mützen. Mit breiter Brust und muskulösen Armen standen sie da, sahen sich um, anscheinend jederzeit bereit, auf etwas Unvorhergesehenes zu reagieren. Es hatte ganz den Anschein, als bewachten sie die drei Personen in ihrer Mitte. Ein Verdacht, der sich bestätigte, als sie den dreien ein deutliches Zeichen gaben, wieder hinein ins Schiff zu gehen.

John blieb stehen.

Es dauerte keine fünf Minuten, und die beiden Männer kamen mit einer neuen Gruppe nach oben. Diesmal ein Mann und zwei Frauen, wie an den langen Haaren zu erkennen war.

John warf einen kurzen Blick zu den anderen Schiffen und sah sich auf dem Hafenvorplatz um. Nirgendwo ein Licht, keine Menschenseele, niemand außer ihm, der dieses seltsame Treiben beobachtete.

Sehr wahrscheinlich würde die Kamera seines Smartphones nicht für gestochen scharfe Nachtaufnahmen ausreichen. Dennoch war es einen Versuch wert. John zoomte den Bereich heran und machte einige grobkörnige Fotos. Dann aktivierte er die Videofunktion und filmte, wie die beiden Bewacher ihre Schützlinge zurück in den Bauch des Schiffs lotsten. Kurz darauf kamen sie mit einer weiteren Gruppe zurück, die sie bald darauf wieder ins Schiffsinnere brachten.

Freigang, dachte John, wie auf dem Gefängnishof.

Er blieb noch eine gute halbe Stunde auf seinem Posten.

In dieser Zeit wiederholte sich die Szene etwa ein halbes Dutzend Mal, was Rückschlüsse darauf zuließ, wie viele Personen sich an Bord der Adama Marit befanden.

Als niemand mehr an Deck erschien und der Freigang offenbar beendet war, zog sich John zurück. Alleine konnte er hier wenig ausrichten.

Es war an der Zeit, der Staatsanwaltschaft und dem zuständigen Richter die Nachtruhe zu verderben.

Die Fracht

»Hast du so etwas schon erlebt?«, fragte Lilly und blickte in den Laderaum der Adama Marit.

»Nein. Es ist furchtbar«, erwiderte John. Sie waren nun schon seit drei Stunden auf dem Schiff, und er hatte sich noch immer nicht damit abgefunden, was hier vor sich ging.

Sanna Harmstorf, die zuständige Staatsanwältin, hatte ihn verwünscht, als er mitten in der Nacht angerufen hatte. Doch als er ihr die verpixelten Bilder und Videos von den Vorgängen auf dem Fischkutter geschickt hatte, war sie sofort zur Tat geschritten und hatte einen Richter kontaktiert, der ihnen alle nötigen Beschlüsse für den Einsatz ausstellte.

Soni Kumari von der Inselpolizei hatte ihr Team in voller Stärke zusammengetrommelt. In den frühen Morgenstunden waren sie bei der Adama Marit angerückt, um das Schiff zu durchsuchen. Es hatte nicht lange gedauert, bis sie im Laderaum fündig geworden waren.

Johns Verdacht hatte sich bestätigt. Das Ergebnis ihrer Durchsuchung hatte alle Beteiligten gleichermaßen schockiert.

Dort, wo die anderen Kutter den gefangenen Fisch lagerten, transportierte die Adama Marit Menschen.

Flüchtlinge aus afrikanischen und arabischen Staaten, die auf illegalem Weg versuchten, nach Großbritannien zu gelangen. So hatte es ihnen Reno Merik Nickelsen offenbart, der die Wahrheit nicht mehr leugnen konnte und sich zumindest jetzt kooperativ zeigte. Die brisante Ladung war auch der eigentliche Grund gewesen, warum die Adama Marit im Sturm weiter Kurs auf die hohe See und die englische Küste gehalten hatte, als andere Fischer schon zum Festland unterwegs gewesen waren. Als Rechtfertigung hatte Nickelsen ins Feld geführt, dass er mit einer solchen Aktion mehr verdiene als mit drei Fangfahrten.

Nach dem Durchzählen wussten sie mittlerweile, dass es achtundzwanzig Frauen und Männer waren, die die Adama Marit unter armseligen Bedingungen in ihrem stählernen Bauch beherbergte. Die Flüchtlinge trugen nur dünne Kleidung und mussten, abgesehen von ein paar Decken, auf dem blanken Schiffsboden ausharren. Hier unten war es kalt, und in der Luft hing der Gestank von menschlichen Ausdünstungen.

Sie hatten Ärzte von der ganzen Insel herbeigerufen, die sich um die Menschen kümmerten und sie einer ersten kurzen Untersuchung unterzogen, um zu sehen, wer medizinische Hilfe benötigte. Weitere Helfer versorgten die Menschen mit angemessener Kleidung.

»Man könnte meinen, deine Schlaflosigkeit hätte letztendlich einem guten Zweck gedient«, meinte Lilly. »Sonst hätte das hier wohl niemand entdeckt.«

»Wie man's nimmt.« John ließ den Blick über die Flüchtlinge schweifen. »Ich schätze, vielen hier wäre es lieber gewesen, sie hätten das Ziel ihrer Fahrt erreicht.«

»Das kann gut sein.«

»Hören wir mal, wie Tommy vorankommt.« John ging zu ihrem Kollegen hinüber, der sich mit einer Frau unterhielt, eine von wenigen unter den Flüchtlingen, die sich auf Englisch verständigen konnte. »Was sagt sie?«

»Nun, Frau ... Chamapiwa – spreche ich das richtig aus?«
Die Frau nickte. »Also, Frau Chamapiwa bestätigt im Großen und Ganzen, was Nickelsen bereits zugegeben hat. Sie kommen alle aus unterschiedlichen Ländern, Burkina Faso, Niger, Libyen, und auch ein paar Syrer sind dabei. Sie haben teils Verwandte und Freunde in England, zu denen sie wollen. Auf legalem Weg ist ihnen das nicht möglich. Manche sind über die Landroute nach Europa gekommen, andere übers Mittelmeer, so wie Frau Chamapiwa hier. Sie sagt, im Gegensatz zu dem, was sie bislang erlebt hat, wäre das hier gar nichts. Dass sie so lange hier ausharren müssen, war natürlich nicht geplant. Die Überfahrt nach England sollte schnell gehen, aber der Sturm kam halt dazwischen ...«

»Terrible storm«, sagte die Frau mit starkem Akzent. »People sick down here. Malou went crazy.«

»Malou? Was meint sie damit?« John sah Tommy fragend an, doch er zuckte die Schultern und fragte Frau Chamapiwa: »Who is Malou?«

»She here with us. Malou very sick from sea ...«

Frau Chamapiwa erzählte ihnen im Weiteren, dass Malou M'Benga, so ihr vollständiger Name, auf der Landroute aus dem Senegal nach Europa gekommen war. Sie sprach gutes Englisch und suchte ein besseres Leben auf der Insel. Während des Sturms war sie seekrank geworden, was ihr zeitweise den Verstand geraubt hatte.

Als Segler wusste John, wie unangenehm die Seekrankheit werden konnte. Bei manchen wurde es so schlimm, besonders auf längeren Fahrten, dass sie es irgendwann vorzogen, zu sterben, als die Qual weiter auszuhalten. In jeder guten Seemannskneipe erzählte man sich, wie Leute unter Deck festgebunden werden mussten, damit sie nicht über Bord sprangen. Deshalb verwunderte ihn die Geschichte nicht.

Malou M'Benga musste es übel erwischt haben. In einem unbeobachteten Moment war es ihr schließlich gelungen, aus dem Frachtraum zu entkommen. Sie war an Deck gerannt, mit dem festen Vorsatz, in die tosende See zu springen und ihrem Elend ein Ende zu setzen.

»When did this happen?«, fragte John.

Frau Chamapiwa überlegte kurz und hielt dann eine Hand in die Höhe. »Five days. Night of big storm.«

»Vor fünf Tagen«, überlegte Tommy laut, »das war die Nacht, in der die Adama Marit beinahe mit der Magellan kollidierte.«

»Captain and his men stop Malou«, erklärte Frau Chamapiwa.

»Was vielleicht erklären würde, warum die Adama Marit von ihrem Kurs abkam«, meinte Lilly. »Nickelsen und seine Männer hatten offenbar alle Hände voll damit zu tun, die arme Frau am Selbstmord zu hindern.«

»Möglicherweise«, sagte John. »Where is your friend now?«

Frau Chamapiwa blickte ihn ratlos an.

»Malou, where is she? Is she here?« Er deutete auf die Menschen im Frachtraum.

Sie schüttelte den Kopf. »No. Not here. Malou flee again.«

John hob die Augenbrauen. »When?«

»When ship stop. They take us up in the dark for fresh air. Malou not stay here any longer.«

»When did Malou flee?«

Sie hob die Schultern. »About three days.«

John wandte sich an Lilly. »Sprich mit Nickelsen. Frag ihn, ob er weiß, wo die Frau hin ist.«

»Geht klar.« Lilly machte sich auf den Weg.

»Ich werde mit Gödecke telefonieren, das hier müssen die

Behörden übernehmen«, sagte er zu Tommy. »Was macht das Phantombild von dem Unbekannten?«

»Ist fertig.«

»Gut, dann schnapp dir ein paar von Sonis Leuten. Klappert die Hotels und die großen Vermieter von Wohnungen und Ferienhäusern ab. Vielleicht haben wir Glück.«

»Ich geb mein Bestes. Aber sag mal … Wäre es denkbar, dass Malou M'Benga irgendetwas mit den Vorkommnissen hier auf der Insel zu tun hat?«

»Du meinst die Diebstähle und das Ferienhaus, in dem jemand übernachtet hat?«

»Genau.«

»Vorstellbar ist das. Sie wird einen Unterschlupf gesucht und Nahrung und Kleidung gebraucht haben«, meinte John. »Am besten gibst du das auch an Soni weiter. Sie sollen die Augen offen halten.« Er hielt inne, als ihm ein Gedanke kam. »Warte mal.«

Er holte sein Smartphone heraus und wählte die Nummer seines Vaters. Ben ging nach längerem Klingeln ran.

»Ich bin gerade aufgestanden«, sagte er.

»Vater, du kannst mir einen Gefallen tun. Du bist doch hier auf der Insel gut vernetzt. Und wenn ich das richtig gesehen habe, kommen etliche aus deiner Tee-Community auch von der Insel. Jedenfalls habe ich dort gelesen, dass sich die Leute austauschen, über die Einbrüche …«

»Du verfolgst mich auf Facebook?«

»Jeder kann lesen, was dort geschrieben wird. Dafür ist jetzt auch keine Zeit.« John erklärte Ben, worum es ging.

»Verstehe«, meinte sein Vater. »Du denkst, es könnte diese Flüchtlingsfrau sein, die die Taten begangen hat.«

»Malou M'Benga ist ihr Name. Hör dich einfach um. Vielleicht hat jemand etwas gesehen oder gehört.«

»Selbstverständlich, min Jung.« Bens Stimme klang voller Tatendrang. »Du kannst dich auf mich verlassen!«

Ein kurzes Lächeln huschte über Tommys Lippen. »Dein alter Hilfssheriff freut sich, dass er was zu tun bekommt.«

»John!«

Hinter Tommy kam Soni Kumari in Uniform die Treppe in den Frachtraum herunter. Sie wirkte gehetzt, und der Schweiß stand ihr auf der Stirn. »Sie müssen schnell kommen.«

»Was ist denn los?«

»Es gibt einen weiteren Toten. Drüben auf der Magellan.«

Mord an Bord

Die Ziffern der schlichten weißen Wanduhr in Peter Greves Kabine näherten sich mit leisem Ticken dreizehn Uhr, und Johns Magen begann vor Hunger zu knurren. Er hatte das Bullauge ein Stück weit geöffnet, um den Geruch nach Tod aus dem Raum zu vertreiben. Hin und wieder wurden ein paar einzelne Schneeflocken vom Wind hereingetrieben und fielen auf die Kommode, in der der Maschinist einen Teil seiner Kleidung und andere Habseligkeiten aufbewahrt hatte. Für viel mehr Mobiliar war in der engen Kabine auch kein Platz. Es gab noch einen Kleiderschrank, einen Sessel mit Stehlampe und natürlich das Bett, in dem der verstorbene Peter Greve lag. John stand hinter Dr. Radke und sah zu, wie der Rechtsmediziner aus Kiel die Leiche untersuchte. Sie trugen beide weiße Schutzanzüge, um die Arbeit der Kriminaltechniker nicht zu kompromittieren, die, angeführt von Claudia Matthis, ihrer Arbeit nachgingen.

»Wirklich, Benthien«, Radke schüttelte den beinahe kahlen Kopf. »Ich hoffe, Sie wissen zu würdigen, welche Strapazen ich hier und heute für Sie auf mich nehme. Um gar nicht erst von der Arbeit zu reden, die in Kiel liegen bleibt …«

»Seien Sie versichert, lieber Doktor, dass ich sehr glücklich bin, Sie hierzuhaben«, antwortete John. Dann beugte er sich zu Radke hinunter und sagte in verschwörerischem Tonfall: »Ganz ehrlich, unter uns beiden … Wir treten mit den Ermittlungen absolut auf der Stelle. Noch ein Toter ist das Letzte, was wir gerade gebrauchen können. Deshalb war es mir so wichtig, dass Sie rauskommen und die Leiche sofort einer ersten Beschau unterziehen. Ihre Arbeit könnte dem Fall die entscheidende Wendung geben.«

John wusste, wie ungern Radke sein geliebtes Rechtsmedizinisches Institut verließ, daher war er ihm tatsächlich überaus dankbar für den spontanen Einsatz, dem natürlich ein Anruf bei Kriminalrat Gödecke vorausgegangen war, damit dieser seinerseits den nötigen Druck aufgebaut hatte.

John konnte nur hoffen, dass die Untersuchung der Leiche sie in irgendeiner Weise weiterbrachte. Er hatte bereits mit der Crew der Magellan gesprochen, inklusive Bern und Lys Dahl, doch wieder einmal hatte an Bord niemand etwas gesehen, gehört oder anderweitig bemerkt.

Rudolf Roskau hatte den toten Peter Greve heute Morgen in seiner Koje entdeckt. Er hatte mit ihm sprechen wollen und ihn weder im Maschinenraum noch irgendwo anders auf dem Schiff finden können, was für die Uhrzeit ungewöhnlich gewesen war. Da auch sonst niemand Greve getroffen hatte, war Roskau nachsehen gegangen.

John hatte sich bereits mit Lilly und Tommy ausgetauscht. Ihnen waren ebenfalls Zweifel gekommen, ob sie am Abend zuvor richtig regiert hatten, als sie nicht in die Auseinandersetzung zwischen Bern Dahl und Greve auf der Brücke der Magellan eingegriffen hatten. Nun lag Letzterer tot in seinem Bett. Da kam man unweigerlich ins Grübeln. Wenn sie rübergegangen und die Streithähne zur Rede gestellt hätten, wären sie mit Ausflüchten abgespeist worden, da war John sich nach wie vor sicher. Und alles, was danach geschehen sein mochte, hätten sie vermutlich nicht verhindern können.

Greve lag so in seinem Bett, wie Roskau ihn vorgefunden hatte. Mit dem einzigen Unterschied, dass Radke die Leiche mittlerweile entkleidet hatte, was er sehr vorsichtig mit einer Schere getan hatte, um weder den Körper zu verletzen noch irgendwelche Spuren unnötig zu verwischen.

Mit geschlossenen Augen auf dem Rücken liegend, machte es den Eindruck, als würde Greve einfach schlafen.

Was der Wahrheit vielleicht sogar recht nahekam.

Denn der einzige Hinweis auf die Todesursache war die Schachtel mit Schlaftabletten, die auf dem Nachttisch unter einem kleinen Plastikweihnachtsbaum lag. Sie war leer. Und damit drängte sich der Verdacht auf, dass Peter Greve mit einer Überdosis Selbstmord begangen hatte.

Doch weshalb hätte er das tun sollen?

»Klopf, klopf.« Lilly stand im Türrahmen. »Wie weit seid ihr?«

Noch bevor John etwas sagen konnte, gab Radke ein genervtes Seufzen von sich und drehte sich zu Lilly um. Sie hob beide Hände. »Wollte Sie nicht bei der Arbeit unterbrechen.«

John schob sie hinaus auf den Flur. »Er ist heute besonders dünnhäutig, wegen der Anreise. Ich glaube, Hubschrauberfliegen ist noch immer nicht seins.«

»Kann ich gut nachempfinden«, meinte Lilly. »Ich habe mir Nickelsen noch einmal vorgeknöpft. Er bestätigt die Geschichte von Frau Chamapiwa. Malou M'Benga hatte wie manch andere im Frachtraum mit Seekrankheit zu kämpfen. Bei ihr war es allerdings besonders schlimm. In der Sturmnacht ist sie dann durchgedreht. Nickelsen ist wohl selbst mit raus, um sie davon abzuhalten, über Bord zu springen. Dabei ist es zu der Beinahekollision gekommen. Hier in List hat sie dann endgültig das Weite gesucht, was ja nachzuvollziehen ist. Wenn es einem so dreckig geht, will man wohl keine Minute länger im Bauch eines rostigen Kahns verbringen.«

»Haben Nickelsen und seine Leute nach ihr gesucht?«

»Ja, haben sie. Allerdings ohne Erfolg«, antwortete Lilly.

»Und was sagt Gödecke zu der ganzen Sache?«

»Er hat es schon an die Behörden weitergegeben. Die werden sich um die Leute kümmern. Nickelsen droht mit ziemlicher Sicherheit eine Freiheitsstrafe.«

»Recht so.«

»Bitte herkommen, Herr Kommissar«, ertönte Radkes Stimme aus der Kabine. John ging zurück in das Zimmer, gefolgt von Lilly. Radke winkte ihn heran. »Sehen Sie sich das hier an.«

John kniete sich hin. Der Rechtsmediziner hielt einen Fuß von Greve in der Hand und spreizte die Zehen auseinander.

»Ich sehe nichts.«

»Man muss auch sehr genau hinsehen«, sagte Radke und meinte zu Lilly: »Leuchten Sie dem Kollegen doch mal mit der Handy-Taschenlampe. Seine Augen sind nicht mehr so gut.«

Lilly tat, wie ihr geheißen. Radke deutete mit dem Zeigefinger auf eine Stelle zwischen dem dicken Zeh und seinem Nachbarn. »Hier genau zwischen dem Hallux und dem Digitus pedis I.«

Dort war ein kleiner, unscheinbarer roter Punkt zu sehen.

»Eine Injektion?«, fragte John.

»Ganz vortrefflich, Herr Kommissar«, antwortete Radke.

»Und daraus schließen Sie …?«, fragte Lilly.

»Nun, ich will Ihren Ermittlungen nicht vorgreifen, liebe Kollegin. Da Sie aber, wie ich gehört habe, ein wenig auf der Stelle treten, wage ich mal einen Beitrag.« Radke hob eine Augenbraue. »Ausnahmsweise.«

»Tun Sie sich keinen Zwang an«, erwiderte John. »Wir sind ganz Ohr.«

»Hier stimmen ein paar Dinge nicht«, begann Radke und deutete auf die leere Tablettenpackung auf dem Nachttisch. »Es handelt sich hierbei nicht ohne Grund um ein verschreibungspflichtiges Mittel. Eine Überdosierung ist durchaus dazu geeignet, den Tod herbeizuführen. Allerdings sehe ich da nur eine Tablettenfolie, also die Hälfte der üblicherweise in einer Packung enthaltenen Tabletten. Die allein hätte bei der Konstitution des Mannes nicht ausgereicht. Außerdem gibt es da noch einige andere medizinische Unstimmigkeiten. Aber die Details können Sie ja dann in meinem Bericht lesen.«

»Wenn ich Sie richtig verstehe«, meinte John, »wollen Sie uns also sagen, dass es kein Selbstmord war. Diese Injektionsstelle ...«

Radke hob eine Hand. »Nicht so voreilig. Helfen Sie mir doch bitte, ihn auf die Seite zu legen.«

John ging dem Rechtsmediziner zur Hand, und sie drehten die Leiche herum.

»Wie ich mir gedacht habe«, meinte Radke und machte ein Gesicht wie ein Pilzsammler, der ein Stück Moos hochgehoben und darunter eine ganze Pilzkolonie entdeckt hatte.

An der Wirbelsäule, den Hüften und den Knieinnenseiten waren Blasen zu erkennen, rötlich und teils erhaben, wie man sie von Verbrennungen kannte.

»Brandblasen?«, fragte John.

»Wie ein Medizinstudent im ersten Semester.« Radke schüttelte den Kopf. »Holzersche Blasen. Sie treten unter anderem bei der Intoxikation mit Barbituraten auf. Sie entstehen bei Druckbelastung durch längeres Liegen infolge einer Bewusstseinstrübung vor dem Tod.«

»Also doch eine Vergiftung mit Schlafmitteln?«

»Genaues werde ich erst nach der Obduktion und der toxikologisch-chemischen Analyse sagen können.« Radke erhob sich und deutete auf die leere Packung. »Doch selbst wenn wir Tablettenreste im Magen-Darm-Trakt feststellen sollten, tippe ich darauf, dass der Mann sich nicht mit diesem Medikament hier vergiftet hat. Es sollte wohl lediglich so aussehen. Möglich wäre, dass ihm eine Überdosis Barbiturate injiziert wurde.«

»Aber müsste es dann nicht Abwehrverletzungen geben?«, wollte Lilly wissen.

Radke schüttelte den Kopf. »Nicht unbedingt. Wissen Sie, ob der Mann regelmäßig Schlaftabletten nahm?«

»Ja«, sagte John.

»Dann wird er sie wohl auch gestern Abend genommen haben. Möglicherweise war er so weit weggetreten, dass er es überhaupt nicht mitbekam. Und falls er doch aus dem Schlaf hochschreckte, war er vermutlich so benommen, dass er nicht viel ausrichten konnte.«

Radke hob beide Hände, und seine Miene trübte sich wieder. Fast wirkte er wie eine Blume, die für einen Moment ihre Knospe den ersten Sonnenstrahlen geöffnet hatte, sich aber sofort verschloss, als dunkle Wolken aufzogen. »Wie gesagt, ich muss den Toten zuerst eingehend untersuchen. Bis dahin ist das alles nur eine amüsante Theorie, für die weder Sie noch ich irgendwelche Beweise haben. Also stützen Sie sich besser nicht darauf.«

»Dennoch vielen Dank, Doktor Radke«, sagte John.

Er verließ mit Lilly die Kabine. Ein kurzer Blickkontakt genügte, damit John wusste, dass sie dasselbe vermutete. Sollte sich die Theorie des Doktors als zutreffend erweisen, mussten sie den Mörder von Peter Greve mit sehr hoher Wahrscheinlichkeit an Bord dieses Schiffs suchen.

Als sie den Gang entlanggingen, liefen sie Bern Dahl und seiner Mutter in die Arme, die die Treppe heruntergestiegen kamen. Lys Dahls Gesicht war kreidebleich, ihre Augen waren blutunterlaufen.

»Wissen Sie inzwischen, was mit ihm geschehen ist?«, fragte sie. »Hat er sich etwas angetan? Das ist alles so furchtbar. Erst mein Mann, nun Peter ...«

Bern Dahl wirkte wie schon beim Tod seines Vaters ungerührt. Er stand mit verschränkten Armen neben seiner Mutter und sah John und Lilly erwartungsvoll an.

»Zum jetzigen Zeitpunkt kann ich das nicht sagen«, antwortete John. »Wir müssen leider auch andere Szenarien als einen Suizid in Betracht ziehen.«

»Das bedeutet ... Sie halten es für möglich, dass ihn jemand ermordet hat?«

Bern Dahl lachte. »Das ist doch wohl ein Witz! Glauben Sie etwa, hier auf dem Schiff rennt ein Serienmörder herum?«

»Wie gesagt, wir wissen es nicht, können einen Mord Stand jetzt aber auch nicht ausschließen.«

»Was bedeutet das für uns?«, wollte Bern Dahl wissen. »Das Wetter klart auf. Wir wollen morgen auslaufen. Steht dem etwas entgegen?«

»Nach dem, was hier geschehen ist«, John blickte über die Schulter zu Peter Greves Kabine, »würde ich Sie doch bitten, das zu überdenken. Wir haben noch viele Fragen und ...«

»Sie setzen uns also fest?«

John war sich im Klaren, dass ihm für einen solchen Schritt möglicherweise noch handfeste Beweise fehlten. Der Leichnam würde gleich abtransportiert werden und die Kriminaltechnik ihre Arbeit beendet haben, ohne dabei bereits auf irgendwelche entscheidenden Spuren gestoßen zu sein. Radke mochte mit seiner Vermutung richtigliegen, doch noch blieb es eben genau das, eine Vermutung. Vielleicht würden sich auf der Medikamentenpackung Fingerabdrücke finden, wobei John nicht damit rechnete, dass ein mutmaßlicher Mörder derart unvorsichtig gewesen war. Kein Richter der Welt würde ihm derzeit einen Beschluss ausstellen, der die Magellan im Hafen festhielt.

»Das kann ich nicht. Allerdings würden Sie unseren Ermittlungen und damit der Wahrheitsfindung einen großen Gefallen tun, wenn Sie noch ein oder zwei Tage hierblieben. Ich gehe davon aus, dass Sie ein Interesse daran haben, zu erfahren, was mit Ihrem Vater und Peter Greve geschehen ist.«

Bern Dahl fuhr sich mit der Hand über den Bart. »Das habe ich durchaus, das glauben Sie mir mal. Deshalb halten Sie mich jetzt bitte nicht für kaltherzig. Aber ich muss leider auch die finanzielle Seite im Blick haben. Wir liegen hier schon seit Tagen fest. Das kostet uns bares Geld. Wir müssen unsere Fangfahrt fortsetzen. So schnell es geht. Die Fragen, die Sie haben, können Sie uns gerne noch heute stellen. Aber morgen werden wir in aller Frühe auslaufen.«

Damit wandte er sich ab und stieg die Treppe wieder hinauf an Deck. Seine Mutter folgte ihm.

Lilly stieß einen Seufzer aus. »Sieht aus, als würde die Uhr gegen uns ticken.«

»Dann sollten wir keine weitere Zeit verlieren.«

Sie gingen nach oben und verließen das Schiff. An Land kam ihnen Tommy entgegengelaufen. »Leute, ich habe ihn.«

»Du hast wen?«, fragte John.

»Unseren Unbekannten. Ich habe gerade mit der Pension Storm hier in List telefoniert und ihnen das Phantombild geschickt. Sie haben den Mann erkannt. Er hat bei ihnen ein Zimmer.«

»Ist er jetzt dort?«

»Die Rezeptionistin sagte mir, dass er gerade von einem Spaziergang zurück ist und sein Mittagessen einnimmt.«

»Wie ist sein Name?«

»Reimer Matheisen.«

Ein seltsamer Gast

Die Pension Storm befand sich am Ortsausgang von List, dort, wo die Möwenbergstraße weiter in Richtung Lister Ellenbogen führte. Das Gebäude war in einem schlichten Beigeton gestrichen und musste seine ersten Gäste in den frühen Sechzigerjahren beherbergt haben. An der Einrichtung hatte sich seitdem nicht viel verändert. Die Eingangstür öffnete sich zu einem schmalen Flur mit ausgetretenem Teppichboden, von dem aus eine Steintreppe zu den Zimmern hinaufführte. Links war das Speisezimmer, rechts gab es einen großen Gemeinschaftsraum. Daneben, in einem deutlich kleineren Raum, der vielleicht einmal als Abstellkammer gedient hatte, befand sich die Rezeption, bestehend aus einer niedrigen Theke mit Klingel.

John betätigte sie.

Nach geraumer Wartezeit erschien eine ältere Dame, krauses graues Haar und eine runde Brille mit rotem Rand. »Was kann ich für Sie tun?«

Das Namensschild auf dem Empfangstresen verriet John, dass er mit Edna Janssen sprach, der Inhaberin der Pension.

»Bei Ihnen ist ein Reimer Matheisen zu Gast.« John wies sich aus.

»Das ist richtig«, sagte Edna Janssen, ohne dass sie dafür in ihrer Gästeliste nachsehen musste. »Herr Matheisen hat das Mittagessen zu sich genommen und ist dann wieder raus.«

»Wissen Sie, wo er hinwollte oder wann er zurück ist?«

Sie hob die Schultern. »Nein.«

»Was können Sie mir über Herrn Matheisen sagen?«

»Wie bitte?« Edna Janssen schob die Brille nach unten und lugte über den Rand. »Ich bespitzele meine Gäste nicht.«

»Selbstverständlich.« John lehnte sich mit dem Ellenbogen auf die Theke und lächelte. »Aber ganz unter uns ... Mit der Zeit haben Sie sicher gelernt, die Menschen einzuschätzen.«

»Natürlich, das gehört mit dazu. Ich leite diese Pension nun seit über vierzig Jahren. Da erlebt man eine Menge.«

»Das möchte ich meinen. Sehen Sie, in meinem Beruf ist es nicht anders. Daher interessiert mich Ihre professionelle Meinung. Unter Menschenkennern sozusagen. Was ist Herr Matheisen für ein Typ?«

Edna Janssen sah sich aus den Augenwinkeln rasch nach allen Seiten um. Dann lehnte sie sich vor und sprach im Flüsterton. »Er ist ein seltsamer Gast.«

»Wie meinen Sie das?«

»Er ist nicht wie andere. Die Leute kommen her, um die Insel zu sehen, am Strand zu spazieren, oder sie fahren mit dem Fahrrad durch die Gegend.« Sie legte die Stirn in Falten. »Aber dieser Matheisen ... Er verbringt ziemlich viel Zeit in der Pension, frühstückt hier, isst zu Mittag und zu Abend ... Ich meine, nicht, dass unser Essen schlecht wäre, aber bei den vielen tollen Restaurants auf der Insel. Er geht nur ab und an zum Spazieren hinaus, und dann scheint er sich auch lediglich in List aufzuhalten. Ansonsten sitzt er hier und liest Zeitung. Etwas ungewöhnlich, finden Sie nicht auch?«

»Man möchte meinen, dass es auf der Insel genug zu entdecken gibt.«

»Das sehe ich auch so.«

»Seit wann ist er hier?«

»Er ist vor vier Tagen angereist.«

»Hat er den Grund seines Aufenthalts erwähnt?«

»Nein. Er redet nicht viel.«

»Hat er Besuch empfangen?«

»Sie meinen …« Edna Janssen schmunzelte verstohlen. »Damenbesuch? Das ist hier nicht …«

»Aber nicht doch. Freunde, Bekannte …«

»Nein. Zumindest nicht, während ich hier Dienst geschoben habe.«

»In Ordnung, vielen Dank. Darf ich hier auf Herrn Matheisen warten?«

»Selbstverständlich. Setzen Sie sich doch in den Gemeinschaftsraum. Da ist es gemütlich.«

John ging hinüber. Der Gemeinschaftsraum war mit einem beigen Teppichboden ausgelegt. Vom Eingang bis hinüber zur Terrassentür zeichnete sich ein Trampelpfad ab, wo der Stoff besonders ausgetreten war. Neben dem niedrigen Beistelltisch an der Sofaecke gab es einige kleine Brandlöcher, vermutlich Erinnerungen an die Zeit, als hier noch geraucht worden war. In einer Ecke standen deckenhohe Regale mit Büchern und Brett- und Würfelspielen. Auch ein Fernseher fehlte nicht.

John setzte sich in den Ohrensessel am Fenster. Immerhin überzeugte die Aussicht, der Blick ging hinaus in die Dünen.

Er tröstete sich mit dem Gedanken, dass Lilly und Tommy in der Zwischenzeit sinnvolleren Aufgaben nachgingen.

Tommy füllte die digitale Fallakte mit ihren ersten Erkenntnissen zum Tod von Peter Greve. Und Lilly holte Erkundigungen ein, die sich aus der Anwesenheit von Reimer Matheisen hier auf der Insel ergaben. Sein Nachname allein hatte genügt, um ihren Gedanken neue Flügel zu verleihen.

John lehnte sich zurück und legte die Beine auf den Fußhocker. In der Pension herrschte eine wunderbare Ruhe. Neben Matheisen konnte es nicht viele andere Gäste geben. Das einzige Geräusch, ein leises Ticken, kam von der Wanduhr neben der Tür. Dazu die Wärme und der behagliche Sessel ...

Es dauerte keine fünf Minuten, und der entgangene Schlaf der letzten Nächte forderte seinen Tribut. John schlief ein.

Als er von einer Männerstimme wieder geweckt wurde, stand die Sonne bereits tief am Himmel. Ein rascher Blick auf die Wanduhr verriet John, dass er geschlagene zwei Stunden verschlafen hatte.

»Sie suchen nach mir?«

Vor ihm stand ein untersetzter Mann mit Glatze, auf der sich ein großes Muttermal abzeichnete. Er trug eine rote Outdoorjacke.

»Reimer Matheisen?«, fragte John.

»So ist es. Und mit wem habe ich die Ehre?«

»John Benthien, Kripo Flensburg.« Er erhob sich und zeigte seinen Dienstausweis.

»Habe ich denn etwas verbrochen?«, fragte Matheisen.

»Das will ich nicht hoffen. Könnten wir uns unterhalten?«

»Wieso nicht.« Matheisen deutete mit einem Nicken zum Speisezimmer gegenüber. »Gehen wir doch rüber und trinken einen Kaffee oder Tee.«

John folgte dem Mann und wunderte sich ein wenig, dass dieser sich so offen für ein Gespräch zeigte, nachdem er gestern noch vor ihnen getürmt war.

Im Speisezimmer gab es etwa zwei Dutzend schlichte Birkenholztische mit ebenso spartanischen Stühlen, außerdem eine Anrichte, auf der wohl das Frühstücksbüfett bereitgestellt wurde. Sie suchten sich einen Platz am Fenster und bestellten Kaffee, der in einer silbernen Kanne gebracht wurde. Dazu gab es eine Dose Kaffeesahne und für jeden einen Keks.

»Was machen Sie hier in List?«, fragte John und nippte an seinem Kaffee.

»Urlaub.« Reimer Matheisen schob die Unterlippe vor. »Könnte mir keinen schöneren Ort vorstellen.«

»Ich schon.« John blickte sich demonstrativ um. »In welcher Verbindung stehen Sie mit Karla Matheisen?«

»Karla ist meine Tochter.«

Aufgrund des Nachnamens hatte John eine Verbindung bereits vermutet, das kam also nicht unerwartet. »Wann haben Sie sie zuletzt gesehen?«

»Gestern. Sie ist mit der Magellan hier im Hafen.«

»Die Magellan hat wegen des Sturms einen außerplanmäßigen Stopp in List eingelegt. Das hier muss also ein sehr spontaner Urlaub von Ihnen sein?«

»Tatsächlich, ja«, gab Matheisen zu. »Karla schrieb mir, dass sie sicherheitshalber List anlaufen würden. Da dachte ich mir, ich besuche sie mal und sehe mir ihre neue Arbeitsstelle an. Wann hat man sonst schon die Gelegenheit dazu. Ich bin mit dem letzten Zug rübergekommen.«

»Sie hat einen eher ungewöhnlichen Beruf für eine Frau ergriffen.«

»Finde ich nicht. Den Job können Frauen genauso gut erledigen wie Männer. Wenn das ihr Wunsch ist, warum also nicht? Ich habe sie immer darin bestärkt, ihren eigenen Vorstellungen zu folgen.«

»Ich nehme an, Karla hat Ihnen von den Vorfällen an Bord erzählt?«

»Sie meinen den Tod des Kapitäns? Ja.« Matheisen

machte ein betrübtes Gesicht. »Das ist eine schlimme Sache. Es scheint ein Unfall gewesen zu sein, oder nicht?«

»Dazu kann ich nichts sagen«, wiegelte John ab. »Wo wohnen Sie? Hatten Sie eine längere Anreise hierher?«

»Ich habe ein kleines Häuschen im Alten Land, direkt an der Elbe. Ruhig gelegen. Perfekt, um die Rente zu genießen.«

»Was haben Sie früher gemacht?«

»Ich war in der Hotellerie.«

»Wo?«

»Hamburg. Aber ich brauche den Trubel heute nicht mehr.«

»Was ist mit Ihrer Frau? Warum ist sie nicht mitgekommen?«

»Meine Frau ist vor vielen Jahren gestorben.«

»Das tut mir leid.« John trank noch einen Schluck. »Kennen Sie jemand von der Besatzung der Magellan?«

»Außer Karla? Nein.«

»Auch Thore Dahl nicht?«

»Wie gesagt, nein.«

»Herr Matheisen, ich weiß, dass Sie auf der Suche nach Thore Dahl waren. Man könnte sagen, Sie haben sich in der Haustür geirrt und erst auf der Adama Marit nach ihm gefragt.« John lehnte sich vor. »Und dann standen Sie mit Karla vor der Magellan und haben sich unterhalten. Als Sie mich und meine Kollegen kommen sahen, nahmen Sie Reißaus und rannten davon. Warum?«

Reimer Matheisen legte die Stirn in Falten und fragte ohne die geringste Spur von Unruhe oder Nervosität in der Stimme: »Weggelaufen? Ich? Tut mir leid, da kann ich Ihnen nicht ganz folgen, Herr Kommissar.«

»Sie sind über den Hafenvorplatz gesprintet. Für einen Rentner in einem erstaunlichen Tempo.«

Matheisen lachte. »Wirklich, Sie müssen mich mit jemandem verwechseln. Ich habe gestern Abend mit Karla in Westerland etwas zu Abend gegessen. Und heute Morgen haben wir gemeinsam einen kleinen Spaziergang unternommen. Ansonsten haben wir uns nicht gesehen. Sie hatte keine Zeit. An Bord der Magellan bereiten sie sich auf die Abfahrt vor. Und wenn Sie mich nun entschuldigen würden ...«

Matheisen erhob sich.

»Wie lange werden Sie noch bleiben?«, fragte John.

»Da Karla morgen in See sticht, hält mich hier nichts mehr.« Er reichte John die Hand. »Auf Wiedersehen, Herr Kommissar.«

John blickte Matheisen nach, wie er den Speiseraum verließ und sich der Treppe zuwandte. Der Mann hatte sich alle Mühe gegeben, ruhig zu wirken, doch John waren die kleinen Schweißtropfen nicht entgangen, die sich auf seinem kahlen Kopf gebildet hatten und die er nun mit einem Stofftaschentuch abtupfte.

Einen Moment blieb John noch sitzen und trank seinen Kaffee, während hinter den Dünen der Sonnenuntergang den Himmel in ein orangerotes Farbenmeer verwandelte. Dann stand er auf und ging hinaus zu seinem Wagen. Er setzte sich hinter das Steuer und schob den Zündschlüssel ins Schloss, als er beim Blick durch die Frontscheibe innehielt. Gegenüber dem Parkplatz der Pension Storm befand sich auf der anderen Straßenseite ein Verleih von Wohnmobilen und Transportern. Gerade fuhr ein Sprinter vom Hof, weiß mit blauroten Streifen und dem Logo des Verleihers auf der Seite. Ein Lieferwagen, wie ihn Peter Greve gemietet hatte.

In dem Moment griffen plötzlich die Zahnkränze in dem Räderwerk aus Gedanken, das sich in Johns Kopf bislang nur stockend gedreht hatte, weil einfach nichts zusammenpassen wollte.

Etwas machte Klick.

Kurz darauf hielt John vor seinem Friesenhaus in den Dünen. Er stieg aus und schloss ab. Die Sterne standen bereits am Himmel, und der Wind rauschte im Strandhafer, als er zur Eingangstür ging.

»Hallo, Junge!«, begrüßte ihn Bens Stimme, kaum dass er den Flur betreten hatte. »Ich bin in der Küche!«

John hängte seine Jacke an die Garderobe und ging zunächst ins Wohnzimmer. Dort saß Tommy mit einem Laptop am Esstisch.

»Ich bin gleich so weit«, sagte er. »Gödecke hat mich gerade angerufen, und ich hab ihm einen mündlichen Report gegeben. Du warst nicht zu erreichen. Alles gut?«

»Ja, ich muss das Klingeln überhört haben. Wo ist Lilly?«

»Noch mal rüber zum Schiff. Die Kriminaltechnik ... Claudia Matthis hatte es auch bei dir versucht.«

John warf einen Blick auf sein Smartphone. Zwei entgangene Anrufe. Er musste wirklich sehr tief und fest im Ohrensessel der Pension geschlafen haben. »Ich war mit Reimer Matheisen zugange«, schob er als Entschuldigung hinterher.

»Ah, dann hast du ihn zu packen gekriegt? Hat sich etwas Neues ergeben?«

»Erzähle ich euch gleich gemeinsam.« Er wählte Lillys Nummer. »Du bist noch auf der Magellan?«

»Ja«, antwortete sie. »Claudia Matthis hatte dich nicht erreicht, also bin ich her. Die KT ist jetzt durch und rückt ab. Wie schon befürchtet, haben sie nichts gefunden ...«

»Lilly, du musst mir noch einen Gefallen tun«, unterbrach John sie. »Ich brauche ein Foto von Peter Greve.«

»Seine Leiche ist schon weg …«

»Mir wäre eines lieber, auf dem er noch am Leben ist. Eines, das man den Leuten zeigen kann, ohne dass sie einen Schreck bekommen. Kannst du dich danach umsehen oder Lys oder Bern Dahl fragen?«

»Klar, mache ich. Wo bist du jetzt?«

»Zu Hause. Komm am besten gleich her, wenn du fertig bist.«

»Das hatte ich vor. Es gibt einiges zu erzählen.«

Kaum hatte er den Anruf beendet, tönte wieder Bens Stimme aus der Küche: »Juuunge? Wo bleibst du denn?«

Tommy deutete mit dem Kugelschreiber in der Hand in Richtung Küche. »Das solltest du dir wirklich mal ansehen, was der Herr Feldwebel da drinnen abzieht. Ich weiß nicht, was du ihm gesagt hast, aber er geht das generalstabsmäßig an.«

John öffnete die Küchentür und traute seinen eigenen Augen nicht. Sein Vater hatte tatsächlich eine Art kleiner Kommandozentrale errichtet.

Am Pinnbrett, wo sonst Einkaufslisten, Ansichtskarten oder To-do-Zettel hingen, hatte er eine handgeschriebene Liste mit Namen angebracht. Manche waren durchgestrichen, andere mit einem Häkchen versehen, und an wieder anderen standen Fragezeichen. Die Kochinsel in der Mitte des Raums hatte Ben mit einer Platte abgedeckt und darauf eine Landkarte von Sylt ausgebreitet. Einige Orte waren mit bunten Fähnchen markiert. Ein aufgeklappter Laptop stand daneben.

Ben trug ein Headset mit einem Mikrofon, das ihm etwas schief ins Gesicht ragte.

»Was treibst du denn hier?«, fragte John.

»Du hast doch gesagt, ich soll nach dieser Frau suchen, die von dem Fischkutter geflohen ist und von der du vermutest, dass sie mit den Einbrüchen und Diebstählen zu tun hat«, rechtfertigte er sich und zeigte auf die Karte. »Das sind die Orte, an denen ...«

»Vater, du solltest dich unter deinen Bekannten einfach mal umhören und schauen, was die Leute in deiner Facebook-Gruppe so schreiben. Du solltest daraus kein Kommandounternehmen machen.«

»Das ist ja wohl die Höhe! Da legt man sich für den Herrn Sohnemann ins Zeug ...«

John ging zu ihm hinüber und legte ihm beschwichtigend eine Hand auf die Schulter. »Schon gut, ich weiß, wenn du einmal in Fahrt kommst, bist du nicht mehr zu bremsen. Hast du denn etwas in Erfahrung gebracht?«

»Nun, bisher ... nicht, nein.«

»Dann lass es für heute Abend mal gut sein.«

»Soll ich euch dann etwas kochen?«

»Das kannst du machen. Es wird wohl spät werden ...«

»Ihr habt eine neue Spur!«

»Weiß ich noch nicht. Vielleicht. Du erfährst es als Erster.«

Etwas später klingelte es an der Haustür. John öffnete und ließ Lilly herein, die ihn mit den Worten begrüßte: »Du wirst überrascht sein, was ich herausgefunden habe.«

»Vater, das war wirklich köstlich«, beschloss John das Abendessen.

»Ganz meiner Meinung«, stimmte Lilly zu, die den letzten Bissen kaute. »Der Nachtisch hätte aber nun wirklich nicht sein müssen.«

Ben hob die Augenbrauen. »War er so scheußlich?«

Lilly lachte. »Du weißt, wie ich das meine. Der Aufwand, den du dir gemacht hast ... das hätte nicht sein müssen.«

»Für euch lege ich mich doch gerne ins Zeug.«

Ben hatte Friesentörtchen zum Nachtisch serviert, in Form von kleinen Blätterteigtalern, bestreut mit Mandeln und Hagelzucker, dazwischen eine cremige Füllung aus Sahne, Pflaumen und Rotwein.

»Kümmert ihr euch jetzt ruhig um die Arbeit«, meinte er, »ich mach das mit dem Abräumen schon.«

»Danke, Vater«, sagte John.

Er stand auf und ging mit Lilly und Tommy rüber zu den Sofas am Kamin.

Lilly holte ihr Smartphone heraus, tippte auf den Bildschirm, und kurz darauf vibrierte Johns Gerät. »Ich hab dir das Foto von Peter Greve geschickt. Lys Dahl hat es uns zur Verfügung gestellt.«

John aktivierte sein Smartphone und betrachtete das Bild. Es zeigte Peter Greve Arm in Arm mit Thore Dahl. Die beiden standen lächelnd vor der Magellan.

»Magst du uns verraten, was es damit auf sich hat?«, fragte Lilly.

»Ich bin mir nicht sicher«, antwortete John.

»Aber du hast doch bestimmt irgendeine Theorie?«

»Ja, es gibt da eine Sache …« John überlegte kurz. »Allerdings ist es nur eine vage Vermutung, nichts Konkretes. Ich würde das für den Moment gerne für mich behalten, damit uns die Theorien nicht ins Kraut schießen. Konzentrieren wir uns lieber auf das, was wir gesichert wissen.«

»Da kann ich mit einigen interessanten neuen Details aufwarten«, sagte Lilly. »Wie befohlen habe ich Erkundigungen über Reimer Matheisen eingeholt.« Sie machte eine Pause und setzte einen gewichtigen Blick auf, wobei sie schmunzelte.

»Mach's nicht unnötig spannend«, meinte Tommy.

»Es ist aber spannend.« Lilly schlug ihr Notizbuch auf und blätterte darin. »Und ich bin mir sicher, dass diese Details unsere Theorien wirklich in ganz neue Richtungen lenken.«

»Dann lass mal hören«, forderte John, während er ihnen allen Rotwein eingoss und sich dabei ertappte, dass er den guten Rat seines Hausarztes, abends keinen Alkohol zu trinken, mal wieder geflissentlich ignorierte.

»Was hat er dir gesagt, sei sein früherer Beruf gewesen?«

»Hotellerie.«

»So kann man das auch nennen.« Lilly lachte. »Reimer Matheisen hat über zwei Jahrzehnte die Geschicke in der Ankerbraut gelenkt. Das ist ein Bordell mit Bar, Restaurant und Stripclub in St. Pauli.«

»Interessant.« Tommy schnalzte mit der Zunge. »Vielleicht hat er deshalb so etwas wie eine natürliche Aversion gegen die Polizei und ist getürmt, als wir ankamen.«

»Im Gegenteil«, überlegte John. »Er sollte wissen, dass er sich erst recht verdächtig macht, wenn er vor uns davonläuft. Nein, das muss einen ganz bestimmten Grund gehabt haben. Und es erklärt auch nicht, warum er unbedingt Thore Dahl sehen wollte. Hatten die beiden früher etwas miteinander zu tun?«

»Das kann ich nicht mit Sicherheit sagen«, erklärte Lilly. »Allerdings würde ich mal davon ausgehen. Denn ich habe nicht nur Reimer Matheisen durchleuchtet, sondern auch Karla Matheisen. Ich habe mit dem Meldeamt gesprochen, und ausgehend von dem, was ich erfahren habe, müssen sich Reimer und Thore gekannt haben, so gut sogar, dass Thore ihm etwas sehr Kostbares anvertraute.«

»Wie meinst du das?«, fragte Tommy. »Gab er ihm Geld?«

»Nein«, antwortete Lilly. »Seine Tochter.«

»Seine Tochter?« John richtete sich auf. »Soll das etwas heißen ...?«

»Ja. Karla Matheisen wurde von Reimer Matheisen und seiner Frau lediglich adoptiert. In Wahrheit ist sie die leibliche Tochter von Thore Dahl.«

Die Wahrheit ist ein scheues Tier

Am nächsten Morgen stand John früh an der Hafenmole von List und sah dabei zu, wie die Fischkutter ausliefen. Einer davon war die Magellan, die, sobald sie die Hafenmauern hinter sich gelassen hatte, mit voller Kraft gegen die Dünung anstampfte. Das Kreischen der Möwen, die ihr folgten, klang in Johns Ohren wie höhnisches Gelächter.

Vor allem Karla Matheisen hätte er gerne einige Fragen gestellt, aber auch Bern Dahl. Hatten die beiden wirklich ein Verhältnis? Das hatte Lilly von Beginn an vermutet, und nachdem John gesehen hatte, wie sie sich an dem Abend nach dem Streit auf der Brücke, den er beobachtet hatte, in den Arm genommen und geküsst hatten, neigte er dazu, dieser Einschätzung zu folgen. Die Tatsache, dass Karla die leibliche Tochter von Thore Dahl war, erklärte einerseits, weshalb dieser ihr einen Platz auf seinem Schiff angeboten und dafür einen erfahrenen Mann an Land gelassen hatte. Wesentlich bedeutender war aber vielleicht der Umstand, dass es sich bei ihrer Liebelei mit Bern Dahl um mehr als eine gewöhnliche Affäre handelte.

Die beiden waren Halbgeschwister. Und das verkomplizierte die Sache. Wie hatte Thore Dahl zu dieser Verbindung gestanden? Immerhin hatte er die Wahrheit gekannt. Hatte er dem Treiben tatenlos zugesehen? Und was war mit Bern

Dahl, wusste er, dass es sich um seine Halbschwester handelte?

Die Antworten auf diese Fragen würde er vermutlich nicht mehr bekommen. Insofern hatten die Möwen mit ihrer Häme ganz recht. Er hatte verloren.

Ihm blieb lediglich ein letzter Strohhalm, an den er sich klammern konnte.

John trank den Pappbecher mit Kaffee leer, den er sich in der alten Tonnenhalle geholt hatte, und beförderte ihn auf dem Weg zurück zum Parkplatz in einen Mülleimer. Dann stieg er in seinen Wagen und fuhr hinüber zur Pension Storm.

An der Rezeption begrüßte Edna Janssen gerade neu angereiste Gäste. John wartete, bis sie fertig waren und die Leute mit ihrem Gepäck die Treppe zu ihren Zimmern hinaufstiegen.

»Herr Kommissar, was kann ich für Sie tun?«

»Ich hätte da noch eine Frage.« John aktivierte sein Smartphone und rief das Foto von Peter Greve auf. »Kennen Sie diesen Mann hier?«

Die Antwort kam prompt: »Nein, nie gesehen. Also, zumindest nicht, während ich hier meinen Dienst getan habe.«

»Wie viele Angestellte haben Sie, die hier unten an der Rezeption oder im Speiseraum mit den Gästen in Kontakt kommen?«

»Drei.«

»Könnten Sie Ihre Leute fragen, ob jemand ihn gesehen hat?«

»Kann ich machen. Geben Sie mir doch Ihre Telefonnummer.«

»Mir wäre es sehr lieb, wenn Sie das jetzt gleich tun könnten.«

»Warten Sie hier.« Edna Janssen seufzte. »Und dürfte ich das Handy kurz mitnehmen? Wegen des Fotos …«

John gab es ihr.

Sie kam hinter der Rezeption hervor und machte sich auf den Weg. Nach fünf Minuten kehrte sie in Begleitung einer jungen blonden Dame zurück.

»Sie haben Glück«, sagte Edna Janssen. »Marie, erzähl dem Herrn Kommissar, was du gesehen hast.«

Die junge Dame hielt John sein Handy hin. »Dieser Mann hier war vor ein paar Tagen zum ersten Mal hier. Er saß zunächst mit Herrn Matheisen bei einem Kaffee zusammen, dann unternahmen die beiden einen langen Spaziergang.«

»Haben Sie mitbekommen, worüber sie sich unterhielten?«

Sie warf Edna Janssen einen kurzen Blick zu. »Wir sind dazu angehalten, die Gespräche unserer Gäste nicht ...«

»Schon gut«, meinte die Pensionsbesitzerin. »Man kann ja nicht vermeiden, dass man das eine oder andere aufschnappt.«

»Nun ja ...« Die junge Dame räusperte sich. »Das war ein recht intensives Gespräch. Es schien um eine Frau zu gehen. Karla, der Name fiel einige Male.«

»Sie sagten, dieser Mann sei vor ein paar Tagen das erste Mal hier gewesen«, hakte John nach. »Bedeutet das, er war öfter hier?«

»In der Tat. Vorgestern gleich zweimal. Erst fuhr er mit einem Lieferwagen vor. Einer von der Vermietung drüben. Herr Matheisen stieg aus, sie wechselten ein paar Worte, und dann ging Herr Matheisen auf sein Zimmer. Er wirkte sehr aufgebracht.« Sie überlegte kurz. »Der Mann kam am späten Nachmittag wieder. Es war schon dunkel. Sie gingen auf das Zimmer von Herrn Matheisen und stritten dort.«

»Um wie viel Uhr war das?«

»Oh ... irgendwann zwischen fünf und sechs.«

»Und wie lange blieb er?«

»Eine Stunde vielleicht.«

»Vielen Dank. Sie wissen gar nicht, wie sehr Sie mir damit helfen.« John wandte sich an Edna Janssen. »Ist Herr Matheisen noch da?«

»Nein, er ist gerade weg.«

»Ist er mit dem Auto unterwegs?«

»Ja. Er will die Fähre nach Rømø nehmen.«

»Frau Janssen, vielen Dank.« Er wollte los, hielt aber noch einmal inne. »Was für ein Auto fährt er?«

»Einen … einen Geländewagen, so einen großen.«

»Farbe?«

»Schwarz, glaube ich. Oder Dunkelgrau.«

John wandte sich um und stürmte zur Tür hinaus. Noch auf dem Weg zum Auto wählte er auf dem Handy Tommys Nummer. Als sein Kollege ranging, hielt er sich nicht mit Erklärungen auf. »Leute, ich brauche euch am Fähranleger. Bringt Soni Kumari und ihre Mannschaft mit.«

Nachdem der Fährbetrieb tagelang stillgelegen hatte, war der Andrang an diesem Morgen besonders groß. Im Lister Hafen standen die Autos in zehn Reihen Stoßstange an Stoßstange in der Wartebucht, während die Fähre aus Rømø gerade die Laderampe öffnete und ihre Fracht ausspuckte.

John wartete am Gebäude der Fährgesellschaft, als Lilly und Tommy mit Soni Kumari und zwei Streifenbeamten eintrafen. Er erklärte ihnen die Lage. »Peter Greve hat Reimer Matheisen während seines Aufenthalts in der Pension Storm einige Male besucht. Eine Angestellte bezeugt das.«

»Das war also die Theorie, die du uns nicht verraten wolltest?«, fragte Tommy.

»Ich war mir nicht sicher. Jetzt ergibt das alles Sinn.«

Lilly hob die Schultern. »Ehrlich gesagt kann ich dir noch

immer nicht ganz folgen. Was schließt du denn daraus? Die beiden kannten sich. Und?«

»Ihr erinnert euch an unseren Abend mit Ben auf der Terrasse von Pier 67?« Die beiden nickten. »Der heftige Streit auf der Brücke der Magellan. Peter Greve kam mit seinem Lieferwagen vorgefahren, dann rannte er hoch auf die Brücke und schrie Bern Dahl und dessen Mutter an.«

»Wenn wir dazwischengegangen wären, wäre Greve vielleicht noch am Leben«, mutmaßte Lilly.

»Wir wären mit irgendeiner Geschichte abgespeist worden. Wir hätten schon einen von ihnen in Gewahrsam nehmen müssen, und dafür hatten wir nicht genug in der Hand. Und alles, was danach geschehen ist, konnten wir nicht verhindern«, sagte John. »Jedenfalls muss Peter Greve kurz zuvor Reimer Matheisen in der Pension Storm aufgesucht haben, wenn die Aussage der Angestellten richtig ist. Was ist, wenn er bei diesem Gespräch die Wahrheit erfahren hat?«

»Du meinst, dass Karla die Tochter von Thore Dahl ist?«, fragte Tommy. »Die Theorie macht aber nur Sinn, wenn wir davon ausgehen, dass Thore Dahl sie allen verheimlicht hat.«

»Davon gehe ich mit ziemlicher Sicherheit aus. Ansonsten hätte das jemand erwähnt, oder Karla selbst hätte es gesagt.«

»Karla, die eine Affäre mit Bern Dahl hat ...«, überlegte Lilly laut. »Tja, wenn an jenem Abend tatsächlich die Wahrheit rauskam, kann ich mir vorstellen, dass Zunder in der Bude war. Falls es denn so war. Wir haben keinen Beweis.«

»Da ist noch etwas«, sagte John. »Wenn sich die beiden wirklich lieben ... Versetzt euch doch mal in die Rolle von Thore Dahl. Was hättet ihr gemacht?«

»Puh, schwierig«, meinte Lilly. »Sie sind zwar nur Halbgeschwister, aber dennoch Bruder und Schwester. Ich denke, an seiner Stelle hätte ich versucht, das zu unterbinden.«

»Dazu hätte er Bern Dahl lediglich die Wahrheit sagen müssen«, wandte Tommy ein.

»Das stell ich mir nicht so einfach vor«, Lilly schürzte die Lippen. »Das Verhältnis der beiden war wegen der Nachfolgeregelung ohnehin schon belastet. Und außerdem wäre da noch Lys. Ich glaube, gegenüber der Ehefrau kommt es nie besonders gut, wenn man offenbaren muss, dass es ein Kind aus erster Ehe gibt, das man jahrelang verheimlicht hat. Wir wissen es natürlich nicht, doch ich gehe stark davon aus, dass Lys nichts wusste.«

»Aber zumindest gegenüber Karla konnte er offen reden«, fuhr John fort. »Er machte ihr klar, dass sie die Affäre mit Bern Dahl beenden muss. Wir wissen außerdem, dass Reimer Matheisen mehrfach mit Karla sprach, während er hier war. Vielleicht hat sie ihm alles erzählt.«

»Und er redete aus einem uns noch unbekannten Grund mit Peter Greve darüber?« Tommy hob die Augenbrauen. »Dann hoffen wir, dass sich Matheisen diesmal gesprächiger zeigt. Haben wir einen Haftbeschluss?«

»Ich habe mit der Staatsanwältin telefoniert. Wir nehmen ihn zur Vernehmung mit.«

»Wonach suchen wir?«, fragte Soni Kumari.

»Ein Geländewagen, schwarz oder dunkelgrau. Sehr wahrscheinlich Hamburger Kennzeichen. Unser Mann hat eine Glatze mit einem großen Muttermal, ähnlich wie Gorbatschow. Wir können nicht ausschließen, dass er bewaffnet ist.«

»Wie wollen Sie vorgehen?«

»Wir teilen uns auf und arbeiten uns von außen in die Mitte vor.«

»In Ordnung.«

Soni Kumari und ihre Kollegen gingen zur rückwärtigen Seite des Warteparkplatzes, der zum Strand hin lag. Auf diese Weise war Reimer Matheisen in dieser Richtung der Fluchtweg versperrt. John blieb mit Lilly und Tommy auf der Straßenseite. Er schickte die beiden nach links und rechts, er selbst hielt sich in der Mitte. Dann arbeiteten sie sich langsam durch die Autoreihen vor.

Es gab mehrere Dutzend Geländewagen hier in der Warteschlange, davon zahlreiche Hamburger. Der einzige Umstand, der ihnen in die Karten spielte, war, dass niemand draußen herumstand und die Leute in ihren Autos Platz genommen hatten, da die Fähre nun jeden Moment mit der Beladung beginnen würde. Die meisten Blicke waren daher auch auf die Fähre gerichtet. Andere beschäftigten sich mit ihren Smartphones oder unterhielten sich mit ihren Beifahrern. Eltern hielten die ungeduldigen Kinder auf der Rückbank bei Laune. Nur ein paar wenige schienen die Anwesenheit der Polizei bemerkt zu haben. Ihre Blicke gingen hinüber zu Soni Kumari und ihren uniformierten Kollegen, die langsam durch die Reihen liefen und prüfende Blicke in die Innenräume warfen.

Ein schwarzer Land Rover fand schließlich Johns Aufmerksamkeit, und er gab den Kollegen sofort ein Zeichen, dass sie sich in Richtung des Wagens orientieren sollten.

Die Fahrertür des Geländewagens öffnete sich, und Reimer Matheisen stieg aus. Er blickte sich nach allen Seiten um und schien kurz seine Fluchtchancen abzuwägen. Offenbar erkannte er, dass sie gegen null tendierten. Er blieb stehen. John war mit ein paar schnellen Schritten bei ihm.

»Guten Morgen, Herr Matheisen«, sagte er. »Ich würde Sie gerne zu einem Kaffee auf der Wache in Westerland einladen.«

Wie sich herausstellte, trank Reimer Matheisen seinen Kaffee gerne mit Milch und Zucker, von Letzterem deutlich mehr, als gesund war. John stellte die Tasse vor ihm ab und setzte sich dann gegenüber an den Schreibtisch. Die Polizeiwache in Westerland verfügte zwar über ein kleines Verhörzimmer, das allerdings gegenwärtig einen neuen Anstrich bekam. Deshalb hatte Soni Kumari ihnen für die Befragung ihren Arbeitsplatz zur Verfügung gestellt. Lilly leistete John Gesellschaft. Sie lehnte hinter Matheisen am benachbarten Schreibtisch. Tommy half derweil Soni Kumari dabei, die Lokalreporter in Schach zu halten. Die Aktion am Fähranleger hatte für Aufsehen gesorgt.

John musterte Reimer Matheisen. Viele andere hätte die Situation, in der er sich befand, wohl verunsichert, doch der Mann schien die Ruhe selbst. Er nahm seine Kaffeetasse und nippte daran. Dabei musste er gegen die tief stehende Sonne anblinzeln, die hinter John durchs Fenster in das Großraumbüro fiel.

»Wir haben uns seit unserem letzten Treffen über Ihre berufliche Vergangenheit informiert, Herr Matheisen«, begann John. »Uns ist bewusst, dass in Ihrer früheren Arbeitswelt gewisse Regeln gelten, was den Umgang mit der Polizei betrifft. Man spricht nicht mit ihr. Wir wollen es deshalb mal auf alte Gewohnheiten zurückführen, dass Sie uns nicht die Wahrheit gesagt haben.«

Reimer Matheisen lugte über den Rand der Kaffeetasse. »Die Wahrheit? Die Wahrheit ist ein scheues Tier, Herr Kommissar.«

»In der Tat, und manchmal muss man es aus seinem Bau zerren. Warum haben Sie uns nicht gesagt, dass Karla die leibliche Tochter von Thore Dahl ist?«

»Warum hätte ich das tun sollen? Mir war nicht bewusst,

dass das für Sie von Belang ist. Thore ist ihr leiblicher Vater, richtig. Aber ich habe sie großgezogen. Sie ist also genauso meine Tochter.«

»Wie kam es dazu?«

»Thore und ich waren alte Freunde. Ich hatte es anfangs auch einmal mit der Fischerei versucht, bis ich etwas Lukrativeres entdeckte. Thore brachte Karla nach dem Tod seiner ersten Frau zu mir. Die Arme war bei einem Sturm über Bord gegangen. Es hatte ihre letzte gemeinsame Fangfahrt sein sollen. Ein Besatzungsmitglied war erkrankt und Thores Frau in letzter Minute eingesprungen. Die kleine Karla hatten sie an Land bei der Großmutter gelassen.«

»Warum brachte Thore das Kind dann zu Ihnen?«

»Thore war nicht der Mann, der seinen Lebenstraum und seinen Job aufgibt, um an Land zu bleiben und seinen Nachwuchs zu hüten ...«

»Ich meinte vielmehr, warum brachte er seine Tochter einem Mann, der in einem Bordell auf dem Kiez arbeitete?«

»Guter Punkt.« Matheisen lächelte und deutete mit dem Zeigefinger auf John. »Sie müssen wissen, dass ich im Vergleich zu Thores übrigen Freunden noch der Solideste und Bodenständigste war. Außerdem war ich zu dem Zeitpunkt bereits verheiratet. Er wusste, dass wir uns Kinder wünschten, es aber bei meiner Frau nicht klappte. Er nahm mir das Versprechen ab, dass aus Karla ein ordentlicher Mensch würde. Auch ich wollte etwas Besseres für sie, als wir selbst hatten. Ich habe sie vom Milieu ferngehalten.«

»Kannte sie die Wahrheit?«

»Nein. Thore würde in ihrem Leben keine Rolle spielen, das wusste er, also hielt er es für besser, wenn sie gar nicht erst von ihm erfuhr. Allerdings ...« Matheisen wog den Kopf. »Es ist kein gutes Gefühl, wenn man ein Kind sein Leben lang belügen muss. Nun, als sie alt genug war, dachte ich, es wäre an der Zeit, ihr die Wahrheit zu offenbaren.«

»Wann war das?«

»Vor etwa zwei Jahren. Ich dachte, sie wäre erwachsen und würde es verstehen …«

»Aber?«

»Ich hatte ja keine Ahnung, welche Auswirkungen diese Offenbarung auf sie haben würde. Zunächst schien sie gut damit klarzukommen. Karla war gerade dreizehn, als meine Frau starb, und damals sind wir eng zusammengerückt. Wir hatten eine sehr vertrauensvolle Beziehung. Doch als sie von Thore erfuhr, realisierte sie wohl, dass ich ihr immer etwas vorenthalten und sie belogen hatte. Womit sie streng genommen ja recht hatte. Sie wollte ihren richtigen Vater kennenlernen. Ich sagte ihr, dass das keine gute Idee sei, schließlich wusste ich nicht, wie Thore reagieren würde. Karla nahm wirklich alles mehr mit, als ich gedacht hatte. Sie bekam eine Depression und am Ende sogar Tabletten verschrieben. Sie fing dann eine Ausbildung an, und ich dachte, es wäre wieder alles gut. Sie zog aus und suchte sich eine kleine Bude in Hamburg. Tja. Und dann, vor ein paar Monaten, schmiss sie die Ausbildung. Die Sache mit ihrem leiblichen Vater hatte sie nicht losgelassen. Karla machte sich auf die Suche nach Thore.«

»Und offenbar fand sie ihn auch.«

»Ja, und er nahm sie mit offenen Armen auf. Das war überraschend, aber es freute mich sehr für Karla. Nicht auszudenken, wenn es anders gelaufen wäre … Das Letzte, was ich von ihr hörte, war, dass sie zu ihm auf sein Schiff ging. Vor ein paar Tagen stieß ich dann auf die Meldung, dass der Sturm etliche Fischerboote dazu gezwungen hatte, hier auf Sylt Unterschlupf zu finden, darunter auch die Magellan. Da habe ich mich auf den Weg gemacht. Ich wollte wissen, wie es ihr wirklich geht. Denn ich hatte meine Zweifel, ob sie mir die Wahrheit erzählte.«

»Sie nahmen sich also ein Zimmer in der Pension Storm«, schaltete sich Lilly ein. Matheisen musste sich zu ihr umdrehen. »Dann suchten Sie Karla auf der Magellan auf.«

»Das tat ich. Allerdings habe ich mich tatsächlich erst mal im Schiff geirrt. Die sehen für mich alle gleich aus.«

»Sie waren bei der Adama Marit und fragten nach Thores Kutter.«

»Thore hatte die Magellan gerade gekauft, als wir uns das letzte Mal trafen. Die Magellan hatte damals tatsächlich einen ähnlichen Anstrich wie die Adama Marit jetzt. Ich wusste nicht, dass Thore sie in der Zwischenzeit neu angepinselt hatte. Aber das klärte sich dann schnell auf.«

»Sie sprachen also mit Karla«, sagte John. »Lebte Thore zu dem Zeitpunkt noch?«

»Ja, aber ich traf ihn nicht. Er lag krank in seiner Koje. Karla … Sie rief mich am nächsten Tag an und erzählte, was mit ihm geschehen war.«

»Sie sprachen dann noch mehrere Male mit ihr. Einmal standen sie beide vor der Magellan, als wir dazukamen. Warum rannten Sie weg? Und leugnen Sie es dieses Mal nicht.«

»Wie Sie selbst sagten, in meinen Kreisen spricht man nicht mit der Polizei. Eine gute Angewohnheit, die man auch in der Rente besser beibehält. Ich habe in der Zeitung gelesen, dass ehemalige Kollegen von mir auch im hohen Alter manchmal noch Probleme mit Altlasten bekommen …«

John verstand, worauf der Mann anspielte. Auf der Reeperbahn galten eigene Gesetze, und manchmal wurden Probleme auf grobschlächtige Art gelöst. Üblicherweise sorgte man dafür, dass es keine Außenstehenden und Unbeteiligten traf und das Problem für immer verschwand. Problematisch wurde es dann, wenn es – oft buchstäblich – wieder auftauchte. »Aber warum sind Sie dann in der Pension auf mich zugegangen und haben mich geweckt? Sie hatten alle Möglichkeiten, sich aus dem Staub zu machen ...«

»Nicht wirklich. Anfangs hatte ich noch gehofft, dass Sie mich bei der Magellan nicht erkannt hatten. Doch dann tauchten Sie in der Pension auf und fragten nach mir ... Ich wäre nicht von der Insel weggekommen. Warum also weiter Verstecken spielen?«

»Sie dachten also, dass wir hinter Ihnen her waren? Wegen irgendeiner alten Geschichte?«

»Ich weiß nicht, an was für alte Geschichten Sie da denken. Ich habe mir nichts zuschulden kommen lassen. Aber wie gesagt habe ich von alten Kollegen gehört, dass sie in Verdacht geraten sind. Und ich wollte nicht unverschuldet in irgendetwas verwickelt werden.«

»Natürlich.« John konnte sich ein Schmunzeln nicht verkneifen.

Seine Gedanken wanderten zurück zu dem Moment, als Reimer Matheisen im Hafen vor ihnen Reißaus genommen hatte. Ihre Jagd auf ihn hatte hinter der Tonnenhalle abrupt geendet, als er spurlos verschwunden war.

Da kam John ein Detail in den Sinn, dem er keine Beachtung geschenkt hatte, das aber manches erklärte. John sah die Szene vor seinem geistigen Auge noch einmal ablaufen: Reimer Matheisen, der vor ihm weglief, hinter die Tonnenhalle. Als John um die Ecke kam, war er nicht mehr zu sehen gewesen. Dafür Peter Greve, der nur wenige Meter von ihm entfernt mit dem Lieferwagen die Schranke zum Hafen passierte.

»Sie kannten Peter Greve zu dem Zeitpunkt schon, oder?

Er bot Ihnen Unterschlupf in seinem Lieferwagen. Anschließend hat er sie zurück in die Pension gefahren. Haben Sie ihm im Gegenzug die Wahrheit offenbart?«

Reimer Matheisen legte die Stirn in Falten. »Wer? Ich weiß nicht, von wem Sie da reden.«

»Lassen Sie das. Peter Greve war es ein Dorn im Auge, dass der Kapitän ein erfahrenes Besatzungsmitglied für eine junge Frau an Land gelassen hatte. Ich denke, er wollte wissen, weshalb Thore einen solchen Narren an Karla gefressen hatte«, sagte John. »Er sah Sie mit Karla reden. Vielleicht erfuhr er auch, dass Sie ein alter Freund von Thore waren. Er wollte mit Ihnen reden, um herauszufinden, was es mit Karla auf sich hatte.«

Matheisen lachte. »Wie gesagt, ich kenne diesen Mann nicht, von dem Sie da reden.«

»Herr Matheisen, wir haben durchaus Verständnis für Ihre Haltung. Alte Gewohnheiten legt man so schnell nicht ab. Aber wir sind hier nicht auf St. Pauli, und wir sind nicht an Ihrer Vergangenheit interessiert. Es geht um Ihre Tochter.« John lehnte sich vor. »Thore Dahl wurde ermordet, und wir müssen davon ausgehen, dass auch Peter Greve keines natürlichen Todes starb …«

»Sie denken doch wohl nicht, dass Karla damit zu tun hat?«

»Das weiß ich nicht. Wir müssen derzeit alle Möglichkeiten in Betracht ziehen.«

Matheisen richtete sich auf und sprach mit lauter Stimme. »Karla hat diese Menschen nicht ermordet. Ich habe sie gefragt, und sie hat geschworen, dass sie es nicht war …«

»Echt jetzt?«, fragte Lilly. »Sie haben Ihre Tochter gefragt, ob sie zwei Menschen ermordet hat? Das ist mal ein außergewöhnliches Vater-Tochter-Gespräch.«

Matheisen zuckte mit den Schultern. »Dort, wo ich den Großteil meines Lebens verbracht habe, nicht.«

»Wenn Sie schon so offen und vertrauensvoll miteinander waren«, fuhr Lilly fort, »erzählte Karla Ihnen vielleicht von ihrer Affäre mit Bern Dahl?«

»Das müssen Sie die junge Dame schon selbst fragen. Es ziemt sich nicht …«

»Helfen Sie Karla«, meinte John.

»Wie bitte?«

»Die Magellan ist vorhin ausgelaufen.« Er deutete mit einem Nicken zum Fenster hinaus. »Gehen wir davon aus, dass Karla nichts mit den Morden zu tun hat. Dann befindet sich der Mörder bei ihr auf dem Schiff.«

»Sie hat mir gesagt, dass sie Gefallen an der Fischerei gefunden hat. Der Apfel und der Stamm, sie wissen schon. Möglich, dass sie in die Fußstapfen von Thore treten will.«

»Reden Sie nicht um den heißen Brei herum.« John wurde energischer, er verlor allmählich die Geduld. »Da ist jemand auf dem Schiff, der zwei Menschen ermordet hat. Ihre Tochter ist mit ihm auf dieser Nussschale von Kutter auf hoher See. Halten Sie das für eine gute Situation?«

Matheisen seufzte und setzte eine nachdenkliche Miene auf. Er trank schweigend seinen Kaffee. Dann dauerte es noch einen Moment, bis er schließlich sagte: »Es stimmt. Karla hat sich in ihren Halbbruder verliebt. Das war das Erste, was sie mir erzählte, sie war völlig aufgelöst. Sie sagte, dass Thore versuchte, die Beziehung zu unterbinden. Womit er ja recht hatte. Er hatte schon ein paarmal im Vertrauen mit ihr geredet und sie gedrängt, die Sache zu beenden. Sie wollte von mir wissen, was sie tun sollte.«

»Und was rieten Sie ihr?«, fragte Lilly. Sie setzte sich auf den Stuhl neben John.

»Dass sie als Erstes Bern die Wahrheit offenbaren sollte. Er wusste ja nichts davon. Dann könnten sie gemeinsam entscheiden, wie sie damit umgingen. Ich meine, sicherlich sind sie Halbgeschwister, aber wo die Liebe hinfällt ... Das war sicherlich nicht Thores Entscheidung.«

»Und wie reagierte Bern?«

»Das weiß ich nicht. Wir sprachen nicht darüber, denn am nächsten Tag lag Thore tot im Hafenbecken. Damit ... hatte sich das Problem erst mal erledigt.«

»So kann man das auch sehen. Das bedeutet, Sie wissen nicht, ob sie Bern überhaupt die Wahrheit gesagt hat. Was ist mit Peter Greve?«

»Was Sie sagten, stimmt. Er hatte Karla auf dem Kieker, weil Thore sie bevorzugte. Peter hatte auch spitzbekommen, dass Karla und Bern ein Auge aufeinander geworfen hatten und der Kapitän das zu unterbinden versuchte. Natürlich konnte er nicht ahnen, was wirklich dahintersteckte. Er ...« Matheisen hob in einer hilflosen Geste die Hände und schüttelte den Kopf. »Ich glaube, er spielte den Privatschnüffler für seinen alten Freund Thore, um auf eigene Faust herauszufinden, was ihm zugestoßen war. Greve glaubte wohl, dass Karla etwas mit Thores Tod zu tun hatte. Vor ein paar Tagen ... Ich hatte Karla zum Mittagessen bei Gosch eingeladen, da folgte er mir mit seinem Lieferwagen zur Pension. Er wollte wissen, was ich mit Karla und Thore zu schaffen hatte. Ich sagte ihm, wie es ist, dass ich Karlas Vater bin. Und dann ..., als ich vor Ihnen ausgebüxt bin, da hat er mir tatsächlich Unterschlupf in seinem Lieferwagen geboten. Er sagte mir, dass er noch immer Karla verdächtigte, weil Thore ihre Beziehung mit Bern beenden wollte. Und mit seinem Verdacht wollte er zu Ihnen gehen. Da dachte ich, es wäre besser, wenn er die Wahrheit kennen und verstehen würde, was da wirklich abgelaufen war. Dass Thore sich einfach freute, seine Tochter bei sich zu haben. Und dass das zwischen Bern und ihr eine unglückliche Liebe ist. Nicht mehr, nicht weniger.«

John blickte zu Lilly. »Wie ich mir schon dachte … Greve kehrte nach dem Gespräch zurück zur Magellan. Er ging auf die Brücke zu Bern Dahl und Lys. Sie hatten einen heftigen Streit. Vermutlich konfrontierte er die beiden mit dem, was er erfahren hatte. Für Bern Dahl war es neu, und auch Lys muss aus allen Wolken gefallen sein. Denn auch sie ahnte von alldem nichts, oder?«

»Nein, nicht, soviel ich weiß.«

»Also kannte Peter Greve die Wahrheit«, schloss Lilly, »und am nächsten Tag war er tot.«

»Manchmal ist es besser, die Wahrheit bleibt in ihrem Versteck«, sagte Matheisen. »Was ist jetzt mit mir? Bin ich festgenommen, oder darf ich gehen? Sie werden es vielleicht nicht glauben, doch auch als Rentner hat man seine Verpflichtungen.«

»Sie können gehen. Aber lassen Sie Ihre Personalien hier, falls wir noch mal mit Ihnen in Kontakt treten müssen.« John sah keinen Sinn darin, den Mann länger festzuhalten. Es gab keine Hinweise, dass er mit den Morden in Verbindung stand.

John erhob sich und wollte Matheisen zur Tür begleiten, als ihm ein Gedanke kam. »Sagen Sie, Sie erwähnten vorhin, dass Karla ihre Ausbildung beendete, um ihren Vater aufzusuchen.«

»Das ist korrekt.«

»Was war das für eine Ausbildung?«

»Sie wollte Apothekerin werden.«

Die einzige Zeugin

»Ich schätze, das war's dann wohl.« John lehnte sich an die Empfangstheke der Polizeiwache, Soni Kumari stand dahinter. Lilly und Tommy zogen sich gerade ihre Jacken über.

»Sie legen den Fall zu den Akten?«, fragte Soni Kumari.

»Danach sieht es aus. Wir werden uns natürlich noch die toxikologischen Befunde der beiden Toten ansehen, aber selbst wenn … Ich meine, im Fall von Peter Greve würde ich jede Wette eingehen, dass er vergiftet wurde, nur hilft uns die Vermutung alleine nichts. Ein paar Theorien haben wir, aber nichts Hieb- und Stichfestes.«

»Außer einer Hauptverdächtigen«, schob Lilly ein. »Karla Matheisen hatte ein Motiv, Thore Dahl zu ermorden, weil er ihrer Liebe zu seinem Sohn im Weg stand. Und ihr habt es ja gerade gehört, sie machte anscheinend eine Ausbildung zur Apothekerin, genauer gesagt, zur pharmazeutisch-technischen Assistentin. Sie könnte also durchaus das Fachwissen besessen haben, beide zu vergiften.«

»Beide?« Tommy lehnte sich mit dem Ellenbogen auf den Tresen.

»Ist doch klar«, sagte Lilly. »Karla hat ihrem geliebten Bern womöglich die Wahrheit gar nicht offenbart. Nun hatte aber Greve herausgefunden, was Sache war. Sie wollte verhindern, dass er es Bern steckte. Vielleicht würde er die Liaison beenden, wenn er wüsste …«

»Nein, Moment, das kommt nicht hin«, unterbrach John sie. »Der Streit auf der Brücke der Magellan, zwischen Greve, Bern Dahl und Lys. Greve war kurz zuvor bei Reimer Matheisen, der ihn in das Familiengeheimnis einweihte. Ich gehe jede Wette ein, dass er Bern und Lys damit konfrontierte. Damit war die Katze aus dem Sack. Warum hätte Karla ihm dann noch etwas antun sollen?«

Tommy hob die Schultern. »Vielleicht, weil er sein Wissen uns anvertrauen wollte?«

»Oder …« John überlegte. »Greve wusste noch viel mehr. Was, wenn er tatsächlich herausgefunden hatte, wer Thore Dahl ermordet hatte?«

»Auch das hätte Karla ein Motiv gegeben«, sagte Lilly. »Oder eben jemand anderem.«

»Glaubt ihr denn überhaupt, dass Karla zu diesen Taten im Stande gewesen wäre?«, fragte Tommy.

Lilly wog den Kopf. »Sie ist auf St. Pauli aufgewachsen. Möglich, dass Reimer Matheisen sie wirklich vom Milieu ferngehalten hat. Genauso gut kann sie dort aber auch fragwürdige Sitten aufgeschnappt haben.«

»So oder so, wir stehen mit leeren Händen da.« John wandte sich Soni Kumari zu. »Sehen wir es positiv. Sie sind uns jetzt los, und wir können alle pünktlich unter dem Weihnachtsbaum Geschenke auspacken.«

»Genießen Sie es.« Kumari reichte ihm die Hand. »Und ruhen Sie sich aus. Schlaf soll Wunder wirken.«

»Den könnte ich in der Tat gebrauchen …« In dem Moment klingelte Johns Smartphone.

Es war Ben. »Min Jung, du wirst es nicht glauben, aber ich bin fündig geworden.«

»Wobei? Beim Einkauf von Weihnachtsgeschenken?«

»Wie kann man bloß so ignorant sein! Du hast mich mit der Suche nach dieser Flüchtlingsfrau beauftragt, schon vergessen? Die von der Adama Marit.«

»Und?«

»Ich habe sie gefunden.«

»Das ist sehr schön, Vater. Ich werde das an Soni Kumari weitergeben, sie kümmert sich dann ...«

»Das wirst du nicht tun«, sagte Ben in bestimmtem Ton. »Du musst dir anhören, was die Frau zu erzählen hat.«

»Mir ist klar, dass sie einen schweren Weg hinter sich hat und ...«

»Es betrifft deinen Fall!«

»Den gibt's nicht mehr. Wir stehen mit leeren Händen ...«

»Nicht, wenn du das hier gehört hast.«

»Was soll das bedeuten?«

»Malou M'Benga hat etwas Entscheidendes beobachtet.«

»Tatsächlich? Und wo ist sie jetzt?«

»Oh, Malou ist hier bei uns im Kapitänshaus. Ich habe sie auf einen Tee und Friesentaler eingeladen.«

John bot sich eine seltsame Szene, als er das Wohnzimmer des alten Friesenhauses betrat. Sein Vater saß am langen Esstisch mit Malou M'Benga und einer weiteren Frau beisammen, die John nicht kannte. Teetassen, eine Kanne und eine Platte mit Bens selbst gemachten Friesentortentalern standen in der Mitte. Malou M'Benga trug einen Pullover mit Kapuze. Ihr Gesicht war hager, die Wangen eingefallen, und in ihren Augen lagen Müdigkeit und völlige Erschöpfung.

Ben reichte ihr gerade ein Törtchen an. »Hier, nehmen Sie noch eins, das wird Ihnen guttun. A speciality from the island.«

Malou M'Benga hob abwehrend die Hand. »No, thank you.«

»Dann noch einen Tee? It's also from here, from the Kontorhaus in Keitum. You want some?«

»Okay«, sagte die Frau wohl eher notgedrungen.

»Noch einen Tee, selbstverständlich.« Ben goss ihr ein. Dann bemerkte er John. »Da bist du ja, Junge.«

»Guten Tag …«

»This is my son«, erklärte Ben den Damen. »Famous police inspector. The german Hercule Poirot. He can help you, Malou.«

John reichte ihr die Hand. »John, nice to meet you.«

»Malou«, erwiderte sie knapp.

John setzte sich. Er hatte Lilly und Tommy gebeten, im Wagen zu warten, da er sich unsicher war, welche Lage er hier vorfinden würde. Je nachdem war es besser, Frau M'Benga nicht gleich zu dritt zu überfallen.

Sein Vater stellte ihm die zweite Frau vor. Sie hatte kurze verstrubbelte schwarz-graue Haare und trug einen Strickpullover. John schätzte sie auf Mitte sechzig. »Larissa Kron arbeitet hier in Westerland in dem Imbiss mit den leckeren dänischen Waffeln. Sie verdient sich ein paar Euro neben der Rente. Aber, was rede ich … Das können Sie ja am besten selbst erzählen.«

»Ich habe Malou bemerkt, kurz nachdem ich heute Morgen den Laden aufgeschlossen hatte«, erzählte Frau Kron. »Sie schlich um das Schaufenster herum. Ich wollte sehen, ob ich ihr irgendwie helfen kann. Sie hatte Hunger und suchte etwas zu essen. Nun ja, der Chef würde mir sicher den Kopf abreißen, wenn er es wüsste, aber um die Zeit war nichts los, also hab ich ihr ein paar Waffeln gemacht. Darüber sind wir ins Reden gekommen. Malou erzählte mir ihre Geschichte und dass sie nicht wusste, was sie tun sollte. Als ich dann noch erfuhr, dass diese Männer Jagd auf sie machen … Also, ich wusste nicht, wie ich ihr helfen konnte. Malou hat Angst vor der Polizei, aus verständlichen Gründen, schließlich sind die dort, wo sie herkommt, nicht so nett. Da fiel mir Ben ein. Wir kennen uns über seinen Tee-Blog, und mir war in Erinnerung geblieben, dass er einen Sohn bei der Kripo hat. Und ich dachte, Sie könnten bestimmt helfen.«

»Ich danke Ihnen für das Vertrauen«, sagte John und wandte sich Malou M'Benga zu. »You don't have to worry. I will help you and you will be safe. Okay?«

Sie nickte schüchtern.

»Would you like to tell me what happened?«

Ein erneutes Nicken, dann erzählte Malou M'Benga.

Was John zu hören bekam, entsprach zu großen Teilen der Geschichte von Reno Merik Nickelsen und Frau Chamapiwa.

Malou hatte die Passage mit der Adama Marit angetreten, um nach England zu gelangen. Sie beherrschte die Sprache einigermaßen gut und hoffte dort auf ein besseres Leben. Auf der Überfahrt war sie im Sturm seekrank geworden, so schlimm, dass sie lieber hatte sterben wollen, als eine Sekunde länger auf dem Schiff zu verbringen. Sie war aus dem Frachtraum entkommen und hatte im Wahn über Bord springen wollen, woran Nickelsen und seine Männer sie glücklicherweise gehindert hatten. Das Tohuwabohu an Bord hatte zu der Beinahekollision mit der Magellan geführt, wo der kranke Thore Dahl am Steuer gestanden und Malou an Deck des anderen Schiffs gesehen hatte. In seinem fiebrigen Kopf hatte er sie für den Geist seiner verstorbenen ersten Frau gehalten – ein Erlebnis, das für ihn offenbar Anlass genug gewesen war, sich im Hafen von List trotz seiner Krankheit

313

hinüber zur Adama Marit zu schleppen und nach der Frau zu suchen. Malou war es allerdings inzwischen gelungen, sich von Bord zu stehlen. Alles war ihr lieber, als erneut mit dem Seelenverkäufer in See zu stechen. Sie hatte sich auf der Insel durchgeschlagen, indem sie in leer stehenden Ferienhäusern übernachtet und sich Kleidung und Nahrung zusammengestohlen hatte. An die Polizei hatte sie sich aus nachvollziehbaren Gründen nicht wenden wollen. Gleichzeitig hatte sie sich vor Nickelsen und seinen Männern gefürchtet, die zumindest anfangs noch nach ihr gesucht hatten.

Der wirklich interessante Teil ihrer Geschichte betraf aber den Abend, als sie sich im Schutz der Dunkelheit von der Adama Marit geschlichen hatte. John konnte nachvollziehen, dass das, was sie gesehen hatte, sie nur noch mehr verunsichert haben musste.

Denn Malou M'Benga war Zeugin eines Geschehens geworden, eines äußerst gewalttätigen Geschehens, das sich just in diesem Moment an Deck der Magellan zugetragen hatte.

Die Beobachtungen, die sie gemacht hatte, waren durchaus überraschend. John entschuldigte sich, dass er die arme Frau bitten musste, ihm das Erlebte noch einmal in allen Einzelheiten zu erzählen. Er fragte sie, ob sie die Leute wiedererkennen würde, und als sie dies bejahte, beschloss er, ihr ein Angebot zu machen. »Would you tell this to a judge in a courtroom?«

Malou M'Benga schüttelte energisch den Kopf, was zu erwarten gewesen war. Aber es gab immer noch die Möglichkeit, ihre Aussage aufzuzeichnen und vor Gericht zu verwenden. Was die Staatsanwaltschaft allerdings einfordern würde, wäre eine eindeutige Identifikation der beteiligten Personen.

»I have to ask you a big favour«, sagte er. Und versprach, dass er sich im Gegenzug für sie einsetzen würde. »Deal?«

Malou M'Benga überlegte kurz, dann nickte sie. »Deal. What you want me to do?«

John wandte sich seinem Vater zu. »Ben, könntest du rasch für mich zur Apotheke fahren? Hol eine Packung Superpep.«

»Du meinst dieses Mittel gegen Seekrankheit?«

»Ganz genau.«

Dann griff John zu seinem Smartphone und wählte die Nummer von Soni Kumari. Jetzt brauchte er nur noch eine Polizeiuniform für Malou M'Benga.

Auf hoher See

Das Schiff der Küstenwache stampfte gegen die Wellen an. Als Nachwehe des Sturms stand noch immer eine lange und hohe Dünung. Ständig spritzte vom Bug das Wasser gegen die Scheiben der Brücke. Lilly und Tommy warteten gemeinsam mit Soni Kumari und einem weiteren Streifenbeamten unter Deck auf ihren Einsatz. John hingegen saß auf der Brücke hinter dem Steuermann. Neben ihm stand Malou M'Benga und hielt sich an einem Haltegriff fest. So war es für sie am besten. Als Segler hatte John die Seekrankheit am eigenen Leib erfahren. Die Superpep-Tabletten hatten ihm bereits gute Dienste geleistet, sowohl bei sich selbst als auch bei Gästen, denen an Bord seines Schiffs übel geworden war. Außerdem half es, bei Seegang nicht unter Deck zu sein, sondern oben, wo man die Wellen und den Horizont sehen konnte. Das machte es für den Gleichgewichtssinn einfacher, mit den Bewegungen des Schiffs mitzugehen.

Malou M'Benga trug die blaue Polizeiuniform, die Soni Kumari ihr zur Verfügung gestellt hatte.

Bislang hatte sie nicht über Übelkeit geklagt, doch John konnte ihrem Blick ansehen, dass ihr die Sache noch immer nicht geheuer war. Er kannte das Gefühl. Wenn man einmal seekrank geworden war, überlegte man ständig, wann es ei-

nen wieder erwischen würde. Er beschloss, sie ein wenig abzulenken.

John stand auf, ging hinüber zum Steuermann und ließ
sich von ihm ihre gegenwärtige Position geben. Dann winkte
er Malou zu sich heran und zeigte ihr die Stelle auf der Seekarte. Mit dem Kursdreieck legte er eine Linie zu den Koordinaten, an denen sich die Magellan befand. Zwei Seemeilen
westlich des Windparks Butendiek.

Malou hörte sich seine Erklärung geduldig an und schien
auf andere Gedanken zu kommen.

Der Steuermann hatte wohl mitbekommen, wie es ihr
ging, und spielte Johns Ablenkungsmanöver dankenswerter-
weise mit. Er winkte Malou zu sich heran und bedeutete ihr,
sich neben ihn zu stellen. Dann überließ er ihr das Steuer des
Schiffs, wobei er natürlich in ihrer Nähe blieb, um ab und an
korrigierend eingreifen zu können.

Malous Miene hellte sich auf. John kannte den Effekt von
ängstlichen Mitseglern – wenn man das Gefühl erfuhr, die
Sache selbst unter Kontrolle zu haben, wich die Furcht sehr
häufig der Faszination.

Er setzte sich wieder auf seinen Platz.

Ihm ging noch einmal durch den Kopf, was die Frau in jener Nacht erlebt hatte, als sie von der Adama Marit geflohen
war.

Ihrer Erzählung nach hatte sie gerade den Steg verlassen
und versucht, sich auf dem Hafengelände zu orientieren, als
sie laute Stimmen gehört hatte, darunter die einer Frau. Sie
waren von einem der Fischkutter gekommen.

Malou hatte Schutz im Schatten eines Gebäudes gesucht.

Von dort aus hatte sie beobachtet, was auf dem Schiff –
der Magellan – vor sich ging.

Sie hatte zunächst nur eine Frau ausmachen können, die

sich offenbar mit einem Mann an Deck des Kutters stritt. Als er sie mit beiden Händen packte und schüttelte, tauchte hinter ihm ein weiterer Mann auf. Er schlug mit etwas auf den Mann ein, woraufhin dieser von der Frau abließ. Er torkelte, kippte zur Seite und ging über Bord.

Da die Scheinwerfer an Deck der Magellan gebrannt hatten und auch der Hafen ringsum beleuchtet gewesen war, hatte Malou die Gesichter der Beteiligten erkennen können. Natürlich kannte sie keine Namen, doch John hoffte sehr, dass sie in der Lage wäre, die Täter zu identifizieren.

Eines war sicher: Der Mann, der tot im Hafenbecken gelandet war, war Thore Dahl gewesen.

John vermutete, dass es sich bei der Frau um Karla Matheisen gehandelt hatte, denn Malou konnte zumindest so viel sagen, dass es eine junge Frau gewesen war. Damit schied Lys Dahl als Beteiligte aus.

Gut möglich, dass Karla mit ihrem Vater über ihre Liebschaft mit Bern Dahl gestritten hatte. Vielleicht hatte er draußen an Deck, wo niemand es mitbekam, einen letzten vehementen Versuch unternommen, sie zur Vernunft zu bringen.

Doch wer war der Mann, der den tödlichen Schlag gegen ihn ausgeführt hatte? Peter Greve? Rudolf Roskau? Oder etwa Bern Dahl?

John hatte eine Vermutung. Er konnte nur hoffen, dass Malou M'Benga dabei helfen würde, sie zu beweisen.

Sie erreichten die Magellan etwa eine Stunde später. Der Fischkutter hatte die Fahrt gedrosselt, und als sie mit dem Schiff der Küstenwache längsseits gingen, konnte John an Deck Bern Dahl, Rudolf Roskau und Karla Matheisen ausmachen, die gerade dabei waren, die Netze auszubringen.

Der Kollege der Küstenwache verständigte die Magellan

über Funk, dass sie die Position halten solle, damit die Kriminalpolizei an Bord kommen könnte. Lys Dahl bestätigte die Durchsage am anderen Ende.

Während die Magellan die Fahrt drosselte und zum Stillstand kam, brachte die Küstenwache ein großes Schlauchboot aus, mit dem sie zur Magellan übersetzten. Nachdem Malou M'Benga vorhin am Steuer ein wenig Zutrauen in die Seefahrt gefasst hatte, schien ihr nun wieder die Angst in die Glieder zu fahren. John konnte das gut nachempfinden, in dem Schlauchboot wirkten die Wellen noch bedrohlicher, und es tat ihm abermals leid, dass er die Frau dieser Tortur unterziehen musste. Lilly und Tommy stützten Malou beim Einsteigen.

Die Fahrt hinüber zur Magellan dauerte zum Glück nicht lange. In wenigen Minuten waren sie drüben und kletterten an Deck.

Bern Dahl nahm sie in Empfang. »Es freut mich, dass Sie solche Sehnsucht nach uns haben, Herr Kommissar. Sie kommen nur leider ungünstig. Wir sind gerade dabei …«

John unterbrach ihn mit erhobener Hand. »Wir müssen reden. Sie, Frau Matheisen, Herr Roskau und Ihre Mutter. Ich schlage vor, wir begeben uns auf die Brücke. Meine Kollegen hier würden sich gerne noch einmal auf dem Schiff umsehen.« Er deutete auf Lilly und Tommy und überreichte Bern Dahl dann den Durchsuchungsbeschluss, den er sich über die Staatsanwaltschaft besorgt hatte.

Bern Dahl studierte das Papier einen Moment lang, wobei es nicht so aussah, als würde er wirklich lesen, was dort geschrieben stand. Vielmehr versuchte er wohl, sich ein wenig Zeit zum Überlegen zu erkaufen. Letztendlich kam er aber zu dem vernünftigen Schluss, dass er in dieser Situation nichts anderes tun konnte, als klein beizugeben. Er gab John das Schriftstück zurück, dann stampfte er voraus.

John folgte ihm mit Malou M'Benga sowie Soni Kumari und dem Streifenkollegen. Lilly und Tommy betraten durch eine Stahltür das Innere des Schiffs und machten sich wie verabredet an die Durchsuchung von Karla Matheisens Kabine.

Oben auf der Brücke streckte Lys Dahl den Kopf zur Tür heraus und kniff die Augen zusammen. »Was zum Teufel?«

Bern Dahl erklärte es seiner Mutter und schob sich an ihr vorbei.

John wartete, bis auch Rudolf Roskau und Karla Matheisen die Brücke betreten hatten. Dann wies er Soni Kumari und ihren Kollegen an, die beiden Ausgänge zu besetzen, damit niemand auf dumme Gedanken kam.

Im Flüsterton fragte er Malou M'Benga: »Alles okay?«

Sie presste die Lippen zusammen und nickte. Natürlich war ihr nicht wohl in ihrer Haut, wie sollte es auch anders sein. Ohne dass es jemand sehen konnte, drückte John ihr kurz aufmunternd die Hand, dann betrat er mit ihr die Brücke.

Er gab Malou ein Zeichen, sich vor die hintere Tür zu stellen, so befand sie sich im Rücken der Versammelten.

»Ich protestiere«, warf ihm Bern Dahl entgegen, und sein Blick wanderte zu den Streifenkollegen draußen vor den Türen. »Auch wenn Sie einen Durchsuchungsbeschluss haben, lassen wir uns nicht wie Verbrecher behandeln!«

»Immer mit der Ruhe«, sagte John. »Es gibt Neuigkeiten. Wir wissen jetzt, wer Ihren Vater ermordet hat. Außerdem müssen wir davon ausgehen, dass Peter Greve nicht Selbstmord begangen hat. Es sollte nur der Anschein erweckt werden. Auch er wurde ermordet.«

Er blickte lediglich in ein einziges überraschtes Gesicht. Das von Rudolf Roskau. Die drei anderen, Lys, Karla und Bern, wirkten alarmiert. Nichts anderes hatte er erwartet.

»Das ist gut zu hören«, meinte Lys Dahl, »aber das hätten Sie uns auch auf anderem Weg mitteilen können.«

»In diesem Fall nicht«, erklärte John. »Wir gehen davon aus, dass sich der Täter hier an Bord befindet.«

Er sah in versteinerte Mienen. Rudolf Roskau war der Einzige, der die anderen anblickte und die entscheidende Frage stellte: »Wie, wat jetzt? Det versteh ich nich …«

»Ich erkläre es gleich«, sagte John und warf einen kurzen Blick hinüber zu Malou M'Benga.

Sie hatten einige stille Zeichen vereinbart, mit denen sie sich heimlich verständigen konnten.

Zunächst sollte Malou sehen, ob sie überhaupt einen der Anwesenden wiedererkannte. Falls dem nicht so war, sollte sie einfach hinaus zu Soni Kumari gehen.

Da sie dies nicht getan hatte, bedeutete das, dass sich die an dem Mord an Thore Dahl Beteiligten hier auf der Brücke befanden.

»Es gibt einen Zeugen«, fuhr John fort. »Er hat in der Tatnacht den Mord an Thore beobachtet …«

»Was?«, entfuhr es Bern Dahl. »Sie sind wohl völlig …«

»Ich rede«, sagte John in bestimmtem Tonfall. »Bitte unterbrechen Sie mich nicht. Sie bekommen gleich die Gelegenheit, sich zu erklären.«

Wieder wanderte sein Blick zu Malou.

Er hatte mit ihr vereinbart, dass sie sich hinter den Täter stellen und dann die Hände im Ausrüstungsgürtel ihrer Uniform einhaken sollte. Eine unscheinbare Geste, aber für sie beide das Signal, dass sie denjenigen identifiziert hatte.

Malou stand, die Daumen im Gürtel verhakt, hinter Bern Dahl.

John hatte es vermutet. Er schob die Hände in die Taschen und machte eine nachdenkliche Miene, als suchte er nach den richtigen Worten. Kurz sah er sich auf der Brücke um. Dabei fiel sein Blick auf das Logbuch, das aufgeschlagen auf dem Kommandopult lag.

Natürlich. Das Logbuch. Die fehlende Seite. Noch ein Puzzleteil. Aber ja, das ergab durchaus Sinn.

Er wandte sich wieder der Gruppe zu. »Unser Zeuge sah in der Mordnacht eine Frau und einen Mann, wie sie …«

»Also gut«, sagte plötzlich Lys Dahl, »es hat wohl keinen Sinn mehr, es zu leugnen.« Sie trat einen Schritt vor. »Ich habe es getan. Ich habe meinen Mann getötet und Peter Greve ebenfalls.«

Für einen Moment herrschte Stille auf der Brücke. Nur das Rauschen des Winds und die Wellen waren zu hören, die gegen das Schiff schwappten.

»Und warum haben Sie das getan?«, fragte John.

»Wie Sie wissen, hatte ich eine Affäre mit Peter. Wir hatten Pläne … Ich hatte die Nase voll von der Fischerei. Wir wollten gemeinsam weg. Thore stand dem im Weg. Wir haben uns dieses Problems entledigt. Und dann … bekam Peter plötzlich Gewissensbisse. Er wollte ein Geständnis Ihnen gegenüber ablegen. Das habe ich nicht zugelassen.«

John setzte ein Lächeln auf. »Ein ebenso netter wie ehrenvoller Versuch, Frau Dahl. Mir ist durchaus klar, weshalb Sie die Schuld auf sich nehmen. Aber Sie haben Ihren Mann nicht ermordet. Und zu Peter Greve kommen wir gleich.«

»Ich …«, begann sie zu protestieren, doch John redete über ihren Einwand hinweg. »Ich verrate wohl niemandem hier noch ein Geheimnis, außer vielleicht dem armen Herrn Roskau. Es tut mir übrigens sehr leid, dass Sie sich nun bald einen neuen Arbeitsplatz suchen müssen.«

Der Mann sah ihn verständnislos an. »Wie jetzt? Wat soll denn ditte? Ick komm da nich mit …«

In dem Moment öffnete Lilly die Tür zur Brücke und winkte John zu sich. Sie hielt ihm einen Beweismittelbeutel entgegen, in dem sich eine Medikamentenpackung befand. »Wie du vermutet hast.«

»Danke«, sagte John und betrachtete die Schachtel, ohne dass die Versammelten sehen konnten, was er da in der Hand hielt. Es war ein Psychopharmakon. »Ich denke, ich bin hier gleich so weit.«

Lilly ging wieder nach draußen.

John wandte sich um. »Frau Matheisen, ich habe mit Ihrem Vater gesprochen, Reimer. Ihrem Ziehvater, um genau zu sein. Mir ist bekannt, dass Thore Dahl Ihr leiblicher Vater war.«

Weder bei Bern Dahl noch bei seiner Mutter löste diese Eröffnung Verwunderung aus, was Johns Annahme bestätigte, dass die beiden inzwischen die Wahrheit kannten.

Lediglich Rudolf Roskau öffnete den Mund und stammelte: »Wie ... wat ... wer jetzt?«

»Lieber Herr Roskau, da Sie nichts mit der Sache zu tun haben, steht es Ihnen frei, nach draußen zu gehen«, schlug John vor. »Ansonsten unterbrechen Sie mich bitte nicht noch einmal.«

»Ich wüsste nicht, dass es ein Verbrechen ist, zwei Väter zu haben«, verteidigte sich Karla Matheisen.

»Durchaus nicht, außer man tötet einen davon. Aber der Reihe nach.« John verschränkte die Arme hinter dem Rücken und durchmaß mit langsamen Schritten den Raum. »Sie hatten Thore erst vor Kurzem ausfindig gemacht. Er bot Ihnen einen Platz hier auf dem Schiff an, damit Sie zusammen sein und sich kennenlernen konnten. Ich kann mir vorstellen, dass es eine aufregende Erfahrung ist, in Ihrem Alter die Wahrheit über die eigene Herkunft zu erfahren. Das bringt das Leben durcheinander. Sie müssen sehr neugierig auf Thore gewesen sein, vielleicht fanden Sie auch die Vorstellung, das heimische Nest zu verlassen und zur See zu fahren, sehr verlockend. Jedenfalls brachen Sie dafür sogar Ihre Ausbildung zur pharmazeutisch-technischen Assistentin ab – ein Punkt, auf den ich gleich noch zurückkommen werde.«

»Karla hat mit alldem nichts zu tun«, warf Bern Dahl ein.

»Das entspricht nicht der Wahrheit, und das wissen Sie.« John blieb vor ihm stehen und schenkte ihm einen mahnenden Blick. »Thore muss aufgegangen sein, dass es ein Fehler war, seine Tochter wegzugeben. Offenbar realisierte er erst jetzt, was er alles verpasst hatte, und wollte die verlorene Zeit nachholen. Er ließ einen erfahrenen Mann an Land, um Karla einen Platz hier an Bord freizuräumen. Ein Umstand, der Peter Greve sehr missfiel, weshalb es zwischen ihm und Thore zum Streit kam. Allerdings wissen wir, dass dies beileibe nicht der einzige Grund war, weshalb die beiden sich auf hoher See in den Haaren hatten. Da wäre zum einen die Affäre, die Peter Greve mit Ihnen hatte, Frau Dahl. Und außerdem befürwortete Peter, dass Thore endlich das Ruder an seinen Sohn übergab, wogegen dieser sich aber sträubte. Während Sie alle mit diesen Nickligkeiten beschäftigt waren, entfaltete sich im Stillen das eigentliche Drama. Sie, Frau Matheisen, verliebten sich in ihn …« John zeigte auf Bern Dahl. »Und Sie, mein lieber Herr Dahl, fanden Gefallen an dieser jungen Dame. Natürlich, ohne zu ahnen, dass es Ihre Halbschwester war, mit der Sie da eine Affäre begannen. Thore war sich dieser Problematik hingegen sehr wohl bewusst. Und er versuchte Sie, Frau Matheisen, dazu zu bewegen, diese Liebschaft zu beenden. Was Sie aber nicht wollten. Die Zuneigung zwischen Ihnen beiden muss wirklich sehr groß sein. Ich kann mir gut vorstellen, dass dieses Gefühl stärker war als alles andere, vor allem stärker als die Bindung zu Ihrem leiblichen Vater, den Sie gerade erst kennengelernt hatten und zu dem Sie noch keinen großen emotionalen Bezug aufgebaut hatten – oder zumindest einen anderen als zu Bern Dahl, in den Sie sich über beide Ohren verliebten. Thore Dahl war Ihnen nun im Weg, und er bekniete Sie mit jedem Tag drängender. Ich weiß nicht, was in Ihrem Kopf vorgegangen ist, und ich könnte auch nur mutmaßen, inwieweit Ihre Kindheit und Jugend in einem einschlägigen Hamburger Stadtteil dabei eine Rolle spielt. Jedenfalls beschlossen Sie, sich dieses Problems zu entledigen. Thore sollte nicht länger zwischen Ihnen und Bern stehen. Der Plan, den Sie fassten, war ein guter. Und er wäre beinahe aufgegangen.«

»Hören Sie, ich weiß wirklich nicht, wovon Sie da reden«, wandte Karla Matheisen ein. Sie versuchte sich an einem ahnungslosen Gesicht und sogar einem Lächeln, was aber beides gekünstelt wirkte.

»Geben Sie sich keine Mühe«, sagte John. »Ich weiß von Ihrem Ziehvater Reimer, dass die Wahrheit über Ihren Vater Sie anfangs derart aus der Bahn warf, dass Sie Depressionen entwickelten. Sie bekamen dagegen ein Psychopharmakon, das Sie noch heute nehmen. Abstreiten hilft nichts, wir haben das entsprechende Mittel gerade eben in Ihrer Kabine sichergestellt. In Ihrer Ausbildung müssen Sie gut aufgepasst haben. Sie wussten, welche Wirkung das Medikament entfaltet, wenn man es mit dem Schlafmittel mischt, das Thore Dahl nahm. Die Details erspare ich uns jetzt mal. Worein haben Sie es gemischt? In den morgendlichen Kaffee, den Sie ihm großzügigerweise brachten? Oder das Frühstück, das Sie ihm auf die Brücke holten?«

Karla Matheisen gab keine Antwort, was John auch nicht erwartet hatte. Er fuhr fort: »Die Geschichte mit dem Petermännchen, dessen Stich Thore vergiftete, habe ich Ihnen übrigens von Anfang an nicht abgekauft. Sehr unwahrscheinlich, dass sich ein Fisch, auf den man üblicherweise eher im flachen Wasser oder in Küstennähe trifft, auf hoher See in die Netze verirrt. Aber die anderen haben es geschluckt. Beinahe hätte das auch geklappt, nicht wahr? Es wäre der perfekte Mord geworden, wenn nicht dieser Sturm gewesen wäre. So aber kam ein Arzt an Bord, kaum dass die Magellan im Hafen von List lag. Thore ging es plötzlich wieder besser. Und damit wurden die Probleme nur größer.«

John sah Bern Dahl an. »Auch Sie waren fast am Ziel. Schon lange hatten Sie davon geträumt, all das hier zu übernehmen und in die Fußstapfen Ihres Vaters zu treten. Aber der Alte klebte an seinem Stuhl. Da kam Ihnen die Beinahekollision mit der Adama Marit gerade recht. Sie sahen die Schuld bei Ihrem Vater, der sogar im Fieberdelirium selbst am Steuer stehen wollte. Wir haben das übrigens überprüft: Der Fehler lag bei Reno Merik Nickelsen. Seine Adama Marit war weitab vom Kurs und die Brücke zum fraglichen Zeitpunkt nicht besetzt. Sie werden sicher in List noch mitbekommen haben, welche Entdeckung wir im Frachtraum der Adama Marit gemacht haben. Einer der Passagiere hatte in der fraglichen Nacht versucht, sich das Leben zu nehmen, indem er über Bord springen wollte. Nickelsen und seine Leute hatten alle Hände voll zu tun, um ihn davon abzuhalten. Ihr Vater halluzinierte daher nicht. Es war diese Person, die er in dem Sturm an Deck der Adama Marit sah. Er machte sich später in List sogar auf die Suche nach ihr. Eine Ironie des Schicksals, dass er sich so für sie interessierte und sie ihrerseits eine gewichtige Rolle bei der Überführung seines Mörders spielen sollte.« John machte eine kurze Pause. »Wie auch immer, Sie nutzten die Gelegenheit und enthoben Ihren

Vater des Kommandos. Für einen Moment muss sich das für Sie gut angefühlt haben. Endlich auf dem Kapitänsstuhl sitzen, dazu noch frisch verliebt in eine junge Frau, die offenbar Ihre Liebe zur See teilt. Das hätte wirklich wunderbar werden können. Nur erholte sich Ihr Vater dummerweise rasch wieder, und er nahm Ihnen übel, was Sie getan hatten. In seinen Augen hatten Sie – und Peter Greve – eine Meuterei gegen ihn angezettelt, und deshalb wollte er sie beide von Bord schicken, sobald er wieder ganz bei Kräften wäre. Er hielt das sogar in seinem Logbuch fest.«

Mit bedächtigem Schritt ging John hinüber zum Logbuch und hielt es in die Höhe. »Unser Zeuge hat ausgesagt, dass er in der Mordnacht drei Personen an Deck der Magellan sah. Zunächst Thore Dahl und eine junge Frau, bei der es sich zweifelsohne um Sie handelte, Frau Matheisen. Dann kam ein Mann dazu, der Thore Dahl einen kräftigen Schlag auf den Kopf verpasste, woraufhin dieser ins Taumeln geriet und über Bord ging. Der Zeuge hat Sie identifiziert, Herr Dahl. Ich hatte so etwas vermutet, aber irgendwie wollte das nicht ganz passen, vor allem habe ich mich die ganze Zeit gefragt, was Sie just zu dieser Stunde an Deck zu suchen hatten. Das Logbuch hat mich schließlich darauf gebracht.«

Er blätterte in dem Buch zu der Stelle, wo eine Seite herausgerissen worden war.

»Sie beide haben das gemeinsam ausgeheckt, wobei ich nicht weiß, ob Sie von vornherein im Sinn hatten, Thore zu töten. Jedenfalls wollten Sie, Herr Bern, sich des Logbuchs bemächtigen, was natürlich nicht so einfach war, weil Ihr Vater es bei sich in der Kabine aufbewahrte. Da kamen Sie, Frau Matheisen, ins Spiel. Sie lockten Thore nach draußen. Ich kann mir gut vorstellen, unter welchem Vorwand. Sie wollten mit ihm über Ihre Beziehung mit Bern sprechen. Vielleicht versuchten Sie auch, Ihren Vater zu überreden, dass er Milde mit seinem Sohn walten ließ und ihn nicht fortschickte. Jedenfalls schlich sich Bern Dahl in der Zwischenzeit in die Kabine und suchte nach dem Logbuch. Ich habe mich die ganze Zeit gefragt, weshalb Sie nicht einfach das ganze Logbuch an sich genommen haben? Jetzt ist es mir klar. Sie wurden abgelenkt. Wir haben an Deck Blutspuren gefunden, dort, wo Thore niedergeschlagen wurde und über Bord ging. Man kann die Stelle aus seiner Kabine durch das Bullauge sehen. Sie, Bern, waren also mit dem Logbuch beschäftigt, als Sie sahen, wie draußen an Deck ein Streit zwischen Karla und Thore entbrannte. Thore packte Karla sogar und schüttelte sie. In der Not rissen Sie einfach die fragliche Seite aus dem Logbuch. Das Buch fiel hinter den Schreibtisch. Und Sie rannten hinaus, um Karla zu helfen. Ich weiß nicht, wo Sie auf die Schnelle den Hakenschlüssel herhatten, aber Sie schlugen damit auf Ihren Vater ein und töteten ihn. Thore ging über Bord, stürzte ins Hafenbecken, brach durch das Eis, womit Ihnen jede Chance genommen war, Ihre Tat zu vertuschen. Der Hafenmeister fand ihn wenige Stunden später.«

Bern Dahl sagte nichts. Er starrte John nur mit hasserfüllten Augen an. Karla Matheisen liefen derweil die Tränen über die Wangen. »Das wollten wir nicht. Ich … ich habe auf ihn eingeredet, dass Bern und ich uns wirklich lieben. Wir könnten sein Erbe antreten, und die Magellan, das, was er aufgebaut hatte, würde weiter bestehen. Aber er war wie von Sinnen, auch wegen der Meuterei, wie er es nannte …«

»Lass gut sein.« Bern Dahl berührte sie an der Schulter. »Wir würden diese Unterhaltung gerne im Beisein eines Anwalts weiterführen.«

»Das sollten Sie auch. Allerdings bin ich noch nicht fertig. Denn wir haben noch einen Toten, und Sie beide werden nicht die Einzigen sein, die juristischen Beistand brauchen«, sagte John. »Ich möchte auch nicht versäumen, die Mühe zu loben, die Sie, Frau Matheisen, sich gegeben haben, um den Verdacht auf Peter Greve zu lenken. Nur das mit der Logbuchseite hätten Sie sich besser gespart. Natürlich erwähnt Thore darin auch Greve als Meuterer, was diesem ein Motiv gab – von der Affäre mit Lys Dahl mal abgesehen. Aber Sie hätten die Seite besser einfach verbrannt, dann wäre ich womöglich gar nicht auf diese Sache gestoßen.«

John hatte sich in Wallung geredet. Er zog seine Jacke aus und hängte sie über den Stuhl hinter dem Steuerrad. Zum ersten Mal seit Tagen fühlte er sich trotz des Schlafmangels hellwach.

»Peter Greve hatte das Messer auf Sie geschliffen, Frau Matheisen«, fuhr er fort. »Er konnte weder Sie persönlich leiden noch die Bevorzugung, die sein alter Freund Thore Ihnen zuteilwerden ließ. Ihm wird auch nicht entgangen sein, dass es zwischen Ihnen und Bern Dahl gefunkt hatte. Nach Thores Tod wurde er argwöhnisch. Sehen Sie, uns Profis geht es oft genauso, man hat dann so ein bestimmtes Gefühl im Magen, eine Ahnung, dass etwas nicht stimmt. Und dann geht man dem nach. Das tat auch Peter Greve, besonders, als Ihr Ziehvater Reimer aufkreuzte. Sie wissen das natürlich alles, daher erspare ich Ihnen lange Ausführungen. Peter Greve erfuhr von ihm die Wahrheit. Vielleicht sogar, dass Bern Dahl der Mörder von Thore war. Denn Peter hatte es auf Frau Matheisen abgesehen, und ich könnte mir vorstellen, dass Sie Reimer offenbart hatten, was Bern getan hatte, in der Hoffnung, dass er Ihnen irgendwie helfen könnte. Möglich, dass Reimer Greve offenbarte, wer seinen alten Freund Thore tatsächlich ermordet hatte, damit seine Tochter aus der Schusslinie war. Wie dem auch sei, Peter Greve konfrontierte Lys und Bern Dahl hier auf der Brücke mit der Wahrheit. Ich habe die Auseinandersetzung zufälligerweise aus einem Restaurant im Hafen beobachten dürfen. Damit beging Peter Greve natürlich einen schweren Fehler. Was sagte er? Drohte er damit, alles der Polizei zu sagen?«

»In der Tat«, gab Bern Dahl zu. »Er erpresste uns. Er wollte, dass Karla und ich von Bord gehen und nie wiederkehren. Dann wollte er die Magellan mit meiner Mutter weiterführen. Das habe ich ihm nicht durchgehen lassen. Ich habe auch ihn getötet.«

John konnte sich ein Lachen nicht verkneifen. »Gut, dann sind wir uns auf jeden Fall schon mal einig, dass Peter Greve ermordet wurde. Es wie einen Selbstmord mit Schlaftabletten aussehen zu lassen, hat nicht wirklich funktioniert. Unsere Rechtsmediziner finden auch die kleinsten Einstichstellen einer Injektion. Aber nein, Herr Dahl, Sie haben Peter Greve nicht getötet. Ihre Mutter hat in diesem Punkt die Wahrheit gesagt, sie war es.«

Lys Dahl brachte keinen Ton über die Lippen.

»Die Sache bei Peter Greve war die …«, sagte John, »Ich habe mich gewundert, wer wohl so nahe an ihn herankam, dass er ihm eine Injektion verpassen konnte. Schließlich blieben nur Sie, Frau Dahl. Sie hatten eine Affäre mit ihm. Und nach dem Tod von Thore haben Sie Peter wohl vorgegaukelt, diese wieder aufleben lassen zu wollen. Ihr Motiv ist sonnenklar: Peter drohte mit seiner Aussage, Ihren Sohn hinter Gitter zu bringen. Das konnten Sie natürlich nicht zulassen. Ebenso wenig, wie Karla das gewollt hätte. Sie half Ihnen, die nötige Dosis aufzuziehen. Sie gesellten sich zu Peter in seine Koje. Fabulieren wir lieber nicht, was Sie beide dort getrieben haben. Jedenfalls nahm Peter wie gewohnt seine Schlaftabletten. Danach brauchten Sie nur abzuwarten, bis er tief und fest schlief, und versetzten ihm die tödliche Spritze.«

»Das ... das habe ich vorhin doch nur so dahingesagt. Ich ... war das nicht«, stotterte Lys Dahl.

»Sie können es ruhig leugnen. Ich gebe zu, dass die Beweislage, was den Mord an Peter Greve angeht, etwas dünn ist. Allerdings setze ich große Stücke auf Frau Matheisen.« John wandte sich der jungen Frau zu. »Sie haben das ganze Leben noch vor sich. Im Fall von Thore Dahl wird man Sie der Beihilfe zum Mord anklagen. Es warten drei bis fünfzehn Jahre Gefängnis auf Sie. Natürlich erscheint es vordergründig ratsam, Ihre Beteiligung am Tod von Peter Greve zu leugnen. Wenn Sie sich allerdings geständig zeigen und außerdem bezeugen, dass Lys Dahl den Mord geplant und begangen hat, dann werden die Staatsanwaltschaft und das Gericht Ihnen das hoch anrechnen. Sie hätten dann wohl die Chance, noch in jungen Jahren wieder auf freien Fuß zu kommen und ein neues Leben zu beginnen.«

John zog seine Jacke wieder an und bedeutete Soni Kumari und ihrem Kollegen, hereinzukommen. »Lys Dahl, Bern Dahl, Karla Matheisen – ich verhafte Sie wegen der Beihilfe zum Mord und des Mordes an Thore Dahl und Peter Greve.«

Frohes Fest

Drei Tage später

Nachdem der Sturm abgezogen war, hatte Celine am Weihnachtsmorgen den Zug nach Sylt genommen. John war froh, seine Tochter bei sich zu haben. Sie saß ihm am Esstisch im Friesenhaus gegenüber und schob ein Stück Tofu auf die Fonduegabel, die sie dann in den Topf mit dem heißen Fett steckte. Dabei hatte Ben, sobald klar gewesen war, dass auch Lilly und Tommy ihnen an Heiligabend Gesellschaft leisten würden, um die Lösung des Falls zu feiern, bestes Fleisch vom Metzger seines Vertrauens geholt. Doch wie viele in ihrer Generation hatte Celine sich für eine fleischfreie Ernährung entschieden und zog das konsequent durch.

»Es ist wirklich schön, euch alle an einem Tisch zu haben«, sagte Ben. »Lange her, dass wir mal gemeinsam Weihnachten gefeiert haben.«

»Das haben wir in dieser Runde noch nie getan«, berichtigte John.

»Oh …« Ben tunkte ein Stück Rindfleisch in die Knoblauchsoße. »Trotzdem schön, dass ihr da seid.«

Im Zimmer roch es nach Fondue, Tannennadeln und Zimtplätzchen, die Lilly mit Celine am Nachmittag in der Küche gebacken hatte. Im offenen Kamin knisterte ein Feuer, und im Tannenbaum, den Ben und John geschmückt hatten, glitzerten die Lichter und der Christbaumschmuck.

Tommy hob sein Weinglas in die Höhe. »Auf das Christkind und den genialen John Benthien.«

»Das ist ein wenig viel der Ehre«, wandte John ein.

»Wo Tommy recht hat, hat er recht«, bekräftigte Lilly. »Ohne deinen Geistesblitz hätten wir den Fall zu den Akten gelegt, und Bern Dahl, seine Mutter und Karla Matheisen wären davongekommen.«

»Ich schätze, das verdanken wir eher Kommissar Zufall und unserer Heldin hier.« Er hatte ebenfalls sein Glas genommen und deutete damit auf Malou M'Benga, die als Ehrengast an ihrem Festmahl teilnahm. »Von ihr kam der entscheidende Hinweis, und ohne ihre Aussage hätten wir keinen einzigen Beweis in der Hand. Vermutlich hätten wir den dreien auch kein Geständnis entlockt, hätte Malou sie nicht identifiziert.«

»So ist es. Auf dich, Malou«, sagte Ben, und sie stießen an.

»Was hast du jetzt vor?«, fragte Celine auf Englisch. »Willst du noch immer nach England?«

»Maybe.« Malou hob die Schultern. »But also very nice here. Maybe I stay. Nice people. Especially you, Ben.«

»Oh …« Bens Gesicht rötete sich. »Das Kompliment gebe ich gern zurück. Same to you.«

»Ich habe versprochen, dass ich ihr helfe«, erklärte John. »Mit den Behörden bin ich bereits in Kontakt. Es wird Mittel und Wege geben, auch wenn sie wirklich hierbleiben möchte. Für den Fall wäre es gut, wenn sie jemanden an ihrer Seite hätte, der ihr den ganzen bürokratischen Kram abnimmt.«

»Also, da bahnt sich doch gerade eine große Freundschaft an«, meinte Lilly. »Wie wäre es, Ben?«

»Also …« Er schluckte das Stück Rindfleisch runter.

»Wenn du das wirklich möchtest, Malou. If you wish to stay here ... be my guest. Gemeinsam bekommen wir das schon geregelt. Und hier im Haus ist immer ein Zimmer frei. John ... du und Celine, ihr wolltet doch ohnehin bald nach Flensburg zurück, nicht wahr?«

John musste lachen. »Ich seh schon, das wird gut mit euch beiden.«

Sie aßen weiter, begleitet von einer Playlist mit Weihnachtsmusik, die Celine bei Spotify aktiviert hatte.

Danach versammelten sie sich unter dem Weihnachtsbaum zum Geschenkeauspacken.

»Wie wäre es mit einem Tee?«, fragte Ben. »Ich habe da eine neue Mischung entdeckt ...«

»Nicht schon wieder Tee«, meinte Tommy. »Ich kann das Zeug langsam nicht mehr sehen.«

»Also ...«, Ben wog den Kopf. »Wenn man es recht betrachtet, war es auch mein Tee, der euren Fall gelöst hat. Sonst wären wir gar nicht in Kontakt mit Malou gekommen.«

»Meinetwegen«, sagte Tommy. »Trotzdem ist mir ehrlich gesagt jetzt eher nach einem Whisky.«

»Ist das mehrheitsfähig?«, fragte John in die Runde. Als alle nickten, ging er zur Vitrine, in der Ben und er einige Flaschen Malt aufbewahrten. Er goss jedem ein Glas ein.

Ben öffnete als Erster sein Geschenk. Es stammte von Celine. Als er das Papier zur Seite schlug, kam ein Karton mit einem chinesischen Teeservice zum Vorschein. »Also, meine Liebe, das wäre doch nicht nötig gewesen ...«

»Ich hab mir sagen lassen, in den dünnen Tassen soll er noch besser schmecken«, erklärte sie.

»Aber das ist doch viel zu teuer ...«

Celine schmunzelte. »Daddy hatte mir seine Kreditkarte dagelassen.«

»Dann auch dir herzlichen Dank, min Jung. Du bist als Nächster mit Auspacken dran. Hier«, er drückte John das Geschenk in die Hand. »Von uns allen zusammen.«

John blickte in fünf schmunzelnde Gesichter.

Er öffnete das Papier und hielt ein Stück Stoff in der Hand. »Das ist … eine Mütze?« Sie war rot, lief nach oben hin zusammen, mit einer plüschigen Bommel an der Spitze. Auf dem Stoff stand in weißen Lettern geschrieben: EINE MÜTZE SCHLAF.

»Wir dachten, die könntest du brauchen«, erklärte Lilly.

»Allerdings. Sehr nett von euch, vielen Dank!«

Sie stießen miteinander an.

Es wurde noch ein langer Abend.

Nach den Geschenken servierte Ben einen Nachtisch, danach kam Celine auf die Idee, ein Brettspiel zu spielen. Scotland Yard. Malou schaffte es als Einzige, sich als Mister X komplett über die Runden zu retten und ihren Häschern zu entkommen.

»Wo wir so gut in Fahrt sind, spielen wir doch noch eine Runde Doppelkopf«, sagte Ben am Ende des Spiels.

»Macht ihr das. Ich verabschiede mich für heute.« John stand auf und ging nach oben in sein Schlafzimmer. Er fühlte sich auf eine erfüllte Art müde und erschöpft.

Mit seiner neuen Schlafmütze legte er sich ins Bett, zog die Daunendecke bis unters Kinn und rollte sich auf die Seite. Während von unten die Stimmen der anderen heraufklangen, untermalt von Weihnachtsmusik, fielen ihm langsam die Augen zu.

In dieser Nacht schlief John Benthien zum ersten Mal seit vielen Wochen tief und fest.